英雄與丑角

重探当代中国文学

罗　岗——著

东方出版中心

国家社科基金重大项目"人民文艺与20世纪中国文学的历史经验研究"（17ZDA270）的阶段性成果

目　录

导言 "现在是大变动的时期……"[1]

——论"人民文艺"的历史构成与现实境遇

罗岗

一、20世纪中国文学：两套不同的 "政治规划"与"审美想象"

1947年7月6日，北京大学西语系的教员袁可嘉在天津《大公报》的"星期文艺"副刊上发表了一篇题为《"人的文学"与"人民的文学"——从分析比较寻修正，求和谐》的文章[2]，他以"人的文学"宗奉者的立场，诚恳地向"人民的文学"进一言。

在袁可嘉看来，放眼30年来的新文学运动，我们不难发现构成这个运动本体的，或隐或显的两支潮流：一方面是旗帜鲜明，步伐整齐的"人民的文学"，一方面是低沉中见出深厚，零散中带着坚韧的"人的文学"；就眼前的世纪的活动情形判断，前者显然是控制着文学市场的主流，后者则是默默中思索探掘的潜流。他区分了"人的文学"和"人民的文学"的不同特征："人的文学"的基本精神，简

---

[1] 语出1957年2月16日毛泽东在中南海颐年堂的讲话，参见洪子诚：《材料与注释：毛泽东在颐年堂的讲话》，载《现代中文学刊》2014年第2期。

[2] 袁可嘉：《"人的文学"与"人民的文学"——从分析比较寻修正，求和谐》，载天津《大公报·星期文艺》1947年7月6日，后收入袁可嘉：《论新诗现代化》，生活·读书·新知三联书店1988年版。关于该文从原刊到收入《论新诗现代化》一书中所做的删改以及相关问题，可参看邱雪松：《呈现与建构：关于袁可嘉〈论新诗现代化〉的思考》，载《文艺争鸣》2017年第9期。

略地说，包含两个本位的认识，就文学与人生的关系或功用说，它坚持人本位或生命本位，就文学作为一种艺术活动而与其他的活动形式对比说，它坚持文学本位或艺术本位……文学的价值既在于创造生命，生命本身又是有机的综合整体，则文学所处理的经验领域的广度、高度、深度及表现方式的变化弹性自然都愈大愈好，因此狭窄得有自杀倾向，来自不同方向却同样有意限制文学活动的异教邪说都遭到过否定，伦理、教训文学，感官的享乐文学，政治的宣传文学都不能得到"人的文学"的同情，因为在对于生命的限制、割裂、舍弃上，它们确实是三位一体的……也只有这样，文学才能接近最高的三个品质：无事不包（广泛性），无处不合（普遍性）和无时不在（永恒性）；也只有这样，东南西北连成一片，古往今来贯为一串，生命的存在才能在历史的连续中找出价值，文学创造自成一个逐渐生长的传统……"为艺术而艺术"的理论，主要植基于文学对人生功用的全部否定，这与我们在这里所说的，通过文学的艺术性质而创造生命的见解是天南地北的。我们只是说文学必先是文学而后能发生若干作用，正如人必先是人而后可能是伟人一样……以我们所能见到的"人民的文学"的理论及创作为凭借，我们觉得这一看法的基本精神也不外两个本位的认识：就文学与人生的关系说，它坚持人民本位或阶级本位；就文学作为一种艺术活动而与其他活动（特别是政治活动）相对照说，它坚持工具本位或宣传本位（或斗争本位）。"人民本位"的意义是说，文学，特别是现阶段的文学必须属于人民，为人民的利益而写作；人民在目前需要和平民主，因此文学也必须歌颂与和平民主有利的事实，抨击反和平、反民主的恶势力。因为此时此地的人民是指被压迫、被统治的人民，因此人民本位也就有了确定的阶级性，相对于统治人、压迫人的集团。从这里出发，社会意识的合乎规定与否自然成为批评作品的标准，因此有异于这一标准的宗派或作品都被否定。尽管他站在"人的文学"的立场上，但也不得不承认,人包含"人民";文学服役人民,也就同时服役于人;而且客观地说,把创作对象扩大到一般人民的圈子里去,正是人本位(或生命本位)所求之不得的,实现最大能量意识活动的大好机会,欢迎不及,还用得着反对? 照我们的想法,"人民文学"正是"人的文学"向前发展的一个部分、一个阶段,正是相辅相成,圆满十分。不过,袁可嘉承认的只是"人的文学"如何包容"人民的文学",我们已很清楚看出问题并不在原则上,"人的文学"不能或不肯容纳"人民的文学"——相反地,正确意义的人民文学正是它向前发展的一个重要阶段,使它向前跨出了一大步——而在人民的文学,为着本身的生长,全体的利益,必须在消除了可以避免的流弊以外,更积极地在基本原则上守住一个合理的限制,不走极端,甚至根本有所修正或改善。所以,他最终强调的是"人的文学"高于一切:"我必须重复陈述一个根本的中心观念:即在服役于人民的原则下,我们必须坚持人的立场、生命的立场;在不歧视政治的作用下我们必须坚持文学的立场,艺术的立场。"[1]

很显然,作为具有某种左翼色彩的知识分子,袁可嘉对"人民的文学"有着相当深切的同情和理解,比较充分地意识到"文学,特别是现阶段的文学必须属于人民,为人民的利益而写作;人民在目前

---

[1] 虽然在为1988年出版的《论新诗现代化》所写的序言中,袁可嘉点明了他的观点的"时代性":那个时期解放战争正在胜利进行。在国统区文艺界,文学是阶级斗争工具、文学必须为现实政治服务的观点相当流行。这在当时是不可避免的,自有它的历史意义和作用。但这种观点也确实导致了一些流弊。他在许多文章中指陈这些弊端,就诗与政治、诗与生活、诗与现实、诗与民主、诗与主题、诗与意义等问题作了论述,所言虽多有偏颇,似还有一定的历史资料价值。当时的根本立场是超阶级的"人的文学"的立场,对"人民的文学"的理论和创造都缺乏全面的理解。不认识"人民的文学"的根本意义和重大成就,也不了解它的内部尚有正确与错误之分,在指陈流弊时,不少地方失之偏激,大有把污水和孩子一起泼掉的盲目情绪。但他的这些文章在差不多40年后重新发表并结集出版,正如邱雪松的研究所显示的,确实呼应了20世纪80年代重新召唤"人的文学"与"五四新文学传统"的趋势,并得到许多研究者由衷的认同。

需要和平民主,因此文学也必须歌颂与和平民主有利的事实,抨击反和平反民主的恶势力。因为此时此地的人民是指被压迫、被统治的人民,因此人民本位也就有了确定的阶级性,相对于统治人、压迫人的集团";而且也将这种意识灌注到对"文学"的"艺术性"的思考中,譬如在讨论"新诗戏剧化"的问题时,袁可嘉将他的视野拓展到以前从来没有涉及的"朗诵诗"和"秧歌舞",视之为"新诗现代化"的一种路向:"照我个人的想法,朗诵诗与秧歌舞应该是最好不过的诗戏剧化的起点,他们显然都很接近戏剧和舞蹈,朗诵诗着重节奏,语调,人物性格的刻画而秧歌舞则更是客观性诗的戏剧表现。唯一可虑的是有些人们太热衷于激情宣泄的迷信,不愿稍稍约制自己,把它转化到思想的深潜里,感觉的灵敏处,而一时以原始做标准,单调动作的反复为已足。这显然不是一个单纯的文学问题,我还得仔细想过,以后有机会时再作讨论。"[1]正如邱雪松指出的,袁可嘉的思考"极具左翼色彩。'朗诵诗'系随着抗日战争时期兴起的大众化诗歌运动的,一直为现实主义诗坛所着力推广和践行,'秧歌舞'则是毛泽东《在延安文艺座谈会上的讲话》发表后,作为解放区文艺为工农兵服务的形式而为人所熟知。袁可嘉在最早发表的文章中将两者纳入'新诗戏剧化'的范畴,既显示了左翼对文艺界的强大影响力,也反衬了袁可嘉本人当时理论的包容度"。[2]但是,他的理论包容度是试图用"人的文学"来包容"人民的文学",并且坚持"人的文学"具有永恒的"普遍性"和"文学性",而将"人民的文学"当作暂时的"阶级性"与"政治性"的体现。

---

[1] 袁可嘉:《诗的戏剧化——三论新诗现代化》,载天津《大公报·星期文艺》1948年4月25日,后改题为《新诗戏剧化》,收入袁可嘉的《论新诗现代化》。值得注意的是,收入《论新诗现代化》中的这篇文章,删去了将"朗诵诗"和"秧歌舞"也视之为"新诗现代化"的一种路向的这段论述。

[2] 邱雪松:《呈现与建构:关于袁可嘉〈论新诗现代化〉的思考》,载《文艺争鸣》2017年第9期。

历史地看,"人的文学"的普遍性和永恒性其实也是某种"政治"建构的产物。具体而言,"人的文学"和"人民的文学"作为两种具有内在差异的"文学想象",背后蕴含着的是基于对"中国国情"不同理解而产生的两套"政治规划",其根本分歧在于是否以及如何将本来不在视野中的"绝大多数民众"纳入相应的"政治规划"与"文学想象"中。在中国现代历史的进程中,从晚清"革命派"与"改良派"的论争开始,"政治革命"与"社会革命"的关系问题,就成了一个焦点,中经中华民国的建立及其宪政危机、国民革命的兴起及其失败、中国社会性质大讨论、抗战爆发和国共合作,然后到"延安道路"的确立和中国新民主主义革命的胜利……逐渐形成了两套不同的"政治规划",这两套"政治规划"的差异,从表现形态看,是依靠城市还是依靠乡村,是依靠沿海(发达地区)还是依靠内地(落后地区),是依靠"市民"还是依靠"农民"……背后的关键问题依然是"政治革命"与"社会革命"的关系:是仅仅需要"政治革命",还是既需要"政治革命"更需要"社会革命"? 用毛泽东的话来说,就是"反帝"不"反封建"还是"反帝反封建"?[1]核心问题则是如何将无论是经典的"资产阶级革命"还是苏联式"社会主义革命"都不曾纳入"政治规划"并被视为"政治主体"的广大农村与广大农民,重新纳入"政治规划"和重新赋予"政治主体性"? "人的文学"和"人民的文学"作为两种不同的"文学想象",在"审美规划"的意义上构成了对两套取向差异的"政治规划"的文化表达和形式表达:"人的文学"对应的是政治上的"民族国家"、文化上的"印刷资本主义"以及文学上的"具有内在深度"的"个人主义";而"人民的文学"对应的则是政治上的"人民国家"、文化上的"印刷文化"与"口传文化"杂

---

[1] 毛泽东在1939年的《中国革命和中国共产党》、1940年的《新民主主义论》等一系列重要著作中,肯定并总结了对中国社会半殖民地半封建性质的分析,并制定了"反帝反封建"的新民主主义革命理论。

粹的复合形态、文学上的"为老百姓喜闻乐见的中国作风与中国气派"。两套不同的"政治规划"和"文学想象"的对应关系以及相互冲突、彼此纠缠的张力与矛盾，说明了20世纪中国无法简单地将"政治"和"文学"视为两个相互独立的领域，也意味着"文学"始终坚持了"从内部思考政治"的责任和使命。这正是"20世纪中国文学"最可宝贵的经验。

就像袁可嘉所说，"人民的文学"关注的是"被压迫、被统治的人民"，是具有"阶级性"的"人民"。而在中国革命的政治视野中，"被压迫、被统治的人民"则转化为"被革命动员"的"人民大众"，也即作为一种"想象"的"政治共同体"。用毛泽东的话来说，"什么是人民大众呢？最广大的人民，占全人口百分之九十以上的人民，是工人、农民、兵士和城市小资产阶级"。[1]这里既有阶级属性的区分，也有职业的区分，而决定这四种人的重要性的是他们在革命斗争中的"功能"意义——领导革命的阶级、革命中最广大最坚决的同盟军、革命战争的主力、革命的同盟者。由此看来，这里的"人民大众"与其说是实际存在的社会群体，不如说更主要的是一个被组织和动员到革命斗争中的"创造"出来的"政治共同体"。毛泽东提出的"人民大众"构想，和五四新文化建基于"市民社会"基础上的"国民性"理论大不相同。因为正是在有关"人民大众"的构想和动员过程中，"百分之九十"的、或许被认为有着"国民劣根性"而无法成为合格"市民/公民"的民众，尤其是那些很难被国家法律制度和官僚机器组织的乡村农民，被动员和被组织起来参与社会革命。可以说，毛泽东定义"人民大众"的方式以及由此提出"工农兵文艺"，已经逐渐超越了五四启蒙文化的民族—国家构想的政治方案和文学方案。

---

[1] 毛泽东：《在延安文艺座谈会上的讲话》，载《毛泽东选集》第3卷，人民出版社1991年版，第855页。

不同于发生在现代都市,通过印刷资本主义和现代教育体系而完成的"人的文学"的创制和传播,"人民的文学"所面临的历史处境,是乡村中国和农民动员。就像周扬指出的:"战争给予新文艺的重要影响之一,是使进步的文艺和落后的农村进一步地接触了,文艺人和广大民众,特别是农民进一步地接触了。抗战给新文艺换了一个环境。新文艺的老巢,随大都市的失去而失去了,广大农村与无数小市镇几乎成了新文艺的现在唯一的环境。这个环境虽然是比较生疏的,困难的;但除它以外也找不到别的处所,它包围了你,逼着你和它接近,要求你来改造它。过去的文化中心既已暂时变成了黑暗区域,现在的问题就是把原来落后的区域变成文化中心,这是抗战现实情势所加于新文艺的一种责任。"[1]"把原来落后的区域"也就是最广大的农村,"变成文化中心",这就要求,不仅将"人的文学"和"人民的文学"作为文学观念和创作形态上的差异来看待,更重要的是把它们放在城市和农村、沿海与内地、印刷文化与口传文化等一系列相互转化的关系中予以把握,尤其需要注重相关历史背景和文化语境的差别,这样才能突破以往仅仅在文学内部讨论问题的局限,也能发现思想观念相似性背后的巨大差异。譬如20世纪30年代的左翼文学也曾提倡"大众化",但在城市印刷资本主义主导的文化语境下,即使在观念上愿意"文章入伍、文章下乡",但在现实中也找不到对应物,而"人民的文学"的成功之处,并非在理论上多大程度地超过了左翼文学提倡的"大众化",只是随着抗日战争的爆发,几乎所有的大城市都被日本人占领,中国共产党必须重新面对中国农村社会,这是一种与城市截然不同的背景,在以口传文化为基础的情况下,"大众化"才真正找到它的历史实体。所以,"人民的文学"和左

---

[1] 周扬:《对旧形式利用在文学上的一个看法》,载《中国文化》创刊号(1940年2月15日)。

翼文学倡导的"大众化"不是纯粹的理念上的高下之别,而是能否在现实中找到对应物的区别。

随着抗日战争的深入,与城市印刷文化背景紧密结合在一起的"现代文学"格局发生了急剧的分裂与转变,京沪等大城市先后沦陷于敌手,所谓"沦陷区文学"依然延续了"都市文学"的余绪;所谓"国统区文学"转而以重庆、桂林、昆明等西南边陲城市为重心,勉强维系着"现代文学"的传统;不得不迎来"变局"和"断裂"的是"解放区文学",中国共产党领导的"敌后根据地"远离城市,扎根农村,"文学"必须面对的是绝大多数近乎文盲的农民和与此状况相关的农村口传文化背景。这是一种与以"阅读大众"为主体的都市印刷文化迥异的文化状况,"解放区文学"如果要发挥尽可能多地动员最广大的"人民大众"的作用,就不得不首先适应进而改造这一状况,从而与和"都市文化背景"密切相关的"现代文学"传统发生某种断裂,重新创造出一种"新的文学"也即"人民的文学"。正是在这个过程中,在"延安文艺座谈会"上的"讲话"重新提出了"文艺"为什么人服务的问题,重新界定了"为中国老百姓所喜闻乐见的中国作风和中国气派";"解放区文学"突破了"书写文字"和"印刷媒体"的限制,拓展到"朗诵诗""新故事""活报剧""街头剧""秧歌剧""新编历史剧"和木刻、版画、黑板报、新年画等"视听文化"的领域,成为新型的"人民文艺"。

二、"新的人民的文艺":机遇与挑战

之所以将"人民的文学"称之为新型的"人民文艺",是因为随着文化环境的变化,"人民文艺"的"文艺"形成了其特定指向,它概括了对文化及其生产过程的一次大面积重新定义。在这一变动过程中,"文学"与"文字"并没有被给予显赫的地位,反而被视作次要的、

抑或需要扬弃的因素,而"文艺"却因为其对人类艺术活动和象征行为的更全面囊括而吻合新定义中所隐含的价值标准和行动取向。所以,"延安文艺"涉及"朗诵诗""新故事""活报剧""街头剧""秧歌剧""新编历史剧"和木刻、版画、黑板报、新年画等"视听文化"的领域,突破了"书写文字"的限制,在以文风改造运动中写作主体和文体的变化上,在以声音为特征的新故事和朗诵诗、以秧歌剧为代表的新曲艺,和图像艺术革新后的新美术等方面,都获得了新颖、活泼的形式。而新中国成立之后的"人民文艺",不仅涵盖"当代文学",而且包括了电影、戏剧、戏曲、美术和曲艺等多种文艺样式。对"人民文艺"这一突出的打破了"文学/文字中心主义"的跨文类和跨媒介现象,以往研究虽然也很重视,而且在个案研究方面贡献良多,但在整体上对中国现代文学为何发生"文艺"转向的背景和语境缺乏深入思考,往往还是在启蒙与救亡、知识分子和民众、高雅与通俗、普及和提高……的框架中展开论述,忽略了由于抗日战争的爆发,从城市转向农村,从沿海走向内地,在这个过程中城市印刷文化逐渐让位给农村口传文化,从以"文字"为中心的"文学"因为文化背景的变化而发生了非"文字"中心的"文艺转向",从而造就了"人民文艺"的繁荣。

这也是为什么1949年7月周扬在中华全国文学艺术工作者代表大会上所做关于"解放区文艺运动"的报告,题为"新的人民的文艺"的原因了。[1]程光炜注意到,周扬的报告使用了两个"重要概念"即"现代民族国家"和"文艺政策"。纵观20世纪中国文学的发展,对"现代民族国家"的热烈向往,成为"现代文学"基本观念产生与发展的基本依据,也是我们考察它的历史走向的一条思想线索。

---

[1] 周扬:《新的人民的文艺——在中华全国文艺工作者代表大会上关于解放区文艺运动的报告》,载中华全国文艺工作者代表大会宣传处编:《中华全国文艺工作者代表大会纪念文集》,新华书店1950年版,第69—78页。

但随着1949年新中国的建立，"先驱者们的理想开始实现了"，新的文化和文艺体制得以确立，周扬明确指出，文艺工作者应该"将政策作为他观察与描写生活的立场、方法和观点"，学习政策，"必须直接深入生活，深入群众；具体考察与亲自体验政策执行的情形"，"必须与学习马列基本理论与中国革命的总路线、总政策"结合起来，"离开了政策观点，便不可能懂得新时代的人民生活中的根本规律"。既然已经建立了"现代民族国家"，这意味着和这一历史使命相伴而生的"现代文学"的终结；而"时间开始了"，则标明另一种"新的人民的文艺"的诞生。[1]

如果说现代小说、现代报刊以及启蒙知识分子在民族—国家的创制过程中扮演着极其重要的角色，那么正因为它主要依赖的是形成于都市的资本市场和教育系统。对于现代文学而言，正是市场机制维系着文学的"自律"空间，构成其自足的文化场域；而一旦"文艺"被充分组织进民族国家"政策"之中，也就丧失了它原本哪怕是"半自律性"的制度空间。从这个角度来看，"当代文学"取代"现代文学"而自我生成的过程，其实也是"农村包围城市"路线在文学上的呈现。但随着中共取得全国性的胜利，工作重点转移到城市之后，在农村的环境下诞生的"人民文艺"又如何重新面对城市，城市新的文化背景又怎样为"人的文学"的某种程度上的复归创造条件，"人民文艺"与"人的文学"之间的矛盾、冲突和涵纳、融合，在新的历史条件和现实状况中又会怎样进一步展开呢？

20世纪50年代"新的人民的文艺"在制度和思想上逐步确立"一体化"的文艺体制，随着行之有效的思想运动的开展特别是"单位社会"的建立，在某种程度上确实解决了新文艺体制面对的诸多

---

[1] 程光炜：《文学想象与文学国家——中国当代文学研究（1949—1976）》，河南大学出版社2005年版，第13页。

难题。正如张均颇为准确地指出，以"延安文艺"为基础的"人民文艺"，将对外在于自身的自由主义文学、鸳鸯蝴蝶派文学，及内在于自身的左翼文学、革命通俗文学，展开漫长的收编与塑造。国家力量之外，挟带着不同观念和利益的各类文学势力，皆承认"人民文艺"的合法性，但由于各自的文学观念与"人民文艺"的亲疏程度不同，文学利益有异，它们也会以制度为工具，展开资源竞争，抑制或对抗异己的文学生产，以维护自身文学观念与审美形式的合法性。它们与国家力量共同作用，使文学制度变得驳杂。无论组织制度还是出版制度，无论评论制度还是接受制度，说到底都只是工具，它们可能为国家力量所用，也可能为寻求独立性的知识分子所用，更可能为观念分歧之外的势力冲突、私人恩怨所用。[1]但需要补充的是，这种看似复杂斑驳的图景依然内在于"人民文艺"新体制需要面对"城乡转换"所带来的矛盾。从创作上围绕着萧也牧的小说《我们夫妇之间》展开的讨论与批评，[2]到更大规模的所谓"东西总布胡同之争"，也即1950年前后，以丁玲等"洋学生"为代表的"作协"和以赵树理为代表的"土包子"所组成的工人出版社，分别搬入具有百年历史的东、西总布胡同。东总布胡同22号是"作协"所在地。"作协"主要是"洋学生"出身的左翼作家，其领导人是丁玲。而坐落于西总布胡同30号的工人出版社则主要是来自太行山老解放区"土包子"。总布胡同的知识分子作家们对于西总布胡同进行的通俗化工作却不以为然。两条胡同之间颇有些格格不入。"西总布胡同认为东总布胡同是'小众化'；东总布胡同认为西总布胡同只会写'一

---

[1] 张均：《中国当代文学制度研究（1949—1976）》，北京大学出版社2011年版，第15页。

[2] 近年来不少研究者对萧也牧《我们夫妇之间》以及相关批评进行了重新讨论，比较新的成果有李屹的《从北平到北京：〈我们夫妇之间〉中的城市接管史与反思》，载《文艺争鸣》2017年第4期。

脚落在流平地,一脚落在地流平',登不了大雅之堂。"为了比个高低,"土包子"与"洋学生"打起了擂台,在明里暗里展开较量[1]……都可以看作是在"文本内外"的"农村经验"和"城市状况",围绕着"人民文艺"新体制展开的多重比竞。离开了这一背景,就很难理解20世纪50年代文艺界发出的诸多言论的针对性,譬如丁玲1950年在《文艺报》上发表几篇文章,讨论"普及与提高""新文艺与旧趣味"的问题,既指出"群众的要求已提高,老是《兄妹开荒》《夫妻识字》、老是《妇女自由歌》《陕北道情》,人们是听厌了的",[2]又认为"不仅不要沉湎于张恨水,也不要沉湎于冰心、巴金",[3]表达了她希望"新的人民的文艺"不要满足于农村通俗文艺的层次,而是在超越城市文学"旧趣味"的基础上,"跨到新的时代来"的焦虑心情。

20世纪60年代随着社会经济由"积累"向"消费"的发展与转移,丁玲式的"焦虑"不仅没有消失,反而有所加剧。"新的人民的文艺"必须进一步面对以"城乡关系"为核心的"三大差别"的挑战,必须更积极应对以"日常生活"为重点的"革命第二天"的"难题"……"60年代文艺"怎样迎接新挑战、如何处理新难题,是转向"30年代(左翼)文艺传统"吸取资源,还是试图用更激进的试验来克服困难?两种不同取向之间的矛盾、冲突和斗争,导致了遭遇危机的"人民文艺"在更极端的形态呈现中,暴露出自身难以克服的限度和僵局;正是这种危机的不断展现以及克服危机的持续努力,带动了

[1] 关于"东西总布胡同之争"的讨论,参见苏春生:《从通俗化研究会到大众文艺创作研究会——兼及东西总布胡同之争》,载《中国现代文学研究丛刊》2003年第2期,张霖:《两条胡同的是是非非——关于五十年代初文学与政治的多重博弈》,载《文学评论》2009年第2期。
[2] 丁玲:《谈谈普及工作》,载《文艺报》1950年第2卷第6期。
[3] 丁玲:《跨到新的时代来——谈知识分子旧趣味与工农兵文艺》,载《文艺报》1950年第2卷第11期。

20世纪70年代末至80年代初从"文革"到"改革开放"的转折,导致了"新时期文学"的形成及其变化:向上可以回溯到70年代早期,"政治"与"文学"之间的特殊形态以及相应试图打破僵局的改变,包括"地下形态"的思想、文学和艺术活动展示出来的多样性,这些都构成了后来被称为"新时期文学起源"的"潜流";向下则能够把握住整个"80年代文学"的走向,发现"人民文艺"自我变革的内在努力如何逐渐失去效应,"人的文学"重新成为主导话语,使得"85新潮"成为整体上把握"80年代"的"85主潮",并且导致"20世纪中国文学"的构想和"重写文学史"的潮流,用80年代建构起来的"艺术""诗意"和"美"的标准来重新评价"人民文艺",认为高度的"政治性"和"意识形态性"损坏了其可能达到的"艺术高度",而背后蕴含着的则是"现代化叙事"对文学史图景的重构,以及这种重构中必然包含的对"前现代的""乡村的"和"非审美"的"人民文艺"的隔离。

三、"再解读"的可能与限度:如何走出"现代性"?

正如洪子诚所言,在讨论"20世纪中国文学"和"重写文学史"时,"一种颇有代表性的看法是,这30年的大陆中国文学使'五四'开启的新文学进程发生'逆转','五四'文学传统发生'断裂',只是到了'新时期文学',这一传统才得以接续"。[1]这意味着以"人民文艺"为核心的"延安文艺"传统与"五四"新文学传统——这一传统常常被表述为"人的文学"——之间存在着不容回避的矛盾、冲突乃至"断裂"。但随着90年代以来"再解读"思路的兴起,逐渐改

---

[1] 洪子诚:《关于50至70年代的中国文学》,载《文学评论》1996年第2期。

变了这种二元对立、前后断裂的状况。[1]"再解读"的思路虽然分享了"重写文学史"的内部研究转向,但它提供的不仅是新鲜而具体的文本解读方法,更在于其以西方"批判理论"的视野和意识形态分析的方式,重新呈现出"延安文艺"的"政治性",而且显示出这种"政治"与"现代"之间暧昧复杂的关系。唐小兵在给《再解读——大众文化与意识形态》(简称《再解读》)所写的"代导言"《我们怎样想象历史》中,力图重新为"延安文艺"进行历史与价值的"双重定位":"延安文艺",也即充分实现了的"大众文艺",实际上是一场轰轰烈烈的文化革命运动,含有深刻的历史必然性和久远的乌托邦冲动。……具体意义上的"延安文艺"不仅引发了一系列民众性文艺实践……不仅促成了大批刊物杂志……而且也留下了有经典意义的作品……和相当完备的理论阐述。延安文艺是新兴的政治军事力量不可或缺的一个环节,同时也依靠这一逐渐体制化的权力机构,建立起新的话语领域和范式,规定制约新的文化生产。延安文艺又是抗日战争总动员的一部分,但通过激发强烈的民族意识和反帝精神,延安文艺同时也帮助普及了新的政治、文化纲领,从而为更大规模的社会变革提供了语言、形象和意义。我们必须同时把握延安文艺所包含的不同层次的意义和价值,也即其意识形态症结和乌托邦想象:它一方面集中反映现代政治统治方式对人类象征行为、艺术活动的"功利主义"式的重视和利用,另一方面也表达了人类艺术活动本身所包含的最深层、最原始的欲望和冲动——直接实现意义,生活的充分艺术化。从这个角度来看,延安文艺是一场含有深刻现代意义的文化革命,这不仅仅是因为我们可以从中看到"大众"作为政治力量

---

[1] 唐小兵主编:《再解读》,香港牛津大学出版社1993年版。收入这本文集中的许多文章曾发表于20世纪90年代初的《今天》和《二十一世纪》等杂志上。2007年,北京大学出版社出版了《再解读》的增订版,以下所引《再解读》的文字,皆据增订版。

和历史主体的具体浮现,并且同时获得嗓音,而且也是因为这场运动隐约地反衬出对以现代城市为具体象征的市场经济方式的一种集体性抵抗意识,尤其是对资本化生产方式所带来的"感性分离"、价值与意义的分割所催发的无机生存的下意识恐慌和否定。[1]

为了凸显出"延安文艺是一场含有深刻现代意义的文化革命",既需要将"延安文艺"重新放到五四新文化运动和左翼文学运动的历史延长线上,将其视为历史发展趋势的一个组成部分,而非简单的历史"断裂"与"突变",这体现在"再解读"对"大众文艺"的重新阐释上:它不只是与城市文化背景下诞生的、追求市场交换价值的商品化"通俗文学"区别开来,而且也不同于一般意义上的"大众文学"。"大众文艺"之所以较"大众文学"更为贴切,是因为在"延安文艺"中,"五四"新文学运动中一直孕育着的,在30年代明确表达出来的"大众意识",才真正获得了实现的条件以及体制上的保障,"大众文艺"才由此完成其本身逻辑的演变,并且同时被程序化、政策化;又必须意识到"延安文艺"作为"含有深刻现代意义的文化革命",并非完全依靠文学内部的变动,更依赖于中国现代历史特别是中国革命的某种方向性转移,需要明确强调的是"大众文艺"所偏重的"行动取向"以及"生活与艺术同一"的原则,因为"大众"作为意义载体在新文学话语中的出现,是与新起的社会运动和历史主体密不可分的,尤其是与1920年代后期内战中涌现出来的农民力量密不可分的。如果这样来把握这场运动的多重结构,当时很多理论上的命题和实践或许可以得到新的解释,甚至可以说,当时的焦虑在很大程度上来自前现代的、农业式感觉方式与现代的、城市文化之间的历史性冲突碰撞。但是,《再解读》的思路不是将"农村"与"城

---

[1] 唐小兵:《我们怎样想象历史》,载《再解读》(增订版),北京大学出版社2007年版,第3—6页。

市""前现代"和"现代"简单对立起来,而是认为"延安文艺"突破了"现代"与"传统"的二元对立,反而可能通过"功利主义"式地与前现代的农业社会的认同,暴露出"自律性艺术"——既可以是"为艺术的艺术",也包括了"为人生的艺术"——可能的弊端和致命的弱点,也反衬出以城市市民为读者群的"通俗文学"——以"鸳鸯蝴蝶派"为代表的消费文学——的商品性质。

因此,唐小兵不无争议地提出,"延安文艺"的复杂性正在于它是一场"反现代的现代先锋派文化运动"。正是在这样一个混合体中,可以体会到"现代"所蕴含所激发的矛盾逻辑和多质结构,我们才可能想象出为什么延安曾经会使如此众多的"文化人"心驰神往的同时也焦虑痛苦。其之所以是反现代的,是因为延安文艺力行的是对社会分层以及市场的交换——消费原则的彻底扬弃;之所以是现代先锋派,是因为延安文艺依然以大规模生产和集体化为其最根本的想象逻辑;艺术由此成为一门富有生产力的技术,艺术家生产的不再是表达自我或再现外在世界的"作品",而是直接参与生活、塑造生活的"创作"。因此,"文艺工作者"虽然没有获得只有市场经济才能准予的"自律状况""独立性"或"艺术自由",但同时却被赋予了神圣的历史使命、政治责任以及最有补偿性的"社会效果"。这种新型关系的最大诱人处就是艺术作品直接实现其本身价值的可能,也即某种存在意义上的完整性和充实感,以及与此同时的对交换价值的超越。在这里,生活本身就是艺术,艺术并不是现代社会分层和劳动分工所导致的一个独立的"部门"或"机构"。[1]

尽管当时就有人不同意唐小兵借助彼得·比格尔(Peter Burger)的《先锋派理论》(*Theory of the Avan-Garde*),将"延安文艺"称为

[1] 唐小兵:《我们怎样想象历史》,载《再解读》(增订版),第9页。

"反现代的现代先锋派文化运动"。[1]但《再解读》的思路关键不在于是否同意这个命名,而是突破了20世纪80年代"重写文学史"不断强化的"现代"与"传统"的二元对立,"可以体会到'现代'所蕴含所激发的矛盾逻辑和多质结构",将"现代"把握为一个有可能"自己反对自己"的"悖论式结构",意识到各种各样的矛盾冲突不只发生在"现代"与"传统"之间,有可能因为"现代"的介入,"传统"也成了"现代"的某种"不在场"的"组成部分",从而想象出一种更为复杂的历史图景。

四、"当代文学":重新浮出历史地表

沿着《再解读》的思路,如果要突破"重写文学史"的限制,则必须在更高层次上重返"革命叙事"和"人民文艺",只不过这种"重返"并非简单地否定"现代化叙事"和"人的文学",而是希望在复杂变动的历史过程中把握相互之间的关系。

20世纪90年代,当洪子诚开始反思如"20世纪中国文学"这种整体性文学史视野时,就把"当代文学"作为一个具有"特殊意义"的"概念"提出来:"在谈到20世纪的中国文学时,我们首先会遇到'新文学'、'现代文学'、'当代文学'等概念。这些概念及分期方法,在80年代中期以来受到许多质疑和批评。另一些'整体地'把握这个世纪中国文学的概念(或视角),如'20世纪中国文学''晚清以来的中国文学''近百年中国文学'等,被陆续提出,并好像被越来越多的人所接受。许多以这些概念、提法命名的文学史、作品选、研究丛书,已经或将要问世。这似乎在表明一种信息:'新文学''现代

---

[1] 参见《再解读》所附《语言·方法·问题》一文,这是围绕该书"代导言"《我们怎样想象历史》的讨论,参加者有李陀、黄子平、孟悦、刘禾、邹羽、张旭东和唐小兵,载《再解读》(增订版),第253—269页。

文学''当代文学'等概念,以及其标示的分期方法,将会很快地成为历史的陈迹。"[1]这表明,曾经作为20世纪五六十年代"显学"的"当代文学",在80年代以来遭遇了严重的危机,原因在于,"黄子平、陈平原、钱理群的《论'二十世纪中国文学'》在讨论20世纪中国文学的总主题、现代美感特征等时,暗含着将50—70年代文学当作'异质'性的例外来对待的理解。"[2]倘若把"50—70年代文学"当作"异质"来处理,那么面对"20世纪中国文学"的挑战,如果说"近代文学"和"现代文学"因为自我的完成和封闭而有可能"自洽","当代文学"的危机则恰恰来自它的"未完成性":不仅作为起点的"1949年"遭到挑战,而且内在包含着的"1979年"成了另一套历史叙述的"新起点",一套取代"革命阶段论"、试图整体上把握"20世纪中国"的"现代化阶段论"的"新起点"。这样一来,"当代文学"就要在双重意义上为自我的存在辩护:一方面要站在"1949年"的立场上强调"当代文学"的"历史规定性",也即中国的"社会主义革命和实践"规定了"当代文学"的历史走向;另一方面则要包含"1979年"的变化来整合"当代文学"的"内在冲突",也即如何将"前30年"(1949—1979)和"后40年"(1979—2018)作为一个"有机整体"来把握。

如果更具体地来看这一历史过程,正如已有研究显示的,可以将《大众文艺丛刊》视为从"现代文学"向"当代文学"转型的一个扭结点,因为正是这个"群众刊物",完成了从"现代文学"到"当代文学"的断裂叙述。这种叙述包括如何把"统一战线"与"思想斗争"的政治策略具体化,通过判定作家和作品的"类型"和等级划分,而确认"发展""团结""打击"的不同政治态度;也包括对国统区左翼

---

[1] 洪子诚:《"当代文学"的概念》,载《文学评论》1998年第6期。
[2] 洪子诚:《关于50—70年代的中国文学》,载《文学评论》1996年第2期。

文艺运动的历史批判和现状否定,而确认解放区文艺的正统地位。显然,与1945—1946年重庆进步文艺界有关"当代文学"的构想相比,《大众文艺丛刊》完成的最激进的举措,便是确认了《在延安文艺座谈会上的讲话》和"解放区文艺"的正统性。而这种确认是通过对国统区文艺,也包括抗战文艺运动史的批判来完成的。这一"破"一"立",形构了此后当代文学发展的基本格局,需要深入展开的只是如何进一步将"延安文艺传统"具体化,如何把对五四新文艺传统的批判性继承复杂化。而第一次文代会被作为"当代文学"诞生的标志,其意义主要并不在提供的历史叙述,而在于它将这种历史叙述落实为具体的文艺机构和文艺制度的运作当中。也就是说,这种历史叙述具体地实践为文联和作协等文艺机构的组织方式、《文艺报》和《人民文学》等文艺媒介的指导原则、"中国人民文艺丛书"和"新文学选集"确认的文学经典等级……尤其是领导和组织这次会议的人员的主次关系,等等。[1]

　　这就是洪子诚的《中国当代文学史》为什么在进入具体的历史叙述之前,需要细致地分疏了"当代文学"的三重含义:"首先指的是1949年以来的中国文学。其次,是指发生在特定的'社会主义'历史语境中的文学,因而它限定在'中国大陆'的这一区域中……第三,本书运用'当代文学'的另一层含义是,'当代文学'这一文学时间,是'五四'以后的新文学'一体化'倾向的全面实现,到这种'一体化'的解体的文学时期。中国的'左翼文学'('革命文学'),经由40年代解放区文学的'改造',它的文学形态和相应的文学规范(文学发展的方向、路线,文学创作、出版、阅读的规则等),在50至70年代,凭借其时代的影响力,也凭借政治权力控制的力量,成为

---

[1] 参见贺桂梅:《"当代文学"的构造及其合法性依据》,载《海南师范学院学报(社会科学版)》2006年第4期。

惟一可以合法存在的形态和规范。只是到了80年代,这一文学格局才发生了变化。"[1]很显然,"当代文学"的第二点和第三点含义分别针对的是"1949年"和"1979年",不过,所使用的策略还是略有差别。针对"1949年",强调的是"当代文学"的"社会主义性质",但针对"1979年",却需要面对"20世纪中国文学"这类叙述所强化的"断裂说"——即前30年的"当代文学"使"五四"开启的中国现代文学进程发生了"断裂",只有到了70年代末的"新时期文学",这一进程才得以继续——而提出"延续说",也即前30年的"当代文学","是'五四'诞生和孕育的充满浪漫情怀的知识者所作出的选择,它与五四新文学的精神,应该说具有一种深层的延续性"。仅就文学精神而言,这种"延续"似乎并不会引起太大的异议,可是一旦引入了文学体制,那就会发现,"现代文学"和"当代文学"之间的区别,并不在于文学的语言、形式和内容方面的差异,而是来自现代文学体制和当代文学体制之间的巨大转变。"现代文学"是依靠什么生产出来的?它的生产机制是什么?这样的生产机制在1949年之后发生怎样的变化?"当代文学"又是如何依靠着这个体制的变化重新确立起来,并表现出与"现代文学"不同的文学形态和文学面貌的?

围绕着这一系列问题,引申出来的则是所谓"文学的一体化倾向",只不过这个"一体化"不是按照一般的理解从"1949年"开始的,而是可以上溯到"五四"新文学:"'当代文学'这一文学时间,是'五四'以后的新文学'一体化'倾向的全面实现,到这种'一体化'的解体的文学时期。"洪子诚认为,"在'当代',文学'一体化'这样一种文学格局的构造,从一个比较长的时间上看,最主要的,并不一定是对作家和读者所实行的思想净化运动。可能更加重要的,或者更有保证的,是相应的文学生产体制的建立",所以他这部影响极大

---

[1] 洪子诚:《中国当代文学史》(修订版),北京大学出版社2007年版,第3—4页。

的"当代文学史",对20世纪50—70年代的文学创作和文学生产之宏观"规范"形成进行了全面深入地阐释,从文学环境、刊物、文学团体等文学生产机制以及文学批判运动、作家的整体性更迭、"中心作家"的文化性格特征等诸多方面,论述了这个"一体化"的当代文学体制的建构过程。[1]用洪子诚自己的话来说:"我要回答的是,'当代'的文学体制、文学生产方式和作家的存在方式,发生了哪些重要的变化,这种变化如何影响、决定了'当代'的文学写作?"[2]

如此明确的问题意识,开启了"中国当代文学制度"的研究空间,其中较有代表性的是王本朝的《中国当代文学制度研究》,从文学机构、作家身份、文学期刊、文学出版、群众读者、文学批评、文学政策和文学会议等层面,讨论了社会主义文学"借助文学制度"实现的"对文学观念、作家思想、作品创作以及读者阅读的全面制约和规范"。[3]而张均的《中国当代文学制度研究(1949—1976)》则以较为复杂的态度来理解"一体化",进一步推进和加深了对"当代文学制度"的理解:研究文学制度,不宜将其假设为国家权力的简单体现,也不可仅停留于公开体制。所谓"体制",指的是"一个社会中任何有组织的机制",作为公开的政策或规定,它并非我们所讨论的"文学制度"。体制代表了国家权力要求,但在实际写作、出版、评论和接受活动中,党的文艺领导人、评论家、作家、读者和出版社等,会在遵从体制要求的大前提下,尽量参酌彼此纠结的各种文学观念和利益,最后才形成事实上的文学制度。如果说"体制"是国家权力单方面的诉求,"制度"则是对"谈判"妥协后的"心照不宣的协议"。因此,在当前的研究中,作为"成规"的文学制度还有大量未被"照

---

[1] 参见洪子诚《中国当代文学史》的相关论述。
[2] 李杨、洪子诚:《当代文学史写作及相关问题的通信》,载《文学评论》2002年第3期。
[3] 参见王本朝:《中国当代文学制度研究(1949—1976)》,新星出版社2007年版。

亮"的部分：在主要体现国家权力的同时，文学制度在建立过程中，是否经受了异质权力的渗透、介入和博弈？ 在服从"党和国家的意识形态"时，文学制度参与重构当代文学"版图"的过程是否包含着各方面相互的斗争、争夺和妥协，是否发生了不为人知的"脱轨"？ 此类问题近年研究较少注意。相反，在将制度假设为国家权力附属物之后，部分研究已陷入"重复"。无论研究出版制度还是分析稿费制度，无论讨论身份认同还是考察文艺机构，结论总不外乎社会主义文化体制对文人从外到内的"一体化"规约。而且，文学制度还被从中国传统文化中剥离出来，很自然地划归为社会主义政治"独享"的"文化遗产"。[1]值得注意的是，洪子诚近年来通过注解1962年"大连会议"发言材料等"当代文学"史料，展示出另一条重要思路，即如何把握中国社会主义文学体制自身的多元、差异与弹性。这不啻是对自己的"一体化"论述的某种反思，同时也曲折地回应了张均对"一体化"论述缺乏灵活性的批评。[2]

洪子诚的"一体化"论述，不仅推动了对"当代文学制度"的深入研究，也因其采取"历史化"的研究方法而对"当代文学"研究产生了深刻的影响。他在一次访谈中指出，由于80年代"重写文学史"潮流主要考虑的是哪种叙述、概况是"正确"的，也就是当时大家经常挂在嘴边的"拨乱反正""正本清源"这些词，后来想法有了调整。觉得弄清楚那些说法、概念的特定含义，了解形成它们的具体条件、背景，比做出简单肯定或否定要重要得多；即使从批判的意义上也是这样。对这些概念、说法，也不是要全部推翻，主要是将概念、现象、作家作品，放置在特定的历史情境中，考察它们的含义、由来、变异；也就是它的发生、扩散、变迁以及衰减的情况，采用这样的叙述

---

[1] 参见张均：《中国当代文学制度研究（1949—1976）》，北京大学出版社2011年版。
[2] 参见洪子诚：《材料与注释》，北京大学出版社2016年版。

方法有一个前提,就是对事实、对材料有比较全面、细致、历史性的把握;这和在某种理论框架、信念下进行判断的工作方式不同。还有是如何处理评价冲动的挑战。人文学科始终联系,并且深深渗透了权力、价值的问题,但这种清理的"历史化"方法,又需要抑制评价的欲望。如果一开始就为好坏优劣的判断左右,为急切的好恶情感支配,那么,了解对象的"真相",它的具体情境,就很困难。[1]

在这种"历史化"研究方法的影响下,研究者至少可以自觉或不自觉地避免用80年代形成的"文学标准",先入为主地去评判"共和国前30年"的"当代文学"。董之林通过她对"17年小说"的系列研究,力图从"历史连续性"的角度证明这段文学的价值:无论从作品所反映的社会生活和时代氛围,还是从作家创作的心路历程来认真考察和分析这一时期作品在文学史上的特征,都表明这是一个无法跨越的文学时代。它们是从传统经由五四文学革命而转向当代中国社会的必然结果,同时又奠定了新时期文学许多重要的审美基因。或者说,在这段历史里埋藏着连接未来文学发展的审美记忆,其文学酵素不仅在新时期小说中,而且即使在当前文学大踏步地转向市场的时代,也依然左右着小说创作的艺术格局、接受心理以及评价尺度;[2]蓝爱国更强调新的阅读视野的重要性:当带着现代性、日常生活、物质话语这三个阅读概念"回到""17年"的时候,我们发现"17年文学"作为意识形态时代的文化表情实在是十分丰富。拨开意识形态时代的重重迷雾,我们看到的是一个世纪的"中国焦虑"在当代文学中的全面反映! 这种焦虑既有物质发展和强国梦想之间的矛

[1] 洪子诚、季亚娅:《文学史写作:方法立场前景》,载《新文学评论》2012年第3期。
[2] 参见董之林:《追忆燃情岁月——五十年代小说艺术类型论》,河南人民出版社2001年版;《热风时节:当代中国"十七年"小说史论(1949—1966)》,上海书店出版社2008年版;《大事小情》,上海人民出版社2017年版。

盾，也有个体存在和集体强势之间的矛盾，还有生活情趣和寡欲理性之间的矛盾，更有革命和民主之间的矛盾。面对这些矛盾，我们显然不能轻易从意识形态的右翼角度、从对意识形态的批判到抛弃这种批判对象的角度来看待"17年文学"及其时代……通过三个阅读概念，我们获得更多的是对"17年文学"时代的理性思考，是从这个时代的文化遗产中阅读出的有益于我们未来文化发展的精神资源；[1]余岱宗则发现了文学文本的复杂性和多义性如何介入主流意识形态的建构中，他的论述侧重于20世纪五六十年代的主流意识形态对红色文学的感性叙述如何"规范"，"规范"如何渗透到文本内部的辨析，并考察意识形态对文学作品的叙述语言、叙事视角、故事结构、人物关系等看似"中性"的叙事机制如何进行隐蔽的"编码"，研究红色文学感性的叙述层面是如何支持主题层面的实现。当然，在一些红色文本中，感性的叙述层面也可能"事与愿违"，走向红色主题的反面；[2]即使研究1956—1976年这20年"修正主义文艺"批判运动，也并非简单地进行否定与批判，而是认为这20年间的文艺思想状况，最突出地反映了当代文艺与当代政治的同构关系，最集中、最准确地体现了当代社会的人的生存问题，这是选择这20年作为当代文艺思想标本的主要原因。希望能够将20年"修正主义文艺"批判运动放在五四运动以来对现代性探究的关系之中来讨论，也就是说，想为研究"修正主义文艺"批判运动寻找到更多一些可能性。[3]

在"历史化"研究方法引向深入的过程中，另一个显著动向则是个案研究的逐渐增多和研究领域的逐渐拓展，这使得"当代文学"

[1] 参见蓝爱国：《解构十七年》，华东师范大学出版社2003年版。
[2] 参见余岱宗：《被规训的激情——论1950、1960年代的红色小说》，上海三联书店2004年版。
[3] 参见柏定国《中国当代文艺思想史论（1956—1976）》，中国社会科学出版社2006年版。

研究趋向细密。姚丹的《"革命中国"的通俗表征与主体建构——〈林海雪原〉及其衍生文本考察》,具体化地呈现了《林海雪原》经历的传奇、小说、电影和样板戏等阶段,在多种文类和媒体样式地转换中开阔了作品的内涵和意义;与这一方法相类似的,则有钱振文的《〈红岩〉是怎样炼成的——国家文学的生产和消费》。[1]张炼红的《历炼精魂:新中国戏曲改造考论》可以说是首部对新中国戏曲改造做出整体考察的著作,这部著作的特点是个案分析和文本细读的密切结合,同时在文本与政治之间建立起了有力的勾连,因而相关的讨论都深入而细致;高音的《舞台上的新中国:中国当代剧场研究》着力于话剧研究,该书以共和国话剧的重要事件和经典作品为中心,引入多种史料,生动地呈现了共和国话剧剧场的历史流变和多重面向。[2]

五、"现代中国"与"革命中国"的双重变奏

从学术史的脉络来看,洪子诚的"一体化"和"延续说"实际上继承了"当代文学"的传统——1949年之后,"中国现代文学"这一学科以及相应的文学史撰写,都是经由"当代文学"的概念生产出来的,王瑶的《中国新文学史稿》即是这一生产的范例——透过"当代文学",回溯性地建构了对"五四"以来现代文学发展的理解;相反,"20世纪中国文学"论述虽然试图"把20世纪中国文学作为一个不可分割的有机整体来把握",却将前30年的"当代文学"视为需要

---

[1] 参见姚丹:《"革命中国"的通俗表征与主体建构——〈林海雪原〉及其衍生文本考察》,北京大学出版社2011年版;钱振文:《〈红岩〉是怎样炼成的——国家文学的生产和消费》,北京大学出版社2011年版。

[2] 参见张炼红:《历炼精魂:新中国戏曲改造考论》,上海人民出版社2013年版;高音:《舞台上的新中国:中国当代剧场研究》,中国戏剧出版社2013年版。

"重写"的对象，不仅打入"另册"，而且从根本上颠覆了"当代文学"的价值，确立了一套以"20世纪中国文学"为名、实则来自"现代文学"的新的评判标准。正如程光炜指出的，这样的"现代文学"与其说是"历史"上的"现代文学"，不如说是"80年代"的"现代文学"："我们'今天'所知道的鲁迅、沈从文、徐志摩，事实上并不完全是历史上的鲁迅、沈从文和徐志摩，而是根据80年代历史转折需要和当时文学史家（例如钱理群、王富仁、赵园等）的感情、愿望所'重新建构'的作家形象。"由此可见，"20世纪中国文学"在"文学史叙事"上，用以"人的文学"为核心的"现代文学"压抑了以"人民文艺"为核心的"当代文学"；而在"历史叙事"上，则以"现代化叙事"取代了"革命叙事"。早在1986年，当时北京大学组织了一场有几位日本中国现代文学研究者参与的讨论，木山英雄便相对隐晦地提出，"20世纪中国文学"用马克思的"世界市场"来定义中国的20世纪历史，忽略了"文化主体的形成"这一问题，因为"从东方民族的立场来看，这（指20世纪）并不是像马克思所说的世界市场的成立。马克思是完全站在西方立场上说的"。而丸山升则直截了当地提出，"20世纪文学"的"中心问题"应当是"社会主义"，但在"20世纪中国文学"论述中，这一"中心问题"却并没有出现。到90年代末期，钱理群在回顾"20世纪中国文学"这一概念的提出经过时，也曾提及王瑶的质疑："你们讲二十世纪为什么不讲殖民帝国的瓦解，第三世界的兴起，不讲（或少讲，或只从消极方面讲）马克思主义，共产主义运动，俄国与俄国文学的影响？"[1]概而言之，这些"20世纪中国文学""不讲"的内容，便是遮蔽20世纪"现代性"的内在矛盾与冲突，将其视为一个统一的因而也是"单一现代性"的过程，也因此抹去了以"革命中国"为代表的在资本主义内部批判现代性的"社会主义

---

[1] 钱理群：《矛盾与困惑中的写作》，载《文艺理论研究》1999年第3期。

(第三世界)现代性"。[1]

只有把握了"王瑶之问"的深刻意涵,才能更好地理解为什么蔡翔的《革命/叙述:中国社会主义文学-文化想象(1949—1966)》要以《"革命中国"及其相关的文学表述》作为全书的导论。[2]因为要突破"20世纪中国文学"的限制,就必须在更高层次上重返"革命叙事"和"人民文艺",但这种"重返"并非简单地否定"现代化叙事"和"人的文学",而是希望在复杂变动的历史过程中把握相互之间的关系。正如蔡翔指出的,"革命中国"只是一个比喻性的说法,使用这一说法,目的在于划出一条它和"传统中国"与"现代中国"之间的必要的边界,尽管,这一边界在许多时候或者许多地方都会显得模糊不清。所谓"传统中国",指的是古代帝国以及在这一帝国内部所生长出来的各种想象的方式和形态;所谓"现代中国"则主要指称晚清以后,中国在被动地进入现代化过程中的时候,对西方经典现代性的追逐、模仿和想象,或者直白地说,就是一种资产阶级现代性——当然,这也是两种比喻性的说法——而"革命中国"毫无疑问的是指在中国共产党人的领导之下,所展开的整个20世纪的共产主义的理论思考、社会革命和文化实践。但强调"革命中国"在"20世纪中国"的重要地位,并非否定"革命"与"现代"之间的历史性联系,无论从哪一个方面,中国革命都可看作是"五四"这一政治/文化符号的更为激进的继承者,或者说,中国革命本身就是"现代之子"。将中国革命视之为一场"农民革命",无非是因为论述者察觉到了这一革命的主要参加者的经验形态,但却忽视了领导这一革命的政党政治的现代性质,包括这一政党核心的现代知识分子团体。这一政党政治的现代性质不仅因为它本身是一个国际性的政党组织,还因为

[1] 参见贺桂梅:《重读"二十世纪中国文学"》,载《当代作家评论》2008年第4期。
[2] 参见蔡翔:《革命/叙述:中国社会主义文学-文化想象(1949—1966)》,北京大学出版社2010年版。

"现代"已经成为这一"革命"最为主要的政治、经济、文化等的目的诉求,显然,无论是大工业的社会形态,还是民族国家的现代组织模式,乃至文化上激进的个性解放——即使在文学形式的激烈的辩论中,追求一种内在的有深度的个人描写,也曾经是中国当代文学一度共同追寻的叙事目的,无论这一有深度的个人以何种形态被表征出来——"社会主义新人"或者"典型环境中的典型人物"。

不过,仅仅将"革命"放在"现代"的延长线上是不够的。《再解读》的思路已经揭示出"延安文艺"的某种"反(资本主义)现代性";[1] 蔡翔则更进一步强调,"革命中国"所追求的"现代"决不能完全等同于资产阶级现代性,这一点,在根本的意义上,当然是因为马克思主义意识形态的影响。一方面,我们不能将"中国革命"视之为一场纯粹的民族主义的革命(尽管它有强烈的民族色彩)。相反,这场革命一直带有浓厚的世界主义倾向,无论是早期的共产国际,还是后来"第三世界"的理论和实践,均可证明"革命中国"的世界性背景;但是另一方面,这一国际或世界的根本性质是无产阶级的,这就决定了"革命中国"和"现代中国"的价值取向上的不同差异,包括它拒绝进入资本主义的世界体系。这一差异主要表现在它从"民族国家"力图走向"阶级国家";下层人民的当家作主,从而创造出一种新的尊严政治;对科层制的挑战和反抗;一种建立在相对平等基础上的新的社会分配原则;等等。这一切,又都显示出它的"反现代"性质。

更关键的是,"革命中国"不是一个静态的叙事,而是一个动态的过程。蔡翔认为,这个过程的动态性体现在"革命中国"对"革命之后"的深刻关切:"革命"在这里首先指的是一种具体的历史实践,在中国,我们无妨暂时界定它为一种大规模的武装反抗以及夺取国

---

[1] 参见唐小兵编:《再解读》(增订版),北京大学出版社2007年版。

家权力的政治实践,相对于这一"革命"而言,1949年之后的中国,在某种意义上,也可以说,开始进入了"革命之后"的历史阶段。这一"革命之后"的社会主义,一方面在生产平等主义的革命理念,另一方面也在生产社会的重新分层;一方面在生产政治社会的设想,另一方面也在生产生活世界的欲望;一方面在生产集体观念,另一方面也在生产个人;一方面强调群众参与,另一方面也在生产科层化的管理制度……所有这些被生产出来的矛盾,才可能构成这一时期中国社会主义的复杂景观。这些相互矛盾的因素被并置在"革命之后"的社会主义时期,从而也形成了这一时期的激烈的矛盾冲突。[1]

在这个意义上,社会主义的矛盾并不完全来自传统遗留或外部的威胁因素,而是应该深入这一社会的结构内部或者它们的生产装置,只有这样,才能寻找这些矛盾的产生原因。而当矛盾无法解决的时候,就会形成一定程度的社会性危机。因此,社会主义不仅在生产自己的支持者,也在生产自己的反对者,社会主义国家的出现不仅没有结束革命;相反,它很可能意味着另一个变革的开始。反体制的力量,有可能来自革命理念的支持,因此,对现行的体制的批评恰恰是为了回应或拒绝革命理念的失落;也有可能来自另一种——比如现代化——理念的支持,而如何理解"现代"(实际上也是被社会主义的装置生产出来的)尤其是技术意义上的现代化,在社会主义中的重要位置以及它对个人和国家的询唤作用,不仅对理解中国前30年的社会主义时期,也对理解后40年的改革时代,有着重要的意义。

蔡翔的《革命/叙述:中国社会主义文学-文化想象》(简称《革命/叙述》)摆脱了以文学体制为主导的模式,深入文学文本的肌理中,揭示了其中隐含的复杂维度,显示出对"当代文学"的整体把

---

[1] 参见蔡翔:《革命/叙述:中国社会主义文学-文化想象(1949—1966)》一书"导论"部分的相关论述。

握从根本上突破了"一体化"论述。正如张均敏锐地意识到:"近年
1950—1970年代文学研究出现了两种新倾向:(1)以'社会学视野'
重新打通1950—1970年代;(2)重估'人民文艺'。两种倾向的源头,
皆可追溯到蔡翔出版于2010年的《革命/叙述》一书……与此前研
究有意回避1950—1970年代文学的阶级正义不同,蔡翔提出了'革
命中国'问题域,并将其间文学指认为'弱者的反抗'。藉此,他在
国家与地方的博弈、动员结构、劳动和性等社会学视野中重新解读了
'革命中国'及其文学实践。应该说,迄今为止,蔡翔是所有研究者
中最不惮于表达自己真实看法的一位学者。当然,就蔡翔自己而言,
他是力图'强调中国革命的正当性,同时也会正视它生产出来的无
理性',但无论是从情感记忆出发还是就理论立场而言,忘却'革命
的正当性'及其所牵连的历史语境与社会问题,已经成为启蒙知识
界'潜在的约定'。因此,《革命/叙述》一书面世以来饱受非议……
但它的重印和外译同时也表明了蔡翔的前瞻与深刻。"[1]我们愿意相
信,这本著作之于重返"人民文艺"的"范式"意义将会随着时间的
推移愈益显著。

六、重返"人民文艺":寻找更具
活力的文学史研究范式

在20世纪中国文学发展的历史中,"人民文艺"与"人的文学"
相互缠绕、彼此涵纳、前后转换、时有冲突……构成了一幅波澜壮阔、
曲折蜿蜒的文学图景。越来越多的研究已经意识到要超越"人民文
艺"与"人的文学"的二元对立,力图进一步寻找两者的历史联系和
现实契合,但在讨论"人民文艺"与"人的文学"关系的过程中,有可

---

[1]　张均:《我所接触的1950—1970年代文学研究》,载《当代作家评论》2018年第5期。

能把"人的文学"看作是一个历史性建构的范畴,却没有同时将"人民文艺"客观化与相对化,仍将其作为固定不变的文学史范畴,没有进一步设想如何在变动的形势下通过辩证否定达到更高层次的综合:一方面,20世纪80年代形成的以"人的文学"为核心的文学话语构造正日益显现其片面性,文学的标准从"政治"转向"审美","纯文学"的观念与体制渐渐取得了支配地位,转向"内在"、关注"形式"的文学虽然在艺术探索的层面上有所进步,却逐渐失去了回应急剧变动的现实的能力。历史地看,这一针对逐渐僵化的文学与政治关系的转折,具有时代的合理性与必然性,也造就了20世纪80年代以来文学的繁荣与发展。但是,这一具有广泛影响力的文学话语构造,就文学史研究层面而言,假如一味冷落乃至贬低"人民文艺"的文学传统,就不能描绘出一幅完整的20世纪中国文学的图景;就文学创作而言,假如只是停留甚至沉溺于"纯文学"的审美规划,就难以贡献出无愧于这个时代的伟大作品;另一方面,20世纪90年代已经开始的"突破",大多还停留在希望既有的文学话语能够吸纳和容忍"人民文艺"的存在,而非重新构想以"人民文艺"为主体的文学话语。即使具有了重新构想"人民文艺"的意识,却又容易陷入与"人的文学"二元对立的格局中,譬如21世纪以来日渐强势的"底层文学"及其话语,就未能有效摆脱这一思维定势。

因此,在新形势下重提"人民文艺"与20世纪中国文学的历史经验,并非要重构"人的文学"与"人民文艺"的二元对立,也不是简单地为"延安文艺"直至"共和国前30年文学"争取文学史地位,更关键在于,是否能够在"现代中国"与"革命中国"相互交织的大历史背景下,重新回到文学的"人民性"高度,在"人民文艺"与"人的文学"相互缠绕、彼此涵纳、前后转换、时有冲突的复杂关联中,描绘出一幅完整全面的20世纪中国文学图景:既突破"人的文学"的"纯文学"想象,也打开"人民文艺"的艺术空间;既拓展"人民文艺"的

"人民"内涵,也避免"人的文学"的"人"的抽象化……从而召唤出"人民文艺"与"人的文学"在更高层次上的辩证统一,"五四文学"与"延安文艺"在历史叙述上的前后贯通,共和国文学"前30年"与"后30年"在转折意义上的重新统合。具体到文学史研究,"人民文艺"如何回溯性地建立与"五四"新文学和左翼文学之间的历史性联系?怎样前瞻性地面对20世纪80年代以后文学观念的转折以及90年代以后"市场经济"和"大众文化"兴起的挑战?这都需要重新回到"20世纪中国文学"鲜活具体的历史现场和历史经验,再次寻找新的、更具有解释力和想象力的文学史范式。

在这"大变动的时期","人民是文艺创作的源头活水,一旦离开人民,文艺就会变成无根的浮萍、无病的呻吟、无魂的躯壳"。[1]

重返"人民文艺"的路途上,我们任重而道远。

---

[1] 习近平:《在文艺工作座谈会上的讲话》(2014年10月15日),人民出版社2015年版。

第一章　回到"事情"本身

——重读《邪不压正》[1]

一、重读的起点：由"人"出发还是由"事"出发？

赵树理的小说《邪不压正》1948年10月13日起在《人民日报》上连载，马上就引起了激烈的争论。1948年12月21日《人民日报》发表了党自强的《〈邪不压正〉读后感》和韩北生的《读〈邪不压正〉后的感想与建议》两篇观点相互对立的文章。1949年1月16日《人民日报》又用了一个版的篇幅，发表了耿西的《漫谈〈邪不压正〉》、而东的《读〈邪不压正〉》、乔雨舟的《我也来插几句——关于〈邪不压正〉争论的我见》、王青的《关于〈邪不压正〉》一组文章展开讨论，同时还配发了《人民日报》编者的文章《展开论争推动文艺运动》。这篇文章指出，围绕《邪不压正》这篇小说"论争的重点，主要集中在作品的现实指导意义上，因而也牵涉到对农村阶级关系、对农村党的领导、对几年来党的农村的政策在农村中的实施……一些基本问题的认识的分歧"。

具体来看这场讨论，可能涉及的问题并不止于"作品的现实指导意义"。党自强认为《邪不压正》"把党在农村各方面的变革所起

---

[1] 赵树理：《邪不压正》，原载《人民日报》，1948年10月13、16、19、22日，现收入《赵树理全集》（第三卷），大众文艺出版社2006年版，第280—318页。除特别注明外，本文依据的是这个收入全集的版本。

的决定作用忽视了,因此,纸上的软英是脱离现实的软英,纸上的封建地主是脱离现实的封建地主,于是看了这篇小说就好像看了一篇《今古奇观》差不多,对读者的教育意义不够大"。批评的焦点固然集中在"作品的现实指导意义",但也隐含着将《邪不压正》理解为与《小二黑结婚》有着某种类似的、描写"农村青年男女爱情及其波折"的小说。正是出于这样的理解,他认为赵树理这部作品在"人物塑造"上存在着较大的失误:"小宝应该是优秀的共产党员,应该是有骨气的。软英应是由希望、斗争、动摇、犹豫以至坚定。坚定的思想应该必须是在党的直接或间接教育培养下产生出来的。"不过,另一位评论者耿西"不同意党自强同志那种结论。那个结论好像是从几个固定的框子里推断出来的,并没有切合实际的分析",而且他与党自强的分歧还在于"赵树理这个作品不是写一个普通的恋爱故事,而是通过这个故事在写我们党的土改政策。特别是在写一个支部在土改中怎样把党对中农的政策执行错了,而又把它改正过来。这篇小说便是在这种波动中发生在一个农家的故事。这正是我们在土改运动的某个侧面和缩影。因此,这个作品只能拿我们党在土改中的政策去衡量。离开了这个标准,我以为很难涉及这篇小说的本质"。

赵树理应该很同意耿西对《邪不压正》的判断,他在回应这场讨论的《关于〈邪不压正〉》一文中特别强调"我在写这篇东西的时候,把重点放在不正确的干部和流氓身上,同时又想说明受了冤枉的中农作何观感,故对小昌、小旦和聚财写的比较突出一点",与这种构想有关,"小宝和软英这两个人,不论客观上起的什么作用,在主观上我没有把他两个当作主人翁的",他俩的恋爱关系不过是条结构上的"绳子"而已,"把我要说明的事情都挂在它身上,可又不把它当成主要部分"。由此一来,《邪不压正》中的人物"刘锡元父子、聚财、二姨、锡恩、小四、安发、老拐、小昌、小旦等人,或详或略,我都明确地给他们以社会代表性",这样才能"使我预期的主要读者对象(土改中的干部群众),从读这一恋爱故事中,对那各阶段的土改工作和参加工作的人都给以应有的爱憎"。[1]

如果着眼于"事",《邪不压正》的重点不在"恋爱",而在"土改",这点恐怕很清楚;然而着眼于"人",《邪不压正》究竟塑造出了怎样的主要人物形象,是聚财还是软英? 就不太明白了。与赵树理的《关于〈邪不压正〉》同时刊登在《人民日报》上的,还有一篇竹可羽的《评〈邪不压正〉和〈传家宝〉》,同样具有总结这场讨论的性质:"这篇小说的主题,既非软英和小宝的恋爱故事(党自强说),也非党的中农政策问题(耿西说);这篇小说的主人公,既非软英和小宝(党自强说),也非元孩和聚财(耿西说),而是软英和聚财。"很显然,竹可羽试图整合两种互相冲突的说法,同时也指出赵树理的这篇小说"问题就在于作者把正面的主要的人物,把矛盾的正面和主要的一面忽略了",这一问题的集中表现就在于赵树理没有塑造好"软英"这个"主要正面人物":"作者把软英写成一个等待着问题解决的消极人物,作者没有把农村青年的婚姻问题和农村问题结合起来,指出合理的争取或斗争过程。因此,这个问题这个人物,没有给予我们读者以应有的教育意义"。[2]

尤其值得注意的是,竹可羽对赵树理的批评,并非完全着眼于"作品的现实指导意义",他在读了赵树理的《关于〈邪不压正〉》之后,进一步联系"社会主义现实主义"的创作方法,以俄苏文学的果戈埋《死魂灵》和高尔基《母亲》塑造"典型人物"为创作典范,认为"人物创造",在赵树理的创作思想上"还仅仅是一种自在状态","因此,假使这可以算是作者创作思想上不够的地方,那么,这个弱点

---

[1] 赵树理:《关于〈邪不压正〉》,载《人民日报》1950年1月15日。
[2] 竹可羽:《评〈邪不压正〉和〈传家宝〉》,载《人民日报》1950年1月15日。

正好在《邪不压正》上明显地暴露出来,并在《关于〈邪不压正〉》上作了这个弱点的一种说明"。进而告诫赵树理,在"社会主义现实主义"文学中,"人的因素"具有"决定的意义","因为人,永远是生活或斗争的核心,永远是一个故事、事件、或问题的主题。所以说,社会主义现实主义,首先在善于描写人。但,这在当前中国文艺界,似乎还没有普遍被重视起来……在赵树理的创作思想上,似乎也还没有这样自觉地重视这个问题"。[1]

确实,赵树理的创作并不以"人"为中心,也很难说他塑造出了什么令人难忘的"典型形象"。就像赵树理自己所说的那样,"每天尽和我那几个小册子中的人物打交道",写作的材料"大部分是拾来的,而且往往是和材料走得碰了头,想不拾也躲不开"。[2]这种似乎比较被动的创作方法,正是被竹可羽视为对"人物创造"还处于"一种自在状态"的表现。采访并翻译过赵树理三部书的杰克·贝尔登同样对他小说中的"人物描写"表示失望:"……人物往往只有个名字,只不过是一个赤裸裸的典型,什么个性也没表现出来,没有一个作为有思想的人来充分展开的人物。"[3]无论是认为赵树理笔下的人物不够"典型"(竹可羽),还是缺乏"个性"(贝尔登),都意味着赵树理小说这种不以"人"为重点和中心的写法,和一般意义上的"现代小说"有了较大的分野,也使得深受"现代小说"阅读趣味影响的批评家和翻译家难以理解赵树理的小说。

然而,对于试图冲破"现代小说"乃至"现代主体"惯例的文学研究者,赵树理小说的这一"反现代"的特质却不能不引起他们

[1] 竹可羽:《再谈谈〈关于《邪不压正》〉》,《人民日报》1950年2月25日。
[2] 赵树理:《也算经验》,原载《人民日报》1949年6月26日,《赵树理全集》(第三卷),第349页。
[3] 转引自洲之内彻:《赵树理文学的特色》,载《赵树理研究资料》,黄修己编,北岳文艺出版社1985年版,第461页。

的注意。洲之内彻在讨论"赵树理文学的特色"时,非常具体地指出"赵树理小说"与以"心理主义"为基本特征的"现代小说"的区别:"赵树理的小说没有人物分析。既是现代小说创作的基本方法,同时又是消弱现代小说的致命伤的所谓心理主义,和赵树理文学是无缘的。心理主义可以说是自动地把现代小说逼近了死胡同。即使这样,无论如何它对确立现代化自我也是不可缺少的,或者说是不可避免的,也可以说是现代化命运的归宿。受到这种宿命影响的读者,对赵树理的文学恐怕还是不满意的吧。或许是赵树理证明了中国还缺少现代的个人主义等等。对于这类有碍于革命的东西不能不有所打击。而所谓新文学的文学概念之所以暧昧,其原因就在于此。即:一方面想从封建制度下追求人的解放,同时另一方面又企图否定个人主义。如此而已,岂有他哉!"[1]而竹内好则更近一步地确认了"赵树理文学"这种"反现代"的"现代"特质:"从不怀疑现代文学的束缚的人的观点来看,赵树理的文学的确是陈旧的、杂乱无章的和浑沌不清的东西,因为它没有固定的框子。因此,他们产生了一个疑问,即这是不是现代文学之前的作品?……粗略地翻阅一下赵树理的作品,似乎觉得有些粗糙。然而,如果仔细咀嚼,就会感到这的确是作家的艺术功力之所在。稍加夸张的话,可以说起结构严谨甚至到了增一字嫌多,删一字嫌少的程度。在作者和读者没有分化的中世纪文学中,任何杰作都未曾达到如此完美的地步。赵树理以中世纪文学为媒介,但并未返回到现代之前,只是利用了中世纪从西欧的现代超脱出来这一点。赵树理文学之新颖,并非是异教的标新立异,而在于他的文学观本身是新颖的。"[2]

---

[1]　洲之内彻:《赵树理文学的特色》,载《赵树理研究资料》,第462页。
[2]　竹内好:《新颖的赵树理文学》,载《赵树理研究资料》,第481—482页。

赵树理自己或许并没有意识到他的小说具有"以中世纪文学为媒介""重返现代"的特质，但竹内好指出他的作品"结构严谨甚至到了增一字嫌多，删一字嫌少的程度"，赵树理想必会很满意。赵树理小说的结构不以"人"为焦点，而是以"事"为重心，看似随意，却极用心。只不过这份"用心"不一定能被那些一直要求小说写"人"的读者充分体会罢了。按照赵树理的说法，他的小说重点在"事"，却也不是为写事而写事，"事"的背后是"问题"："我在做群众工作的过程中，遇到非解决不可而又不是轻易能解决的问题，往往就变成所要写的主题"。[1]这段话常被简单地理解为"赵树理小说"就是"问题小说"，然而，如果把"问题"放在之前讨论的赵树理小说从"人"到"事"的转换，就会发现"问题小说"也不简单。"事"一旦遇到"问题"，就从静态的存在变成动态的过程，就意味着原来的存在遭到质疑，过去的秩序不再稳定。因此，人们可以借由这一时刻，追问这"事"合不合"道理"？通不通"情理"？赵树理通过"问题"，把"事""理""情"三者勾连起来，在动态中把握三者的关系，让"事"不断地处于"大道理"和"小道理""新道理"和"旧道理"，以及"人情""爱情""阶级情"等不断冲突、更新与融合的过程中，譬如：乡村男女的婚姻都是"媒妁之言，父母之命"，但《婚姻法》颁布了，小青年的"爱情"就"合情""合理""合法"了（《小二黑结婚》）；阎家山一直是富人掌权、穷人受压，但共产党来了，这样的"事"就不合"理"了（《李有才板话》）；地主出租土地获得地租从来不算是"剥削"，但如今是"劳动"还是"土地"创造"价值"，这"理"一定要辩辩清楚（《地板》）……围绕"问题"来组织"事""理""情"之间的关系，不仅使得赵树理小说"在工作中找到的主题，容易产生指导现实的意义"，而且也让作品的"结构严谨甚

---

[1] 赵树理:《也算经验》,《赵树理全集》(第三卷),第350页。

至到了增一字嫌多，删一字嫌少的程度"。这种既将"内容"形式化，又把"形式"内容化的方式是"赵树理文学"的真正"新颖"之处，其关注的核心并非日本学者所感兴趣的"现代主体"之批判意识，而是新的"道理"是否能够合符"情理"地深刻改变、契合并升华这块古老土地上的种种"事情"。至于"人"，根本就不存在所谓抽象的"人性"和"主体"，只有回到"事情"及其遭遇"问题"的过程中，"人"的改变才变得合情合理。如此看来，《邪不压正》中聚财那一句"这真是个说理地方"，对"赵树理文学"来说，可谓画龙点睛之笔。

二、不同的"时间"，不同的"道理"

小说的题目《邪不压正》原是一个成语："正"和"邪"之间的关系，最终都是邪不能压正，正压住了邪。但是，如果我们读过这小说的话，就会知道，小说开始时，说的是邪压住正。开始时谁是"邪"？地主刘锡元向王聚财家提亲，要把他们家的17岁的闺女强行娶过来，让她嫁给刘锡元家的儿子。这个儿子已经40多岁了，娶过老婆，老婆死掉了，现在要娶第二个老婆，叫"续弦"。刘锡元强迫聚财，不管你答应不答应，就要把你的女儿娶过来。故事一开始，其实不是"邪不压正"，而是"邪"压住了"正"。所以，第一个小标题"太欺人呀！"说的是这种正邪关系——这篇小说的每一个小标题都是引用小说中人物所说的话，都打上引号——这个"太欺人呀"一开始展现出的恰恰不是"邪不压正"的局面，而是"邪"压住了"正"。

小说的第一句话点明了这个正邪关系的来龙去脉：

"1943年旧历中秋节，下河村王聚财的闺女软英，跟本村刘锡元的儿子刘忠订了婚，刘家就在这一天给聚财家送礼。"

一上来交代得非常清楚,时间、地点、人物和事件,样样俱全,一看特清楚。但特清楚的事情很有可能在阅读时就滑过去了。表面上看,这几句话是介绍时间地点人物事件这样几个要素。可这里面并不简单。"1943年旧历中秋节",这一个对时间的表达把"1943年"这个"公元纪年"和"旧历"也即"农历纪年"的"中秋节"并置在一起。对中国农民来说,一般是用"农历"来纪年月日,以便和干农活相匹配。小说用"1943年旧历中秋节"来记录故事发生的时间,赵树理留下了一个伏笔:1943年作为"公元纪年",代表的是一种农民还没有意识到的,但又即将会深刻改变农民生活的这样一种时间记录方式。[1]这种时间记录方式联系后边的文本,就会知道它是和共产党、八路军的到来有关,因为公元纪年的普遍确定,是在中华人民共和国成立之后,再也不说民国多少年了,也不在正式场合用农历了。所以,"1943年"作为公元纪年,它是一种现代的、解放的记录时间方式,正好与农历的,也即传统的记录时间的方式区别开来了。

但赵树理还需要处理这个新的公元纪年与民国纪年方式的关系。因为民国纪年方式在某种情况下也代表了现代对农村的改变,不过,改变的方式是不一样的。小说中王聚财回忆他与刘锡元家关系时是这样讲的:"我从民国二年跟着我爹到下河村来开荒,那时候我才二十,进财(就是王聚财的弟弟——引者按,下同)才十八,刘家(就是刘锡元家)大小人见了我弟兄们,都说'哪来这两个讨吃的孩

---

[1] 关于"公元纪年"之于东亚现代历史的意义,可以参看柄谷行人:《历史与反复》,王成译,中央编译出版社2011年版。特别是《近代日本的话语空间——1970年＝昭和四十五年》。但柄谷行人基本上是在日本的天皇纪年和公元纪年的紧张关系中,来处理"近代日本"话语空间"的开放性与封闭性、普遍性与特殊性的问题。关于"近代中国时间制度与观念的变迁",可以参看湛晓白:《时间的社会文化史》,社会科学文献出版社2013年版。湛晓白的研究涉及从观念、器物到制度诸多层面的"近代时间"在"中国"的确立过程,但遗憾的是,她的研究几乎完全以城市为主,忽略了中国最广大的农村的历史与经验。

子?'我娶你姐那年,使了人家(指刘家)十来块钱,年年上利上不足,本钱一年比一年滚的大,直到你姐("你姐"指的是聚财老婆,因为他的这个话是对着安发说的)生了金生,金生长到十二,与给人家放了几年牛,才算把这笔账还清。他家的脸色咱还没看够?还指望他抬举抬举?"呈现出与民国纪年联系在一起的农村图景:贫者愈贫,富者愈富。王聚财他爸带着两个18岁、20岁的壮小伙子到下河村来开荒,那个时候刘家就是地主了,最终的结果是王家欠了刘家一屁股债。从"民国二年"到"1943年",也就是30年过去了,结果是好不容易才把这个账还清。如果1943年代表的是一种新的现代和解放的纪年方式,代表的是共产党、八路军的力量,那么这种力量不仅要改变农历纪年标志的农村传统生活,更要解救因为有了"民国"的介入而变得日益贫困的农村社会。

"民国纪年"带来的是农村的贫富差距进一步拉大,刘锡元家越来越富,变成了当地的大地主。赵树理的其他作品也和《邪不压正》一样,不断地在农民和地主之间"算账",这个账往往和土地出租的"租"或借钱的"息"有关系。"收租"和"收息"的结果是地主越来越富,农民越来越穷。农民既然越来越穷,还不起地主的债,只能把土地卖给地主,变成了少地或者无地农民,最终由"自耕农"沦落为"佃农"。农村贫富差距的加剧以及土地愈益集中、农民愈益贫困这种状况恰恰是在民国这些年中发生的。费孝通1930年代写的《江村经济》就指出土地问题成为当时一个非常尖锐的社会问题。费孝通那时在英国留学,并不赞成共产党领导的革命。但他在书中强调,共产党领导的红军背后支持革命的力量,体现出那些丧失了土地的农民的欲求。所以,不解决中国的土地问题,国民党要想打败共产党、打败红军,也即国民党所谓解决"赤化"问题,是根本不可能的。彼时费孝通作为一个并不同情中国革命的学者,在20世纪30年代说这样激烈的话,我们就会明白民国所导致的农村的贫富差距和土地的问题已经显得多么地严重。[1]

小说的开头看似平淡,却包含了深广的历史内容。这些内容是通过对"时间"不同的表述显示出来的,"时间"成了理解这篇小说的一个重要的因素。因为不同时间所对应的是不同的力量、不同的人物和不同的习惯,譬如与农历连在一起的就是农民的传统习惯以及与这种传统习惯联系在一起"礼俗社会"。所谓"礼俗社会",也即维系农村社会的纽带是靠礼数、讲习俗。小说写小旦那么坏,大家都知道他是一个坏人,但见了面还是要叫小旦叔,就是不能把面子给撕破;虽然地主刘锡元来聚财家逼婚,但同样礼数不能缺,譬如说生客吃什么熟客如何接待,小说中有很多交代。问题在于当八路军、共产党带来一些新的因素如"减租减息""婚姻自主"乃至"土改",介入传统农村社会,那么传统农村社会会发生什么变化?具体来说,聚财的思想会变化吗?软英和小宝的思想发生了什么变化?这些变化是怎么样产生的?小昌又发生了什么变化?小旦为什么会发生这些变化?……这些变化都与新的因素介入传统社会密切相关。小说开头看上去是简单的时间纪年。但背后蕴涵的意味非常浓厚。

说清"时间"之后,再交代"事情":"下河村王聚财的闺女跟本村刘锡元的儿子刘忠订了婚"。看上去这个事情很顺,村子里面两家人的闺女和儿子订婚,岂不是一件好事吗?在农村,这样的事情可能每天都在发生,而且中秋节也是一个好日子,亲家来给王聚财送礼,可为什么"十五这天,聚财心里有些不痛快"呢?小说没有交代,留

---

[1] 费孝通的原话是:"中国的土地问题面临的另一个困境是,国民党政府在纸上写下了种种诺言和政策,但事实上,它把绝大部分收入都耗费于反共运动,所以它不可能采取任何实际行动和措施来进行改革,而共产党运动的实质,正如我所指出的,是由于农民对土地制不满而引起的一种反抗,尽管各方提出各种理由,但有一件事是清楚的,农民的境况是越来越糟糕了。自从政府重占红色区域以来到目前为止,中国没有任何一个地方完成了永久性的土地改革。"《江村经济》,载《费孝通全集》第2卷,内蒙古人民出版社2009年版,第265—266页。

了一个悬念，而是宕开一笔，写这时家来了一个人，"'恭喜恭喜！我
来帮忙！'他（指王聚财）一听就听出是本村的穷人老拐"。为什么
在来的这个"老拐"前面要加上"穷人"这个限定词，是为了显示出
"阶层"或"阶级"的差别。聚财家不是穷人家，来他们家帮忙的老
拐才是"穷人"，从这儿至少看出这个下河村已经有了"阶层"之分。
所以，"这老拐虽是个穷人，人可不差，不偷人不讹诈，谁家有了红白
大事，合得来就帮个忙吃顿饭，要些剩余馍菜；合不来就是饿着肚子
也不去"。这是介绍老拐的来历，也与小说的写法有关，赵树理的小
说笔法以明白晓畅为胜，甚至有人会认为他的写法太通俗，但通俗并
不等于呆板。恰恰相反，赵树理的写法相当灵动，他在小说开头采用
全知全能的视角，告诉读者哪一年哪一天哪一家的儿子和哪一家的
女儿订婚，然后发生了什么事情。这是一个相对静止的画面，为了打
破这种静止，画面里突然出现了一个人物，就是穷人老拐。在交代
"穷人老拐"的来历时，透过他的眼光把王聚财和刘锡元两家的关系
勾勒出来："像聚财的亲家刘锡元，是方圆二十里内有名的大财主，他
偏不到他那里去；聚财不过是普通庄户人家，他偏要到他这里来。"
以穷人老拐的视野把下河村的阶层和阶级的分化显示出来了。刘锡
元是地主，王聚财家只是一个普通的庄户人家，但普通的庄户人家也
比穷人老拐的生活状况要好。由此下河村至少分成了三个阶层：第
一等是上层的地主，中间一层是像王聚财这样的普通农民，然后还有
一些穷人。老拐为什么要去给人家帮忙？因为他家里太穷了，没吃
没喝的，通过帮忙可以要点饭要点菜。但小说到此为止，还没有交
代，王聚财为什么心里不痛快？

　　聚财在房间里睡了一小会，又听见他老婆在院里说（这一段
话很重要，赵树理小说中人物对话需要高度重视，这一段人物的
对话初读时并不好懂——引者按，下同）："安发！你早早就过来

了？他妗母(也就是舅母)也来了？(这是什么意思？安发与王聚财老婆是什么关系？当然看到后边知道他们是姐弟关系。所谓他妗母是她站在孩子金生的角度，安发是她弟弟，他妗母是她弟媳妇)——金生！快接住你妗母的篮子！——安发！姐姐又不是旁人！你也是悒悒惶惶的，贵巴巴买那些东西做甚？——狗狗！(这个狗狗是谁呢？狗狗就是安发的儿子，所以她是大姑)来，大姑看看你吃胖了没有？这两天怎么不来大姑家吃枣？你姐夫身上有点不得劲，这时候还没有起来！金生媳妇(交代他们家儿子金生已经娶了媳妇)！且领你妗母到东屋里坐吧！金生爹(就是王聚财)！快起来吧！客人都来了！"聚财听见是自己的小舅子两口子，平常熟惯了，也没有立刻起来，只叫了声："安发！来里边坐来吧！"

正如前面所说，农村作为"礼俗社会"的一个重要特点，也可以说是"熟人社会"。所谓"熟人社会"，就是七大姑八大姨，彼此是亲戚，关系非常密切，整个村庄的运作就是利用这种亲缘关系来展开的。果然，"这地方的风俗，姐夫小舅子见了面，总好说句打趣的话"，安发和王聚财开玩笑说："才跟刘家结了亲，刘锡元那股舒服劲，你倒学会了？"地主不下地干活，所以在一般农民眼中是享福的，聚财这么晚了还没起床不是要向地主学习吗？到这时才揭示出聚财为什么心里不痛快，不痛快的原因是他根本不愿意把女儿许给刘锡元家，不愿意和刘锡元结亲家，但是，又不敢不结。由此引出了小说另一个人物小旦，他是来替刘家提亲的：

　　聚财说："太欺人了呀！你是没有看见人家小旦那股劲——把那张脸一洼：'怎么？你还要跟家里商量？不要三心二意了吧！东西可以多要一点，别的没商量头！老实跟你说：人家愿

意跟你这样人家结婚,总算看得起你来了! 为人要不识抬举,以
后要出了甚么事,你可不要后悔!'"

小旦这个人物在后来小说的发展中起了重要的作用。透过姐夫与小
舅子的对话,把事情重新理清楚:王聚财是被迫把女儿许给刘锡元
的儿子做老婆的。

值得注意的是,赵树理在《邪不压正》中不仅利用了时间来交
代背景,而且运用空间来推动情节。聚财家一个院子里有几间房,
安发到北房里去见王聚财的同时,安发媳妇和金生媳妇就进了东
房。王家嫁女儿有两个主角,一个是家长王聚财同不同意女儿出
嫁;另一个则是女儿软英,她愿不愿出嫁? 小说通过安发进北房将
事情的原因交代清楚了,也通过安发媳妇进东房和聚财媳妇聊天把
软英的态度揭示出来了。男人和男人一块说事,女人和女人一块聊
天,有点像电影中的"平行蒙太奇",实际上是同时发生的。男人和
女人在不同的地方聊天,但他们讲的是同一件事;虽然讲的是同一
件事情,不过各种人对此反应是不同的:男人有男人的态度,女人有
女人的看法,然而他们也有"态度"上的共同点,那就是刘锡元家财
大气粗,小旦作为"厉害角色"一下子就吓住了王聚财这个普通庄户
人家。

这时候,又来了一个亲戚二姨,二姨是王聚财老婆的妹妹,安发
的姐姐:

　　东房里、北房里,正说得热闹,忽听得金生说:"二姨来了?
走着来的? 没有骑驴?"二姨低低地说:"这里有鬼子,谁敢骑
驴?"听说二姨来了,除了软英还没有止住哭,其余东房里北房
里的人都迎出来。他们有的叫二姨,有的叫二姐,有的叫二妹;
大家乱叫了一阵,一同到北房里说话。

二姨的到来还带来了敌我形势的消息。安发和王聚财同在下河村,而二姨来自上河村,低低的一句"这里有鬼子",就表明上河村和下河村的区别,下河村还在日本人的控制下,上河村却已经来了八路军。安发说:"二姐两年了还没有来过啦!"为什么两年没有来过?聚财老婆说:"可不是?自从前年金生娶媳妇来了一回,以后就还没有来!"二姨说:"上河下河只隔十五里,来一遭真不容易!一来没有工夫,二来",她突然把嗓音放低,"二来这里还有鬼子。"二姨前面是低低的声音,现在是压低了嗓音,可以看出赵树理写人物对话,并不过多地进行文学性的情态描写,基本上都是语言描写,即使有情态描写,一定是点睛之笔。二姨两次压低声音,说下河村有鬼子,带出来的是上河村来了八路军,安发老婆说:"那也是'山走一时空'吧!这里有鬼子,你们上河不是有八路军?还不是一样?"

一个好的小说家写一个人物,不仅要塑造这个人物实质的性格,而且还要赋予人物某种推动故事和情节发展的功能。譬如二姨,从上河村到下河村,利用空间的移动,把"八路军"带入了故事中,这个因素对小说情节的发展,特别是对软英的命运产生了重大影响。赵树理不是在小说中预先介绍下河村被日本人占领,大财主刘锡元的气焰才这么嚣张,上河村已经来了八路军,接下来情况会有变化,而是非常巧妙地通过功能性人物来把这些背景带入叙述中:

> 二姨说:"那可不同!八路又不胡来。在上河,喂个牲口,该着支差才支差,哪像你们这里在路上拉差?"

她为什么不敢骑驴来聚财家?因为二姨怕路上碰见日本鬼子,把她的驴抢走拉差。所以不敢骑驴,只能走路来下河村。在下文二姨第二次来下河村则是骑驴的,那时下河村已经被八路军占领了。过了春节之后,她心里很坦荡,带着自己老公一起到下河村来了。别小看骑不骑驴这个细节,在小说中也有其独特功能。二姨第二次来下河村,到安发家,"土改"已经给安发分了刘锡元家的一间房子,但没有分给他牲口圈,她的驴只能拴在院子里,驴粪把院子搞脏了,安发因此与同院的小昌家吵架。原来是长工的小昌,通过斗地主成了农会主席,他现在的势力大了,所以看到二姨的驴粪拉在院子里,小昌老婆就冲安发老婆发火;二姨在小说中第三次出现,是工作团到下河村整顿土改之际,大家又问她有没有骑驴? 她说,哪里敢骑驴? 土改出现了偏差,家里有驴等大牲口,就可能被重新分掉,二姨家抢先把驴卖了,以免在"拉平填补"时驴被拉去分了。一头驴,一个二姨,表面上只是小说中过过场,却起到了重要的功能性作用。二姨总共出现三次,都是在小说转折的关节点上,通过她家的"驴"带出了背后一连串的故事,譬如紧接着的下面这段:

> 安发老婆说:"这我可不清楚了! 听说八路军不是到处杀人、到处乱斗争? 怎么有说他不胡来?"金生说:"那都是刘锡元那伙人放的屁! 你没听二姨夫说过? 斗争斗的是恶霸、汉奸、地主,那些人都跟咱们村的刘锡元一样!"二姨说:"对了对了! 上河斗了五家,第一家叫马元正,就是刘锡元的表弟,还有四户也都跟马元正差不多,从前在村里都是吃人咬人的。七月里区上来发动斗争,叫村里人跟他们算老账,差不多把他们的家产算光了! 斗争就都那些人。依我说也应该! 谁叫他们从前那么霸气?"金生媳妇说:"八路军就不能把咱下河的鬼子杀了,把刘锡元拉住斗争斗争?"二姨问:"刘锡元如今还是那么霸气?"聚财说:"不是那么霸气,就能硬逼住咱闺女许给人家?"二姨说:"我早就想问又不好开口。我左思右想,大姐,为甚么给软英找下刘忠那么个男人? 人家前房的孩子已经十二三了,可该叫咱软英个什么? (因为软英那年才十七岁。)难道光攀

好家就不论人？听大姐夫这么一说，原来是强逼成的，那还说什么？"

在农民眼中，要有一个"好家"，按照王聚财说的，嫁女儿也要找一个吃喝不愁的"好家"。刘锡元家是有钱，聚财把女儿嫁给他家是图他们的钱财吗？这就是二姨质问的："难道先攀好家就不论人？"虽然聚财不想把女儿嫁给刘忠，但他更不愿意把女儿嫁给小宝，因为小宝是一个穷光蛋，女儿嫁给他肯定要受苦了。嫁一个好人家不仅仅是一个人品格上的好坏，还包括对物质利益的算计，用今天的话讲，就是要看经济条件。这一点是小说中非常重要的因素，也是王聚财这样的普通农民特别要盘算的地方。聚财老婆说："我看嫁给槐树院小宝也不错！"因为小宝他娘也请人来说过媒的，王聚财没同意。安发老婆说："也不怨大姐夫挑眼儿，家里也就是没甚。""家里没甚"和"好家"形成了对比。聚财老婆接着说："这话只能咱姐妹们说，咱软英从十来岁就跟小宝在一起打打闹闹很熟惯，小心事早就在小宝身上。去年元孩来提媒，小东西有说有笑给人家做了顿拉面，后来一听你姐夫说人家没甚，马上就噘了噘嘴嘟噜着说：'没甚就没甚！我爷爷不是逃荒来的？'"

说话间，刘锡元家提亲送礼的人来了："媒人原来只是小旦一个人，刘家因为想合乎三媒六证那句古话，又拼凑了两个人。一个叫刘锡恩，一个叫刘小四，是刘锡元两个远门本家。刘锡元的大长工元孩，挑着一担礼物盒子；二长工小昌和赶骡子的小宝抬着一架大食盒。元孩走在前边，小宝、小昌、锡恩、小四，最后是小旦，六个人排成一行，走出刘家的大门往聚财家里来。"元孩、小昌、小宝和小旦，这些在小说后面的情节中发挥作用的人物，通过提亲出场了。虽然前文说小旦很凶，但赵树理并没有从旁观者的角度来写小旦是怎么样的坏人，而是抓住一个重要的细节，小旦来了要抽大烟。这样的效果又一次通过空间的分配来达成:"客人分了班:安发陪着媒人到北房,金生陪着元孩、小昌、小宝到西房,女人们到东房,软英一听说送礼的来了,早躲到后院里进财的西房里去。"聚财、进财兄弟是住在一起的,有两进院子。一进院子有西房、东房、北房,另一进院子也有西房。空间的分配在下文中也发挥了作用,因为最终要安排小宝和软英的见面。在这个既定的空间里,赵树理首先写了小旦的恶习,他不愿跟大家说"庄稼话",也即"农民的话",而想去抽大烟,到处找能抽大烟的地方。于是,聚财老婆让进财带小旦不要进西房而是到北房里去抽大烟,因为软英躲在西房里:

> 小旦走了,说话方便得多。你不要看锡恩和小四两个人是刘锡元的本家,说起刘锡元的横行霸道来他们也常好骂几句,不过这回是来给刘家当媒人,虽然也知道这门亲事是逼成的,表面上也不能戳破底,因此谁也不骂刘锡元,只把小旦当成刘锡元个替死鬼来骂。小旦一出门,小四对着他的脊背指了两下,安发和锡恩摇了摇头,随后你一言我一语,小声小气骂起来——这个说:"坏透了",那个说:"一大害"……各人又都说了些小旦诬人骗人的奇怪故事,一直谈到开饭。

几个媒人一说话,把小旦的特征全暴露了,又抽大烟又是一个坏蛋,还是刘锡元的狗腿子。小说对聚财家空间的利用非常灵活,院子里有几间房间,东房里几个女人谈得很热闹,而西房里谈的则是另一套。金生问:"元孩叔!你这几年在刘家住得怎么样?顾住顾不住(就是说能顾了家不能?)"元孩说:"还不跟在那里那时候一样?那二十几块现洋的本钱永远还不起,不论哪一年,算一算工钱,除了还了借粮只够纳利。——嗳!你看我糊涂不糊涂?你们两家已经结成了亲戚……"元孩这个老长工在刘家打长工这么多年,最后的结果是每年赚了钱只能给刘家做利息,根本不能还本钱。小昌说:"谁给他做长工还讨得了他的便宜?反正账由人家算啦!金生你记得吗,那年我给他赶骡,骡子吃了三块钱药,不是还硬扣了我三块工钱?"这段对话的关键是:"算什么账?说什么理?势力就是理!""算账"和"说理"都是靠"势力",如果这个原则不改变,农民就没有"说理"的"地方",只能靠"老规矩"来维持。

维持农村社会的"老规矩"依靠的是"礼俗"。来聚财家做媒人的这几位说了一会闲话,到了开饭时,他们要分开来吃,就是讲"礼俗",譬如生客吃挂面,熟客吃河落,等等。三个媒人尽管是本村的人,还是和生客一样吃面条。元孩、小昌、小宝虽然跟媒人办的是一件事情,可是三个人早已向金生声明不要按生客待,情愿吃河落。更重要的是"小旦在后院北屋里吸大烟,老拐给他送了一碗挂面"。虽然大家都说小旦是一个坏人,在这里讹人,但礼数不能不尽到。

赵树理的小说体贴周到的地方,就是让农民懂,写到农民心坎里,他不从抽象的角度描写农民,而着力描写农民生活世界中特别细腻丰富、非常有质感的部分。通过对农民物质世界的描写,体现出外部世界对农民的影响。这就使得赵树理的小说拒绝从抽象的概念出发,譬如刘锡元作为大地主是怎样欺负王聚财这样的普通农民,他通过特别具体的描写,深刻地揭露了农村社会的"不平等""有势力者就有道理"的情形。而这种揭露也是与刘锡元"送彩礼"给聚财家的"礼俗"联系起来:"这地方的风俗,送礼的食盒,不只装能吃的东西,什么礼物都可以装",然后说第一层、第二层、第三层、第四层怎么样,"要是门当户对的地主豪绅们送礼,东西多了,可以用两架三架最多到八架食盒"。这里特别强调"门当户对",意思当然是说刘锡元家和王聚财家不是"门当户对"。如果是门当户对"最多到八架食盒","要是贫寒人家送礼,也有不用食盒只挑一对二尺见方尺把高的木头盒子的,也有只用两个篮子的。刘家虽是家地主,一来女家是个庄稼户,二来还是个续婚,就有点轻看,可是要太平常了又觉得有点不像刘家的气派,因此抬了一架食盒,又挑了一担木头盒子,弄了个不上不下"。如此具体而犀利的描写,是要显示刘家既有点轻看王聚财家,但又觉得不能失自己的身份。"礼俗社会"最讲究"婚丧嫁娶",男女双方都很看重"彩礼"。农村有一句俗话说得好,男方和女方,"结婚前是冤家,结婚后是亲家"。因为结婚前两家要讨价还价,女方开什么条件,男家又给什么条件,条件达不达到,两家为此吵来吵去,最后才把"彩礼"给定下来了,但结婚以后不能谈这些,变成亲家了:"这地方的习俗,礼物都是女家开着单子要的。男家接到女家的单子,差不多都嫌要得多,给送的时候,要打些折扣。比方要两对耳环只给一对,要五两重手镯,只给三两重的,送来时自然要争吵一会。两家亲家要有点心事不对头,争吵得就更会凶一点。女家在送礼这一天请来了些姑姑姨姨妗妗一类女人们,就是叫她们来跟媒人吵一会。"吵架时,最重要的是,作好作歹,拖一拖就过去了,并不一定会补齐礼物,而是要把这种"礼俗"做足。

赵树理通过描写"礼俗",一是要表现出刘家仗势欺人,王家委曲求全,"势力"不仅是个"理",而且还是个"礼";二是"仗势"的刘家,还挺会"算账"。一个地主不会"算账"就成不了地主。他表面上答应给什么东西,目的是要把人家闺女娶回来。彩礼都是给闺女的,闺女结婚后还是要带回婆家。刘家送的彩礼都是一些刘忠前妻用过的,而且还打了折扣,譬如刘忠前妻带的是纯金手镯,现在送给软英的是镀金手镯……写得如此细致,固然突出了刘家的精明小气,同时也显示小旦的蛮横霸道,本来媒人的作用是居中调停,说好说歹,但小旦的态度却非常之霸道。他一上来就说:"你们都说的是没用话!哪家送礼能不吵?哪家送礼能吵得把东西抬回去?说什么都不抵事,闺女已经是嫁给人家了!"他表现得不耐烦了,再不愿意往下听别人的话,把眼一翻说:"不行你随便!我就只管到这里!"聚财老婆说:"老天爷呀! 世上哪有这么厉害的媒人? 你拿把刀把我杀了吧!"小旦说:"我杀你做什么? 行不行你亲自去跟刘家交涉! 管不了不许我不管? 不管了!"说着推开大家就往外走,急得安发跑到前面伸开两条胳膊拦住,别的男人也都凑过来说好话,连聚财也披起衣服一摇一晃出来探问是什么事。大家好歹把小旦劝住,然后还要请他们吃饭,这一大段对"礼俗"的描写,回应了这一节的标题"太欺人呀!",显示出看似温情脉脉的"礼俗"背后"势力"造成的深刻"不平等"。

当这些人在闹的时候,小宝不见了,他在叫小旦出来之后,转到西房去看软英。这一段描写应该是整篇小说中赵树理用笔最重、用情最深的地方。一对相爱的年轻人面对着地主的仗势欺人,两人一点办法也没有,只能算着"日子"穷伤心。但"日子"的出现,意味着"时间"有可能带来新的变化:

　　　　小宝问软英要说什么,软英说:"你等等! 我先想想!"随后就用指头数起来。她数一数想一想,想一想又数一数,小宝急着问:"你尽管数什么?"她说:"不要乱!"她又数了一回说:"还有二十七天!"这个比说什么话都让人心酸,可为什么她要算了又算呢?

　　　　小宝说:"二十七天做什么?"她说:"你不知道? 九月十三!"小宝猛然想起来刘家决定在九月十三娶她,就回答她说:"我知道! 八月十五到九月十三,还有二十九天!"软英说:"今天快完了,不能算一天。八月是小建,再除一天……"

八月十五到九月十三都是农历的时间:"两个人脸对脸看了一大会,谁也不说什么。突然软英跟唱歌一样低低唱着:'宝哥呀! 还有二十七天呀!'唱着唱着眼泪骨碌碌就流下来了! 小宝一直劝,软英只是哭。就在这时候,金生在外边喊叫:'小宝!小宝!'小宝才觉得自己脸上也有热热的两道泪,赶紧擦,赶紧擦,可是越擦越流,擦了很大一会,也不知道擦干没有,因为外边叫得紧,也只得往外跑。"这是一个悲惨的场景,赵树理却将它放在行动框架中来呈现。本来小宝去叫小旦,然后转来看软英。这时,外面已经闹了一通后,要吃酒席。金生叫小宝,小宝必须出来和他们见面。两个人只有这短短一段时间相聚,而且只能流眼泪,算日子,一点办法也没有。赵树理重笔浓彩描写这个场景,是要突出如果没有"新力量"来改变下河村的"旧势力",那么软英和小宝虽然彼此相爱,可他们自己没有任何能力改变命运。"小宝抬着食盒低着头,一路上只是胡猜想二十七天以后的事","二十七天"之后会怎样?"时间"再次发挥重要的作用。在这二十七天里,本来认为不可能改变的一切,因为"新力量"的到来而发生改变了。

三、"说理"的世界,到底能不能把"理"说清?

到了第二部分"看看再说!",本来这个故事应该接着讲,在27天里下河村发生了什么事情。不过,好的小说家笔下往往跌宕起伏,先不正面去写,反而从侧面或反面宕开一笔,造成文笔起伏的效果。赵树理也是如此,他没有直接写27天后如何如何,而是宕开一笔继续写那个看似无关紧要的人物二姨。表面写二姨,实际上还是写下河村的故事,写软英和小宝的命运:

> 二姨回到上河,一直丢不下软英的事,准备到九月十三软英出嫁的时候再到下河看看,不料就在九月初头,八路军就把下河解放了,后来听说实行减租清债("减租清债"就是"减租减息"——引者按,下同),把刘家也清算了,刘锡元也死了,打发

自己的丈夫去看了一次，知道安发家也分了刘家一座房子，软英在九月十三没有出嫁，不过也没有退了婚。过了年，旧历正月初二，正是走娘家的时候（这时候就到了1944年），二姨想亲自到下河看看，就骑上驴，跟着自己的丈夫往下河来。

八路军到了下河，二姨就敢骑驴了。二姨和她丈夫知道安发分了刘锡元家的一座房子，"他们走到刘锡元家的后院门口，二姨下了驴，她丈夫牵着驴领着她往安发分下的新房子里走。狗狗在院里看见了，叫了声'妈！二姑来了！'安发两口、金生两口，都从南房里迎出来。"金生两口是给舅舅拜年的，三户人家碰在一起，还是从驴开始说起，二姨丈夫说驴没地方拴，只好拴到安发家门口。他问安发："你就没分个圈驴的地方？"安发说："咱连根驴毛都没有，要那有什么用？不用想那么周全吧！这比我那座透天窟窿房就强多了。"接下来进房间讲是怎么打倒刘锡元的。

关于"怎么打倒刘锡元"这一段，在小说中起到了重要作用，构成了前面"太欺人啦"向后面"看看再说"的过渡，也意味着八路军作为一种"新力量"的到来，正在改变"旧势力"，使得原来主宰农村社会的"正邪"关系逐渐发生了变化。在前文中，小昌和元孩来给王家送彩礼，小昌说了一段话，说今天这个世道，"势力就是理"。有权有势就是"硬道理"，刘锡元家有钱有势，所以他们说的都是"理"。但八路军的到来，要把这个"旧势力"打倒，看看能不能重新讲出"新道理"。刘锡元是怎么死的，是不是大家把他打死的？金生说："打倒没人打他，区上高工作员不叫打，倒是气死了的。"安发说："那老家伙真有两下子！要不是元孩跟小昌，我看谁也说不住他。"因为"减租减息"要重新算账，算农民和地主之间的账，算算地主究竟有没有剥削农民。金生说："刘锡元那老家伙，谁也说不过他，有五六个先发言的，都叫他说得没有话说。后来元孩急了，就说：'说我的吧？'

刘锡元说:'说你的就说你的,我只凭良心说话!(注意,倒是地主刘锡元说他只凭"良心"说话,可见"良心"是多么靠不住。——引者按)你是我二十多年的老伙计,你使钱我让利,你借粮我让价,年年的工钱只有长支没有短欠!翻开账叫大家看,看看谁沾谁的光?我跟你有什么问题?'"假如按地主刘锡元的账本来算账,农民永远是没有理的。所以,说"理"要看站在什么角度上说这个"理"。这里有两种关于"理"的理解。原来认为"势力就是理",但"势力"不一定赤裸裸地表现出来,而可能转化为一种"算账"的话语。在地主刘锡元那里,"算账"才是理,表面上地主最讲道理,欠债还钱似乎天经地义,甚至可以用市场经济、契约精神等来讲这是"在理"的:你欠了我的钱,当然要还钱,还不起本则要先还利。如果按照这个方法算账,刘锡元自然是占了理,谁也说不过他。好在这个"理"之外还有另一个"理",在小说中叫"老直理":

　　元孩说:"我也不懂良心,我也认不得账本,我是个雇汉,只会说个老直理:这二十年我没有下过工,我每天做是甚?你每天做是甚?我吃是甚?你吃是甚?我落了些甚?你落些甚?我给你打粮食叫你吃,叫你吃上算我的账,年年把我算光!这就是我沾你的光!凭你的良心!我给你当这二十年老牛,就该落一笔祖祖辈辈还不起的账?呸!把你的良心收起!照你那样说我还得补你……"他这么一说,才给大家点开路。

这是两种"理"的争论,赵树理另有一篇小说《地板》专门讨论这个问题:究竟是土地创造了价值还是土地上的劳动创造了价值?按照地主的逻辑,地是我的,租给你种,当然要收租。但问题在于,光有这块土地,没有土地上投入的劳动,土地会不会自动创造价值?更关键的是,地主可不可以凭借土地的所有权去剥削别人?这又是一个

"道理"。[1]

穷人该不该受穷，每个人是否应该拥有平等的权利？这个"道理"作为既得利益集团的地主未必肯承认，而农民就是要争这个"理"。这是一个朴素的道理，也许可以更直观地表述为"耕者有其田"。有自己的田，农民就可以在自己的田地上丰衣足食。这个朴素的道理——也就是"老直理"——构成了农民起来推翻地主那个"歪理"的动力。地主要保住"算账就是理"，并非靠的是"说理"，更要依靠"势力"。如果没有国民党的势力，地主就没法维持他的理。反过来说，如果农民没有共产党、八路军撑腰，也就没法斗倒刘锡元。"势力就是理"，一定是一种"势力"在支持一种"理"。这是两套道理的斗争，也是两种势力的斗争。赵树理在这儿描写的是中国农村的阶级斗争，表现的是剥削阶级与被剥削阶级、压迫阶级与被压迫阶级的斗争。然而，赵树理在小说中从来不通过喊标语口号来达到目的，他将这些阶级观念和斗争意识转化为农民在日常生活中能够体会掌握的对象，那些看似家长里短、婆婆妈妈的事情，在他的笔下都可能蕴含着深刻的大道理。赵树理可以透过"小事件"来写"大道理"，这是他的本领。"大道理"变成了"小事件"，但只要仔细去体会"小事件"的写法，就不难发现赵树理原来是在讲一个"大道理"。

"他这么一说，才给大家点开路，这个说'……反正我年年打下粮食给你送'，那个说'……反正我的产业后来归了你'……那老家伙后来发了急，说'不凭账本就是不说理！'一个'不说理'把大家顶火了"。在此情况下，大家要打刘锡元，高工作员没让打。这时候，小昌指着老家伙的鼻子说"刘锡元！这理非叫你说清不可！你逼着人家大家卖了房、卖了地、讨了饭、饿死了人、卖了孩子……如今跟你算

---

[1] 对赵树理《地板》的讨论，可以参见蔡翔：《〈地板〉的政治辩论和法令的"情理"化》，载蔡翔：《革命/叙述：中国社会主义文学-文化想象（1949—1966）》，北京大学出版社2010年版，第223—225页。

算账,你还说大家不说理。到底是谁不说理?"如果只有那个账本的理,地主可以拿着"欠债还钱"的理,做一切不合"道理"甚至伤天害理的事。《白毛女》中,黄世仁逼杨白劳还钱有一个具体的情境。按照中国传统习俗,追债一般追到过年前的腊月二十九(即除夕前一天),年三十也即除夕那一天不能去讨债。这也是为什么欠账的人腊月二十九之前都出去躲债,年三十可以回家过年的原因。过了年,又是新的一年,你可以再欠别人一年债。但黄世仁不管这个规矩,杨白劳回来过年,给女儿喜儿带了两尺红头绳作为新年礼物,本来准备欢欢喜喜过大年,没想到黄世仁却在此时上门逼债。这不仅是地主对农民的经济压迫,而且破坏了千百年中国农村的伦理习惯,也就是成了"礼俗社会"的破坏者。正如孟悦指出的,地主黄世仁年三十"逼债"这"一系列的闯入和逼迫行为不仅冒犯了杨白劳一家,更冒犯了一切体现平安吉祥的乡土理想的文化意义系统,冒犯了除夕这个节气、这个风俗连带的整个年复一年传接下来的生活方式和伦理秩序。作为反社会的势力,黄世仁在政治身份明确之前早已就是民间伦理秩序的天敌"。[1]与此相比,在《邪不压正》中,虽然王聚财等人都恨小旦,但见到小旦还是要叫一声"小旦叔",小旦躲在后边抽大烟也要给他送一碗挂面过去。这就是中国人的讲"礼数"。黄世仁不管这些"礼俗",在年三十除夕的晚上家人团聚的日子,逼债逼到杨白劳喝卤水自杀了。今天却有人站在黄世仁的立场上,根据"算账就是理",谴责杨白劳没有契约精神。这是完全罔顾中国传统的"生活方式和伦理秩序"。所以,讲不讲"理"的背后还有这个基于传统"礼俗社会"的"老直理"。

　　于是,可以进一步追问,"算账才是理",这个"理"是谁带来的?

---

[1] 孟悦:《〈白毛女〉演变的启示》,载王晓明主编:《二十世纪中国文学史论》(第三卷),东方出版中心1997年版195页。

"算账"代表着一种经济理性，一种现代观念。这种理性的算计与晚清、民国以来的现代化有很大的关系。原来中国的乡村共同体，地主与农民之间的关系并不那么对立，因为中国土地制度大概从宋代开始，有所谓"田底权"与"田面权"的区别，用今天的话说，土地具有复合而非单一的产权关系，因此，以前的乡村共同体——也有学者叫"乡里空间"——农民与地主的关系还可能披上一层温情脉脉的"面纱"，不一定表现得那么尖锐。而进入现代，特别是到民国，农民与地主因为土地的产权关系发生了深刻变化——由复合的产权关系变为单一的产权关系——在这个变化中，地主与农民之间的矛盾变得非常尖锐，而这个尖锐矛盾的表现形式之一即是地主奉为信条的"算账就是理"。[1]赵树理的《地板》直接回应了土地创造价值还是土地上的劳动创造价值的问题。他的另一篇小说叫《福贵》讲的是地主对农民的残酷剥削不仅使一家人变穷，而且让福贵这个原来特别能干的孩子变成村里的二流子和小偷。福贵为什么成了二流子？并不是他天性如此。地主对农民的剥削不只是经济上的剥夺，而且改变了农村的社会关系，造成了在农村最令人不能容忍的游手好闲、好吃懒做、偷鸡摸狗的二流子。《邪不压正》中小旦是不是一直就是地主狗腿子？在做狗腿子之前是否也像福贵那样有一个从普通农民堕落成"二流子"的过程？这些隐含在"算账才是理"背后的现象也许更值得我们进一步思考。

　　当时还不是"土地改革"而是"减租减息"。虽然清算了刘锡元，但并没有把他家所有的地都收走，刘忠家里还有"四十来亩出租地、十几亩自种地和这前院的一院房子"。农民把地主打倒了，分了地主的土地、房子和浮财，那么这些土地和财产究竟分给谁呢？这又

---

[1] 关于中国土地所有制的变迁与"地主"和"农民"矛盾的激化，可参看拙著：《人民至上》，特别是第一章《"乡土空间"的崩溃与"士绅共和国"的失败》，上海人民出版社2012年版。

显示出赵树理的别具匠心,他从二姨写到安发,写安发的原因不仅仅
是二姨要去找自己的弟弟,更重要的是安发这样的老实人——从前
文可以看出来,他是一个只会谈庄稼话的老实人——"减租减息"也
给他带来了好处,分了一处房子给他。那么,地主清算出来的土地究
竟分给谁了呢? 赵树理通过狗狗和小昌的儿子小贵之间的关系,引
出小昌老婆与安发老婆的冲突:

> 二姨问"北房里住的是谁?"(这又是一个空间上的划分,
> 可以和聚财家里的空间分布对照来看——引者按)。安发说:
> "说起来瞎生气啦,这一院,除了咱分这一座房子,其余都归了
> 小昌。"二姨问:"他就该得着那么多?"安发说:"光这个? 还有
> 二十多亩地啦! 人家的'问题'又多,又是农会主任,该不是得
> 的多啦? 你听人家那气多粗? 咱住到这个院里,一座孤房,前院
> 都是刘忠的,后院都是小昌的——碾是人家的,磨是人家的,打
> 谷场是人家的,饭厦和茅厕是跟着人家伙着的,动手动脚离不了
> 人家。在咱那窟窿房里,这些东西,虽然也是沾邻家的光,不过
> 那是老邻居,就比这个入贴多了!"

"前院都是刘忠的,后院都是小昌的",安发的话带出了"新问题":地
主清算之后,打倒了一种"不平等",有没有可能因为种种原因造成
了一种新的"不平等"? 打倒了刘锡元,为什么小昌又起来了? 尽管
小昌原来也是受苦受穷的,但是他现在为什么一下"牛起来了"? 这
时,那个关键的人物老拐又出现了。正如竹内好所言,赵树理的小说
无一处有闲笔。前面老拐来帮忙,带出了村里的阶级分化。这次老
拐又出现了,正好是来拜年,引发的问题当然是老拐这样的穷人有没
有从"减租减息"中得到好处? 二姨笑着说:"老拐! 你就没有翻翻
身?"老拐也笑了笑说:"咱跟人家没'问题'!"什么叫"没问题"?

其实是一个"新问题"。安发说："你叫我说这果实分得就不好,上边既然叫穷人翻身啦,为什么'没问题'的就不能翻? 就按'问题'说也不公道——能说会道的就算的多。"

在这段对话中,赵树理忽然很触目地插入了"问题"这个农民相对陌生的词语,前后对话都用的农民的口头语,唯独"问题"不是农民的口头语,而且农民也不一定清楚"问题"究竟是什么意思。具体而言,"问题"是指地主与农民之间的剥削关系,把剥削关系揭示出来叫"有问题",所谓"清算"也即清算这种剥削关系:假如地主与你没有剥削关系,清算出来的地主的财物就与你没关系。关键是赵树理为什么要用"问题"这个词,而且特意打上引号。实际上他通过这个打上引号的词语,表明区上工作队的"减租减息"只是做成了一锅"夹生饭",表现为工作队用农民不太理解的新名词,硬生生地嵌入农民的日常语言中。农民即使会说"翻身""问题"等新名词、新说法,并不意味他们已经很好地理解这些名词和说法背后的含义。虽然农民不能自觉把区上工作队所说的"问题"与自己的切身利益联系在一起,但也能自发地发现清算的果实分得不公平,就像安发说:"像小旦! 给刘家当了半辈子狗腿,他有什么'问题'? 胡捏造了个'问题',竟能分一个骡子几石粮食!"

小旦本来是地主家的狗腿子,可是会见风使舵,就在"清算"中成了"积极分子"。回到小说的题目"邪不压正",表面上看邪正分明,刘锡元是"邪",受压迫的农民是"正"。但在正与邪之间,往往还有"灰色地带"。"灰色地带"就会出现像小旦这样的人物,他根本不是地主,也成不了地主,好吃懒做,还抽大烟,给他多少地,他吃的吃,卖的卖,永远是穷光蛋。如果按照经济地位来划分阶级,那么小旦只能是贫农。他作为流氓无产者,见风使舵,直接转化为"坏干部"。按照安发的说法:"不用提他了,那是个八面玲珑的脑袋,几时也跌不倒!"[1]那么,正邪之间的"灰色地带"究竟怎么处理?共产党、八路军和工作队该如何对待小旦这样的人物的?这是赵树理在小说中提出来的严峻的问题。在解放区,往往会因为小旦这样的"坏干部",使共产党以前在村子里取得的成果化为乌有,影响老百姓对于"新力量"的认同[2]。

在新的形势下,由"旧历"中秋节标志的传统农村世界在经受"民国"以来的变动后,再一次因为共产党、八路军的到来,开始发生某种新变化。这些变化对村里哪些人产生了什么样影响?安发分到一间房,老拐什么也没有得到,小旦和小昌好像"发了",而且变得"牛气了"……那么,聚财家发生了什么变化?"说理"的问题又再一次出现了,软英应不应该与刘忠退婚?二姨去找大姐也就是王聚财的老婆,王聚财老婆告诉妹妹,在应不应该退婚这件事上,父亲与女儿完全闹翻了。王聚财和软英为什么闹翻了?父亲有一套父亲的道理,女儿有一套女儿的道理,两套道理通过二姨表达出来。通过这两套不同的道理,我们可以看出王聚财代表了老一代的农民,而软英则是成长中的新一代农民,他们面对八路军、共产党带来的新变动,做出了不同的反应。

首先看王聚财怎么对二姨说这件事。二姨先去探王聚财的口气。王聚财说:"年轻人光看得见眼睫毛上那点事! 一来就不容易

---

[1] 赵树理在《发动贫雇要靠民主》(《新大众》报1948年3月16日)中指出:"每个村子里,都有一种灵活的滑头分子,好像不论什么运动,他都是积极分子——什么时行卖什么,吃得了谁就吃谁,谁上了台拥护谁。这些人,有好多是流氓底子,不止没产业,也不想靠产业过活,分果实迟早是头一份,填窟窿时候又回回是窟窿。可是当大多数正派贫雇农还不相信自己的时候,偏好推这些人出头说话,这些人就成了天然的积极分子。"[载《赵树理全集》(第三卷)第253页]说的正是他后来笔下的"小旦"现象。

[2] 关于北方农村的"坏干部"现象,可以参看李放春:《"地主窝"里的清算风波——兼谈北方土改中的"民主"与"坏干部"问题》,载《中国乡村研究》第六辑,黄宗智主编,福建教育出版社2008年版。

弄断,二来弄断了还不知道是福是害!日本才退走四个月,还没有退够二十里,谁能保不再来?你这会惹了刘忠,到那时候刘忠还饶你?还有小旦,一面是积极分子,一面又是刘忠的人,那种人咱惹得起?他们年轻人,遇事不前后想,找出麻烦来就没戏唱了!"按王聚财的理解,这个世道究竟有没有变,我们不知道,要看看再说。这就呼应了小标题"看看再说"。更重要的是,王聚财心里所想的并不仅仅是"看看再说",背后有一个更深的打算,这个打算代表了中国农民对世界更基本的看法,如果说"算账",这也是"算账"吧,但不是经济理性的算账,而是小农经济的算账:看你会不会"过日子"。他说小宝是一个不会"过日子"的人,不会为自己打算:"去年人家斗刘家,他也是积极分子,东串连人,西串连人,喊口号一个顶几个,可是到了算账时候,自己可提不出大'问题',只说短了几个工钱,得了五斗麦子。人家小旦胡捏了个问题还弄一个骡子几石粮食,他好歹还给刘家住过几年,难道连小旦都不如?你看他傻瓜不傻瓜?只从这件事上看,就知道他非受穷不可!要跟上小宝,哪如得还嫁给人家刘忠!"王聚财是一个中农,他的"算账",重点是如何为自己着想。所谓小农意识建立在自给自足的经济基础上,决定了他光为自己着想,不会替别人想。而小宝这样的农民,只为别人想而不为自己想,在王聚财心中,这就是不会"过日子"的表现:"嫁刘忠合适就嫁刘忠,嫁刘忠不合适再说,反正不能嫁小宝!"王聚财斩钉截铁地说了这个结论。"聚财说了这番话,二姨觉得'还是大姨夫见识高!应该拿这些话去劝劝软英。'"二姨赞同王聚财对小宝的判断,也认为小宝不是会"过日子"的人,不能把女儿嫁给他。从这里可以看出,中国农民对人有没有出息有一套自己的理解,而且看起来很有道理。

接下来,二姨去劝软英。软英也对二姨说了一番道理。她要嫁给小宝,不愿意嫁给刘忠,有这样的想法并不是简单地反抗自己的爹,和他对着干。她说:"要以我的本意,该不是数那痛快啦?可是我那么办，那真把我爹气坏了。爹总是爹，我也不愿意叫他再生气。我的主意是看看再说。刘锡元才死了，刘忠他妈老顽固，一定要他守三年孝。去年八月十五到九月十三，二十七天还能变了卦，三年工夫长着啦，刘家还能不再出点什么事？他死了跑了就不说了，不死不跑我再想我的办法，反正我死也不嫁给他，不死总要嫁给小宝！"软英说完了，二姨觉得这话越发句句有理。父女两人各有各的道理，两套道理放到一处是对头，不过也有一点相同——都想"看看再说"，都愿意等三年。

四、"世道"在变，"人"也在变

赵树理再次把"时间"作为《邪不压正》一个非常重要的变量。前面是"二十七天"，三九二十七，也是"三"的倍数；现在则变成"三年"。相对千百年来不变的中国农村，无论是"二十七天"还是"三年"，其实都是很短的一瞬间，但如今为什么可以成为重要的时间变量？因为当时的中国社会——特别是农村社会——正在发生翻天覆地的变化，这种变化正深刻地决定着并改变着小宝、软英和聚财等这些普通农民的命运。不过，农民是否自觉意识到社会正在发生怎样的变化呢？更不用说他们能否将这种变化与自己命运的改变联系起来？在这一点上，可以看到王聚财和她女儿软英的区别：王聚财总是怀疑这个世道是不是真变了？譬如说日本人退去4个月，退出20里，日本人会不会再回来？他认为这个世道确实在变，但是不是真的变了？他打了一个大大的问号。而软英认为，先不要去考虑世道是不是真的变了，而是相信既然世道在变了，那么随着今天的变化，一定会发生更大的变化。"二十七天"都可以发生那么大的变化，那么"三年"能不能发生更大的变化呢？

表面上看，两代人的看法有很大的冲突，不过，最根本的分歧是对变化不同理解之间的冲突。可是,时间不等人,第三章就叫"想再'看看'也不能"。时间突然加快了:"这三年中间果然有些大变化——几次查减且不讲,第一个大变化第二年秋天日本投降了;第二个大变化是第三年冬天又来了一次土地改革运动,要实行填平补齐。第一个大变化,因为聚财听说蒋介石要打八路,还想'看看再说',软英的事还没有动;第二个大变化,因为有些别的原因,弄得坚持想'看看'也不能了。"第二个大变化是到了1946年10月,这个月发生的情况和"填平补齐"有直接联系,也和土地改革有很大关系。由于国共合作共同抗战的原因,共产党在农村原来采取的政策是"减租减息","减租减息"没有完全打倒地主,很多穷人也没有真正翻身。像地主刘忠还有一处院子、40多亩出租地和20多亩自种地,而老拐这样的穷人则与要饭的差不多。"填平补齐"要进一步"均贫富",让经过"减租减息"的地主把土地交出一部分,将贫富之间的差距进一步缩小。但是,这个要求到了下河村,却带来了这样的结果:"元孩说:'区上的会大家都参加过了。那个会叫咱们回来挤封建,帮助没有翻透身的人继续翻身。'"但问题在于"封建尾巴总共五六个,又差不多都是清算过几次的,可是窟窿就有四五十个,那怎么能填起来?"小宝说:"平是平不了的,不过也不算很少!这五六户人家一共也有三顷多地啦!五七三百五,一户还可以分七亩地!没听区委说'不能绝对平,叫大家都有地种就是了!'"又有人说:"光补地啦?不补房子?不补浮财?"又有人说:"光补窟窿啦?咱们就不用再分点?"本来"填平补齐"就是为了避免两极分化,可是事情一到这就变了味了,因为某些积极分子如小旦、小昌之类,是为了在清算地主的过程中多分好处,所以他们会觉得这次"填平补齐"又是一次分好处的机会,而不是要给那些受穷的、没有翻透身的人进一步翻身。如此一来,积极分子光顾考虑自己的利益了,只有小宝表示异议:我们让大家有地种就可以了,不是真正的拉平。但马上有人就接着小宝的话说：我们为什么不可以再分点？我们是积极分子，要靠我们来挤地主的土地和浮财，如果挤不出来，你们这些人又分什么！你们光拿胜利的成果，我们有什么动力来干这些事？赵树理非常尖锐地揭示出农村变革中极其严峻的问题，那就是群众与干部、与积极分子之间的矛盾。积极分子往往这样认为，我们挤出了地主的土地和浮财，当然要拿好处。这时小旦之流跳得最高，说不拿好处怎么行呢？

当时无论是"填平补齐"还是"土地改革"，一个重要依据就是看有没有"剥削"，第一看是不是把土地租给别人种，第二看家里面有没有雇佣长工？如果没有剥削就不该分地。像王聚财家虽然有一些土地，但这些地是自己开荒得来的，包括自种地也是靠自己的劳力，也没有雇佣别人。按照当时共产党的土地政策，这样的地不应该分。可是，为了让大家有浮财、有土地可以分，让更多的人挤出钱和地来，最终的结果是下河村的干部将王聚财等人也列为"封建"，视为要清算的对象。元孩虽然发现问题，"见他们这些人只注意东西不讲道理"，但小昌说："我看不用等！羊毛出在羊身上，下河的窟窿只能下河填，高工作员也给咱带不来一亩地！"于是，那些不该清算的人也要被拿来重新清算，那些老老实实种地的庄稼人也要把土地和财物交出来。正是这股"清算"风波，再一次把软英卷到风口浪尖上。小昌作为农会主任，他不但要清算那些不该清算的农民，还借此机会派小旦为自己十四岁的儿子小贵向软英提亲。

《邪不压正》和一般写"土改"的小说选的视角不太一样，譬如周立波的长篇小说《暴风骤雨》描写"土改"，关注的是地主与贫雇农之间的阶级矛盾，这一矛盾集中表现在大地主韩老六和最穷的农民"赵光腚"之间的冲突上。这是一般"土改小说"常采用的叙述模式，但赵树理没有选择这个更便于描写斗争和冲突的叙述模式，《邪不压正》虽然有大地主刘锡元，也有贫雇农元孩和小昌，但整个叙述是从王聚财这个中农的视角展开的。[1]王聚财首先受到刘锡元的逼迫和仗势欺人的提亲；等刘锡元倒台之后，本来翻身做主人的穷人小昌，做了农会主任之后，他也仗势欺人派小旦来提亲。小昌与刘锡元原本是对头，"减租减息"时依靠小昌、元孩才最终打倒了刘锡元。但刘锡元和小昌都利用原来的狗腿子小旦来压迫王聚财，要软英嫁给刘忠或嫁给小贵。这种同构关系揭示出改变中国农村社会结构的艰巨性、长期性和复杂性。实际的情况并不是那么正邪分明，打倒了地主就万事大吉了。赵树理要揭示出这种现象背后更深刻的危机，不过他也意识到小昌并不是刘锡元，聚财不是以前的聚财，软英更不是以前的软英了。因为世道变了，人也在变。

不过，赵树理没有把这种潜移默化的变化归结于抽象的、外来的力量，如工作队的高工作员，或是工作团的团长——他甚至是一个无名无姓的人物——共产党、八路军，包括区委和工作队，这些对农民来说，都是一种抽象的、外来的力量，关键在于这种抽象的力量是否能够具体地对"人心"进行改造？[2]当小昌通过小旦再次向王聚财家逼婚时，王聚财已经不是原来的王聚财了，特别是软英更不是原来的软英了。赵树理既要写出他们的变化，同时更要显示出是什么力量带来了这种变化："软英这时候，已经是二十岁的大闺女了，遇事已经有点拿得稳了。"她不仅仅是长大了，而且还渐渐了解这个外面正在改变着的世界："想来想去，一下想到小贵才十四岁，她马上得了个主意。她想：'听小宝说男人十七岁以上才能定婚（晋冀鲁豫当时的规定），小昌是干部，一定不敢叫他那十四岁的孩子到区上登记。'"

---

[1] 关于"中农"在"北方土改"中复杂的地位以及中共对其态度的变化和调整，可以参看黄道炫：《盟友抑或潜在对手——老区土地改革中的中农》，载《南京大学学报》2007年第5期。

[2] 近年来的研究特别注重土改中的"人心"改造问题，有所谓从"翻身"到"翻心"的说法，具体可以参见刘卓：《光明的尾巴？——试以〈太阳照在桑干河上〉谈土改小说如何处理"变"》，载《现代中文学刊》2014年第6期。

当年刘锡元来逼亲时,根本没有"登记"这一套说法,登记这一套规定是怎么来的?当然来自共产党、八路军对边区的改造。"今天打发小旦来说,也只是个私事,从下了也不过跟别家那些父母主婚一样,写个帖。我就许下了他,等斗争过后,到他要娶的时候,我说没有那事,他见不得官,就是见了官,我说那是他强迫我爹许的,我自己不愿意,他也没有办法。"之前的软英只会和小宝两人流眼泪,算日子,但现在她却有了主意。这时候她为什么有了主意?她的主意是从哪里来的?显然来自外面世界所发生的变化。

正因为有了这样的变化,不仅小旦、小昌逼着软英嫁给小贵,还把王聚财给清算了,聚财只好把家里的十五亩好地和刘家给他们的彩礼交出来了,才算过了这一关。这个事情发生在1946年,但过了一年,政府公布了《土地法大纲》,真正的"土改"开始了。村里来了土改工作团。王聚财"摸不着底,只说是又要斗争他,就又加了病——除了肚疼以外,常半夜半夜睡不着觉,十来天就没有起床。赶到划过阶级,把他划成中农,整党的时候干部们又明明白白说是斗错了他,他的病又一天一天好起来。赶到腊月实行抽补时候又赔补了他十亩好地,他就又好得和平常差不多了"。1946年晋绥地方的土地改革走了一段激进化的弯路,不仅斗了中农,而且把地主也扫地出门。地主当然在政治上和经济上斗倒他,不过,斗倒之后还是要让他们自食其力地生活下去。所以,要改正土改中某些"过激化"的做法。而要改正"过激化",必然要清算其中起坏作用的干部。[1]像小旦这样的人物:"工作团一来,人家又跑去当积极分子,还给干部提了

---

[1] 赵树理在《新大众》报(1948年1月4日)回答读者来信时说:"你说那些统治贫雇的坏干部,光用命令也压不下,他敢阳奉阴违。今后执行土地法,要靠土地法上规定的合法执行人(贫农团、农会、农代会)来执行,不能再靠那些坏干部做。至于他们要破坏的话,就用边府定出的《破坏土地改革治罪条例》治他的罪。"(《不要误解行政命令》,载《赵树理全集》第三卷,第250页。

好多意见,后来工作团打听清楚他是个什么人之后,才没叫他参加贫农小组。照他给干部们提的那些意见,把干部说得比刘锡元还坏啦!"难怪聚财议论道:"像小昌那些干部吧,也就跟刘锡元差不多,只是小旦说不起人家,他比人家坏得多,不加上他,小昌还许没有那么坏!"安发则认为:"像小昌那样,干部里边还没有几个。不过就小昌也跟刘锡元不一样。刘锡元那天生是穷人的对头,小昌却也给穷人们办过些好事,像打倒刘锡元,像填平补齐,他都实实在在出过力的,只是权大了就又蛮干起来。小旦提那意见还不只是说谁好谁坏,他说'……一个好的也没有,都是一窝子坏蛋,谁也贪污得不少,不一齐扣起来让群众一个一个追,他们是不会吐出来的!'"小旦在"干部洗脸"的过程中,又转过头来斗这些干部,他全盘否定"新力量"带来的变化,很容易见风使舵,否定一切。[1]

　　工作团自然不能"否定一切",只是纠正了某些"过激"的做法。所有这些变化,都是通过王聚财的眼光呈现出来的。正是因为看到了这些变化,王聚财才说出了心里话:"我活了五十四岁了,才算见行动说过这么一回老实话!这真是一个说理的地方!"要真成为一个可以让农民"说理的地方",关键在于土改不能简单地依靠某些积极分子,而是要依靠更广大的人民群众。这也是当时赵树理强调的:"今后执行土地法,要靠土地法上规定的合法执行人(贫农团、农会、农代会)来执行,不能再靠那些坏干部做。"解决了下河村的"问题","散会以后,二姨挤到工作团的组长跟前说:'组长!我是上河人!你们这工作团不能请到我们上河工作工作?'组长说:'明年正月就要去!'"为什么要到上河村去,前面已经交代了,上河村的"填

----

[1] 1947年初,为解决干部的贪污浪费、强迫命令等问题,中共曾展开"洗脸擦黑"运动,对干部进行政治思想教育,打击官僚主义倾向,但这一运动并不以干部为排斥对象。具体可以参见黄道炫:《洗脸:1946—1948年农村土改中的干部整改》,载《历史研究》2007年第4期。

平补齐"同样有"过激化"的倾向,二姨不仅把自己家的驴卖了,还把做种的花生也吃了,因为害怕清算他们家的财产。《邪不压正》描写新的力量介入农村,先是从"上河"到"下河",又从"下河"到"上河",农村的变革刚刚开始,还要继续下去……

五、三种时间,三重道理

《邪不压正》描写的就是农村从"减租减息"到土地改革之间发生的故事,赵树理将外部世界的变化,最终落实到农民的生活世界,土地关系、婚丧嫁娶和邻里关系的变化上,通过书写看似日常的变化折射出大的社会变革。小说还有许多可以讨论的地方。譬如除了有意构建的三种时间(农历纪年、民国纪年和公元纪年)外,小说是否也利用了空间的变化? 像院落与院落之间,同一院落的东房、北房、西房之间以及不同村庄之间(如上河村与下河村),这些空间的变化与小说需要处理的内容和问题之间构成了一种怎样的关系? 很值得深入探究下去。

但在这儿,我还想进一步讨论《邪不压正》中三种时间的构建:一种是"公元纪年"的1943年,一种是"农历纪年"的中秋节,还有一种是王聚财回忆往事时,用了"民国纪年"的民国二年。小说开头三种不同时间的记录方式,预示着赵树理要处理的三个层面的故事,或者说三种因素相互产生联系,不断冲突、改造与融合。与"农历纪年"联系在一起的是中国的乡村世界,也即像王聚财这样的普普通通农民的生活世界。对于"时间"的理解就是对于"世界"的理解。用农民的话讲,就是对于世道变化的理解。与"农历纪年"相对的是"民国纪年",自秦汉以来形成的农耕社会,进入民国,遭遇现代,本身发生了急剧的分化,可以将其视为明清以来农村社会变化的延续以及不断危机化的过程。假如历史只在这两种时间中循环,那么,农民只会变得越来越穷,从自耕农变成贫农,从贫农变成雇农,就像小昌、元孩和小宝那样,要么失去土地只能给地主打长工,要么依靠很少的土地靠租地做雇工养活自己。"租"和"息"成了悬在农民头上的两把刀,而地主则会说"算账就是理",结果是利滚利,农民永远还不清。这个"恶性循环"必然带来农村的破产,农村的破产就意味着绝大多数的农民无法养活自己,农村的矛盾则必然越来越尖锐。第三种时间"公元纪年"代表了共产党、八路军这种新的改变农村力量,这种力量致力于打破农历纪年和民国纪年所形成的恶性循环。正如费孝通指出的:"如果人民不能支付不断增加的利息、地租和捐税,他不仅将遭受高利贷者和收租人、税吏的威胁和虐待,而且还会受到监禁和法律制裁。但当饥饿超过枪杀的恐惧时,农民起义便发生了。也许就是这种情况导致了华北的'红枪会',华中的共产党运动。如果《西行漫记》的作者是正确的话,驱使成百万农民进行英勇的长征,其主要动力不是别的而是饥饿和对土地所有者及收租人的仇恨。"[1]

这种致力于打破"恶性循环"的叙事,不仅出现在赵树理小说中,而且也成为"延安文艺"最主要的母题之一,譬如根据民间故事改编的歌剧《白毛女》,地主黄世仁逼债逼得杨白劳喝卤水而死,杨白劳死后,父债子还,喜儿被抓去黄家做丫鬟抵债;黄世仁强奸了喜儿,她只能逃到深山中,头发变白了,所以叫白毛女,当地人叫她白毛仙姑。这也是地主压迫农民的恶性循环。怎么样才能打破这个恶性循环?歌剧中出现了和喜儿青梅竹马的大春,他带领八路军解救了白毛女,白毛女又恢复了喜儿的身份。这就是"旧社会将人变成了鬼,新社会让鬼变成了人"。关键在于,无论是喜儿还是白毛女,都无法靠自己来改变悲惨的命运,只有某种新的力量的介入,才带来了解

---

[1] 费孝通:《江村经济》,载《费孝通全集》(第二卷),第265页。

放的转机。《邪不压正》同样如此，没有第三种时间的介入，就不可能打破原来两种时间的恶性循环。在小说中则表现为软英面对刘锡元家的逼婚，她和小宝都无法掌握自己的命运，只能哭着算日子。在第一部分"太欺人呀！"中，无论是感叹命运的聚财，还是哭哭啼啼的软英，所有人都以接受命运为前提，谁也没有办法改变它。在算来算去的"二十七天"中，只有下河村的八路军的到来，打倒了刘锡元，才改变了软英的命运。

不过，新力量的介入也需要有一个过程。和"农历纪年"联系在一起的，是农村的伦理世界和农民的生活世界，它最重要的特质就是讲礼数，有人称其为"礼俗社会"——与"礼俗社会"相对应的是"法理社会"，这是借用大家熟悉的费孝通的说法，"在社会学里，我们常分出两种不同性质的社会，一种并没有具体目的，只是因为在一起生长而发生的社会，一种是为了要完成一件任务而结合的社会。用Tonnies的话说：前者是Gemeinschaft，后者是Gesellschaft，用Durkheim的话说：前者是'有机的团结'，后者是'机械的团结'。用我们自己的话说，前者是礼俗社会，后者是法理社会。"[1]新力量介入农村社会，首先必须考虑与"礼俗社会"的关系：既要关联，更要改造。就像《白毛女》中带着八路军归来的"大春"，"一方面，他是民间秩序的归复者，另一方面，他又是新政治力量的代理人。但是，只有当他是代表民间秩序的归复者时，他才是政治的代表……也就是说，只有当大春的民间身份得到确认时，他的政治身份才得到确认。而这个由红军或八路军所代表的政治必须是民间伦理秩序的支持者，必须曾经带给人好日子，否则根本没有叙事功能。"[2]如果说《白毛女》侧重"新力量"与"礼俗社会"的关联，那么《邪不压正》则强

---

[1] 费孝通：《乡土中国》，载《费孝通全集》（第六卷），第111页。
[2] 孟悦：《〈白毛女〉演变的启示》，载《二十世纪文学史论》（第三卷），第194页。

调了"新力量"对"礼俗社会"的改造。小说开头写道，小旦本是个坏蛋，但他来做媒人还要把他当媒人看待，他躲在后面抽大烟，仍要给他送一碗挂面，小辈见了他还是要叫小旦叔。这就是农村社会的"讲礼数"；但到小说结尾时，软英控诉小旦，说了一句很关键的话："小旦叔，不，小旦！我再不叫他叔叔了！"新的"法理"打破了"礼俗社会"的规则。法律规定不能包办婚姻，规定男女结婚要自愿，甚至规定了结婚登记的年龄。因为有了这些新的"法理"，元孩宣布散会，大家都要走时，软英才能说："慢点！我这婚姻问题究竟算能自主不能？"区长说："我代表政权答复你：你和小宝的关系是合法的。你们什么时候想定婚，到区上登记一下就对了，别人都干涉不着。"以前农民的婚姻是"父母之命，媒妁之言"，没有"合法"一说。"到区上登记一下"的"登记"也很重要——赵树理写过一部小说就叫《登记》——这同样标志着一种法理的介入，正深刻地改变着原来的"礼俗社会"。

"赵树理"原来叫"赵树礼"，他名字中的"礼"之所以换成"理"，是因为他知道"礼俗社会"虽然也有其道理，但"礼俗社会"的"理"碰到地主算账的"理"，就要一败涂地。在地主看来，算账才是讲道理，否则就是不讲道理。"礼俗社会"的理根本不值一提，就像小昌说的"势力就是理"，"礼俗社会"的"理"没有势力撑腰，自然不成其为"理"。农民的理碰到地主的理，肯定说不上"理"，只能堕入"恶性循环"。假如农民固守由"礼俗社会"产生的理，在恶性循环中一定处于下风，必然会出现王聚财这样唯唯诺诺，什么事情都要看看再说的人。倘若农民都是王聚财这样的，就无法打倒刘锡元这类大地主。因此，农民这个"理"必须和共产党带来的"理"结合起来，才能真正打倒民国政治撑腰的地主刘锡元的"理"。三种时间带来了三重道理。小说最后写道，王聚财说："这真是个说理地方！"如果按照农民的理，刘锡元和小昌都是仗势欺人，不合礼数，但农民对他们什么办法也没有,只能默默地忍受。可现在不同了,因为有了共产党、八路军、区委、法院和工作团,终于有了一个说理的地方。只因有了新的"法理"的介入,农民的"理"才得以申诉。就像小说中王聚财憋了一肚子气,气得生病了,可一旦可以"说理",他的"病"就好了。从象征层面上看,"病""理"相通,说通了"道理","病"也就好了。由此可见,"赵树理"的名字改得很有"道理"。[1]

[1]关于赵树理小说与"说理"的关系问题,更详尽的讨论可以参见李国华:《农民说理的世界:赵树理小说的形式与政治》,上海书店出版社2016年版。

第二章 "文学式结构""伦理性法律"和"赵树理难题"

——重读《"锻炼锻炼"》兼及"农业社会主义"问题

一、新颖的"赵树理文学":一种"具体"的"抽象性"

1959年7月,《文艺报》发表了一篇措辞激烈的批评赵树理小说《"锻炼锻炼"》[1]的文章,文章称《"锻炼锻炼"》是"一篇歪曲现实的小说",所谓"歪曲现实",主要是指小说描写的如"小腿疼""吃不饱"这样典型的落后、自私和懒惰的妇女,"不是占农村妇女的大多数"。"1957年秋季,农村虽然刮起了妖风,资本主义自发势力大大抬头,为了搞各种个人经营而损害集体利益的社员纵使会有,但并不是像赵树理同志所说的:'大半妇女不上地,棉花摘不下。''摘头遍花能超过定额一倍的时候,大家也是这样来得整齐。''一听自由拾棉花时,就什么事也没有了。'而拾二三遍花时,却是'说来说去,来的还是那几个人'。"在作家的笔下,"除了高秀兰这个理想的进步妇女外,读者看不到农村贫农和下中农阶层的劳动妇女的形象,所看到的只是一大群不分阶层的、落后的、自私到干小偷的懒婆娘……退一步来说,即使争先社的确有这样的情况,作者把它写到纸上要达到什么样的目的呢? 如果说是为了通过这样的描写把这个社的资本主义自

---

[1] 赵树理:《"锻炼锻炼"》,先发表于《火花》1958年8月号,然后发表于《人民文学》1958年9月号。

发势力衬托得更逼真,通过批判达到教育群众特别是'利己主义者'的目的,那么,这一'大半妇女'的本身除了被捉弄以外,又何曾受到了什么样的教育呢?"因此,文章发出了严厉的责问:"难道这就符合农村现实吗?""难道这就是农村妇女的真实写照吗?"[1]

面对这多少显得有点简单粗暴的批评,尽管当时有人站出来表示愿意"充当一名保卫《'锻炼锻炼'》的战士",由此在《文艺报》上展开了关于这部小说的争鸣,进而对文学作品如何反映人民内部矛盾进行了更深入的讨论,[2]但赵树理却没有发表任何为自己辩护的文字。[3]不过在两年后的1961年9月,借着给长春电影制片厂电影剧作讲习班上课的机会,在如何处理"深入生活"与"业余写作"的关系的语境中,回应了当年围绕《"锻炼锻炼"》开展的争论:"关于《'锻炼锻炼'》的争论,基本观点有两种,一种是实事求是,一种是用概念。从概念出发,他就会提出'这像社会主义的新农村吗?'这样的问题。其实,这不是像不像的问题,你跑去看一看吧,你跟我到一个大队去住几个月吧,你就不会这样提问题了。如果凭空在想:既然合作化这么久了,农村还有这种情况? 这就没法说了,因

---

[1] 武养:《一篇歪曲现实的小说——〈"锻炼锻炼"〉读后感》,《文艺报》1959年7月号。

[2] 参见王西彦:《〈"锻炼锻炼"〉和反映人民内部矛盾——在一个座谈会上的发言》,《文艺报》1959年10月号。

[3] 在创作《"锻炼锻炼"》之后不久,赵树理应陈伯达之邀,为《红旗》杂志写小说,他小说没有写出来,却在农村体验生活时发现了许多存在的问题,于是给《红旗》写了一篇长达万言的文章《公社应该如何领导农业生产之我见》,同时给各级领导(从地委书记、省委书记到中国作协党组书记邵荃麟和当时的政治局候补委员、《红旗》杂志主编陈伯达)写信反映情况,不过赵树理的文章没有发表,而是被退回作协,引起了作协内部对赵树理的一轮猛烈批判,但他始终坚持自己的观点。对这一过程的描述可以参见陈徒手:《一九五九年冬天的赵树理》,载陈徒手:《人有病　天知否——一九四九年后中国文坛纪实》,人民文学出版社2000年版。也可参见赵树理:《给邵荃麟的信》《写给中央某负责同志的两封信》《公社应该如何领导农业生产之我见》,均载《赵树理全集》第五卷,北岳文艺出版社1994年版。

为从概念出发和从事实出发,结论不常是一样的。1955年以前,农村一半还是单干户,合作化到今天,才五年多时间,怎么会没有'小腿疼'、'吃不饱'呢? 所以,这种争论首先得有根据,没有根据就是瞎说。"[1]

不过,赵树理的这篇讲话没有止于将"批评"斥之为"瞎说"就了事,他更在意的是自己"写作"的"根据",也即《"锻炼锻炼"》中的"小腿疼""吃不饱"只不过是一种症候,赵树理希望揭示出这种"症候"背后更深刻的因素:"合作化"作为一种与传统"个体"和"家庭"劳动形式不同的"新生产形式"——也即"集体劳动方式"——如何改变了千百年来中国农民和农村的旧习惯? 在这"新"与"旧"之间,"概念"和"事实"怎样产生矛盾,"生活所以复杂,就因为人的思想复杂。就说对公家和集体的态度吧,在集体地里干好,自留地里也干好,这当然好;有的人在公家地里干得只要像一个样子,能记上工分就行"。[2]为什么常常会出现这种情况? 一个重要的原因就是"集体劳动方式"重新创造出"公"与"私"的界限以及如何对待"公"与"私"的态度。当时的情况是给公家干活,农民没有实体感,觉得不像在自留地中干活那么实在:"四十岁以上的农民,都当过个体农民,社会制度变了,变成什么样子,以后会怎么样,没有现成的架子。农民不是光要几个政治口号,他是希望具体化的。在个体生产时,他和富人比,说某人过去是一个小中农,后来发了财,起了家;某人省吃俭用,每年买五六亩地,二十来年买了几顷地。这些他都很清楚。他想向他们学。"因为目标具体,所以农民"为了买地,可以几年几十年穿一件衣服,系一根腰带,干活还很卖劲"。[3]相比之下,"土改后他们思想上很明确:分了地就能发家,合作化就不太明确了,地入了社怎么办? 又不

[1] 赵树理:《在长春电影制片厂电影剧作讲习班的讲话》,《赵树理写作生涯》,董大中编,百花文艺出版社1984年版,第81—82页。
[2][3] 同上书,第75页。

准买卖,什么现代化等等,他不清楚,叫他去参观现代化农场,他不一定和自己联系起来,他只看见自己的村子,自己的家。"如此一来,"概念"和"现实"的矛盾,就变成了如何处理"抽象"与"具体"的关系:"农民的前途缺乏具体化;我们做思想工作的,讲抽象也讲不清楚,更别说具体的了……现在能用什么办法进行教育,使他们直接和生产的劲儿结合起来呢?总觉得缺少具体的东西。"[1]按照赵树理写给陈伯达的信中的说法,农业合作化之后农村的问题,"总不外'个体与集体'、'集体问题与国家'的两类矛盾"。[2]仅就"个体"与"集体"的关系而言,具体到"农民",问题的复杂性就显现出来了:作为"小私有者"和"小生产者"的"农民"一方面依然保有长期"小农经济"遗留下来的风俗习惯,[3]另一方面又由于中国社会的"半殖民地化"而被纳入"资本主义经济体系"中,因此,赵树理在把"农民"拿来与"工人"对比时,特别强调农村这种"新旧杂糅"的情况:"旧的东西总好捉摸,新的东西就不大好捉摸。旧的是几十年甚至几百年形成的,而新的是十几年形成的。一般说,无产阶级的私有观念不大,自从这个阶级产生起就是这样。铁路工人不会产生分火车头、分铁路的想法,不会想分上一个车头、分上一段铁路回家自己开,而农民就想把地分回去自己种。农村中新和旧的斗争非常激烈,封建的、资产阶级

---

[1] 赵树理:《在长春电影制片厂电影剧作讲习班的讲话》,《赵树理写作生涯》,第75—76页。

[2] 赵树理:《写给中央某负责同志的两封信》,《赵树理全集》第五卷,第323页。

[3] 历史学家陈旭麓曾相当精辟地概括出中国传统"小农经济"的特点:"如果从生产者的角度加以比较,那么,在中国封建社会里,劳动力同土地的结合是实现于个体小农的一家一户之中的。一家一户可以完成生产、消费、再生产的循环,因此,中国的小农具有自己独立的经济。相比之下,西欧的农奴只不过是庄园经济的一个部分。固然,小农经济是一种遭受剥削的经济,有它悲惨的一面……但是,作为一种独立的经济,它又把生产者的收益同自己的劳动联系起来,可以寄托追求,这是另一面。由于这种两面性的存在,遇到政治承平的年份,小农通过自己的劳动而达到丰衣足食并不是不可能的。"《近代中国社会的新陈代谢》,上海人民出版社1992年版,第6—7页。

的和无产阶级的新的东西,常常微妙地绞合在一起,应该注意到这一点,否则就不会是真实的。"[1]

从这儿不难看出,农业合作化不仅仅是一种"集体化"的诉求,同时也显然包含了"现代化"的追求,对处于"小农经济"和"资本主义经济"双重束缚下的"农民"来说,这是双重意义上的"解放":一是从"小农经济"中"解放"出来,获得某种"现代经济"分工合作的社会化大生产意识;二是从"资本主义经济"(也即"私有经济")中"解放"出来,从"集体经济"中获得前所未有的平等和公正。在这个意义上"严重的问题是教育农民",不仅仅指简单地批评农民"老婆孩子热炕头""顾小家不顾大家和国家"的旧思想,更重要的是如何教育农民从"集体化"和"集体劳动方式"中体会到一种新的自豪感和尊严感。[2]但问题在于,"集体化"和"集体劳动方式"极大地改变了农村基层社会的状态和农民的生活状态。一方面合作化之后,"集体经济"的"公家"和"工分"确实比"自留地"更"抽象化"了;可另一方面农民对于"生产劳动"的感受却依然是"具体化"的。如何处理这两者的关系?怎么在不同层面上发挥"抽象"和"具体"的作用?赵树理是用"现实主义文学"来思考如此重大的改变中国农民千百年来命运的问题,在他那儿,"现实主义文学"首先是"具体"的,"只要真正到生活中去,就能发现每个人都是具体的,千万不要在具体人身上加上概念。每个地方存在的问题也不一样,产生问题的原因,有的在于人,有的在于物,有的在于制度"[3];但"现实主义文学"的"具体化"并不等同于"琐碎化"和"细节化",反而因为"形

---

[1][3] 赵树理:《在长春电影制片厂电影剧作讲习班的讲话》,《赵树理写作生涯》,第76页。

[2] 正是在对这个问题的认识上——如上述两个过程是"一步走"还是"两步走"——的分歧,表现出"新民主主义"的思路与"社会主义"的思路的差异,也即涉及下文关于"农业社会主义"问题的讨论。

象化"和"典型性"的要求,通过所谓"形象思维"来感知与把握现实生活,具有了一种将"具体"和"抽象","特殊"与"普遍"结合起来的功能,最终创造出新的"具体"的"抽象性"或"具体"的"普遍性"。正如日本学者竹内好发现"赵树理的文学"的"新颖"之处在于:"在创造典型的同时还原于全体的意志。这并非从一般的事物中找出个别的事物,而是让个别的事物原封不动地以其本来的面貌融化在一般的规律性的事物之中。这样,个体与整体既不对立,也不是整体中的一个部分,而是以个体就是整体这一形式出现。采取的是先选出来,再使其还原的这样一种两重性的手法。而且在这中间,经历了生活的实践,也就是经历了斗争。因此,虽称之为还原,但并不是回到固定的出发点上,而是回到比原来的基点更高的新的起点上去。作品的世界并不固定,而是以作品情节的展开为转移的。这样的文学观、人生观,不就是新颖的吗?"[1]竹内好是从如何克服现代主体危机的角度来讨论赵树理小说中的"个体"的"整体性"的,他认为,当西欧现代性所建构的那种现代主体已濒临崩溃时,个人的"自我完成"便首先要直面个人与整体的关系,以及"整体中个人的自由问题","如果不用某种方法来调和与整体的关系的话,就很难完成自我。这一问题确实是存在的。"在他看来,赵树理的文学提供了"对这一问题的处理办法",从而使个体有可能摆脱现代的束缚和现代主体的幽闭状态。[2]然而,有论者已经指出,这种表述一方面确实传达了某种共通的阅读感觉,但另一方面,也将赵树理的创作实践抽象化了。毋庸置疑,赵树理的创作起点是务实的。用他自己的话来说:"老百姓喜欢看,政治上起作用",他要求自己的创作应对实际工作中

---

[1]竹内好:《新颖的赵树理文学》,载《外国学者论赵树理》,中国赵树理研究会编,中国文联出版公司1996年版,第77页。

[2]参见上书,第73—74页。

所遇到的问题,并及时地配合政治宣传的任务。[1]而从困扰赵树理的问题来看,可以进一步指出,这种"新颖性"对应的就是他作品中的"具体的普遍性"。这种"具体的普遍性"更多地来自赵树理感受到的"农民"问题,而非竹内好所想象的"主体"问题,不过其效果却具有一致性,借用竹内好的说法,就是"新颖的赵树理文学"恢复了世界的"文学性结构"。[2]

　　值得注意的是,武养的那篇批评《"锻炼锻炼"》的文章除了指责赵树理没有真实地描写农村妇女,批评的重点更是落在小说对杨小四这个农村干部形象的塑造上,认为"杨小四"并不是时代政治所要求表现的干部形象,而是"作风恶劣的蛮汉",他对待"小腿疼"和"吃不饱"两个落后妇女的态度,也"不是社干部与社员的关系,而是民警和劳改犯的关系,所不同的只是这些社干部没有武器罢了"。面对这样的批评,王西彦以小说完全可以塑造"有缺点的干部"以显示现实主义的真实性,予以回应和辩护;唐弢更是从小说内部的"焦点"问题出发,揭示赵树理在刻画杨小四时,运用了中国小说传统塑造人物的一种特殊手法,"作者描写杨小四的偏激,同时也更加刻画了王聚海的'八面圆',后者的性格,是促成小说里许多人物行动的焦点"。[3]一般人大体上都会认为武养的批评过于粗暴,而或多或少认同王西彦或唐弢基于不同理由的辩护,认为赵树理运用了较为复杂的方式来表现当时农村——既包括落后妇女,也涵盖有缺点的

[1] 参见冷嘉:《家庭、革命与伦理重建》第三章之第四节《阶级政治与伦理牵绊/涵容:从赵树理谈起》的相关论述,华东师范大学博士学位论文,2009年。
[2] 在《〈中国文学〉的废刊与我》(1943年3月)中,竹内好曾写道:"今天,文学的衰退已经成为无可遮蔽的事实。把它昭示于天下的是大东亚战争。文学的衰退,客观地说,就是世界不具有文学的结构。今日的世界,与其说是文学性的,毋宁说是哲学性的。"《近代的超克》,三联书店2005年版,第179页。
[3] 参见王西彦:《〈锻炼锻炼〉和反映人民内部矛盾——在一个座谈会上的发言》,《文艺报》1959年10月号;唐弢:《人物描写上的焦点》,《人民文学》1959年8月号。

干部——所面临的问题。然而,到了20世纪90年代,随着所谓"民间立场"对"政治立场"的克服,另一种同样带有简单化倾向的评价方式变相地肯定了武养的粗暴论述,陈思和在《民间的浮沉》一文中认为《"锻炼锻炼"》:"这是一篇赵树理的晚年绝唱,他正话反说,反话正说,明眼人都能看出,他揭露的仍然是农村基层干部中的'坏人'。那些为了强化集体劳动和割资本主义尾巴的基层干部,不但作风粗暴专横,无视法律与人权,而且为了整人不惜诱民入罪,把普通的农村妇女当作劳改犯来对待。'小腿疼''吃不饱'这些可怜的农村妇女形象,即使用丑化的白粉涂在她们脸上,仍然挡不住读者对她们真正遭遇的同情。这篇小说从表面文本上看,等于把西门庆写成英雄,把武大郎写成自私者,但从文本潜在的话语里,真实地流露了民间艺人赵树理悲愤的心理。"[1]这样的解读是否契合了赵树理的真实心理,我们姑且不论。如果按照这样的思路进一步发挥,那就不是悲愤同情的"心理"问题了,完全可以进一步套用詹姆斯·C.斯科特(James C. Scott)所谓"弱者的武器",也即农民受到那些索取超额食物、租金和税收的剥削时,会利用各种日常生活的方式进行抵抗,这些方式往往包括:偷懒、装糊涂、开小差、假装顺从、偷窃、诽谤和怠工,等等。[2]如此一来,"吃不饱"和"小腿疼"不仅不是赵树理批评的对象,反而有可能成了实现农民生存伦理和民间正义的表率。也确实有社会学者、历史学者去研究农村的这类现象,称之为"农民的反行为"[3]。然而,仅仅从这个看似激进的角度能够穷尽赵树理这篇小说的复杂性吗? 会不会导致另一种简单化呢? 更何况,将当时

---

[1] 陈思和:《民间的浮沉》,载《上海文学》1994年第1期。
[2] 参见斯科特在《弱者的武器:农民反抗的日常形式》一书中的相关论述,译林出版社2007年版。
[3] 参见高王凌在《人民公社时期中国农民"反行为"调查》一书中的相关论述,中央党史出版社2006年版。

"干部"和"农民"的关系,在某种程度上理解为"民警"与"劳改犯"的关系,也许有一点夸张,但从历史角度来看,农业社会主义改造的基本治理逻辑是要消灭私有财产的制度形态以及与之相关的观念、心理乃至情感,国家的司法自然要配合"过渡时期总路线"这一中心任务。强世功认为这一时期的法律关系由此呈现了刑事扩张、民事萎缩的趋势,私法的空间几乎彻底消失,这意味着"惩罚社会"的兴起。[1]从治理的角度看,这种解释有一定的道理,但实际上正如赵树理小说所描写的那样,抽象的司法力量、惩罚性的法律实践和国家的其他行政管理方式一样,在实施的过程中也要受到民间传统、日常生活的关系网络甚至是"革命"自身传统——如减租减息、土改以来农村工作所形成的某些习惯于经验——的制约与影响。譬如司法调查的权力和技术有时也不得不受群众意见的左右,人品、人缘之类等日常生活的关系网络也会渗透进阶级话语而作用于司法实践。"照顾群众生产和生活习惯"既作为党的群众路线的一种体现和表达,也成为治理和司法实践中与民众的新旧传统、日常生活以及关系网络冲突、协商和妥协的实践性结果。只有这样来看,才不会从一种"简单化"转化为另一种"简单化",才有可能更深地理解赵树理思考的"难题性"。

赵树理谈到自己的作品,常常用"问题小说"来概括:"我的作品,我自己常常叫它是'问题小说'。为什么叫这个名字,就是因为我写的小说,都是我下乡工作中所碰到的问题,感到那个问题不解决会妨碍我们工作的进展,应该把它提出来。"[2]如果结合对农村"具体问题"的"普遍性"理解,就能发现"问题小说"并不如赵树理自

---

[1]　强世功:《革命与法制的悖论——新中国的法律改造运动及其后果(1949—1976)》,载《法律与治理——国家转型中的法律》,中国政法大学出版社2003年版。

[2]　赵树理:《当前创作中的几个问题》,《赵树理写作生涯》,第55页。

己说的那样简单,也不像某些研究者批评的那样仅仅"来自对政策叙事的被动摹仿"[1]。从《小二黑结婚》开始,赵树理的小说一直纠缠在"具体"和"抽象"之间,当他找到将两者"融合"的方式时——如《邪不压正》通过对不同"时间"(公元纪年、民国纪年和民俗纪年)之间并置、冲突与融合状态的把握,展示出"土改"所带来的"时势"变化以及这种变化所包含的危机和新的可能性——就鲜明地表现出"文学"之于"现实"的某种"构造性";当赵树理意识到两者的"矛盾"难以克服时,他的小说则力图将"矛盾"本身加以"文本化",让读者从小说文本中似乎无时不在的"紧张"来体会他对"危机"的表达。倪文尖在讨论赵树理小说的"读法"时,一直强调他对"危机"认识。[2]在我看来,赵树理对"危机"的把握首先要从"文本"入手。譬如《"锻炼锻炼"》对农村普遍存在的"集体"与"个人","公"与"私"的矛盾有着相当清醒的认识,按照赵树理小说的一贯写法,即使面临"矛盾"也应该是贴着农民来写,但在这部小说中却相当触目地出现了如"资产阶级思想"之类的抽象概念;小说表面上看是以"整风"为主题,以前他处理干部作风问题都愿意强调"对症下药",但在《"锻炼锻炼"》中年轻干部却强调政策的统一性,并不以考虑个人特殊性为前提……之所以在"写法"上有所反常,是因为赵树理意识到这个故事背后更大的"难题":"小腿疼"和"吃不饱"形象与现象包含着更为深刻的矛盾和危机,他觉得光靠自己无法找到一个正确答案。这就是为什么赵树理在写完这部小说不久就给各级领导频频写信,甚至给《红旗》杂志写似乎与小说家身份大相径庭的《公社应该如何领导农业生产之我见》……他想通过与决策者或政策执行者直接对话的方式来找到答案,即使一时找不到全部答案,至少也能部分

---

[1] 李杨:《抗争宿命之路——"社会主义现实主义"(1942—1976)研究》,时代文艺出版社1993年版,第88页。

[2] 参见倪文尖:《如何研读赵树理》,《文学评论》2009年第5期。

地揭示问题关键之所在。明白了这点，我们就不会对赵树理这样来理解"大跃进"感到奇怪："我们的农业生产，在机电化尚未占到一定比例以前，劳动力的多寡、出勤率与劳动生产率的高低，对每年农产品的总产量多寡这是主要的决定因素……劳动力有一个就是一个，劳动出勤率与劳动生产率虽然有它的伸缩幅度，但是在一定的时间内都有个最高限度。能把每个人的劳动出勤率与劳动生产率在一定时间内都发挥到最高限度，就是大跃进。"[1]在某种意义上，"小腿疼"和"吃不饱"的形象与现象，涉及的就是农村"集体化"之后"劳动出勤率"和"劳动生产率"的关系问题，而且这种关系较为鲜明地体现出从"小农经济"向"集体经济"转换的连续和断裂："远在小农经济时期，包括经营地主在内的每个农业生产单位（户），都是按它掌握的或可能掌握的（如靠一部分短工）劳动力来计划它的生产的。在合作化初期，有些社在一个短时期内，因为生产规模的扩大，马上掌握不住这一规律，在生产上吃过一些亏，但它们自负盈亏的分红单位，吃了亏不要等到收获期间就能觉察出来，所以不几年就多走上按劳动力安排生产的常规。不过它们是这样做了而没有当成道理去讲，以致乡一级行政领导方面对劳动力的决定作用感觉不太深。"[2]

二、"生产"对"劳动"的塑造：《"锻炼锻炼"》的两面性

从故事上看，《"锻炼锻炼"》似乎也像《邪不压正》那样，描写的是农村变革中的"正""邪"关系，用小说中妇女队长高秀兰的话来

---

[1] 赵树理：《公社应该如何领导农业生产之我见》，《赵树理全集》第五卷，第329页。关于《"锻炼锻炼"》与"大跃进"以及"劳动出勤率""劳动生产率"的"限度"问题，可以参见朱康：《现实的"限度"与"必要的步骤"——〈"锻炼锻炼"〉与赵树理的小说政治学》，《文艺理论与批评》2020年第2期。
[2] 同上书，第329—330页。

说,是"正气碰了墙,邪气遮了天"。但是,这儿的"正""邪"关系已经不再能如《邪不压正》中那样可以靠"时间"的推移和替代——也就是"不断革命"——来解决了。《锻炼锻炼》中的"正""邪"关系已演变成一个"空间性"问题,就像赵树理在讨论"劳动出勤率"时指出的,"争先农业社"这个"社队空间"和"集体空间"既联系着具体的"人"和"户"等"个体空间",又挂搭在"乡一级"的"行政空间"上,并且通过"乡"或"公社"等"行政空间"与更广大的"国家空间"成为"空间连续体":既有公社、法院等实体性空间,也有粮食统购统销等制度性空间,还有"整风"和"大跃进"等运动性空间……如何从与"人""户"等"个体空间"打交道开始,一直到和各类"国家空间"发生关系,作为"社队一级"的"集体空间"所面临的难题,也即赵树理所说的两种矛盾:"个体与集体"和"集体问题与国家"的"两类矛盾"。这类矛盾作为"空间连续体"的展开显然具有高度的结构性,不可能简单地随着时间的推移而解决,而"社队空间"作为"矛盾"的纽结点,一方面既要处理"具体"的"人"和"户"的问题,另一方面又要沟通"抽象"的国家行政要求,对应的恰恰是赵树理一直关注并试图以"文学"去再现和把握的"具体"的"抽象性"。在这个意义上,甚至可以说"社队空间"也是一种"文学性结构",赵树理在作品中对这一"空间"的重视和他对"文学性结构"的追求具有某种同构性,他对"危机"的"空间性"把握使得小说的"空间意识"与现实的"危机意识"也具有了某种同构性。

在赵树理眼中,农村的"国家与集体"矛盾的主要方面"不在于物质利益的冲突(也有冲突之处),而在于生产品及生产过程决定权与所有权的冲突",实质上也是一种"抽象性"("生产品及生产过程决定权")和"具体性"("生产品及生产过程所有权")之间的冲突。具体而言,"在局部所有权尚未基本变动之前,集体所有制仍是他们集体内部生产、生活的最后负责者。在这时候,国家只要掌握国家及市场所需要的产品,而不必也不可能连集体内部自给的部分及其生产、生活的全面安排掌握起来。农业合作化以来,国家工作人员(区、乡干部)对农村工作逐渐深入是好事,但管得过多过死也是工作中的毛病——会使直接生产者感到处处有人掣肘,无法充分发挥其集体生产力。例如为每个社员具体规定每种作物的详细亩数(谷子、玉米、高粱、豆子、小麦、花生、芝麻……无所不定)。规定下种斤数、定苗尺寸、规定积肥、翻地等具体的时间,规定每种作物的产量,等等,都会使直接生产者为难——因为情况千差万别",如何协调"直接生产者"的具体情况与"国家计划"的抽象要求,怎样保证"作生产的全面布置才能得到最多的产量","队干部"要比"区乡干部"知道得多,他们身上承受着必须将"具体性"和"抽象性"结合起来的压力,也更能体现出"国家"与"集体"矛盾的症结之所在。[1] 由此不难看出,《"锻炼锻炼"》运用唐弢所谓"焦点"描写法,着眼于塑造杨小四、王聚海和王镇海等一系列"村干部"形象,并在这一"形象系列"而非"单个人物"上体现出矛盾的深刻性和复杂性,自然与赵树理对"社队集体"和"社队干部"所面临困难的深入思考密切相关。[2] 而在考虑"个体与集体矛盾"时,赵树理更大胆地构想了某种"伦理性法律":"我认为农村现在急需要一种伦理性的法律,对一个家的生产、生活诸种方面都作出规定。如男女成丁,原则上就分家;分家不一定完全另过,只是另外分一户,对外出面;当然可以在一起起灶。子女对父母的供养也有规定。成丁的男女自立户口,结婚后就可以合并户口。首先从经济上明确,这对老人也有好处;婆婆也不会有意见,因为这是国家法律。灶可以在一起,但可以计算钱。这样

---

[1] 赵树理:《写给中央某负责同志的两封信》,《赵树理全集》第五卷,第324页。

[2] 唐弢在《人物描写上的焦点》中指出:"艺术作品《'锻炼锻炼'》的讨论,终于集中在工作方法上,成为对'争先社'干部提意见了,这倒是一件有趣的事情",无意中道破了赵树理在"文学作品"和"农村现实"之间有意识地勾连。

一处理,关系会好得多……"[1]这种听起来颇有点奇怪"构想"——
按照一般的思路,"法律"无须担负"伦理"的责任——还是源于在
"个体"(的"人"和"户")和"集体"(的"社"和"队")之间深刻地
感受到"普遍性"和"具体性"的冲突,并希望借助一种新型的、打
通"法律"和"伦理"界限的"普遍性法律"来解决"具体性伦理"问
题。不过,这儿的"法律"和"伦理"不能仅仅限于字面上的理解,
就像赵树理颇为生动描述的那样,"法律"代表着一种抽象的"普遍
性",或来自"国家"的规划,或由于"现代"的要求,但如果不能贯穿
由具体化的"乡风民俗"和"日常生活"所构成的"伦理世界",有可
能徒有强制性却难以深入改造农村基层社会,因此需要一种重新沟
通"普遍性"和"具体性"的治理策略,这才是所谓"伦理性法律"的
关键所在。《锻炼锻炼》描写了两位落后的农村妇女"小腿疼"和
"吃不饱",对这两个人物,赵树理没有做简单化、概念化的处理,与用
"焦点描写法"塑造"村社干部"形象系列不同的是,他将这两位落
后的农村妇女"镶嵌"在具体的家庭关系和村社的人际关系中——
"'小腿疼'是五十来岁一个老太婆,家里有一个儿子一个儿媳,还有
个小孙孙。本来她瞧着孙孙做做饭媳妇是可以上地的,可是她不,她
一定要让媳妇照着她当日伺候婆婆那个样子伺候她",而且她还仗着
是"正主任王聚海、支书王镇海、第一队队长王盈海的本家嫂子,有
理没理常常敢到社房去闹";"吃不饱""才三十来岁,论人材在'争先
社'是数一数二的","她的丈夫叫张信,和她也算是自由结婚",但在
"吃不饱"看来,"她这位丈夫也不能算最满意的人……所以只把他
作为个'过渡时期'的丈夫,等什么时候找下了最理想的人再和他离
婚"——就是为了不把她们当作"社队空间"中的"个别人物",而是

---

[1] 赵树理:《在长春电影制片厂电影剧作讲习班的讲话》,《赵树理写作生涯》,
第78页。

集体化过程中的"某种现象",进而在"抽象"和"具体"之间更深入地揭示出什么是落后的根源,并且进一步探究这一根源仅仅扎根在农民的身上,还是萌发于农民身上自发性要求和新的社会经济结构的紧张关系中?

在《"锻炼锻炼"》中,农民自发性要求与新的社会经济结构之间的紧张关系表现在"劳动"与"生产"矛盾上,更具体地说,是集中地体现为"劳动计量方式"的变化所带来的"劳动"与"生产"的矛盾。按照政治经济学的观点,在人必须征用大自然的种种资源才能生存的前提下,"劳动"(Labor)是必要的现实条件,然而人透过"劳动"与"自然"建立起来的关系,在绝大多数状况下,都是以"工具"的使用作为媒介的,而且不同"工具"的使用也将作用于"劳动"中人与人的关系。这样一来,"劳动"关系就转化为一种"生产"关系,也即以"生产"的形式来展现"劳动",成为一种最典型的社会形式。具体而言,所谓"生产"(Production)关涉的是劳动产品和生产工具的归属——尤指所有权与财产权——以及分配的正义性和合理性。"劳动"固然是人类共同具有的一种普遍且根本的社会现象,但以怎样的"生产"(关系)来呈现"劳动",却总是随着历史条件的不同而有所差别。[1]不妨说"劳动"是人的需要,而"生产"则将这种"需要""社会化"了,并且随着"生产"方式的改变,即使看上去同样的"劳动"也会具备不同的含义。就像马克思在《资本论》中讽刺古典经济学家将流落孤岛的鲁滨逊的"生产方式"误以为是处在"原始状态"那样:"不管他生来怎样简朴,他终究要满足各种需要,因而要从事各种有用劳动,如做工具,制家具,养羊驼,捕鱼,打猎等等……经验告诉他这些,而我们这位从破船上抢救出表、账簿、墨水和笔的

---

[1] 关于"劳动"和"生产"关系的论述,可以参见叶启政:《"个体化"社会的理论蕴涵——迈向修养社会学》一文的第三部分"劳动、生产和表现",载《社会理论学报》2004年第1期。

鲁滨逊,马上就作为一个道地的英国人开始记起账来。他的账本记载着他所有的各种使用物品,生产这些物品所必需的各种活动,最后还记载着他制造这种种一定量的产品平均耗费的劳动时间"。[1]鲁滨逊即使在"劳动"形态上已经处于"孤岛"的"原始状态",但由于深受英国"市民社会"——也即"资本主义"——"生产关系"的影响,"原始状态"的、仅仅为了维持温饱的"劳动"也被他用"记账"的方式纳入新的"生产关系"中。如果仅仅为了维持温饱而劳动,根本无须记账。"记账"既标志着一种新型的劳动计量方式出现,也意味着一种新的"生产关系"对"劳动"的规划与制约。马克思用鲁滨逊的例子是为了说明不能抽象化来理解"劳动",而要时刻将这种"劳动"和制约、规划"劳动"的"生产关系"联系起来考察,才能把握住"劳动"与"生产"之间的关系。与此类似而效果相反的是,常年置身在自给自足、以家庭为单位的"小农经济"传统中的农民,虽然"合作化"使之进入以"集体化"为特征的"生产关系"中,可正如鲁滨逊身处孤岛却难忘"记账"一样,"集体化"了的农民同样在很大程度上习惯于用"小农经济"的方式来理解"劳动",而对新的"生产关系"之于"劳动"的规划与塑造,还难以适应甚至有所抵制和抗拒:"农业合作化虽然经过了七八年之久,个体(以家为单位)和集体(以现在的管理区为单位)矛盾依然不太小。我们自然做了些思想教育工作,但年岁大的农民受我们党政的教育才几年或十几年,而受小生产者个体主义教育(姑且这么说)则有几十年,所以这些人在集体劳动中,光凭已有的政治觉悟来指导他们的行动是很难符合生产要求的。集体生活的互相鼓舞、互相监督,这是推动他们只能前进不许倒退的主要力量,什么时候落了空子,什么地方落了空子,他们都会回头看一下:留块自留地本来是为了给他们吃菜和养猪造成

---

[1] 马克思:《资本论》第一卷,中央编译局译,人民出版社2004年版,第94页。

一点方便，可是限制不当他便会把几百石肥料用在他那几分地里；在不妨害集体生产条件下编织个小器具赶个零花钱也是利己利人的事，可是不加限制，他会每夜编到鸡叫，第二天在田里锄着苗打瞌睡……"[1]

尽管赵树理在给中央领导的信中只是提出用"思想政治工作"来"克服农民那种小私有者的残余"，但他的确把握住了"劳动"（你很难说农民为自留地拼命干活不算是"劳动"）与"生产"（但这种"劳动"很有可能极大地影响"集体生产"的出勤率和生产率）之间的矛盾，并且在小说《"锻炼锻炼"》中把两者之间的紧张更集中表现为围绕"劳动计量方式"的变化所带来冲突。在"集体化"之前，农村基本上是一家一户、自给自足的小农经济，根据各自土地的收成来衡量劳动的价值，一般情况下，劳动投入越多收成回报也越多，因此，在家庭内部，劳动不需要以理性化的方式来计量；"集体化"之后，不再以家庭为单位来安排劳动，"生产队组织劳动的一个基本方法是，根据社员的性别、年龄、体力及劳动技能，把他们分为不同的劳动等级，并且根据每个人劳动的时间或完成的数量记一定的工分（因此有所谓的计时工分和计件工分）"。[2]根据"工分"对劳动进行计量，这是一种理性化、抽象化甚至直接表现为"货币化"的劳动计量方式，使得农民和劳动之间的关系发生了深刻的转变，导致了公私关系、公

---

[1] 赵树理：《写给中央某负责同志的两封信》，《赵树理全集》第五卷，第325页。
[2] 李怀印：《乡村中国纪事——集体化和改革的微观历程》，法律出版社2010年版，第164页。根据此书提供的材料，1955年11月，中共中央发布了《农业生产合作社示范章程草案》，首次提出计件工分制，1956年又在《高级农业合作社示范章程》中加以重申。此两项章程皆为合作社的指导性文件。也与赵树理《"锻炼锻炼"》所描写的"争先高级社"的情况相吻合。而在李怀印研究的秦村，1956年冬就在上级区政府指导下首次推行计件工分制。据前合作社社长称，当时所有村民都满怀热情地接受了这一制度。1957年向高级社过渡后，大部分农活依然推行计件工分制。20世纪六七十年代，除了"文革"高峰期外的大多数时间里，当地主要分配制度仍是计件制和计时制。

私观念的一系列变化。劳动积极性问题的出现和这一背景的转换密
切相关,农民开始有了损公肥私、占"集体"便宜的想法和做法,也是
在这一过程中产生的。赵树理曾形象化地描述了这种变化:"就说
对公家和集体的态度吧,在集体地里干好,自留地里也干好,这当然
好;有的人在公家地里干得只要像个样子,能记上工分就行。比如
锄草,有一棵草没锄掉,用土一盖就过去了,谁也没有见到,完全能
把人哄过去,隔几步埋几棵草是看不出来的;但他在自留地里就绝
不会这样干。"[1]产生"占小便宜"想法的前提是"集体经济"与"小
农经济"之间的转换与断裂,农民缺乏劳动积极性也同样与"劳动
计量方式"发生变化有关。事实上,"吃不饱"和"小腿疼"这类农民
并不是天生好吃懒做,而是基于新的公私关系进行精明的算计。譬
如"小腿疼""要是地里有点便宜活的话也不放过机会。例如夏天拾
麦子,在麦子没有割完的时候她可去,一到割完了她就不去了。按她
的说法是'拾东西全凭偷,光凭拾能有多大出息'。后来社里发现了
这个秘密,又规定拾的麦子归社,按斤给她计工她就不干了。又如
摘棉花,在棉桃盛开每天摘的能超过定额的一倍的时候,她也能出
动好几天,不用说刚能做到定额她不去,就是只超过定额三分她也
不去。"

　　赵树理了不起之处在于,他虽然只是描绘"小腿疼"参加集体
劳动的个别情形,却通过这个个案显示了对"工分制"下农民劳动
以及相应管理策略的深刻把握。如果从改革开放以后所形成的简
单地将"集体劳动"视为"大锅饭"的角度来看,"小腿疼"的遭遇恰
恰可以证明集体化农业失败的原因,"即集体化下劳动与报酬的脱
钩,导致农民在集体生产劳动时普遍'开小差',只图混工分,不讲究

---

[1] 赵树理:《在长春电影制片厂电影剧作讲习班的讲话》,《赵树理写作生涯》,
　　第75页。

农活质量"。而这种看法成立的前提则是假设"中国农民"只是"自私、理性的小农,只对物质刺激有兴趣,且根据不同的劳动报酬形式,调整自己的劳动收入"。[1]不过,细读赵树理的描述,却不难发现上述整全式判断难免粗糙浮表,他通过"小腿疼"展示了一个集体化劳动与劳动管理的动态过程:首先是如何处理"拾"和"偷"的关系,"拾"遗落在地上的"麦子"是劳动应得,但"偷"还没有收割的"麦子"则是"化公为私","小腿疼"参加劳动表面上是"拾",实际上想"偷",公私关系之所以出问题,核心就在这儿;紧接着为了避免这种明"拾"暗"偷"的行为,"社里发现了这个秘密,又规定拾的麦子归社,按斤给她计工",也就是使用"计件工分制",但"小腿疼"却不干了;最后她形成了对付所有"定额"也即"计件工分制"的策略:"能超过定额的一倍的时候,她也能出动好几天,不用说刚能做到定额她不去,就是只超过定额三分她也不去"……"小腿疼"在算计"工分"上不可谓不精明,但也正是这种爱占"集体"便宜的心理,使得她最后中了杨小四的"计"。这里的关键显然不是集体劳动的计量方式究竟该使用"计件制"还是"计时制"的问题,即使使用了劳动与报酬似乎更密切挂钩的"计件制",也难以避免如"小腿疼"现象。况且就像李怀印以秦村为个案对集体化劳动的"计件工分制"研究所显示的,"计件制"也可能鼓励人们用不正当的手法增加自己的件数和工分。如果没有生产队干部得力的管理,它并不一定带来理想的公平和效率。而且,"计件制"尽管有刺激劳动者积极性的功能,可也不是适合于所有农活。只有在具备了这样一些条件才能实行,如该农活可以由个人而非集体来完成;农活本身可以被精确计数;农活只有在使用计件制才可能有效地提高劳动效率……之所以要强调这些条件,是因为对于社队的劳动管理而言,计件制

---

[1] 李怀印:《乡村中国纪事——集体化和改革的微观历程》,第164页。

大大增加了干部的工作量,上工前先要考虑好"定额"也即工分标准,说服社员接受标准,标准订高了,社员不愿意干,标准订低了,社员又可能像"小腿疼"那样占集体的"便宜",对于其他每天参加劳动的农民来说,很不公平;而且收工时,干部还要给每人计算工作量,虽然是按件算工分,但也不能光看数量而不兼顾质量,有人会钻计件制的空子,为了追求数量把活做得很粗。无论是订标准还是算工分,在这个过程中,干部和农民任何一方若有异议,彼此就会发生争执,所以要在农村完全推行"计件制工分"的成本太高,有很多实际的困难需要克服。况且,社队还有大量的并不那么费力的农活,如手工选棉种、用锄头除草、用钉耙碎地、剪除棉花公枝、摘瓜果等,农民通常可以在规定时间内毫无困难地完成这些劳动,干部也觉得没有必要使用计件制,他只需要告诉农民在何时何地完成这项农活可以拿到多少工分就行了,也就是使用"计时工分制"。[1]《"锻炼锻炼"》的重点不在讨论"工分制"内部"计件"或是"计时"的优劣,而是牢牢把握住"工分制"这种抽象化的"劳动计量方式"是如何带来了农民公私观念的变化。在小说中,杨小四有针对性的"设计"并没有从根本上解决问题——这天劳动时人来得齐是因为有便宜可占,那些平时不参加劳动的人也来了,再加上队长守住了回村的路,所以想不干也不行——反而显示出赵树理更多的困惑:以后这套还有用吗?知道没便宜可占,来参加劳动的人会不会越来越少呢?况且最终处罚的只是"偷花"的行为,对于不参加集体劳动的

---

[1] 关于中国集体化农村"计件工分制"和"计时工分制"的详细讨论,参见李怀印:《乡村中国纪事——集体化和改革的微观历程》,第165—178页。与一般认识有所差别的是,根据他的研究,在计时制下,农活的质量总体上要好于在计件制下干活。由于在计时制下同等劳力的社会在做同样的农活时都拿同样的工分,彼此之间没有任何竞争,所以他们有更多的时间留心农活的质量。干部也觉得没有监督的必要,因为社员们都知道怎样去做这些最普通不过的农活。但他也强调了"计时制"可能带来"出工不出力"的现象,所以干重活,最好能够实行"计件制"。

人,能起什么作用呢?

　　不过,与那种简单地将"集体化"等同于"大锅饭"、把"中国农民"比附于理性自私的"小农"不同,赵树理的"困惑"更多地表现为"前进"中的"问题"。即使没有任何性别研究的训练,也不难发现《"锻炼锻炼"》的核心问题是如何让更多的农村妇女参加集体生产。那么,为什么农村妇女的劳动问题会成为整部作品的焦点之一? 是什么样的制度安排使得农村妇女参加集体劳动成为可能? 就是那种"占便宜"的行为本身不也折射出农村妇女在集体劳动中获得较大回报的可能吗? 尽管从更激进的性别理论来看,集体化农业实行的"工分制"还无法完全覆盖农村妇女的劳动付出(如繁重的家务劳动就从未计算在内),但新的劳动计量方式也显示出巨大的进步性,最集中的体现就是农村男女劳动的"同工同酬",使得之前不能参与生产或不完全承认其劳动价值的农村妇女的地位发生了显著改变。在以"家"或"户"为单位的"小农经济"中,妇女是不算劳力的,农村集体化改变了这种状况,最初在互助组里,妇女参加劳动只能算 1/3、1/2 的"工",最多算到 2/3 的"工",也就是一个女劳力最多只能等于 2/3 个男劳力,始终没有做到"同工同酬"。只有随着集体化规模的扩大,男女"同工同酬"才在合作化过程中得以实现。事实上,山西省平顺县西沟村最早成立村民互助组,也最早实行男女"同工同酬",原因就在于此。[1]而文学则更关注这一变化引发的社会、家庭和妇女自身主体性的转变。当时有一部引起轰动的小说《李双

---

[1]　1953 年 1 月 25 日,《人民日报》以《劳动就是解放,斗争才有地位》为题,报道了西沟村妇女争取男女"同工同酬"的事迹,在全国引起轰动,西沟村获得"中国最早实现同工同酬的村庄"的美誉。随后,男女"同工同酬"迅速在全国普及,并于 1954 年被写进了新中国的首部《宪法》。关于西沟在合作化运动中发挥的"典型"作用,可以参见常利兵:《西沟:一个晋东南典型乡村的革命、生产和历史记忆(1943—1983)》,商务印书馆 2019 年版。

双小传》[1]，作者李凖为什么要给"李双双"这样的普通农村妇女做传，一个重要的原因就是她从"家庭"走向了"生产队"，成了一名生产能手。在改编成电影时，李凖更是将主要事件由办食堂改成了农村为了发挥妇女劳动积极性，围绕"工分制"，正确开展"评工记分"运动。电影或许为了和小说区别开来，原来拟定的名字叫《喜旺嫂子》，但后来又改回《李双双》，这一来回改动，把小说为"李双双"做"小传"隐含的意蕴也表现了出来。就像小说开头描绘的："李双双是我们人民公社孙庄大队孙喜旺的爱人，今年二十七岁年纪。在人民公社化和'大跃进'以前，村里很少有人知道她叫'双双'，因为她年纪轻轻的就拉巴了两三个孩子。在高级社的时候，很少能上地做几回活，逢上麦秋忙天，就是做上几十个劳动日，也都上在喜旺的工折上。村里街坊邻居，老一辈人提起她，都管她叫'喜旺家'，或者'喜旺媳妇'；年轻人只管她叫'喜旺嫂子'。至于喜旺本人，前些年在人前提起她，就只说'俺那个屋里人'，近几年双双有了小孩子，他改叫作'俺小菊她妈'。另外，他还有个不大好听的叫法，那就是'俺做饭的'。"原来作为农村家庭妇女的"李双双"是没有姓名的，只能依附于丈夫孙喜旺，叫"喜旺家的"，或者尊敬一点称为"喜旺嫂子"，或者干脆就被丈夫叫作"俺做饭的"，彻底成了一个"无名者"。只有在成为公社社员，成为劳动能手之后，她才获得自己的姓名并得到了做"传"的资格，小说结尾用喜剧性的手法显示出意味深长的变化："喜旺说：'进叔，你去报喜时再捎上一条，就说李双双那个爱人，如今也有点变化了！'他这么一说，大家都乐得轰轰地笑起来。""孙喜旺"成了"李双双那个爱人"，这不能不让人体会到在"工分制"特别是"男女同工同酬"的制度下，农村妇女因为劳动、因为被社会承

---

[1] 李凖：《李双双小传》，载《人民文学》1960年第3期。

认且可以计量化的劳动而获得了某种新的"主体性"。[1]

这种"主体性"还表现在，妇女由于经济地位的改变在家庭中所担负的责任和所扮演的角色也会发生相应的变化，赵树理称之为"经济的内容"带来了"家庭的冲突"："一个家，七口八口，孩子大了，娶了媳妇，经济由父亲控制，还是大儿子控制呢？媳妇要做件衣服，但婆婆公公不同意，媳妇说，我在外边干活挣一二百工分，做件衣服也不行？一个家都不好组织呢，吃大锅饭能解决问题？其实，吃好小锅饭也不容易。比如说，婆婆总愿意媳妇的形象是按自己的希望来塑造的，上炕下灶或出地，媳妇应该是她的工具。但媳妇还有自己的社会活动，因此就有冲突。发生冲突时，丈夫站在哪一边呢？他可能是团员。要是站在媳妇一边，娘就要闹；站在娘一边呢，媳妇也不饶他。他还有点封建意识，所以在外人面前，对媳妇就不大客气，因为他怕外人笑话，怕娘生气；晚上只能对媳妇说好话。媳妇在外面有社会活动，要做个好团员；回到家里，婆婆要求的是另一码事，和丈夫又谈不在一起，自己满肚子苦衷。这时候，要是外边有思想进步而没有成家的青年给她支持，媳妇自然而然就要倾向外人，旁人再借此起哄，婆婆就有了借口，说媳妇和某人好，等等。这样，自然而然地叫媳妇和别人在感情上有了接近。这类事不属于生产，却是档子要紧事。又如媳妇是整劳动，公婆是半劳动，但当家；小姑上学，很爱穿戴；媳妇就说自己侍候一家人，可花半个钱的自由也没有；人家小姑念书，自己外出开会也要受人管。这样的冲突里又加进了经济

---

[1] 郭于华在《心灵的集体化：陕北骥村农业合作化的女性记忆》(载《中国社会科学》2003年第4期)中，虽然认为农业合作化中女性走出家庭参加集体劳动，并非真正地从"私领域"进入"公领域"，但她也承认，"对妇女而言，从单干到集体的转变同时意味着自身'解放'的过程：与男人一同下地劳动，与男人一样参加政治活动，'一搭里红火'，一起唱歌、识字。'大食堂'、幼儿园、缝纫组等等试验都以'解放妇女劳动力'，让女人'走出家庭'为目的建立的。'也正是在这样的渲染和认识下，即使女性经历着痛苦，但也同时感受到集体生产所带来的欢乐。

内容。"[1]

于是,从劳动计量方式的变化所带来的家庭矛盾以及相互关系的变化,我们可以看到问题的两面性:"工分制"一方面确实唤起农民尤其是农村妇女的积极性[2],根据李怀印的研究,男女在集体劳动中往往表现出不同的态度:男性计较的是工分报酬的高低,在计件制下常常敷衍了事;女性则会尽可能地寻找工作机会,增加劳动收入,以期获得高工分。因此集体生产中女性发挥的一点也不少于男性劳动力。据秦村一位前生产队队长估计,当时该队"至少有70%以上的农活"都是由妇女完成的。用他的话说:"要不是有妇女支撑,生产队早就完蛋了。"[3]但另一方面也不能不注意到劳动计量方式的理性化和数目化,其目的是为了将集体化劳动转化为可控制与可计量的生产的一部分,同时,这也是一个普遍化和抽象化的过程,使得农村的"礼俗"在劳动理性化管理面前显得不那么重要了,人的具体差别也被降低了,劳动的计量化方式和传统礼俗社会必然会产生矛盾和冲突。王聚海错在没有意识到矛盾和冲突的不可避免,他既要维持生产的理性化管理,又要保持农村各种亲疏远近的关系,只好采取"和稀泥"的方式:不断地修

---

[1] 赵树理:《在长春电影制片厂电影剧作讲习班的讲话》,《赵树理写作生涯》,第75页。

[2] 从解放区开始,妇女工作就强调生产劳动之于妇女解放的重要性,譬如浦安修在《五年来华北抗日民主根据地妇女运动的初步总结》中写道:"生活的好坏要靠男女共同努力,提出'二人一条心,黄土变成金',创造模范夫妇——共同劳动生产、互相忠实、进步等条件。"[《中国妇女运动历史资料》(1937—1945),第711页]蔡畅在对1943年妇女工作新方向的阐释中,就讲述了"延安柳林区二乡的妇纺运动,及其在各方面所得到的成绩"。她以此为"生动模范的例子",说明妇女工作如何与生产劳动相结合,并以符合农村实际情况的组织方式,引导村民建设和睦、团结的家庭及村社关系。参见蔡畅:《迎接妇女工作的新方向》(1943年3月8日),原载《解放日报》1943年3月8日,《中国妇女运动历史资料》(1937—1945),第652页。

[3] 李怀印:《乡村中国纪事——集体化和改革的微观历程》,第180—181页。

改"定额",但"改定额"毕竟有限,也不能从根本上解决问题,最终的结果必然是两边不讨好。而且农村的集体化劳动在某种程度上是高度封闭的,几乎没有劳动力流动的可能,只能在本村解决劳力的问题;同时,绝大多数农活是靠天吃饭,"农时"的要求非常迫切,就像《"锻炼锻炼"》中写道"棉花三遍花不摘,棉花杆不能拔,不拔就不能犁地,不能犁地过几天地就冻了,明年的收成就会受影响"……这表明农村集体化劳动是一个环环紧扣的生产过程,需要赶时间抢速度。赵树理很懂"农活",但不是就"农活"写"农活",而是把"农活"问题化了,把"问题"具体到生产劳动过程中,对于自给自足的个体农民来说——正如他另一部小说《地板》描写的地主堂兄那样——不会干活或不及时干活也只损失自己一家;但集体化以后,生产中一个环节出问题则会涉及整个村子。"吃不饱""小腿疼"按照原来的方式算计,参与劳动是为了占集体的便宜,就和村里集体生产之间产生了矛盾。很显然,假如她们还是个体农民,只为自己的家庭干活,根本就不会出现类似的矛盾。

三、"伦理性法律"的可能与不可能

这样看来,《"锻炼锻炼"》所表现出来的冲突就不能简单地化约为农民的落后思想和集体化劳动之间的矛盾,而应该意识到这是一种结构性矛盾。《"锻炼锻炼"》不完全着眼于落后思想,而是做出了更深广的观察和思考。譬如小说写道:"一谈起布置生产来,支书又说:'生产和整风是分不开的。'""支书"这个形象很有趣,在这里有点像一个外来者,但实际上他一直在争先社,可是支书在又发挥了什么作用呢?为什么没有解决这个矛盾呢?赵树理的写法很微妙,在他笔下,支书做总结发言:"够了够了,只要克服资本主义思想,什么

'性格'的人都能动员出来!"可是读者马上有疑问了,你说的那么容易,但为什么要等"杨小四"出来才能解决问题呢? 我们当然不能把赵树理等同于杨小四和支书,毋宁说赵树理透过王聚海、杨小四和支书之间的差别、矛盾和冲突来表达自己的看法:"'生产和整风是分不开的。现在快上冻了,妇女大半不上地,棉花摘不下来,花杆拔不了,牲口闲站着,地不能犁,要不整风,怎么能把这种情况变过来呢?'主任王聚海说:'整风是个慢工夫,一天两天也不能转变个什么样子;最救急的办法,还是根据去年的经验,把定额减一减——把摘八斤籽棉顶一个工,改成六斤一个工,明天马上就能把大部分人动员起来!'支书说:'事情就坏到去年那个经验上!现在一天摘十斤也摘得够,可是你去年改过那么一下,把那些自私自利的改得心高了,老在家里等那个便宜。'"对集体化劳动进行理性化管理,才产生出"公"和"私"的区别,而"公私区别"之后也才有"自私自利"的想法与做法。"这种落后思想照顾不得!去年改成六斤,今年她们会要求改成五斤,明年会要求改成四斤!"这又引出另一个原则,"公家"也即"集体"的存在如何保证"公平"的问题,理性化的劳动计量方式是否能够贯彻"公平"原则? "杨小四说:'那样也就对不住人家进步的妇女!明天要减了定额,这几天的工分你怎么给人家算?'"尽管他们的态度有所不同,但面临的问题却是同样的,也即理性化的劳动计量方式带来的难题:"一个多月以前定额是二十斤,实际能摘到四十斤,落后的抢着摘棉花,叫人家进步的去割谷,就已经亏了人家;如今摘三遍棉花,人家又按八斤定额摘了十来天了,你再把定额改小了让落后的来抢,那像话吗?"这涉及公平的原则,如果要落实这个原则,那就关系到如何把这个原则贯彻到每一个人,并且注重每个人的特殊性和具体性:"王聚海说:'不改定额也行,那就得个别动员。会动员的话,不论哪一个都能动员出来,可惜大家在作动员工作方面都没有"锻炼",我一个人又只有一张嘴,所以工作不好作……'接着他就举出好多例子,说哪个媳妇爱听人夸她的手快，哪个老婆爱听人说她干净……只要摸得着人的'性格'，几句话就能说得她愿意听你的话。"可是王聚海这种拘泥于特殊性和具体性的工作方式，从根本上与理性化劳动计量方式相矛盾。难怪"支书打断他的话说：'够了够了！只要克服了资本主义思想，什么'性格'的人都能动员出来！'"实际上，这也不是什么解决问题之道，支书的话同样显得有点空洞无力。

　　通过上述这段描写，"矛盾"得以清晰地呈现出来，并且明确地面临了一个"难题"，即赵树理一直关注的农民面临"具体"与"抽象"，"特殊性"与普遍性之间关系如何处理的问题。在《"锻炼锻炼"》中，农民的"具体性"和"特殊性"可以追溯到土改时要根据每个农民的特点做思想工作，实行动员。王聚海的"老经验"是从土改中来的，为什么如今不管用呢？因为"集体化农业"这个新的"普遍性"原则出现了，使得光看"具体"情形没法解决根本问题。[1]回到赵树理所设想的"伦理性法律"：普遍性的原则（法律）是否可以与具体的生活方式（伦理）结合在一起呢？在他的构想中体现出一种对"具体"的"普遍性"的追求，如果真能实现，就既能兼顾普遍性的原则，又不损害具体化的个人。王聚海的"不改定额也行，那就得个别动员"，只考虑具体的问题，没有上升到普遍性；而支书的"够了够了！只要克服了资本主义思想，什么'性格'的人都能动员出来"，只

---

[1] 从"土改"到"集体化"，赵树理用一种历史的眼光看待农村的变化，可以说具有某种"长时段"的视野。正如后来某些历史学家强调的那样，"所谓集体化时代，即指从中国共产党在抗日根据地时期推行互助组，到20世纪80年代人民公社体制结束的时代。此间约40年时间（各地不一），互助组、初级社、高级社、人民公社、农业学大寨前后相继，一路走来，成为中国历史上空前的……独特时代。从历史发展的进程而言，这是一个难以分割的时代，也是一个难以忘却的时代"；"对于中国农村社会而言，集体化时代是一个非常特殊的时代，只有从社会发展的角度将此看作一个整体的历史时代加以探讨，才能看它的面貌与特性"。参见行龙：《"自下而上"：当代中国农村社会研究的社会史视角》，载《当代中国史研究》2009年第4期。

是一种抽象的"克服",根本不顾及具体的状况。杨小四制服了"小腿疼"和"吃不饱",实际上是抓住她们贪图小便宜的特点加以利用。但这种方式同样没有从根本上解决问题,因为"小腿疼"和"吃不饱"最终被制服,并不是依靠杨小四个人或者农业社集体的权威,而是动用了"法院"的权威。在斗争会上,群众提议"想坦白也不让她坦白了,干脆送法院!"两人一下子吓坏了,马上交代错误,"因为怕进法院,恨不得把她那些对不起大家的事都说出来,所以坦白得很彻底。"借"群众"之口说出"法院",很有可能是赵树理有意为之,他要表明"小腿疼"和"吃不饱"其实是被两种不同的匿名力量——即法院和群众——所制服。对于农民来说,"法院"作为国家权力的象征,其抽象性不言而喻,而"群众"本来由乡里乡亲构成,但在"批斗会"这个特定的意识形态空间中,却也被高度抽象化了,变成了一种匿名的权力。不过,《"锻炼锻炼"》特别之处在于关键时刻笔锋一转,让"小腿疼"的儿子出场,把"群众"重新拉回到农村传统的"礼俗"关系中,他替母亲求情后,情形马上改变。赵树理用抽象的"法院""群众"与具体的乡里乡亲、母子关系的对比,表达了他所感受到的困境。当一切都必须以"工分"来衡量,包括对"小腿疼"的处罚,"大家决定也按一斤籽棉五个劳动日处理,不过也跟给'吃不饱'规定的条件一样,说这工一定得她做,不许用孩子的工分来顶",那么,一般意义的思想工作能否解决农村面对劳动理性化或货币化管理时的问题呢?"你们真是想'拾'花吗?一个人一天拾不到一斤籽棉,值上两三毛钱。五天也赚不够一个劳动日,谁有那么傻瓜?老实说:愿意拾花的根本就是想偷花!""拾花"本来是勤俭节约的表现,但在这里被迅速转化为钱、工分和工作日的考量,"值上两三毛钱,五天也赚不够一个劳动日",于是只能"偷"花,这才是真正的结构性问题。

赵树理从来不否认"新意识"的产生有可能克服"落后思想",但他的清醒之处在于,能更深刻地认识到"落后思想"并不能完全靠

"思想"来克服,需要的是整个社会结构的转变。《"锻炼锻炼"》触及
当时农村新情况和新问题,如果说《三里湾》描述的是怎样合作化的
问题,那么这部小说却涉及合作化和集体化之后所产生的问题:由
自给自足的小农经济培养出来的农民积极性,为什么在集体化之后
发生变化了,一些农民为什么变懒了、自私自利了、偷工减料了?这
类现象的出现在很大程度上与劳动的理性化管理与计量有关,但这
又是集体化必然的结果。如何克服两者之间的矛盾?这恐怕比土地
改革、合作化中出现的问题更加严峻。在这个意义上,中国的农村问
题与民族国家的问题构成了某种同构关系,既要求集体化,又追求现
代化,两者的矛盾至今还没有完全得到解决。[1]

　　正如蔡翔所指出的:"在一些根本的问题上,赵树理的立场并未
产生动摇,在赵树理描述'集体劳动'所存在的问题的时候,仍然有
一个根本前提:那就是集体劳动'停止了土改后农村阶级的重新分
化'。赵树理和那些浅薄的浪漫主义者的区别在于,他在坚持社会
主义的正当性的同时,却在思考这一正当性如何生产出了它的无理
性;而和那些所谓的经验主义者的区别则在于,他在批评这一无理
性的时候,并未彻底驱逐社会主义的正当性。尽管他的具体思考
在今天看来,未必非常的深刻,但却是深入讨论社会主义的重要路
径。"[2]在此基础上,对赵树理也许还可以继续追问下去,既然他已经

---

[1] 周晓虹曾经从社会动员的角度指出,新中国成立初期,"农民在土地改革基础上
　　所发扬起来的生产积极性,表现在两个方面:一方面是个体经济的积极性,另
　　一方面是互助合作的积极性",但实际上,农民的第一种积极性显然要超过第二
　　种积极性。问题是,1953年后农民的个体生产积极性烟消云散,而农民集体化
　　的积极性却如日中天,"为什么千百万农民会一反常态,表现出了与他们应该表
　　现的小生产者和小私有者的心理与行为迥然不同的社会反应?换言之,毛泽东
　　和中国共产党人是怎样顺利实现了动员农民投身集体化运动的伟大目标的?"
　　参见周晓虹:《1951—1958:中国农业集体化动力——国家与社会关系视野下
　　的社会动员》,载《中国研究》2005年春季卷,社会科学文献出版社2005年版。
[2] 蔡翔:《〈创业史〉和"劳动"观念的变化——劳动或者劳动乌托邦的叙述(之
　　三)》,载《文艺理论与批评》2010年第1期。

意识到社会主义的"正当性"如何生产出它的"无理性",那么他必须回答的问题就是,仅仅批判这种"无理性"就够了吗?做所谓"永远的批判者"是他的目的吗?如果不是,就需要进一步思考怎么才能用"正当性"来克服"无理性",或者至少要保证对"无理性"的批判有助于"正当性"的确立和发展。因此,赵树理的"难题"就"卡"在这种"正当性"与"无理性"之间,而非仅仅关注"无理性"。关键还在于"赵树理文学"的"新颖之处",即他对"具体普遍性"的深刻把握。这种"具体普遍性"倘若从宏大叙述着眼,或许大家都意识到了,无外乎"马克思主义普遍真理与中国具体实践相结合"或者"现代国家如何改造、主宰传统社会",但落实到中国农村的微观历史,情形就要复杂得多了:"国家深受传统中国社会的影响,而社会亦被国家所改造。国家和社会都不是西方模式'现代'政治组织或'传统'乡村社区。但两者都极具中国特性,是一种独特的、不断变化的、包含昨日和今日的中国文化的各种成分的混合体。"[1]赵文词(Richard Madsen)通过广州附近的"陈村"自1950年代以来历史的研究,发现尽管乡村文化中存在着多样性和不统一状态,但一种共同文化毕竟存在。在不同具体历史条件下,所有这些文化构件的互动发展出各种影响到每个干部和群众的行动方式,这一图景因此展现出了国家与社会之间的相互渗透;[2]黄树民则通过对厦门附近的"林村"历史的研究,发现1949年以后中国农村的重要特征是一种全国性文化明

---

[1] 赵文词(Richard Madsen):《五代美国社会学者对中国国家与社会关系的研究》,载涂肇庆、林益民主编:《改革开放与中国社会——西方社会学文献述评》,牛津大学出版社1999年版,第47页。

[2] 参见赵文词《一个中国村庄的道德与权力》(Richard Madsen, *Morality and Power in a Chinese Village*, 1984, Berkeley, CA: University of California Press)以及赵文词、陈佩华和安戈合著的《当代中国农村历沧桑——毛邓体制下的陈村》(Chan Anita, Richard Madsen and Jonathan Unger, *Chen Village: The Recent History of a Peasant Community in Mao's China*, 1984, Berkeley, CA: University of California Press)。

显抬头,传统上小型、半自治而独立的农村社区,慢慢被以中央政府为主的"大众文化"所取代,行政系统通过高度的组织化网络渗透到基层社会的各个角落,但与此相应的是,某些传统信仰和价值观虽然受到压制和抑制,却依然存在于农民的日常生活中。[1]

这种状况用赵树理的话来说,还是"国家与集体""集体与个体"之间的关系问题,如何才能够将"国家"的"普遍性"与"村庄""农户"的"具体性"联系起来,症结在于"集体"——往往又体现在"干部"身上——是否能够发挥"纽带"的作用。因为"年岁较大的农民受我们党政的教育才几年或十几年,而受小生产者个体主义教育(姑且这么说)则有几十年,所以这些人在集体生产中,光凭已有的政治觉悟来领导他们的行动是很难符合生产要求的。集体生活的相互鼓舞、相互监督,这是推动他们只能前进不能后退的主要力量",但由于"国家"对"集体"的计划日益细密,甚至直接决定"集体"的行动,"规定下种斤数、定苗尺寸、规定积肥、翻地等具体时间,规定每种作物的产量等等……什么也规定,好像是都纳入了国家规范了",这就必然带来"所有者与决定者"的矛盾,当这样的矛盾出现以后,"社干的主要精力便放在对付这种矛盾上,而把克服农民那种小私有者的残余思想工作放在次要地位,甚至还会和一部分有那种思想的人结合起来共同对付上级领导。"[2] 了解了赵树理的问题意识,我们就更容易理解《锻炼锻炼》为什么聚焦于"干部",套用唐弢的说法,不是西洋油画式的"聚焦",而是中国小说传统的"聚焦":"作者掌握了人物描写上的焦点,通过焦点来展开各个人物的行动,这是中国古典小说在人物描写上一个优秀传统。焦点的作用在于突出人物之间的关系,使情节的舒卷产生有机的联系,这样一来,人物形象的独立性

---

[1] 参见黄树民:《林村的故事:1949年后的中国农村变革》,生活·读书·新知三联书店2002年版。
[2] 赵树理:《写给中央某负责同志的两封信》,《赵树理文集》第五卷。

不仅不会削弱,而且可以更丰满,更多变化,更容易深入到主题的核心。"[1]运用这样的手法来建立人物之间的"关系",焦点就不在哪一个具体干部身上,而是将深陷"具体性"的王聚海、只懂"抽象化"的村支书和敢想敢干却失之鲁莽的杨小四组成一个"干部"谱系,从不同的方面折射出"国家"与"集体","集体"与"个人"之间的互动与矛盾。

四、"赵树理难题"与"农业社会主义"问题

引人注目的是,《"锻炼锻炼"》处理"干部"之间的关系具有一种"历史性"眼光,具体表现为"老经验"与"新情况"之间的"矛盾"。历史地看这个"矛盾",当然不应该局限在"争先社",而是处于农村集体化的进程中:从互助组到合作社,从高级社到人民公社……每一个阶段既是阶级话语、集体主义等社会主义"新传统"改造农村基层社会的结果,也是传统乡村共同体和农民日常生活实践与之冲突、妥协并有可能转化、重返的结果,两者的共同作用所形成的"经验"有一部分可以适应于下一个阶段,但也可能由于"改造"的最终目标在于消灭私有财产制度和传统的基层市场体系,使之前行之有效的"经验"完全失效。赵文词认为:"中国农村的社会主义改造并没有从根本上改变农民的家庭结构,或者说没有分解家庭生活的传统组织。在社会主义改造时期,当政府紧密围绕农村的传统社会生态体系而建立新的组织进行集体农业劳动时,共产主义的意图便明显获得了巨大的成功。但是当政府试图打破某些基本的传统社会生活方式,尤其是组织起了高级农业生产合作社和人民公社时,结果则造成了经济和政治上的混乱。所以到最后,这种传统的社

---

[1] 唐弢:《人物描写上的焦点》,《人民文学》1959年8月号。

会生活方式便基本上完好无损地保存下来。"[1]按照他的看法,自然是"老经验"没问题,"新情况"出状况了。正如越来越多的研究者指出的,互助组是中国共产党早在"老解放区"已经发明了的传统,在互助合作运动的初期,由于和民间传统冲突较小,重叠较大,"发家致富"的口号作为政治话语与农民家户私有的观念相契合,所以不像后来合作社阶段那样遭遇到激烈的"退社风潮"。经济学家林毅夫在研究1959—1961年的中国农业危机时,甚至用"博弈论"的方法将1958年秋合作社成员退出权的被剥夺看作是俗称"三年自然灾害"的发生根源,"在1958年以前的合作化运动中,社员退社自由的权利还受到相当的尊重,但自1958年的公社化运动以后,退社自由的权利就被剥夺了,因此,'自我实施'的契约无法维持,劳动的积极性下降,生产率大幅滑坡,由此造成了这场危机",而自然灾害、政策失误和管理不良以及公社规模过大只是这场危机的第二位原因。[2]其中隐含的意思还是认为对农村进行社会主义改造的"公社化"过于激进,不合当时的"国情"——"国情"在这儿通常被解释为农民"种田万万年"的小私有观念和农村经济的"小生产性质"。在这种经济基础上,如果设想建设社会主义,难免是带有乌托邦气息的"农业社会主义"了——这也是为什么另一位经济学家周其仁在研究合作化以来农村所有权关系的变迁史时,按照"制度经济学"的方式,提出所谓"所有权悖论":"一方面,所有权不能完全不要国家而得到有效执行;另一方面,国家的引入又非常容易导致所有权的残缺"。为解决这一悖论,他在"国家"与"社会"二元对立的基础上构想了一个理论假设:"只有当社会与国家对话、协商和交易中形成一种均

[1] 赵文词:《共产主义制度下的农村》,载麦克法夸尔、费正清主编:《剑桥中华人民共和国史(1966—1982)》,海南出版社1992年版,第717页。

[2] 参见林毅夫:《集体化与中国1959—1961年的农业危机》,载《制度、技术与中国农业发展》,上海三联书店、上海人民出版社1994年版。

势,才可能使国家租金最大化与保护有效产权创新之间达成一致",并且简单地将西方式排他性的私有产权套用到中国农村"公私相对化"的财产观念上,认为集体化对农民土地私产权的剥夺所导致的集体经济,其实质是国家控制农村经济权利的一种形式,其实践违背了上述假设,因而是低效率的,并最终归于失败;而市场取向的农村改革则使实践的逻辑逐渐符合重建产权秩序的理论逻辑。[1]这就解释了为什么在70年代末和80年代初"改革开放"开始之际,需要在理论上对"农业社会主义"进行"清算":"人们认为,合作化运动这样迅猛地发展,是广大农民蕴藏的极大的社会主义积极性迸发的结果。这种看法在理论上是没有根据的。"[2]能够在理论上找到根据的自然是将"集体化"重新"私有化"和"市场化",而且必须以面对"现实"、正视"国情"为前提,就像施坚雅(G. William Skinner)说的那样:"对集体化也好,对市场也好,共产主义者不得不接受既定的传统结构,不得不在它们呆滞的力量之上进行建设,不得不通过它们向着建成社会主义社会的机构努力。……在传统的市场共同体限定了共产党为农村改革所选择的手段的同时,农村改革又不可避免地非常确实地反过来赋予它们以新的形式。"[3]

　　无论是集体化还是市场化,当代中国农村的变革始终都要面临落后的"小农经济"。这一问题意识的存在为我们提供了对"共和国60年"做一个"整体观"的可能。因为坊间发表的许多总结和反思共和国60年经验教训的文章,关于如何处理"传统社会主义"时期的"前30年"和"改革开放"时期的"后30年"的关系,一直是争论

---

[1] 参见周其仁:《中国农村改革:国家与土地所有权关系的变化——一个经济制度变迁史的回归》,载《产权与制度变迁:中国改革的经验研究》,社会科学文献出版社2002年版。

[2] 参见王小强:《农业社会主义批判》,载《未定稿》第49期(1979年12月15日)。

[3] 施坚雅:《中国农村的市场和社会结构》,中国社会科学出版社1998年版,第72页。

不休的问题。关键的分歧也在于如何评价"农业社会主义"。

所谓"农业社会主义",指的是希望把社会主义建立在小农经济的基础上,由此放弃了"新民主主义"路线,过快地走向了"社会主义",也就放弃了允许资本主义在中国存在的空间和机会。很显然,对"农业社会主义"问题的分歧在于究竟"社会主义"的构想是"乌托邦"还是在中国允许资本主义的发展是"乌托邦"。当然,今天的主流观点是批评"农业社会主义",而要克服其弊端则是不要过快地改造资本主义,并允许和鼓励它的存在。

一直有人认为赵树理站在农民的立场上写作,所以推测他可能也具有某种"农业社会主义"的倾向。赵树理始终贴着农民的眼光看问题,但他并非简单地认同农民的立场,而是充分意识到农村必须改变,只不过这种改变需要顾及原来社会内部的结构。如果我们不把"农业社会主义"做一种简单负面的理解,那么,某种程度上在农村人口占绝大多数的落后农业大国如何实现社会主义,也可以称之为"农业社会主义"。毛泽东早就批评过幻想在"小农经济"基础上发展"社会主义"的想法,[1]然而,这并不意味着不能把在农业大国的基础上建设社会主义视为对现代资本主义的克服。问题的关键是,如何在一个农民占绝大多数的国家建设社会主义?"现代化"和"集体化"两者的矛盾需要构想新的治理方式。

今天回过头去看,比较容易从解决资本原始积累"交易成本"的角度去理解"现代化"也即"工业化"和"集体化"之间的关系,

---

[1] 参见新华社信箱:《关于农业社会主义的问答》,载解放社编:《农业建设问题》,新华书店1949年版,第1—11页。早在1944年的延安,毛泽东在给博古的一封信中就明确指出:"我们现在还没有获得机器,所以我们还没有胜利。如果我们永远不能获得机器,我们就永远不能胜利,我们就要灭亡"。毛泽东:《致秦邦宪》(1944年8月31日),载《毛泽东书信选集》,北京,人民出版社,1983年,第237—239页。"机器"首先指的就是"工业化",在"小农经济"的基础上是无法建设"社会主义"的,所以要保证中国革命和建设的前途是"社会主义",就必须"集体化"和"工业化"两条腿走路。

"……中国工业化面临的是一个平均分配土地的彻底的小农经济,于是它的资本积累的制度成本就非常高。因为我们知道,工业化最早的资本原始积累必须解决工业和农业、城市与乡村之间的交易。小农经济越是分散,得到农户剩余的制度成本就越高。于是,在50年代中期,为了解决城市工业的积累问题,政府建立了农村的集体化制度"。[1]提出这个观点的温铁军甚至更具体化地指出:中国在1949年以后进入了这样一个历史阶段——世界正处于第二次世界大战之后地缘战略尚不稳定的时期,中国在这个历史阶段所经历的工业化过程,和战后大多数发展中国家所走的工业化路径是相似的,也就是"资本输出国"投资,后发国家承接投资。如果撇开意识形态来看当时苏联的作用,一定程度上也是发挥"资本输出国"的作用。但"资本输出国"的投资一定是有条件的,如果不能满足"资本输出国"的条件,投资就会停止。因为朝鲜战争的缘故,中国获得了苏联的投资,以推动军重化工类型的工业化建设。在此基础上,并没有直接导致城乡二元结构,反而用了好几年的时间,动员2 000万青年农民进城工作,这些人是为了配合工业化来挖土方、修马路,进行基本建设。然而众所周知的是,由于涉及国家主权和民族独立的大是大非,中苏关系发生破裂,苏联突然提出不增加投资,这就意味后续资本投入趋零。看看世界历史,一般发展中国家在"资本输出国"停止投资后,都会出现经济崩溃、政治体系坍塌导致社会动乱甚至种族屠杀。而中国出现了什么呢? 1958年之后的调整直到1960年确立自力更生路线,其实是在资本极度稀缺的条件下,中国不得不以高度的集体化和单位制,成规模地组织低成本的劳动力去替代极为稀缺的资本,最终依靠自力更生、艰苦奋斗完成了国家工业化不可

---

[1] 温铁军:《战略转变与工业化、资本化的关系》,载《解构现代化——温铁军演讲录》,广东人民出版社2004年版,第24页。关于这个问题,更详细的讨论还可以参见温铁军:《八次危机与软着陆》,《文景》2012年第8期。

逾越的原始积累。[1]无论是从降低"交易成本"的角度理解"集体化",还是用"劳动力"替代"资本"来解释"工业化",这种强调"功能"和"效用"而非简单地从意识形态出发来重绘历史图景的努力,确实有利于打破仅仅根据"左"或"右"的立场给复杂历史乱贴标签的惯性思维:"集体化并非农业自身的错误,而是服务于工业原始积累建立起来的,是有利于工业化提取农业剩余的组织。那么,集体化在农业上的不经济,也是国家为了工业而大量提取剩余造成的。后来有很多人做学术研究,认为集体化的不经济是因为缺乏激励。很好,这些研究都有价值,但大多没有注意,这不是集体化自身的问题。"[2]

但是,这一思路的问题在于过分强调了"工业化"的"铁的规律",所有其他事物——包括"集体化"——似乎都应该服从于这一"铁律",而没有意识到1949年后的"工业化"是与对"社会主义"的追求紧密联系在一起的。"工业化"固然在物质条件上限制了"社会主义"的程度,可"社会主义"同样要在政治意识上规划"工业化"的路径。1955年7月,毛泽东在中共中央召集的省委、市委、自治区党委书记会议上做《关于农业合作化问题》的报告,报告的"第七部分"专门谈到"社会主义工业化"离不开"农业合作化"问题:"这些同志不知道社会主义工业化是不能离开农业合作化而孤立地进行的。首先,大家知道,我国的商品粮食和工业原料的生产水平,现在是很低的,而国家对于这些物资的需要却是一年一年地增大,这是一个尖锐的矛盾。如果我们不能在大约三个五年计划的时间内基本上解决农业合作化的问题,农业就不可能由使用畜力农具的小规模的经营跃进到使用机器的大规模的经营……其次,我们

---

[1]　参见温铁军:《中国1950年代的两次重大战略转变》,载潘维、玛雅主编:《人民共和国六十年与中国模式》,生活·读书·新知三联书店2010年版。
[2]　温铁军:《八次危机与软着陆》,《文景》2012年第8期。

的一些同志也没有把这样两件事联系起来想一想，即：社会主义工业化一个最重要的部门——重工业，它的拖拉机生产、它的其他农业机器的生产、它的化肥生产、它的供农业使用的现代运输工具的生产、它的供农业使用的煤油和电力的生产等等，所有这些，只有农业已经形成了合作社的大规模经营的基础上才有使用的可能，或者才能大量地使用。我们现在不但正在进行关于社会制度方面的由私有制到公有制的革命，而且正在进行技术方面的由手工业生产到大规模现代化机器生产的革命，而这两种革命是结合在一起的。在农业方面，在我国的条件下（在资本主义国家内是使农业资本主义化），则必须先有合作化，然后才能使用大机器。由此可见，我们对于工业和农业、社会主义的工业化和社会主义农业改造这样两件事，决不可以分割起来和互相孤立起来去看，决不可以只强调一方面，减弱另一方面……其次，我们的一些同志也没有把这样两件事情联系起来想一想，即：为了完成国家工业化和农业技术改造所需要的大量资金，其中相当大的一部分是要从农业方面积累，这除了直接的农业税以外，就是发展为农民所需要的大量生活资料的轻工业生产，拿这些东西去同农民的商品粮食和轻工业原料相交换，既满足了农民和国家两方面的物资需要，又为国家积累了资金。而轻工业的大规模的发展不但需要重工业的发展，也需要农业的发展。因为大规模的轻工业的发展，不是在小农经济的基础上所能实现的，有待于大规模的农业，而在我国就是社会主义的合作化农业。因为只有这种农业，才能够使农民有比较现在不知大到多少倍的购买力。"[1]

很显然，毛泽东当时的视野已经涵盖了温铁军后来不断强化

---

[1] 毛泽东：《关于农业合作化问题》，《毛泽东选集》第五卷，人民出版社1977年版，第181—183页。

的"工业化"思路,既包括"集体化"降低工农业之间"交易成本"的问题,也蕴含了"合作化"为"工业化"提供"资金"的问题,只不过温铁军不再使用传统的"社会主义"概念,而是应用"现代经济学"的术语重新表述,但他的这种重新表述隐约透露了某种"宿命论"的味道,譬如他把社会主义中国要走独立自主、自力更生的发展道路,简单地归纳为:"只要遭遇资本绝对稀缺,主流就都会采行亲资本的政策体系。如中国50年代获得苏东资本,主流就是亲苏东的。到了70年代又获得海外西方资本进入,那就在70年代以后,主流就改为亲西方。但有一个特例,那也是属于前提条件改变,就是被封锁。例如,中国60年代被两个超级大国封锁,政府亲不得资本,只好亲劳工、亲社会。实际上,当代中国只有60年代这段时间没有海外资本、且完全被封锁,这时候,可以叫做'去依附'(de-dependent)。"[1]在他的讨论中,仿佛一切都是被客观条件所决定的,无论这种客观条件是"资本"或是"封锁",所有主观的政策、计划和努力只不过是对客观条件的被动的"反应"或"回应"罢了。按照这种逻辑,中国农村的"合作化"运动也很难开展,因为当时流行的观点——包括苏联的经验——都认为"没有机械化就没有合作化""要想集体化先要机械化",最初刘少奇、刘澜涛和薄一波不支持山西发展农业生产合作社,原因也在于此。而毛泽东用于说服他们的理由是:"既然西方资本主义在其发展过程中有一个工场手工业阶段,即尚未采用蒸汽动力机械、而依靠工场分工以形成新生产力的阶段,则中国的合作社,依靠统一经营形成新的生产力,去动摇私有基础,也是可行的。"[2]后来他在阅读苏联《政治经济学教科书》(社会主义部分,第三版)时还专门谈到这个问题:

---

[1] 温铁军:《八次危机与软着陆》,《文景》2012年第8期。
[2] 薄一波:《若干重大决策与事件的回顾》(上),中共中央党校出版社1991年版,第191页。

"先要改变生产关系,然后才有可能大大地发展社会生产力,这是普遍的规律。东欧一些国家,农业合作化搞得慢,到现在还没有完成,这主要不是因为他们没有拖拉机,相对说来,他们的拖拉机比我们多得多。主要是因为他们的土地改革是靠行政命令的,是从上而下地恩赐的,他们没收的土地是有限额的,有的国家一百公顷以上的土地才没收。他们在土地改革以后,又没有趁热打铁,实行集体化,中间整整间歇了五六年。我们则与他们相反,实行群众路线,发动贫下中农展开阶级斗争,夺取地主阶级的全部土地,分配富农的多余土地,按人口平分土地,这是农村的一个极大革命。土改之后紧接着开展了广泛的互助合作运动,由此一步一步地、不断前进地把农民引向合作化的道路。另一个重要原因,就是他们没有我们这样强大的党、强大的军队。我军南下时,各省都配备了从省、地到县、区整套的地方工作的干部班子,而且一到目的地,立即深入农村,访贫问苦,把贫下中农的积极分子组织起来。"针对"教科书"中"机器拖拉机站是对农业实行社会主义改造的重要工具"的说法,毛泽东更是针锋相对地指出:"'机器拖拉机站是对农业实行社会主义改造的重要工具'。教科书在很多地方都是这样强调机器对社会主义改造的作用。但是,如果不提高农民的觉悟,不改造人的思想,只靠机器,怎么能行? 两条道路斗争的问题,用社会主义思想训练人和改造人的问题,在我国是个大问题。"[1]无论是"先要改变生产关系,然后才有可能大大地发展社会生产力",还是"如果不提高农民的觉悟,不改造人的思想,只靠机器,怎么能行",都显示出毛泽东极其灵活的辩证法,不屈服于"现实",不拘泥于"客观条件",而是在认清"现实",把握"客观条件"的同时,

---

[1] 中华人民共和国国史学会编:《毛泽东读社会主义政治经济学批注和谈话》(电子版)。

强调用"理想"改造"现实",用"主观性"和"主体性"超越"客观条件",譬如延安时期,人们都认同"山沟沟"这一"现实",期望把新民主主义社会的基础建立在家庭上,毛泽东却要用"机器"来超越"现实",提出"巩固家庭"和"走出家庭"的辩证关系;而合作化时期,人们都期待"机械化"才能带来"集体化"时,他却转而指出,不能迷信"机器",要重视"人"的力量,要依靠"提高农民的觉悟,改造人们的思想",才能走出社会主义的新路。这种辩证法使毛泽东始终保持一种批判的姿态,既用"理想"批判"现实",也用"现实"批判"理想",在一种高度紧张的关系中保持思想的张力。

《"锻炼锻炼"》作为一部赵树理意义上的"问题小说",只有放在这一历史脉络中才能理解他的问题意识。针对如此艰难的问题,赵树理在当时没有也不太可能提出完整的解决方案,但他的写作却也指向了一种"具体的普遍性":首先是具体的,但在具体的过程中有向普遍性提升的可能。正如赵树理提出的"伦理性的法律":法律是普遍性的,伦理是具体的,但问题在于两者如何结合,结合之后又怎样解决矛盾?赵树理把"具体的普遍性"放在劳动计量方式的改变过程中考察,在这个过程中他发现冲突十分激烈,却没有很好的解决方法。赵树理既拒绝王聚海的做法也不认同支书的态度,即使对杨小四的方式也持某种保留意见。小说无法提出制度性解决方案,只能抽象地指出"资产阶级思想"的问题。这与赵树理希望将"具体"与"普遍"融合起来的想法相去甚远,只能表达出某种困境。这种困境扩展起来看,不仅仅存在于农村,城市也面临着同样的矛盾,也即劳动的理性化管理和社会主义高度平等诉求之间的矛盾。赵树理小说所描写的农民的"落后性",在城市中、工厂里更鲜明地体现在《千万不要忘记》下班后"打野鸭子"的丁少纯身上。因此,可以把《"锻炼锻炼"》包含的内在紧张,看作是新中国从1950年代后期开始,而到了1960年代愈加明显的社会结构性矛盾的一种预兆和缩影。[1]

引人注目的是,赵树理面对"困境"或"难题",并没有完全接受一条以"接受现实"为前提的农村发展之路。从特定的角度来观察,我们不难发现1940年代开始的赵树理对农村问题的思考和农民命运的书写,和同样开始于1940年代的费孝通关于"乡土中国"和"乡土重建"的研究,有某种奇妙的契合之处,尽管费孝通当时没有接受中国革命的影响,而赵树理已经置身于这场革命的伟大实践中。但如果我们意识到"中国革命现代性"是指20世纪中国围绕共产革命与治理而形成的独特实践,它牵涉到一系列既不同于'传统'而又具有中国特色的态度、话语、制度以及权力形式。但是,所谓'中国革命现代性'并非一套可供演绎的理论框架,当然更非一项有待完成的政治工程,而是旨在就20世纪中国历史演变展开多方位、多维度的经验探究的一种设问方式。因此,关于'中国革命现代性'的历史探究不能从先入为主的严格的概念界定开始,而应该也只能是在这一问题关怀下,从经验出发,逐步把握其具体而丰富的历史内涵",[2]那么需要进一步讨论的问题是,这种"现代性方案"与其他"非革命"导向的"现代性方案"之间是什么关系?与强调从"乡土社会"转化为"现代社会"的经典"现代性方案"之间又是什么关系?将赵树理对"农村社会"的书写与费孝通对"乡土中国"的研

[1] 关于当代文学如何呈现20世纪60年代社会结构性矛盾,可以参见蔡翔:《1960年代的文化政治或者政治的文化冲突》,特别是该文的第一节"物质丰裕和物的焦虑",载《革命/叙述:中国社会主义文学-文化想象(1949—1966)》,北京大学出版社2010年版。
[2] 参见李放春:《北方土改中的"翻身"与"生产"——中国革命现代性的一个话语—历史矛盾溯考》,载《中国乡村研究》第3辑,社会科学文献出版社2005年版。

究联系起来看,为讨论上述问题提供了某种可能性。[1]当然,这需要另外一篇或几篇文章对此进行讨论。不过,可以概括地指出,赵树理和费孝通对于"农村"和"乡土"思考的共同点是,不以接受现实的"乡土中国"为前提,而以改造"农村社会"为起点,这既包含了他们成功的经验和失败的教训,同时也显示了他们思考的当下性和难题性。这种思考的当下性和难题性,或许在21世纪的今天可以表述为:中国未来的发展是在保持中国革命和社会主义的某些理念与实践的前提下,构建一个如主流表述的大多数国民实现生活小康的"和谐社会",还是继续追随资本的模式,最终在事实上成为一个分裂成两个世界——一个可能越来越富裕和现代、人们纷纷涌入的城市中国与一个依然贫穷落后、人们争相逃离的乡土中国——的国家。

---

[1] 费孝通在完成《江村经济》的21年后,也即1957年重访江村,虽然因为反右扩大化的牵连未按预定计划完成调查,但在仅仅写完的两篇调查报告中,费孝通也颇富远见地指出:"这个村子和4万个其他的农村一样,这21年里发生了历史上从来没有过那么严重和巨大的变化,从人剥削人的社会变成了一个没有剥削的社会。谁看不到这个变化,或是低估了这个变化的意义,那他一定是个瞎子。这个巨大的变化一定会带来繁荣幸福的生活,受到这几年现实教育的人,是绝不会有丝毫怀疑的。但农业显著增产是不是提高了农民的收入呢? 那却是另一个问题了。为什么农业增产了60%,而还是有人感觉到日子没有21年前好过呢? 问题出在副业上。这里提出一个问题,我觉得有很重大的意义的。就是在这一类农村里,也就是在原料出产地,建立小型轻工业工厂,在今后是不是还有出现的可能和必要? 我希望在农业经营范围这个基本问题上……多从实际研究研究,农业和工业之间究竟怎样配合关系,才最有利于我们这个人多地少的具体情况中发展社会主义经济?"费孝通:《重访江村》,《江村农民生活及其变迁》,敦煌文艺出版社1997年版,第189—209页。

第三章 作为"社会主义城市"的"上海"与空间的再生产

——"城市文本"与"媒介文本"的"互读"

一、"缺席"的"在场者"：作为"社会主义城市"的上海

2003年，为了纪念"上海开埠160周年"，上海各大媒体举办了一系列的文化活动，《东方早报》《申江服务导报》两家报纸甚至推出专刊或增刊"160版"来庆祝这一盛大的"城市节日"。在它们的带动下，整个上海犹如"市庆"般狂欢，其隆重超乎想象。对应于报纸不同的定位，《东方早报》的专刊把"上海这160年"描绘成一个发达的和精英的"都市"；而《申江服务导报》的增刊则将"开埠以来的上海"打扮为一个时尚的与生活的"城市"，既塑造了一个资本的、"国际化"的上海（充斥着"远东华尔街""东方巴黎"……的名号），又展示出一个市民的、"小资"的上海（弥漫着"红颜遗事""豪门旧梦"……的故事）。虽然各自叙述出来的上海面目不同，却都暗合了"国际大都市"的诉求，因为它们有一个共同的来源，就是那个萦绕不散的"上海梦"。

很显然，无论是《东方早报》还是《申江服务导报》，它们追溯"上海这160年"的历史，其实是一种对"历史"的重新解释和重新叙述。纪念特刊的"上海"已经不是"历史的"上海，而是今天人们认为应该是"那样的""上海"。上海过去的繁荣被作为今日经济崛起的注脚而津津乐道，昔日的文化印迹也被当作象征符号在新一轮竞争中被消费。160年过去了，上海以一种崭新的面貌出现在世人面

前,尽管它的辉煌让人赞叹,但它的过去似乎更具魅力。于是各种对于上海的想象如雨后春笋般兴起,经历过的人和没经历过的人都在编织自己心中的"上海梦"。这个梦关乎"过去",更连接着"现在",即为了使上海更符合现在的形象与想象,对它的过去进行改造或重建。

富有戏剧性的是,在开埠160年纪念的一年后,是"上海解放55周年"。这一同样应该被人们永远记忆的事件,却只在2004年5月28日的《文汇报》最后一个版面中被提起,且以"55年前的昨天"——而不是通常的"55年前的今天"——这一颇具象征意味的延误方式加以命名。这样巨大的媒体反差在让人迷惑不解的同时,也显现出当前"上海热"叙述的秘密:1949年以前和1992年以后的上海遥相呼应,共同构造了一个开放的、国际化的形象。而这一叙述得以完成,端赖于时间上将新中国成立后的40多年的上海历史屏蔽于无形。

历史的断裂必然抹杀了其他想象的可能性,于是乎,上海毫无疑问成为"现代"的代名词。李欧梵的《上海摩登》可谓恰逢其会,这虽然是本严肃的学术著作,但被翻译成中文之后,却扮演了上海城市文化指南的角色,正如书名所示,这本书只言片语充满了"摩登"的暗示。《上海摩登》向人们"Remap"了一个1930—1945年的上海:时而是蒙太奇的剪接,时而又是跳跃闪回的结构,大块分割了的都市的种种物象:外滩、百货大楼、咖啡馆、舞厅……恣意地抛出了一幅幅潇洒中隐含野心的场景:《东方杂志》《良友》画报、月份牌、电影院……并将视线聚焦于一群在这个"海上桃花源"中最为烂漫唯美的文人。文本之内与文本之外似乎随心所欲又似乎是满心期待,怀"旧"——这个"旧"是上海的旧,却又巧妙地对应着1990年代以来上海的"新"——中更多的是一种欣然的姿态,展示出一幅由艺术家、作家和花花公子组成的"东方巴黎"的图像。在"霓虹灯下"

所有关于上海的想象，都仅仅关注了这个城市"现代"的一面，别的研究者如卢汉超所关注的"霓虹灯外的世界"——那个充斥着潦倒困顿的上海底层生活——则消失于无形。[1]在这样的叙述脉络中，从昔日的"远东第一大都市"到今天的"东方明珠"，历史的遗忘也就成为必然："日占时期的上海是早已开始走下坡路了，但一直要到1945年抗战结束，因通货膨胀和内战使得上海的经济瘫痪后，上海的都市辉煌才终于如花凋零。而以农村为本的中国革命的胜利更加使城市变得无足轻重。在新中国接下来的三个十年中，上海一直受制于新首都北京而低了一头。而且，虽然上海人口不断增加，但从不曾去改造她的城市建设：整个城市基本上还是20世纪40年代的样子，楼房和街道因疏于修理而无可避免地败坏了。这个城市丧失了所有的往昔风流，包括活力和颓废。"[2]

在新中国成立的30年中，上海这座城市难道真的一点都没有改变吗？这样的说法显然缺乏历史依据。1949年之后，工人阶级成为国家的领导阶级，它在主流意识形态中的位置必然会投射到城市的空间面向上，直接影响到社会主义对城市发展的重新规划。借用亨利·列斐伏尔（Henri Lefebvre）的说法，这正是一种"空间的生产"（production of space）的方式："一个正在将自己转向社会主义的社会（即使是在转换期中），不能接受资本主义所生产的空间。若这样做，便形同接受既有的政治与社会结构；这只会引向死路。"[3]空间成了城市最重要的资源。社会主义改造和建设的历史在上海城市空间上留下了深刻的"烙印"：上海既代表了社会主

---

[1] 参见李欧梵：《上海摩登——一种新都市文化在中国1930—1945》，毛尖译，北京大学出版社2001年版；卢汉超：《霓虹灯外——20世纪初日常生活中的上海》，段炼等译，上海古籍出版社2004年版。

[2] 李欧梵：《上海摩登——一种新都市文化在中国1930—1945》，第336页。

[3] 参见亨利·列斐伏尔：《空间：社会产物与使用价值》中的关于"社会主义空间"的相关论述，载包亚明编：《现代性与空间的生产》。上海教育出版社2003年版。

义中国一种鲜活的改造资本主义都市结构、营造社会主义城市空间的全面努力，更提供了一种新的理解和体验都市日常生活的"话语"，重新规范了对待日常生活的态度，也重新界定了日常生活的意义。譬如已经有学者通过对新中国成立后上海市棚户区改造历程的梳理，讨论在社会主义城市改造计划以及住宅政策对于贫民区居民生活的影响，从而对1949年之后上海城市空间结构的变动过程做出相当深入的分析和解释。它对社会主义城市空间结构变迁机制的解释和对"棚户区改造"历史的研究，触及政治目标与城市社会及其社会结构之间错综复杂的关系。这项研究不仅探索了相对独立于政治、经济系统的城市空间结构如何在社会主义时期被延续下来，并以何种独特的方式塑造了社会主义城市中空间与人的关系，而且通过对这种城市空间与社会关系的梳理，有利于我们从一个新的学术角度去面对和认识社会主义历史上诸多充满悖论的事实。[1]

　　虽然同样关注"上海"作为"社会主义城市"的空间问题，但本文切入问题的角度与上述城市社会学的方法有所区别。它不是直接讨论城市空间和社会形态，而是力图将"城市"作为一个"文本"来把握，进而透过不同的"媒介文本"来解读"城市文本"。即运用"文化研究"的方法，通过对小说、报告文学、电影和话剧剧本等文本的分析，结合具体城市空间和历史的变迁，在"空间的表征"和"表征的空间"之间，将"空间的表征"和"真实的城市"作进一步有效的勾连：一方面呈现出现代媒体是如何形塑和想象社会主义城市空间这一复杂过程，另一方面则使"被压抑的上海"重新浮出历史地表，并勾勒其在社会主义国家构建中的位置，进而分析20世纪五六十年

---

[1]　参见林拓、水内俊雄等：《现代社会城市更新与社会空间变迁——住宅、生态、治理》，上海古籍出版社2007年版。特别是收入此书中的陈映芳《作为社会主义实践的城市更新：棚户区改造》一文。

代社会主义对上海重新规划背后的经济、政治及意识形态的力量,以及在此基础上产生的空间变革与原来大都市殖民空间的疏离、冲突和并置。只有这样,才能以这段真实的历史为起点对现实做出更深入的反思。

二、一种新的"城市意志":城市空间的争夺与改造

"上海真是不能想,想起就是心痛。那里的日日夜夜,都是情意无限。"[1]这是一段来自《长恨歌》主人公王琦瑶的遥想,说的便是海上的一场繁华春梦。繁华与破旧并存的上海,飘着万国旗的小巷,优雅的霞飞路,若有似无的月光,凌乱的舞步,迷蒙慌乱的女人心,黑暗中依稀闪烁的眼睛……小说那淡黄的旧上海滩的封面勾起了多少对旧上海十里洋场的无限忧思。在梦里,上海的璀璨光华是掩也掩不住,藏也藏不牢的,却注定要堕入黑白胶片的滑动中,坠入永不醒来的死亡中。而在现实里,却是谁也拆解不了上海风华绝代的欢娱和曾经沧海的忧伤。

"开埠和西方租借的设立几乎颠覆了原有传统的城市格局和社会秩序,将上海的发展带向另一个方向,由一个传统市镇向近代化大都市迅速转型。"[2]上海在黄浦江沿岸迅速发展起了整个城市的生命线,出现了全新的社会秩序和城市景观:银行、洋行、邮局、港口、大自鸣钟的出现,一点一点改变着上海的城市空间,使上海最终成为"万国建筑博览会",形成了日益西化的"世界主义"的城市面貌。"她是中国最大的港口和通商口岸,一个国际传奇,号称'东方巴

[1] 王安忆:《长恨歌》,作家出版社1999年版,第144页。
[2] 张晓春:《文化适应与中心转移——近现代上海空间变迁的都市人类学研究》,南京,东南大学出版社2006年版,第15页。

黎',一个与传统中国其他地区截然不同的充满现代魅力的世界。"[1]
在当时不少人眼中,到了20世纪30年代,上海已和世界最先进的城
市同步了。当内陆中国还深陷在"中世纪"的泥潭时,这个城市的发
展已神气地跨越了"前现代"而矗立于世界的东方,成为现代化进程
的象征。

　　一般认为,传统城市的现代化虽然有不同的方式和途径,但概括
起来,大体上可以分为三个阶段,首先是城市功能的改造,即对包括
道路、上下水等在内的城市基础设施以及公共设施进行的改造;其
次是城市格局的改造,即根据现代化的需要对城市空间的扩大并对
其发展进行全面的规划;第三是城市空间意义的改造,即在上述两
种改造的同时,新的意识形态对作为公共领域的城市空间的渗透和
占领。以往对城市现代化的研究,比较关注前两个层面具有普遍性
的城市现代化进程,却相对忽视了城市市政的决策者以及这些决策
者所代表的各阶层的"城市意志"。这种"城市意志"作为一个特定
历史时期的政治精英的现代化目标、国家政权和文化建设的理想以
及主导性的意识形态等的结合,往往对城市空间的变化与改造起到
了特别重要的决定性作用。[2]1949年上海解放。由于这座城市在政
治上的复杂性与经济上的重要性,和在历史变迁的多样性与文化交
汇中的多元性,它在行政上的空前统一并不意味着对城市空间的争
夺和改写就此结束;相反,一种新的"城市意志"需要透过对城市空
间的改造和改写表达出来。因此,上海的社会主义城市形象应该呈
现怎样的特征?与解放前的城市形象相比有什么不同?发生的变化

[1] 参见李欧梵:《上海摩登———一种新都市文化在中国1930—1945》中关于上海
　　"世界主义"的相关论述。
[2] 关于"城市意志"对"城市空间"所发挥决定作用的讨论,可以参看赖德霖:《城
　　市的功能改造、格局改造、空间意义改造及"城市意志"的表现》,载《中国近代建
　　筑史研究》,清华大学出版社2007年版。

是通过何种方式赖以成型、得以表达和形成叙述的?

《上海解放十周年》这本书使我们得以窥见这个历史的瞬间。该书通过第一篇文章《攀登新的胜利高峰》,引出由著名作家(巴金、胡万春)、理论批评家(靳以)、艺术家(童芷苓、黄宗英)和"民族资本家"(刘鸿生)以及其他来自各行各业的群众所撰写的文章所组成的城市叙述。[1]

正如第一篇文章的标题所示,为了更好地展现上海的崭新形象,也需要一个新的胜利高峰的出现。一位美国"知名的黑人学者,我们时代众多历史见证人"站在百老汇大厦俯瞰苏州河外白渡桥,发出了重要的感叹:"变化太大了!"这位"证人"就是 W. E. B. 杜勃依斯(Dubois),几天前他刚刚在北京和毛泽东、周恩来一起庆祝了他的90岁生日。"一九三六年,他到过上海,在外滩一带住过几天。二十三年以后,当我们登上上海大厦的阳台,俯瞰市区全景的时候,他指着外白渡桥以南的那一片绿化地带,再三地问:'这确实是外滩吗?'这里没有了帝国主义国家的军队和水兵,没有了流氓和妓女。这是人们比较容易想象得到的;变得这样干净,这样迷人,这样景色迷人,是人们比较不大容易想象得到的。这就难怪杜勃依斯不敢相信他所看到的就是当年住过的外滩了。当他再次得到肯定的答复以后,他说:'变化太大了。'风很大,我们劝他到屋里休息。这位历史学家却站在那里,迟迟不动,像钻进了一部描写天翻地覆的伟大历史事变的书册里,舍不得出来一样。"(《攀登新的胜利高峰》)这位初来乍到的国际友人用一种疑惑和惊喜的目光在打量着这座旧时的帝

---

[1]《上海解放十周年》征文编辑委员会编:《上海解放十周年》,上海文艺出版社1960年版。这本书的前言介绍了《上海解放十周年》的编辑情况:"1959年,是中华人民共和国建国十周年,也是上海解放十周年。为了纪念这个伟大的节日,上海各报刊发起了上海解放十周年征文,发动广大群众以散文、特写的形式,来记录上海十年来各个时期、各个方面的斗争……这本选集,正是在党的领导下,发动群众创作和专业创作的结果。"

国主义堡垒。

也许在下榻的饭店里，杜勃依斯刚刚还住着舒适的套房，用着陈旧的银质家具，看到训练有素的服务员说话低声细语、走路鸦雀无声，感觉到那大都会的幻影似乎若隐若现。似乎这座堕落的城市仍存在着新的政权所要批判的一切：资本主义的胜利、帝国主义的狂妄和世界文明的衍生物。可是转眼间，上海就呈现为全新的干净整齐、生机勃勃的形象，让人不可思议。旧的城市地标仿佛完全没有被过去阴影所困扰，而是以强有力的面貌重新融入并参与构造了新的都市形象序列。[1]

这座从前的百老汇大厦（1951年重新命名为上海大厦），是可以俯瞰苏州河外白渡桥的21层的标志性建筑。正如李欧梵描述的那样，这座大楼曾经以既古典又现代的艺术风格代表了20世纪30年代在上海出现的新型都市文化："英式的新古典主义建筑虽然还主导着外滩的天空线，但代表着美国工业实力的更具现代艺术风格的大楼已开始出现了。"[2]在当时，它不仅反映了上海的西方建筑与欧美建筑流行趋势的一致性，同时还以空间形式预示了一种新的城市生活和时代精神。但在这一切都发生了变化之后，这座外滩边的大楼在新的历史格局中，又处于何种位置呢？在巴金的笔下，外滩同样发生了翻天覆地的变化："两年前有一天一位外国客人来到上海。他说自己打算写一篇表现旧上海的小说，早已想好了故事，一只外国轮船靠在外滩的码头，几个国籍的水手们愉快地走到岸上，他们哼着小曲去酒吧间寻找年轻的上海姑娘……他要求看看外滩，也在酒吧间里坐一会。可是他不但找不到酒吧间，他觉得外滩也完全变了样。过去又肮脏、又吵闹、流氓打架、干不正当营生的地方，现在成了风景如画

---

[1] 参见张旭东：《上海的意象》，载《批评的踪迹：文化理论与文化批评：1985—2002》，生活·读书·新知三联书店2003年版。

[2] 李欧梵：《上海摩登——一种新都市文化在中国1930—1945》，第11页。

的公园了。他只好放弃了旧的题材改写今天的上海。"[1]这"风景如画的公园"正是曾经拒绝华人入内的外滩公园。

　　新中国成立以后，外滩从帝国主义势力枢纽和金融中心变成人民政府所在地。外滩的外资银行相继撤离上海，上海市政府、若干行政单位和企事业单位就在外滩沿线欧式风格的建筑中办公。外滩，这个租界"十里洋场"的中心地段，旧上海的金融中心和象征外国殖民统治势力的景观标志，突然转变为人民政府的行政中心，人们对外滩的记忆和印象被原地重新构建。而这不过是整个上海城市形象变迁的一个缩影，其背后是整个上海社会主义城市空间构建的全盘蓝图。

　　与外滩一样，还有很多重要的旧城市地标改造工程。这些城市面貌的变化，正是城市发展主旋律的不断变更及其在城市空间和中心区域变迁上的反映。城市作为文本不是静态的，而是随着社会历史的发展不断演变，重新结构或转化。列斐伏尔认为："空间是社会性的。空间渗透着多种社会关系。它不仅被社会关系支持，也生产社会关系和被社会关系所生产。"[2]也就是说，都市空间，总是社会的产物，是被多种社会关系和社会力量在相互作用、相互斗争、相互协调的过程中，历史地"生产"出来的。

　　这也就难怪《上海解放十周年》用了那么多篇章来描写城市旧有地标的新兴面貌，这些旧地标的改造正铭刻着城市主旋律的更替。"南京路"是可以和"外滩"媲美的感知上海的重要符号，它连接着外滩与人民广场的变迁："一九四九年五月二十五日拂晓，人民的军队解放了上海，攻进了南京路……冒险家从他们的'乐园'中滚了

---

[1] 巴金:《"上海，美丽的土地，我们的"》，载《上海解放十周年》，第14页。
[2] 亨利·列斐伏尔:《空间: 社会产物与使用价值》，载包亚明主编:《现代性与空间的生产》，第48页。

出去,南京路屈辱的岁月从此结束了!"[1]过去的南京路是专为"冒险家、公馆帮"和少数豪客服务的。这个上海商业地标作为一种人造空间折射出商品、金钱和资本等特性,其独特的空间结构与中国本土文化有着本质区别,作为"半殖民城市"的一块商业飞地,体现出中西文化及意识形态的差异和冲突。正如福柯所言:"空间位置,特别是建筑设计,在一定历史时代的政治策略中,扮演了重要的角色。建筑……变成了为达成经济——政治目标所使用的空间部署问题。"[2]过去这座城市的西方统治者,建造出代表其文化意象和价值象征的建筑物,直接地传达西方式的政治文化理念,即透过这一空间塑造一种西方为镜像的种族及文明的优越感。很显然,作为一种生产的方式,空间也是一种控制的、统治的和权力的工具。然而,"且看今朝!国营第一百货商店经常出售的商品有四万多种,比它的前身'大新公司'增加了几倍;永安公司也有三万多种商品。但是,在这两家著名的大商店里,满目尽是来自全国各地工厂的商品,极少看到外国货。……在南京路上,虽然找不到一家大工厂,但是从这些富丽堂皇的橱窗里,我们却可以清晰地听到祖国大跃进的脚步声";[3]"从早到晚,南京东路一直沸腾着。最近,南京东路两边华丽的高楼大厦、漂亮的公司、商店,经过精心修饰,更是焕然一新。几十米长的国营、公私合营的大店招牌竖立在半空中,过去弯弯曲曲狭窄的街道,早已变成一条宽阔、挺直的大路。橱窗里陈列出诱人的新颖商品,节日前夕欢乐气氛弥漫在整条南京路上。"[4]新的规划已经成功抹去了南京路"十里洋场"的殖民色彩,作为人民政府对城市空间的绝对主导的

[1] 谢刚:《南京路今昔》,载《上海解放十周年》,第556页。
[2] 转引自戈温德林莱·莱特等:《权力空间化》,载包亚明主编:《后现代性与地理学的政治》,上海教育出版社2001年版,第30页。
[3] 谢刚:《南京路今昔》,载《上海解放十周年》,第557页。
[4] 同上,第555页。

物化形态,南京路的城市空间和建筑样式成为上海城市的主要标志之一。

　　除了南京路,留存下来的代表上海殖民生活方式的另一个重要地标是跑马场和跑狗场。[1]旧时著名的"第三跑马场"改建为后来的"人民广场",而历史最悠久的跑狗场即旧上海逸园的改造,则记录了上海在不同时期所表征的城市文化:"从跑狗场到文化广场,是一个本质的变化,是两种社会制度不同的产物。不同的时代,不同的人物,对它有不同性质的关心。"作为昔日的娱乐中心之一,它代表的是"帝国主义者……施尽险诈伎俩,毒化人民的生活,搜刮人民的钱财"[2]。但"一九四九年五月,解放上海的炮声,宣告了上海黑暗时代的结束。逸园也终止了丑恶历史的延续,获得了新生。它成为党动员群众建设新上海的司令台,宣告了马克思列宁主义的一个重要阵地;同时也是上海各阶层人民政治活动的场所,又是中外文化艺术交流的展览馆。光辉的红旗,灿烂的花朵,飘扬着歌舞演员的鲜丽裙角,是那里的色彩;战斗的锣鼓,风暴般的掌声、欢乐的笑语,是那里的音响;友谊、和平、幸福,是人们在那里感受到的气息"。[3]新中国成立初期的上海城市规划,首先要改变这座城市在官僚买办资产阶级和帝国主义统治下形成的"半殖民城市"面貌,表现出新中国的伟大、壮丽、民主、富强与和平。经过上海市政府先后两次扩建工程,昔日的跑马场化身成为举行各种政治集会的广场:"上海富有历史意义的政治集会,多在那里举行。……群众和干部在那里听过不少领导同志的重要的政治报告和有关党的重大方针政策的讲话。人们在

[1]　关于"跑马"和"跑狗"两项运动娱乐项目在"旧"上海城市文化构建中所发挥的作用,可以参见张宁:《异国事物的转译:近代上海的跑马、跑狗和回力球赛》一书(社会科学文献出版社2020年8月版)的相关论述。
[2]　张忱:《文化广场札记》,载《上海解放十周年》,第432页。
[3]　同上,第435页。

那里受到生动的马克思列宁主义的教育,看到了社会主义的光芒,吸取了无穷无尽的力量。"[1]昔日的跑狗场也化身成了汇集国内外文艺演出的广场:"上海人民在文化广场尽情享受着中外文化艺术的成果。那个舞台也就成为中外艺术百花齐放的大花园。解放以来有三十个外国艺术团体在那里演出了一百多场,有近百个国内艺术团体演出三百多场。上一千万的人(次)在那里看到最出色的音乐、歌舞、戏曲、杂技、体育等丰富多彩的表演。"[2]1949年以后,如同天安门广场所确立的典范性意义,这些广场的建设也正顺应了当时以大型群众集会和游行为主的政治活动方式。

20世纪五六十年代的上海经历了全景式的社会主义改造,中国共产党集中在政治和经济方面推动整个城市的迅速工业化和实现社会主义。这样巨大的历史变动给城市空间带来了史无前例的改变。无论是由帝国主义势力枢纽、金融中心转化为人民政府所在地的外滩,或者由西侨、豪客专属购物街转变为社会主义消费场所的南京路,还是由"半殖民地"的娱乐空间转而成为群众集会活动的文化广场……对旧有城市地标的全新改造使得"上海"以崭新的形象出现在中国社会主义城市序列中,这些旧的城市地标不仅被新的规划与设计也被新的活动所改造,而且城市空间的性质也被重新界定。

但是,强调上海社会主义城市实践的开端性,恰恰也表达出一种告别的焦虑,希望与过去那个被看作是罪恶的渊薮、冒险家的乐园的"半殖民城市"一刀两断。然而,问题的复杂性在于,城市的历史没法完全抛弃,"新城市"必然要从"旧城市"的血污中诞生。亨利·列斐伏尔曾指出:"空间一向是被各种历史的、自然的元素模塑

[1]张怃:《文化广场札记》,载《上海解放十周年》,第437页。
[2]同上,第438页。

铸造,但这个过程是一个政治过程。空间是政治的,是意识形态的,它是一种充斥着各种意识形态的产物。"[1]当新的权力登临城市之上,必然会以一种全新的空间形式来向城市渗透,可是旧有的空间形式并不必然地退让,而是裹挟着不甘退出舞台的意识形态甚至是政治权力,在城市空间中展开了一场争夺。

话剧《霓虹灯下的哨兵》[2]描写我野战军的一支英雄连队,在刚刚结束了解放大上海的英勇战斗之后,奉命进驻南京路,在炫人眼目的霓虹灯下担负警卫任务,进行一场特殊的战斗。剧作特意把冲突发生的地点安排在解放初期的南京路上,昔日的上海曾经是冒险家的乐园,尽管当时已经回到了人民的手中,但曾被誉为"十里洋场"的南京路依然充斥着强烈的诱惑和腐蚀。

开篇即是表面上歌舞升平,而反动派潜伏于南京路上,宣告了一场特殊的"上海保卫战"的开幕。"南京路。华灯初上。摩天楼上霓虹灯光闪闪烁烁,海报《白毛女》和美国电影广告《出水芙蓉》争艳夺目。游园会门口附近,一阵腰鼓声过去。解放区歌声和爵士乐声此起彼落。叫卖'晚报'、'夜来香'的阿荣、阿香和兜售好莱坞电影画报、影戏票的非非,在奇装异服的人群中穿梭,人来人往、熙熙攘攘。"[3]南京路混合了现代都市强烈的光怪陆离之感,两种新旧的城市感觉与体验方式呈现破碎拼合的状态,彼此冲突,不再能构成一个稳定的心态结构,预示了一种危险、不稳定的状态,故事正是在这样一个冲突的状态中展开。

隐藏在南京路角落里的敌特叫嚣,"让共产党红的进来,不出三

---

[1] 亨利·列斐伏尔:《空间政治学的反思》,载包亚明主编:《现代性与空间的生产》,第62页。

[2]《霓虹灯下的哨兵》的剧本最初发表在《剧本》1963年第2期和《解放军文艺》1963年第3期。

[3] 沈西蒙、漠雁、吕兴臣:《霓虹灯下的哨兵》,载上海戏剧学院戏剧文学系编:《中国话剧选4》,上海文艺出版社1982年版,第272页。

个月,我们叫他趴在南京路上,发霉、变黑、烂掉"[1];有在散发反动的传单"游园会,洗脑筋,要中毒,要当心"[2];有偷偷拍摄南京路军事岗哨的美国记者散布的蛊惑之言:"什么? 游园会? 笑话,我奉劝诸位,这完全是骗人的把戏! 完全是政治宣传! 完全是洗脑筋……"[3]南京路的霓虹灯下不仅有尖锐的敌我斗争,还存在着各种异质的声音。在美国记者偷拍南京路军事岗哨,开车在南京路欢庆游行队伍中横冲直撞被抓以后,南京路上显示出了不同的声音:戴眼镜的说:"适可而止吧! 美国人不好惹。现在贵军解放上海之初,立足未稳,乱子闹大了不好收拾";资本家提心吊胆:"不要闹僵,上海滩还是要和美国人做生意的! 不做生意,上海人吃什么? ……我是替大家担心,再闹下去,上海滩真要坍了!"[4]而南京路上花店和菲莉咖啡店作为曾经的城市文化生活地标,表征了令人陶醉的西方生活方式,在剧本中却成了破坏游园会的阴谋诞生的地方,不仅不再表征现代都市提供给都市人的一切,而且连接了过去作为外国经济和军事势力屈辱标志,成为一种罪恶的延续,一种亟待被改造和拯救的罪恶象征。

斗争的严重性还在于,这些错综复杂的社会矛盾也渗透到了革命队伍内部。新战士童阿男带着浓厚的小资产阶级思想入伍,受了批评后竟开了小差;赵大大看不到这是一场无形的战斗,对站马路思想不通,一再要打背包上前线;连长鲁大成也一时不能适应新的斗争形式,认为"南京路不能呆"……特别是解放军排长陈喜,在拿枪的敌人面前,在枪林弹雨的战场上,他无愧于英雄的称号,可在灯红酒绿的环境中,面对着香风毒雾,他却显得迷惘,变得脆弱,逐渐失去了抵抗资产阶级思想侵蚀的能力:他对妻子春妮的冷漠,对"上海

---

[1][2]沈西蒙、漠雁、吕兴臣:《霓虹灯下的哨兵》,载《中国话剧选4》,第237页。
[3]同上,第276页。
[4]同上,第277页。

兵"童阿男的放纵,对战友赵大大的冷嘲热讽,对连长和指导员批评的耿耿于怀,对阶级敌人警惕性的松懈……都让我们看到了在南京路酒绿灯红、柔歌艳舞中弥漫着巨大的诱惑,暗藏着无数陷阱。[1]那么,作为革命中坚力量的人民解放军,最终是倒在了南京路,还是改造了南京路?

同样,小说《上海的早晨》的开头也呈现出与危险而不稳定的"南京路"类似的画面:"马路两边是整齐的梧桐树,树根那部分去年冬天涂上去的白石灰粉已经开始脱落,枝头上宽大的绿油油的叶子,迎风轻微摆动着。马路上行人很少,静幽幽的,没有声息。天空晴朗,下午的阳光把法国梧桐的阴影印在柏油路上,仿佛是一张整齐的图案画。……在一片红色砖墙的当中,两扇黑漆大铁门紧紧闭着。铁门上两个狮子头的金色的铁环,在太阳里闪闪发着金光。"[2]这样的上海书写,首先让我们想到的是上海西区的衡山路。而后随着文本的展开,"弟弟斯咖啡馆""新雅菜馆"……这种最亲密的、最优雅的、最颓废的和最仪式的上海重新进入了我们的视线,极尽繁华灵魂的抒情脉搏、幻想的波涛和意识的跳跃。那里有的是低暗的光线与沉郁的场景:"虽然是白天,太阳老高的,可是进入弟弟斯咖啡馆光线就暗下来。登上旋转的楼梯,向右手那间舞厅走去,周围的窗户全给黑布遮上,一丝阳光也透不进来,舞池两边的卡座上有一盏盏暗弱的灯光,使人们感到已经是深夜时分了。"[3]就在这个闹市中僻静的咖啡馆里,沪江纱厂的保全工人陶阿毛与厂长梅佐贤偷偷会面,策划如何在工会改选中在工人群体里埋伏,打入工人中伺机搞破坏分裂。咖啡馆正为追求金钱和堕落提供了绝佳的隐蔽和无限的机会。"梅佐贤听到这里很高兴,他歪过头去,对舞池里望了望,那边有三对

[1] 沈西蒙、漠雁、吕兴臣:《霓虹灯下的哨兵》,载《中国话剧选4》,第287页。
[2] 周而复:《上海的早晨》第一部,文化艺术出版社2004年版,第1页。
[3] 同上,第11页。

舞伴随着音乐在跳狐步舞。卡座里的人都是一男一女，在低低地谈着，谁也听不见他们在谈啥。整个舞厅没有一个人在注意他们这个卡座。"[1]舞池"空荡荡的，没有一对舞伴在跳，但音乐台上还是兴高采烈地演奏着伦巴舞曲，舞动的旋律激动着人们的心扉。"这里看不见的罪恶、毁灭正在角落里肆虐；而随后新生的力量也受到了代表着金钱和性的迷人又毁灭人的力量的侵袭，随之在这个欲望中的空间内沉沦和迷茫。小说写到了代表苏北行署卫生处来上海采购药品的张科长来到朱延年经营的福佑药房，他受到了非同一般、带目的性的接待，并渐渐被花言巧语所蒙蔽，在上海的"七重天"里迷失了方向："夏世富先领他站在七重天的窗口，让他欣赏夜上海美妙的景色。天空夜雾沉沉，给南京路上那一大溜大商店的霓虹灯一照，那红红的火光就像是整个一条南京路在燃烧着。远方，高耸着一幢一幢高大的建筑，每一个窗户里发射出雪亮的灯光，在夜雾茫茫中，仿佛是天空中闪烁着的耀眼的星星。"在这里，张科长"感到自己到了天空似的，有点飘飘欲仙"。此时此刻，"音乐台上正演奏着圆舞曲，一对对舞伴像旋风似的快慢，灯光一会是红色的，一会是蓝色的，一会又是紫色的"。[2]在摩天大楼里可以俯瞰着车流和人流，闪烁的灯光和转动的音乐宣告着"Light, hot, power"，魔幻的城市一角却足以激发起男子占有金钱、占有女性的欲望，并一发难以遏制，从老区来的纯朴的革命干部在狐步舞搭建的空间中跌倒在投机家、反动者和妓女的脚下。

很显然，这样具有暧昧意味的城市画面，是混沌停滞在处于社会主义改造的激进大潮之中的"反历史"景观，是等待并需要被改写和重构的城市社会结构。一方面，这些旧有的城市形象作为一种被否

[1] 周而复：《上海的早晨》第一部，第14—15页。
[2] 同上，第161页。

定的"前历史"而相形见绌,并置于一个殖民主义和帝国主义的历史框架中。鸦片战争之后,外国殖民势力在上海建立租界,大量外侨随着外国殖民势力的入侵而移居上海,在上海建立起繁华的十里洋场,正如时人的《租界》诗所云:"北邻一片辟蒿莱,百万金钱海漾来。尽把山丘作华屋,明明蜃市幻楼台。"[1]另一方面,在这些文本中,咖啡馆、舞厅和霓虹灯等作为一种人造空间体现了罪恶历史的遗留和残存,不仅表征了西方工业化后人们寻求新型娱乐休闲空间的特性,更随着殖民主义进入中国,始终印刻着殖民主义与帝国主义的文化意象和侵略象征,进而在当时成为潜伏的威胁国家政权、社会稳定和人民利益的黑暗策源地;并且,这种叙述方式把过去的"具体性"从历史视野中消除掉,抹去以消费主导的城市的合法性,使得旧上海的形象迅速而完全地被新形象所吞没。

因此,在这样的脉络里,对于空间的争夺并对其进行改造,就成为新的国家政权解放大上海后面临的一项重要任务。咖啡馆、花店等所营造的消费空间成为一种对抗性因素,被表述为反动的、脆弱的和危险的。如何改造资产阶级空间,体现新的国家政权巨大的政治决心? 在《霓虹灯下的哨兵》中,在人民广场举办游园会成为刷新城市意义的有效手段:通过群众性的文艺活动来提供广泛的社会主义社会环境和文化基础;在旧有的空间之中注入传输新的象征意义与文化政治内涵,对人们产生了极为重要的社会涵化作用。这场游园会成功的意义不仅仅是举办了一场群众文化活动,更是以空间作为权力意志表征,按照社会主义的审美情趣和欣赏习惯来改造和改写"南京路",树立起一幅朝气蓬勃的社会主义城市新景观。正是在这个意义上,新的社会关系会产生新的空间,从一种生产方式转向另一

---

[1] 葛云熙:《租界》,见葛云熙等著:《沪游杂记·松男梦影录·沪游梦影》,上海古籍出版社1989年版,第52页。

种生产方式，必然伴随着新的空间的生产；同样新的社会空间也包含了生产与再生产关系。空间争夺的意义，将在某种程度上，比在军事和经济的斗争更隐蔽，对人们的日常生活产生更深刻的影响。

社会主义之所以显示出强大的决心来争夺并改造"南京路"，其合法性建立在对历史叙述的争夺上。陈喜、童阿男等差一点倒在了南京路上，是怎样的教育使其恢复了英雄的面貌，使其具备既敢于对敌斗争又勇于自我思想斗争的勇气和魄力？正是通过阿男一家的悲惨遭遇特别是他父亲的革命经历重新讲述了一个关于"南京路"的故事。周德贵在会上动情地说："提起南京路，同志们，老话说不完了！我周德贵活了五十多年，亲眼看见英国海盗，东洋鬼子，美国赤佬在南京路上奸淫烧杀、横冲直撞！几十年来，单单倒在南京路上的革命同志和工人兄弟就无其数！从跑马厅到黄浦滩的块块砖头上，都淋过我们的烈士的鲜血，有的资本家说南京路是外国人的金镑、银镑堆起来的！我说，不！是我们劳苦大众双手开出来的！是烈士们用鲜血铺出来的！"[1] 原来阿男的父亲和周德贵解放前被工厂开除，只得流落到南京路上沿路讨饭。当时为了配合解放军打胜仗，他们一同参加了游行示威、罢工斗争。正在阿男父亲带着群众向美国兵冲过去时，国民党侦缉队长也就是老K和一班警察开枪打死了阿男的父亲。阿男的父亲就这样倒在了南京路上。回忆往事，童妈妈禁不住感叹道："总算盼到了解放，盼到了你们！解放军肯要你，这是你阿爸前世修来的，妈万没想到你会办出这种丢人的事情！你真是身在福中不知福啊！这怎么对得起你死去的爸爸！"[2] 南京路的灯红酒绿之下还隐藏着这样的故事，通过重新叙述，"南京路"不再是一个反动脆弱的腐败空间而成了一个充满反抗斗争的

---

[1] 沈西蒙、漠雁、吕兴臣：《霓虹灯下的哨兵》，载《中国话剧选4》，第323页。
[2] 同上，第324页。

革命空间。

通过重新叙述城市空间的历史,革命者获得了新的合法性,进一步坚定了改造空间的意志。这是一条被父辈鲜血浸染过的南京路,指导员进一步鼓励童阿男——这是对阿男这样年轻战士说的,也是对许多险被南京路上的香风吹倒的老兵说的——"同志们,今天我们站在这条马路上,要把革命前辈们为它流血牺牲的革命事业继承下来,担当起来!"[1]从此,战士们的心更加坚定了,他们不仅解救了被恶势力欺压的阿香,还成功击碎了反动派的猖狂进攻,保护了南京路的胜利果实。南京路上的战斗胜利了,他们又要奔赴抗美援朝的新战场。在南京路上跌倒再在这里站起来,童阿男、陈喜在南京路上的成长和斗争的故事正表现了社会主义强大的空间争夺和改造的能力。

与此形成对照,资产阶级却保守落后,固守西区,失去了空间再造的能力。在《霓虹灯下的哨兵》中,资产阶级小姐林媛媛要投身革命参加游园会的演出,吓得同是资产阶级家庭出身的表哥惊恐不已,急切地拉起林媛媛回家:"媛媛,你跟我回去。媛媛,你听见没有,姑妈在等你!""我反对你参加这种演出。这不是歌剧,不是音乐,是一种胡闹!""这完全是政治宣传!完全是政治利用。完全是……"[2]林媛媛不听他的劝告,他也只得无奈地回到姑妈家,独自弹琴,大叹:"反正这个世界,不是为我们安排的。它使我空虚,叫我痛苦!它夺去了我心爱的一切!"[3]而林乃娴也就是林媛媛的母亲听说林媛媛要报考军政大学,立刻心急如焚要找她回来,希望说服女儿:"我做人,向来是吃饭困觉,不问天下大事。"[4]此刻,林乃娴的这个资产阶级

---

[1] 沈西蒙、漠雁、吕兴臣:《霓虹灯下的哨兵》,载《中国话剧选4》,第324页。
[2] 同上,第281页。
[3] 同上,第300页。
[4] 同上,第302页。

家庭已失去了往昔的力量,子女们迫切地要和家庭断绝关系,走向社会,为社会主义建设出力。从林媛媛身上,可以看到固守一方的资产阶级摇摇欲坠,无奈而又必然地走上了接受社会主义改造之路。如同《霓虹灯下的哨兵》中的林媛媛,电影《不夜城》[1]也在"资本主义工商业接受社会主义改造"的背景下,讲述了一个资产阶级子女最终离开资产阶级家庭的成长故事。解放前,民族资本家张伯韩的女儿张文铮整天只知道去百乐门参加派对,到商场抢购美国货,在家里开生日舞会。解放后,她却迅速成长了起来,在中国新民主主义青年团的教育和帮助下成长为社会主义新人。当"五反"运动开始后,大光明纺织印染厂工会要敦促资本家张伯韩交代"五毒"行为时,工会主席沈银弟想到了张文铮,希望文铮以亲情的力量去打动她父亲,动员她父亲坦白。文铮虽然说服了父亲,但随后发现父亲并没有坦白"偷工减料""提高成本"等"五毒"行为,让文铮伤心失望之余最终选择了离开家庭,参加地质勘探队,投身于社会主义建设之中。电影对城市空间的改造落实在具体的家庭空间中,"子一代"从资产阶级家庭中挣脱出来,凸显了资产阶级的唯利是图,在狭小的个人空间中故步自封,失去了与时代和历史互动的生产能力。

在新的历史时刻迎接人们的,恰恰是新的城市带给他们全新的城市体验:对城市解放更是对人的解放,人民群众成为城市新的主人。在《上海解放十周年》中,巴金亲切地把"上海"称为"我们的",将受流氓骚扰和外国人欺辱的万恶的旧上海与像"一个充满阳光的大公园"的新上海进行对比。在旧上海这个中国人"自己的土地"上,中国人恰恰没有对空间的支配权:在马路上问路,"也会遭到白眼,或者受到欺骗,人们互相猜疑,彼此提防,好像仇人见面一样",公园门口不再挂上华人与狗不得入内的牌子,但是"因为没有

---

[1] 1957年江南电影制片厂摄制,汤晓丹导演。

西装就进不了顾家宅公园(现在的复兴公园)";在马路上走路,"会突然被人拦住,叫我高高举起双手,让'包打听'来'抄靶子'"[1]。南京路上有英国巡捕向游行群众开枪的血流过,苏州河对岸是被日军攻占的闸北和南市烧成的一片焦土,法租界的铁门外是哀求开门的南市居民……巴金充满气势地接连反问:"惨痛的回忆是写不尽的。抗战以前或者解放以前在上海住过一段时期的人谁没有一肚皮的怨气和一肚皮的苦水?谁不曾感觉到有多少重的担子压在自己的肩头,有多少人骑在自己的头上?谁没有眼睁睁地望着亲人死去自己却束手无策?每条马路,每座大楼,每个公园,每家戏院,哪一个地方没有上海人的血迹?哪一个亭子间、哪一个灶披间,哪一层阁楼,哪一家棚户没有浸透上海人的眼泪?"[2]而现今"上海现在的确是'我们的'了。从解放的第一天起,谁走在上海的马路上都会有一种非常安全的感觉,一种真正的主人翁的感觉。谁都会感觉到自己跟这个美丽的土地有多么密切的联系。痛苦没有了,悲愤消失了,过去骑在人民头上的怪物不是已经死亡,就是鼠窜而去……新的生活、新的工作在前面等待着每一个人。大家都有一种第一次昂起头真正做人的感觉,大家都感觉到这个美丽的土地多么需要自己为它工作,也都愿意献出全部力量把它建设得更加美丽。"[3]人们更主动地参与到城市的建设中去:"从解放的第一天起,上海就在改变。变化一直没有停止,变化越来越大,而且没有止境。每个人不但亲身经历了这些变化,同时,也尽力促成了它们。一天接着一天,一月接着一月,一年接着一年,上海变得越来越干净,越美丽。"[4]上海这座城市从来都没有这样动人过,"今天任何一个人走在上海的马路上,他会感觉到他好像在一个充满阳光的大公园里面,这里生命

---

[1] 巴金:《"上海,美丽的土地,我们的"》,载《上海解放十周年》,第10页。

[2] 同上,第12页。

[3][4] 同上,第13页。

无处不在,这里万物欣欣向荣;他又像在一个和睦的大家庭里面,这里人们休戚相关,心心相连,人人为我,我为人人。"[1]毫无疑问,城市不再意味着剥削、折磨、压抑和禁锢,而是带来了新的身体与心灵的解放。

三、"我们的"上海:新"城市空间"的再生产

城市是社会中各种力量角逐的战场,对城市空间的占有和控制,往往是社会权力最直接的映射。新的城市形象表征了不同文化和政治意识形态的影响,上海那些曾经的"浮华",面临着争夺、占有、书写和涂改。上海的城市空间变迁,书写的正是其背后的社会力量的竞争与更迭。在考察上海城市形象变迁的过程中,或许可以把整个都市空间看作这样一个剧场的场景:随着聚光灯照射角度的转换,场景中的主角不断变换。1949年之后,随着新的城市形象的登场,不仅唤起了城市中的人们对新的共同体的想象,更为人们提供了一种新的生活方式。

作为社会主义城市的新上海,首先表现在作为领导阶级的工人阶级地位的空前提高。在电影《不夜城》中,有几幅画面构成了鲜明的对比:一是在大光明纺织印染厂厂区中。解放前厂门口"看出正是日班工人放工的时候,厂门里面的大院子里,工人们排成并列的三行,在等待出厂前例行的抄身。她(他)们全都穿得破破烂烂,形容枯槁,每一个工人手里是一个不同式样的饭篮、饭格或是饭匣子……抄身的地方是有天棚的,但稍后就是露天,工人们就排着队在雨里淋着。……按照通例,工人不能从正门出入。"[2]而在解放后,则

[1]巴金:《"上海,美丽的土地,我们的"》,载《上海解放十周年》,第15页。
[2]柯灵:《不夜城》,载《中国新文学大系1949—1976·电影卷一》,第414页。

是另外一番欢天喜地的景象:"正门大开着,铁栏拆掉了,野蛮的抄身制成了历史的陈迹;院子里竖着光荣榜,上面贴满劳动模范和先进生产者的相片(第一张大相片就是沈银弟);播音器正在播送着《咱们工人有力量》。这是日班工人放工的时候,我们首先看见的是几辆载满原棉的大卡车开进了厂里,几辆载满成品的大卡车从厂里开出;接着是大批下了班的男女工人散出来,他们笑着,哼着歌曲,说着话,一片欢乐的声音。从外表看,她(他)们身上有一个跟从前显著不同的特征:女工手里几乎都提着手提包,里面放着课本,男女工襟上都带了钢笔,拿饭盒子的一个也没有了。"[1]因为过去"我们创造的财富,要到纽约和伦敦、东京和巴黎,到那些百万富翁的金碧辉煌的宫殿里去找。帝国主义者王冠上最美丽的宝石中,凝结着中国人民的鲜血。留在我们这里的,却不过是他们压榨中国人民的牢狱和屠场,强迫中国工人进行不折不扣的奴隶劳动的工厂和企业。"新中国成立后,"上海真正成为我国人民的工业基地和文化中心之一,是在中国人民掌握了自己的命运以后。而当人们一旦认识到是为自己劳动、是用自己的劳动为自己创造幸福的时候,我们上海的面貌也就迅速改变了。"(《攀登新的胜利高峰》)工人阶级对于能够成功改变自身地位并拥有相应的权力而感到骄傲。城市的全新面貌表征了一个新的阶级空间性全面登临,新的城市是一个依靠劳动人民的城市,而不再是"帝国主义者、殖民主义者、官僚、买办、资本家的城市"。

这座劳动人民的城市正力争实现由消费型城市向生产型城市的重要过渡,工人阶级开始适应这个城市在转型后所建构的新的工作世界,并且塑造他们在新工作中的经验。过去,工人在城市中的日常体验是:"自己是受重度剥削、受到欺凌的劳动者",因而只能

---

[1] 柯灵:《不夜城》,载《中国新文学大系1949—1976·电影卷一》,第436页。

是被动与顺从的角色。现今，一种新的政治文化，不仅确立了工人在城市中的主体地位，同时也极大改变了城市自身。社会主义工业化重新定义了城市的含义，包含了使经济快速发展，使国家迅速现代化的远大理想。在《上海解放十周年》中，我们能读到如此冗长的统计数据，在那时看来，这些就是城市发展与转型的胜利成果："就是这一年（注：1958 年），上海工业总产值增加到一七一点三亿元，也就是一九四九年的百分之五五三点五。仅仅这一年增加的产值，就比一九四九年全年的产值还要多。上海的钢，这一年达到一百二十二万吨，一九四九年却只有五千吨，连个零头还不到。整个重工业，不是增加了一倍、两倍，而是相当于一九四九年的百分之一千八百五十三；连解放前占工业年产值一半以上的纺织业，也增加了将近二倍。"有关工业产量、钢产量和纺织产量的快速增长以及上海在全国工业产量中份额的"令人振奋"的下降，使作者发出如斯感叹："这些数字同样是从我们劳动人民身上长出来的呀！""上海这个全国人民的珍宝，是更加可爱了。"（《攀登新的胜利高峰》）在这个过程中，上海依旧是社会主义中国当之无愧的经济中心和文化中心，但不再看重声光电式的新鲜视角和刺激体验，取而代之的是另一种生产形态的强悍和活力，是以技术进步为标杆的工业快速发展。《上海解放十周年》使用两种彼此衬托的方式来描绘这座城市：一方面在整体的层面上，运用鸟瞰的方式，为上海绘制出一幅社会主义经济振兴的地图；另一方面则在局部的层面上，采取平面的视角，标举出单个的工业部门、工业单位在城市日新月异的发展：《黄浦江边的钢城》是这样来描述"上钢一厂"的："十年前，只有一座半烟囱。……现在烟囱是六十七座。那矗立在高空的两个巨人，是一号高炉和二号高炉。看，霞光万道，有一座正在出铁水呢。那黄烟滚滚的地方是平炉、第一转炉车间，这边是第二转炉车间。……列车员得意地说：'你夜晚到这里来，一片灯海，那才迷人呢!'"[1]除了"上钢一厂"以外,《上海解放十周年》中还勾画了能造5 000吨海轮的"江南造船厂"[2]、成功试制高级合金材料的"铜仁合金厂"[3]、毛主席曾经到访过的"上海纺织厂"[4]……如铜仁合金厂"全年的产值是一百二十二万元,今年计划产值达到了一千五百万元,而目前全厂资产总值才不过四十万元"。[5]这些成就是"全厂职工发扬敢想敢做精神,将劳动和技术结合起来,开展群众性科学技术研究活动,刻苦钻研、大胆创造的结果","全厂上上下下,干劲十足,决心不断提高生产,迅速地试制出大量的新产品,把铜仁厂变成一个先进技术中心"[6]。技术成为工人阶级当家作主必须攻克的难关。因为资方工程师不愿意把作为自己本钱的技术毫无保留地传授给工人们,工人们只能依靠自己的技术力量。工人代表王同兴用新的配方和工艺条件将无缝镍管试制成功的事实,大大鼓励了铜仁厂工人深究技术的信心。这样的技术革新凝结成了这个城市中一代人的共同理想,也极大地改变了上海的城市面貌。

随着生产空间的变革,城市的生活空间也在发生一场静悄悄的革命。在《上海的早晨》中,与第一卷开头描述的资产阶级生活方式的"西区"构成鲜明对比的是,小说的第三卷出现了一种标志着社会主义新气象的城市空间——工人新村。一位上海纺织女工的代表汤阿英,由于在和资本家斗争过程中的突出表现和在车间劳动中出色的工作成绩,她全家分到了上海市第一批工人新村的住房,得以脱离肮脏陈旧的棚户区,搬入新建的曹杨新村:"只见

---

[1] 谢炳锁、徐之华:《黄浦江边的钢城》,载《上海解放十周年》,第198—199页。

[2] 丁柯、蒋文杰、陈楚:《乘风破浪的"和平二十八号"》,载《上海解放十周年》,第205页。

[3] 舒文、于辉音:《工人阶级要做科学技术的主人》,载《上海解放十周年》,第220页。

[4] 靳以:《毛主席来了》,载《上海解放十周年》,第238页。

[5][6] 舒文、于辉音:《工人阶级要做科学技术的主人》,载《上海解放十周年》,第221页。

一轮落日照红了半个天空,把房屋后边的一排柳树也映得发紫了。和他们房屋平行的,是一排排两层楼的新房,中间是一条宽阔的走道,对面玻璃窗前也和他们房屋一样,种着一排柳树。"[1]这是对普通工人获得这个城市中新的居住空间的第一次全面的礼赞。随后,小说又动人地描绘了曹杨工人新村的全景式社会主义生活画卷:"大家走出了学校,暮色从四面八方聚拢来,房屋、柳树和草地什么的都仿佛要溶解在暮色里,模模糊糊看不清楚了,只有路边的河流微微闪着亮晶晶的光芒。幢幢的人影在路上闪来闪去。这个新村,只有合作社那里的电灯光亮最强,也只有那里的人声最高。从那里,播送出丁是娥唱的沪剧,愉快的音乐飘荡在天空,激动人们的心扉。一眨眼的工夫,新村的路灯亮了。外边开进来一辆又一辆的公共汽车,把劳动了一天的工人们从工厂送到他们的新居来。像是走进了一个新奇的世界,灯光和暮色把新村送进迷离变幻的奇境,茫茫一片,看不远,望不透,使人感到如同走进一座无穷丰富的奇妙的新兴城市。"[2]就这样,上海不仅全然脱离旧有的城市形象,同时宣告了以一种全新的面貌横空出世。工人阶级作为城市新的主人获得了相应的话语权,讲述了一个新的关于人民城市的伟岸传奇。而在现实中,社会主义城市形象正不断地占据城市的空间,用来表征一个新国家中领导阶级的历史登临。而城市重建的中心就在工人新村——一种广大的工人住宅群——的纷纷涌现,由于建设规模宏大、风格鲜明并主要服务于工人阶级,成为一个时代的象征。

1949年之后,社会主义城市设计对"上海"面貌的改变,既有意识形态的考虑(工人阶级当家作主、改变殖民化城市的面貌、显示社会主义的优越性,等等),同时也关系到城市形态的变化(从"消费型

---

[1] 周而复:《上海的早晨》第三部,文化艺术出版社2004年版,第147页。
[2] 同上,第150页。

城市"向"生产型城市"的转变)。而工人新村的建立,恰恰对应了社会主义对"上海"城市改造的诉求。因为"工人新村"一方面显示出了社会主义的优越性,符合意识形态的要求;另一方面"生产型"城市功能的发挥,需要工人阶级的积极参与和投入。工人新村的建立虽然没有大规模地改变工人的生活条件,却具有十分明显的"示范"作用,让工人体会到当家作主的感觉,把宣传意义上的"主人翁"地位落实为具体的生活感受。

需要特别指出的是,上海的社会主义城市设计是以"先生产、后生活"为基本原则的,新中国成立以后近30年间,"先生产,后生活"的宗旨始终贯穿于近郊工业区的建立和中心城区用地规模的扩大过程中,直到70年代末,上海基本上只注重企业发展,而忽略了城市基础设施和住宅建设,所以中心城区尽管有所延伸,但其发展的范围和质量均相对地在一个较低的水平上。不过,工人新村的出现把这个原则复杂化了。社会主义城市设计也要顾及"生活"的问题,但它对"生活"问题的考虑是以"生产"为前提的。换句话说,"生产"和"生活"的原则在工人新村上已经一体化了,"生活"成了"生产"的一个组成部分。由此也可以引申出另一个问题,即大工业的现代生产方式对"意识形态"(社会主义,资本主义)的穿越,"组织化"的"生产"形式和"生活世界"的重建之间具有了非常密切的关系。

具体而言,"大工业化"本来就和现代"住宅"问题联系在一起,早在1887年,恩格斯就指出:"一个古老的文明国家像这样从工场手工业和小生产向大工业过渡,并且这个过渡还由于情况极其顺利而加速的时期,多半也就是'住宅短缺'的时期。一方面,大批农村工人突然被吸引到发展为工业中心的大城市里来;另一方面,这些旧城市的布局已经不适合新的大工业的条件和与此相应的交通;街道在加宽,新的街道在开辟,铁路穿过市里。正当工人成群涌入城市的时候,工人住宅却在大批拆除。于是就突然出现了工人以及以工人为主顾的小商人和小手工业者的住宅短缺现象。在开初就作为工业中心而产生的城市中,这种住宅短缺现象几乎不存在。例如曼彻斯特、利兹、布拉德福德、巴门—埃尔伯费尔德就是这样。相反,在伦敦、巴黎、柏林和维也纳这些地方,住宅短缺现象曾经具有急性发作的形式,而且大部分像慢性病那样继续存在着。"[1]针对由高速工业化同时也是市场化和资本主义化所带来的住宅问题,恩格斯提出了"革命性"的解决方案:那就是消灭资产阶级,建立无产阶级专政,由社会主义国家把房产分配到工人的手中。但他没有预料到随着20世纪城市人口剧增,即使革命成功,把原有的住房平均分配也不足以解决"单个家庭的独立住宅"问题。因此,20世纪建筑业在工业化的高度压力下,一个核心的问题就是如何设计出一种标准化、低成本、预制构件的"平民住宅",从而现实地解决在有限的空间之内,经济合理地容纳更多人口的问题,并使他们过上有尊严的生活。[2]

　　这样的设计和建筑理想也体现在新中国成立之后,国家在经济力量有限和"百废待兴"的情况下,仍然非常重视住宅建设。在三年(1949—1952年)经济恢复时期和"一五"(1953—1957年)时期,国家用于住宅投资分别为8.3亿元和53.79亿元,竣工住房面积为1 462万和9 454万平方米,住宅建设投资占全国基本建设投资的比例为10.59%和8.8%。由于原有基础薄弱,又受经济能力限制,当时的住宅建设能达到这样大的规模,并在全国基本建设投资中占有较高的比例,是难能可贵的。按经济承受能力来分析,新中国成立初期的住宅建设是一个较快发展的时期。这一时期的住宅建设,主要集中在大城市、亟待恢复的工矿区和新建大型厂矿生活区。同时也维修改

[1] 弗·恩格斯:《〈论住宅问题〉第二版序言》,载《马克思恩格斯选集》(第三卷),人民出版社1995年版。
[2] 参见周博:《设计为人民服务》,《读书》2007年第4期。

造了一批破、旧、危房和棚户区。这一时期比较有特色的住宅建设，一是有的城市建造了工人新村，如上海的曹杨新村、北京崇文门幸福村；二是当时著名"156"项大型建设项目中的新建项目，都建了生活福利区。

正是在这样的背景下，1951年5月17日，由上海市人民政府派到普陀区调查工人住宅的工作组，在一份调查报告中这样写道：

> 普陀区在6.2平方公里的境域内，由于过去数十年来长期处在帝国主义和国民党反动派统治下面，市政建设极为畸形，工人居住不但普遍地十分拥挤，既缺少空气，更没有阳光。工人夜班回来得不到很好的睡眠，而且绝大部分的工房都已超过使用年限，破烂不堪，时有倒塌危险。棚户区域根本没有道路，雨后泥泞难走，臭气四溢，环境恶劣。为了进一步发展生产力，必须改善和提高工人阶级的物质生活条件。今天要改造与建设这个城市，在居住上如果不创造条件，不大量逐步建筑新的住房，而这对生产也将产生直接的影响。这次市政建设，首先以普陀区建筑工人宿舍这个内容为重点。[1]

主导这份调查报告的仍然是"为了生产"而"改善生活条件"的思路，但从中也不难看出，解放后的上海，人民政府一直面临着改善普通城市居民居住状况的巨大压力。

因此，工人新村的意义首先体现在解决广大工人阶级的住房问题，特别是改善劳动人民的实际生活状况。回顾解放初期，当时城市普通产业工人的居住条件十分恶劣，大部分人都住在用竹竿、苇席搭建而成的被称为"滚地龙"的"棚户区"中。这种"滚地龙"，夏不能

---

[1] 上海市人民政府工作组：《普陀区现有工房调查报告》，上海普陀区档案馆藏。

避暑热,冬无法御风寒,雨天潮湿、漏水更是家常便饭。[1]解决这部分城市居民的住房条件问题是关系到城市发展的当务之急,同时也关系到与城市整体综合发展相关的卫生和治安等问题。1951年,上海市人民政府成立了上海工人住宅建筑委员会,潘汉年副市长受陈毅市长委托,具体负责筹建工人新村的领导与监督工作。《上海的早晨》中的曹杨新村的兴建正是当时城市改造中的一项重要的工程。[2]除了曹杨新村以外,当时的上海还规划了其他八个类似的工人新村[3],其建设速度之快、规模之大令人惊叹,开创了上海成批建设住宅新村的道路。《不夜城》中也表现了当时工人居住空间的前后变化。工人老瞿的家——解放前:"一间破烂的草棚子。正漏着雨,桌子上、床上、地上,到处用面盆、铅桶和盆盆罐罐一类家伙接着漏。"[4]而解放后却是全新的景象:"老瞿的新居;一幢工人新村一类的宿舍的底层,屋子的特色是简单而洁净。一些极普通的家具,壁上正中是毛主席像,旁边挂着瞿海生和沈银弟的并肩合影,再过去些,是银弟当选为劳动模范的锦旗。"[5]可以说,城市的住宅发展涉及这个城市中广大居民切身利益,上海市委、市政府在设计规划城市建设时正将其放到了优先考虑的地方。他们完全可以骄傲地在社会主义事业的宏伟蓝图中为自己添上浓重的一笔。事实也确实如此。《上海的早晨》汤

---

[1] 根据1948年详细的区域调查,上海棚户达7万户,居民达30万人以上,也就是说,约是城市人口的10%。因为棚户四散在城市各处,加之其拥挤的状况,可以想见要得到一个确切的数字是很困难的。50年代早期,另一项更为有组织的调查估计,在上海棚户区13万个不同类型的屋棚里,住有18万~20万户人家。棚户区的总人口将近100万,或者说约是上海市总人口的1/5—1/6。

[2] 当年,由市政府派出的工作组经过实地调查,最后确定在中山北路以北、曹杨路以西一带征地建房。1951年9月,新村第一期工程正式动工兴建,仅花了7个月时间,便以"大跃进"速度完成了。

[3] 如普陀区的甘泉新村,杨浦区的长白、控江、凤城和鞍山新村,徐汇区的日晖新村,长宁区的天山新村,黄浦区的长航新村等。

[4] 柯灵:《不夜城》,载《中国新文学大系1949—1976·电影卷一》,第419页。

[5] 同上,第440页。

阿英一家人在搬入曹杨新村时,激动之情溢于言表:"不是共产党毛主席,我们还不是住一辈子草棚棚,谁会给我们盖这样的好房子? 连电灯都装好的,想得真周到。"[1]"新中国建立了,工人当家作主了,才盖这些工人新村来,要不解放,我们工人还不是住一辈子草棚棚吗?"[2]

同时,这样的骄傲还包含了另一种情感,工人阶级对于他们能够成功改变自身地位并拥有相应的权力而感到骄傲,而这正是通过对城市住宅空间的重新构建来表征的。新的领导阶级有意地将"自己的形象投射"在这座新城上,因而工人新村的实用性在某方面反而不如象征性。正是在这个意义上,工人新村"与其说是一种公共建设,倒不如说是一种文化的自我投射"[3]。正如《上海的早晨》所描写的,曹杨新村工人住宅造好之后,沪江纱厂也摊到四户,当时全厂到处张贴的标语为"一人住新村,全厂都光荣"[4]。工人新村的意义不仅在于其实际的居住功用,更重要的是表征了一种工人阶级空间性的登临,构建了新的社会想象的空间。工人新村的建设符合主流意识形态的需求,它提供了一种人为的场景,即一种更加精心设计的人造环境,使得工人阶级在规模、强度、社会区分和集体依附性于空间上得到了扩展。作为主流意识形态的产物,当工人新村携带着新政权的威力登场时,它象征着一个欣欣向荣的国家在政治上的倾向性关怀,在这样一个神奇的空间中转化为一种黄金时代的梦想——预示着未来"共产主义"的某种原型。可以说在当时,工人新村通过空间的"导向作用"[5]让所有的人都相信:我们的强有力的地位、我们的

---

[1] 周而复:《上海的早晨》第三部,第151页。

[2] 同上,第153页。

[3] 卡尔·休斯克:《世纪末的维也纳》,黄煜文译,麦田出版公司2002年12月版,第79页。

[4] 周而复:《上海的早晨》第三部,第137—138页。

[5] 空间的"导向作用"是指空间与人物共同组成某一阵整体。由于空间知觉引起的联想,会使我们对人物的知觉带有一定倾向性与选择性。参见黄承元、周振明:《城市社会心理学》,同济大学出版社1988年7月版,第42页。

兄弟般的情谊、我们的英雄气概、我们的革命力量……上海市"第一个工人新村"曹杨新村正是作为"工人阶级翻身做主人"的标志被迅速认同和复制,并在上海和全国快速推广。

随着工人新村的建立,一种更为积极能动的空间权力性得到了高度体现。城市空间绝不是中性的,权力的诸种关系被深深地印入社会生活的空间中,并充满了意识形态运作的可能性。实际上,城市的空间完全可以看作是一种物质力量和意识形态力量的空间化,这种空间化与社会的劳动分工、国家体制的物质性以及经济、政治和意识形态力量的各种表现紧密相连。因此,"工人阶级"在这个城市主流意识形态中的位置不仅必然会投射到城市的空间面向上,而且将直接影响到对社会主义城市发展的重新规划。他们用自己的想法来重新塑造上海的城市空间,上海的城市面貌发生着迅速的改变。作为工人阶级意志的表达,以曹杨新村为代表的工人新村在设计上所表现出来的空间概念是崭新的和原创的。这一系列公共住宅的建设,将在成为所有居民的共同财产的同时,更展现出社会主义城市想象的深层面向。

一方面,工人新村的设计者尽可能地将空间予以组织化——包括将所有与工人新村有关的要素组织起来。这样既减少了建筑障碍,同时也消除了视觉盲点,从而比较充分扩大了观察者的视野,使工人新村的居住环境得到了空前的强调。让我们再次回到曹杨新村在《上海的早晨》的第一次亮相,它成功地蕴含了一种观察者宏观俯视的视角,将工人新村置于记录对象的位置之上:"只见一轮落日照红了半个天空,把房屋后边的一排柳树也映得发紫了。和他们房屋平行的,是一排排两层楼的新房,中间是一条宽阔的走道,对面玻璃窗前也和他们房屋一样,种着一排柳树。"[1]从空中的"落日"开始,

---

[1] 周而复:《上海的早晨》第三部,第147页。

"房屋后边的一排柳树""一排排两层楼的新房""一条宽阔的走道"依次展开,第一时间将读者带入了一个横向推进、整齐开阔的视野之中。事实上,规划上海的工人新村时,设计者对住宅的总体布置和绿化设计等方面创造一个安全、舒适和优美的环境的要求,远甚于对基本住宅形式本身的要求。通过对周围环境的改造和利用,可以迅速地达到这一目标。譬如在曹杨新村的建设原址上,曾经环绕着乌黑发臭蚊蝇肆虐的臭环浜,经过合理的填埋改造和疏通绿化后,这条"上海龙须沟"逐渐变成了"除公园外市区唯一可以垂钓的河流"[1]。在保留和利用工人新村内的小河浜的基础上,结合道路的分布,将整个新村分成若干个小街坊,成为一个有机的整体;并加之在环浜沿岸种植大片绿树和开辟大片绿地,从而形成工人新村疏密相间的生活空间。如果比较原先上海各类独门独户的小洋楼,不难发现,那种作为资本主义土地商品化产物的居住样式,产生的多是极端自由化的建筑格局,建筑从属于花园,而不从属于街道、河流等任何其他公共空间,周围的环境不过是为了将视线聚焦于凸显的建筑本身。而工人新村这样的居住空间是全新的,维持着一种大度和开阔的气氛,住宅得以错落有致地分布其间,同一期工程中所有住宅的外观也尽量达到协调统一,从而在组织上形成了浑然一体的壮观景象。

另一方面,整个工人新村享有开放和自由的公共空间,强调自身配套设施的有机合一。在《上海的早晨》中,工人新村的主要建筑面貌得以展现后,所有视线都集中在一个升格的画面中:"远远望见一座大建筑物,红墙黑瓦,矮墙后面有一根旗杆矗立在晚霞里,五星红旗在空中呼啦啦飘扬。红旗下面是一片操场,绿色的秋千架和滑梯,触目地呈现在人们的眼前。操场后面是一排排整齐的平房,红色的

---

[1] 参见张永华、王含芳、童惠民主编:《文明之路——曹杨新村街道社区建设成果荟萃(1951—1996)》,中共普陀区委宣传部、中共曹杨新村街道委员会、曹杨街道办事处资料,第19页。

油漆门,雪亮的玻璃窗,闪闪发着落日的反光。"[1]这是工人新村建设的一个重要配套内容,以"五星红旗"为标志的培养新人的社会主义学校。紧接着的聚焦使我们看到更为温情并充满文化氛围的场景:"这个新村,只有合作社那里的电灯光亮最强,也只有那里的人声最高。从那里,播送出丁是娥唱的沪剧,愉快的音乐飘荡在天空,激动人们的心扉。"[2]工人新村的建立是一个庞大的系统工程,在建造工人住宅的同时,一系列配套公共设施也同时兴建。考虑到的不仅有一系列基本的居民群众的文化生活设施的迅速发展,如学校、影剧院和图书馆等[3];也有商场、菜市场、公共浴室、消费合作社、诊疗所和大礼堂等重要生活网点的建设,以满足新村居民的日常生活需要[4]。

---

[1] 周而复:《上海的早晨》第三部,第148页。

[2] 同上,第150页。

[3] 1952年10月,动工兴建曹杨新村文化馆,1953年春节落成开放,有简易剧场、评弹室、图书阅览室、乒乓室、弈棋室、文艺活动室和露天球场等场所(1958年春改名为普陀区文化馆)。同年新华书店曹杨新村门市部开业(1978年又新建为800平方米的书店大楼)。1959年,新建曹杨影剧院,于1960年5月开业,建筑面积有4 800平方米,1 000多个座位,既能放映电影,又可供大型剧团演出戏剧和歌舞剧目,80年代后期进一步发展成拥有舞厅、大屏幕录像、游艺、卡拉OK等多功能文化娱乐场所。新村内两所街道文化中心(站),也颇具规模。曹杨新村街道文化中心依靠社会集资,于1987年建造了一座500多平方米面积的楼房,设有舞厅、老年茶座、围棋角、桌球房、录像室、卡拉OK、电子游戏等各类活动,成为新村内很有特色的群众文化活动场所。该文化中心的一支老妈妈合唱队,30年来,尽管人员不断更迭变化,歌声却从未间断。曹杨新村地区尚有曹杨游泳池1座、街道图书馆及少年儿童图书馆4所、少年儿童艺校(培训班)6所、舞厅6座,各居委会还设有老年文化活动室。1986年以来,在新村内曾先后举办"仲夏十二夜""仲夏家庭文化荟萃""五月歌会""新村家庭楼台歌会""曹杨之春"社区文化艺术活动周等丰富多彩的群众文化艺术活动。

[4] 1952年5月曹杨一村建成后,6月即开设新村第一家商店——曹杨新村工人消费合作社,当时面积106.5平方米,从业人员49人,年营业额91万元。1956年更名为国营曹杨综合商店,经营商品增多,除一家综合大门市部外,还有小门市部5家、菜场4家、食堂1家、小吃店4家、熟水店1家、理发店3家、洗染店及缝纫工厂各1家,共有职工358人。全年营业额351万元。60年代起,区商业部门在新村街区陆续开设一些商店,使新村商业网点更趋完善。1975年除新村中心区有一个大型商店,各村还有中小型门市部,另有一个通宵服务部。

为了适应以后的发展,还预留了银行、邮局、托儿所、公园与文化馆等公共设施的建筑基地。工人新村不仅以"新工房"塑造了工人生活的空间形态,而且以一系列的配套公共设施,改写了他们的生活习惯和生活方式。工人新村一应俱全、环境清幽,个人的生活完全可以包容在新村的天地中,自给自足。因为服务于生产的需要,新村最早开通了一条24小时的公共汽车路线,往来于新村和工厂之间,接送上下班特别是夜班的工人:"外边开进来一辆又一辆的公共汽车,把劳动了一天的工人们从工厂送到他们的新居来。"[1]这样的新居是一个自愿自助和自我管理的空间,所有生活便利由生产财富的工人阶级全体公平分享。新村的建设者在追求居住面积和公共空间的同时,将住宅的基本功能则进行了不断的削减。以厨房和厕所为例,曹杨新村一期工程的居室虽然设计为独门独户,但厨房和卫生间却为公用。稍后两万户型的设施配套更差一些,到1954年建设的内廊式住宅的条件略有提高,随后的住宅标准却一再下降,甚至取消了室内的卫生间设施。比较来看,旧上海的建筑历史,特别是20世纪二三十年代上海经济繁荣时期的住宅建设,在住宅功能上达到了相当高的西化程度,最新的现代住宅元素如抽水马桶、浴盆等大量进入了家庭生活之中。而工人新村这样社会主义的住宅形式不仅形式简朴,内部功能上更是进行了简化。工人生活所需要的一切被严格和系统地划分在各个不同的商业网点和配套设施处,使人们的生活连结成为一个系统的网络。

可以说,这样的设计风格包含了很多新的因素,已经区别于上海原先的城市住宅设计,新的领导阶级策划了新的社会主义城市,规划了完全不同于西化的风格,这代表了与资本主义文化的自觉断裂,隐含了为自己的意识形态在城市空间上寻找新的定位的强烈诉求。解

---

[1] 周而复:《上海的早晨》第三部,第150页。

放初,作为全国工业生产能力最强、技术水平最高的城市,上海有着全新的"城市更新"的使命:抹去旧上海"冒险家乐园"的形象,通过对大批资本家的改造,迅速转型成为社会主义国家的重要工业阵地,使之从金融和消费中心转型成为红色中国的生产车间。1954年6月,建筑工程部在北京召开第一次城市建设会议,明确了城市建设的目标是贯彻国家过渡时期的总路线和总任务,为国家社会主义工业化,为生产、为劳动人民服务,并要求按照国家统一的经济计划、建设的地点与速度,采取与工业建设相适应的"重点建设,稳步前进"的方针。[1] 而上海市政府早在1949年和1953年就已经两次邀请苏联专家为上海城市的改建和发展提出相应的规划方案,主要是参考了苏联社会主义城市的发展模式,力图实现由消费型城市向工业化城市的转型[2]。以曹杨新村为代表的上海工人新村的营造,是以当时的上海市市长陈毅提出的市政建设"为生产服务,为劳动人民服务,首先为工人阶级服务"的方针为指导,主要目的是在特定的时间和空间中迅速组织起一支生产大军,组织起革命的"身体"更"全心全意"地服务于社会主义现代化建设的事业,服务于一个国家的民族工业现代化梦想。这样一个以大规模工业生产为出发点的社会组织方案,使得生产和生活的原则在工人新村上一体化了,"生活"作为"生产"的一个组成部分在工人新村的空间规划上得到了最好的体现。

新的城市空间给作为城市象征的劳动组织提供了全新的感觉结

---

[1] 参见董志凯:《新中国城市建设方针的演变(1949—2001)》,载《城乡建设》2002年第六期。

[2] 1949年,市政府邀请以希马柯夫为首的苏联莫斯科苏维埃专家小组来上海,提出了《关于上海市改建及发展前途问题》意见书。意见书认为:上海是一个服务人口远远大于生产人口的畸形发展的消费城市,必须改造成生产城市。1953年,苏联专家穆欣来上海指导编制《城市总图规划》,其中重要的一点即是:"住宅区要靠近工厂,到处都可以发展。"工人新村的建立恰恰对应了社会主义对城市改造的诉求:由消费型城市迅速向生产型城市转型。

构。曹杨新村作为上海的第一个工人新村具有了特殊的意义。《上海解放十周年》收入了《曹阳新村的人们》一文,作者热情地呼唤:"我要向大家介绍曹阳新村,要大家到这里看看,并不仅仅是为了让你知道这个新村如何漂亮……是的,它不但是上海第一个规模最大的工人新村,也是新中国最早、最大的工人新村之一……因为要了解解放后的上海工人,了解上海工人的生活,就得亲自来看看。"[1]新村内部的规划、布局和陈设作为一种空间的生产方式,不仅再造了工人群体的日常生活环境,而且形塑了他们的日常生活模式。

工人新村在规划时考虑了工人文体活动的需要,曹杨影剧院开业于1959年,具有电影放映和文艺演出的功能。文娱活动不仅是一种娱乐行为,也是一种有效的社会动员和组织行为:"这个新村,只有合作社那里的电灯光亮最强,也只有那里的人声最高。从那里,播送出丁是娥唱的沪剧,愉快的音乐飘荡在天空,激动人们的心扉。"[2]文体活动的开展,既有益于身心,又强化了工人阶级健康向上、精力充沛的形象。电影《大李、小李和老李》[3]围绕体育运动而展开,描述了肉联加工厂的大李为说服老李参加运动,积极参加体育锻炼的故事。开场时,剧中人物被小李手上的一个皮球串联起来。小李失手将球撞到老李身上,老李接过球奋力一掷,落入"大力士"的脸盆,水洒到楼下,滴到正在刮脸的理发师头上,理发师以为下雨了,开口大叫,被刚进门的医生嘲笑一通。短短几分钟,摄影机在升降架上自由运动,将不同楼面,不同居室的空间连缀一气,让观众视线透过前景的楼梯、栏杆和墙壁,将原本分离的场景,自然而然地整合成一个统一的空间。他们居住的"浦江新村"成了一个层层叠叠、极具纵深感的空间:一方面,工人新村是除了肉联厂之外最重要的生活起居空

[1] 唐克新:《曹阳新村的人们》,载《上海解放十周年》,第570页。
[2] 周而复:《上海的早晨》第三部,第150页。
[3] 1962年由上海电影制片厂拍摄,谢晋导演。

间，人们按照同一个时间节奏生活作息，被有效地安置在一个时间序列之中；另一方面，工人新村更是故事发生、发展和推动的空间，充满了戏剧冲突：早晨，大家鱼贯出门上班，号称"气象台"的大李成为大家带不带伞的"指示牌"，楼上楼下集体行动；正是这个腰酸腿疼不爱运动的大李被老李、小李选为了体育委员；但到影片结尾处，"气象台"却失灵了。这样强烈的戏剧性呼应被放在开头和结尾处，完整地拍摄整幢楼居民出门上班的场景，构成了较强烈的对比效果。原本在肉联厂，老李和"大力士"这两个"看不起"体育锻炼、不断逃避做广播操的"喜剧性人物"也受到了"惩罚"，躲进冷库差点被冻死，不得不手舞足蹈地"运动"起来，可这样的结果并没有使他们改变心意。恰恰是工厂之外以工人新村为中心的生活空间被大李和小李有效地利用整合起来，使大李"慢慢来"的说服工作最终取得了成功。影片拍摄了几处场景：其一，大李误学"三虎"第六节儿童广播体操，父子俩在家齐齐练习，声音透过居民楼木质地板直接传到楼下老李处，使老李不胜其烦却无可奈何；其二，小李买回各种美术招贴画，贴满家中各处，无意中老李见一老翁打太极的图画，萌生心意；其三，大李的妻子被说服参加自行车赛，利用夜晚在楼下学习，最后勇夺桂冠；其四，大李通过做广播操摘掉了"气象台"的帽子……一种协调一致、团结向上的社会主义文化通过体育运动这种群众性文化活动得以构建，并在整齐划一的生活空间中以有序的方式予以推广。工人新村这个社会主义新型空间成了一个重要的平台——用以安排和组织社会生活，通过八小时之外的日常生活进而影响社会劳动力的再生产，通过对私人空间和时间的新型安排进而构建起社会主义文化。

唐小兵通过对话剧《千万不要忘记》的分析，指出社会主义文化为了解决日常生活的焦虑，塑造理想的"新人"，试图"在上下班之间，在公共—职业时间（工作）和私人—业余时间（休息）之间建

立起意义的连续性。时间上的连续性,便同空间上的整合性一道,
预设编排出一套合乎规范的行为模式。"[1]电影《今天我休息》[2]中
的马天民,或许就是这样一种理想的新人。马天民作为一名人民警
察,就像电影标题告诉我们的,在他休息的那一天,在一系列突发
事件中,他主动地介入城市生活中,实现了从城市监管者向服务者
的功能角色的转变:他在里弄里帮助搞爱国卫生运动的居民包饺
子,帮助居民打扫里弄;在街道上劝阻骑自行车横冲直撞的行人;
在工厂边帮助运小猪迷路的大爷;在医院里照顾昏迷的儿童;在旅
馆里寻找钱包的失主。通过他的出现和行动,影片展示了一系列
的社会主义城市空间:工人新村、街道、工厂和医院,等等。同时,
也将马天民的日常生活空间和时间作了一个生动的呈现,给人印
象深刻的是,马天民"个人的房间"只闪现了一小会儿:影片一开
始,昏暗的灯光下是清晨的街道,马天民刚刚结束夜班,没休息多
久就又"不见了",原来又到里弄去做好事了,得到的评价就是"这
个同志老是不肯休息","休息/工作"在这里成为被凸显的一对概
念,"《今天我休息》的'休息'这一提示十分关键。一方面当然是
强调休息与工作的边界的游移,突出'新人'能够工作与休息的边
界,时时关注别人的事和集体的事。然而'休息'在这里还需要进
一步读实。尤其是婚恋和家庭生活等相比于革命、生产斗争显得
更为'自然'的因素(也可以说是'传统'的习惯与生活方式),是
营造欢快与轻松氛围的重要前提。"[3]对于一个民警来说,他的全
部生活——无论是社会的还是私人的——都是和新村居民联系在

[1] 唐小兵:《〈千万不要忘记〉的历史意义:关于日常生活的焦虑及其现代性》,载《英
雄与凡人的时代——解读20世纪》,上海,上海文艺出版社2001年版,第143页。
[2] 1959年由海燕电影制片厂摄制,鲁韧导演。
[3] 朱羽:《社会主义与"自然":1950—1960年代中国美学论争与文艺实践研究》,
北京大学出版社2018年版,第284页。

一起的,而且是完全公开的。这就打破了原来的城市文化,也即资本主义文化的一种决定性因素,"在公与私之间、诗学与政治之间,性欲和潜意识领域与阶级、经济、世俗政治权力的公共世界之间产生了严重的分裂。"[1]社会主义文化则力图克服这种分裂。电影通过马天民这样一个模范形象,毫不犹豫地将一种新的如何处理个人和集体、国家关系方式摆在了观众面前,并树立一个标杆:新的城市空间提供了一种可能性,即国家对于个人日常生活的介入,将国家的政治追求编制进新的提倡生活的蓝图中去,表达的"正是克服工作和休息、工厂和家庭、公共时空和私人空间之间的界限的欲望"。[2]在马天民的周围,同样的人物均以集体利益为重,个人走出家庭,投身社会生产建设。影片并不否定个人及其家庭利益,而是强调改变获得个人和家庭利益的方式:不是从家庭和个人出发,而是从国家和社会的利益出发,国家和社会向前发展,财富积累越来越多,个人及其家庭最终会获得更多更大的利益。"爱情"还是"工作"?马天民似乎设计了两条在实施方向上总是发生抵牾的行动线索:一是约好去会女朋友,一是为群众排解各种困难。这两条线索构成了马天民一天经历中种种行为所造成的情节冲突的两个方面:马天民越是急着去赶赴约会,需要他排忧解难的事就越迫在眉睫。而这两条行动线索同时对应和突出了他性格中的两个方面:他为群众做好事时的热情认真,和他赴约会面对喜欢的姑娘时的木讷质朴。这两方面在对比中形成鲜明的反差,并且总是在同一时间、同一地点、围绕同一事件,一起纠结在他的身上。当为群众做好事和与女朋友约会两者不能兼顾时,马天民便毫不犹豫地选择前者

---

[1]　詹明信:《处于跨国资本主义时代的第三世界文学》,载《晚期资本主义的文化逻辑》,生活·读书·新知三联书店1997年版,第523页。
[2]　唐小兵:《〈千万不要忘记〉的历史意义:关于日常生活的焦虑及其现代性》,载《英雄与凡人的时代——解读20世纪》,第144页。

而放弃后者。影片完成了对这种价值观的赞美和歌颂，完成了国家利益对个人利益的收编。这种取舍，简单而又明晰，但影片又不单纯将其定义为一种牺牲，当马天民的工作和爱情最终有了皆大欢喜的大团圆结局时，人们也能由衷地认同这种取舍。电影生动地表明了，爱情和个人的日常生活必须从属于革命和建设事业，只有社会主义革命和建设事业取得成功，个人才能获得幸福美满的爱情。不过，正如朱羽指出的，"《今天我休息》试图建构一个不具有'上海味'（即刻意地取消一切与旧上海的刻板印象与典型符号相关的特征）的上海，试图对于已有的市民阶级文化进行'扬弃'……在这里依旧可以追问，电影最后的'大团圆'，如果不是导向'小家庭'模式，那么马天民与刘萍的家庭如何处理自身与更大的社会环境的关系？"[1]

四、中心与边缘：社会主义城市的内在矛盾

上海的城市中心开始了新的转移，与之相应的城市面貌也发生了新的变迁。"城市在其历史的某些时刻会经历极其突然、强烈的形式变迁，这时刻就会产生一些断层，城市在刹那间变得如此陌生，即使对它的居民而言。那谁又知道它将向什么样的新的状态发展呢？"[2]问题在于，城市有其自身的记忆，记忆不是一条直线，未必按照顺序从头开始，最后整齐排列地结束。漫长的记忆空间广阔浩瀚，城市空间的改造和生产并不能那么迅速地改造具有主观经验和独特情感的城市记忆。因此，城市的记忆和城市的改造之间具有某种张力：它诡诈时会刻意强化，防卫时又会着力淡忘；

---

[1] 朱羽：《社会主义与"自然"：1950—1960年代中国美学论争与文化实践研究》，第281页。

[2][法]莫里斯·哈布瓦赫：《论集体记忆》，上海人民出版社2002年版，第335页。

越是变迁迅速,越是发展未卜,越是价值不明,越可能产生强大的怀旧情绪。

随着上海的解放,工人阶级成为城市空间的主人。表面上看,工人阶级以压倒性的力量占领了城市,获得了对城市空间的高度支配权,并从此获得了建设新世界的信心。旧上海的城市面貌迅速成为一种灰暗的过去并被抛入了历史的漩涡中,新兴工人阶级的生活社区向人们提出了另外一种更加恢宏的制度,并且迅速抓住了大众的想象力。然而,上海又仿佛还保留着某种"等级性",被新政权征用的市中心以及当时"南下干部"普遍居住的"西区"与工人新村以及更破败的棚户区之间构成了令人触目的差异。这样的城市空间布局既代表了社会主义对上海这座殖民大都会的改造,同时更显示出暧昧甚至是退避的一面。在解放后上海市政府对城市规划的几次重要实施方案中[1],我们可以发现,城市规划的主要目标集中在扩大近郊工业区的建设和中心城区用地规模,而隐含其中的"中心/边缘"的矛盾重新出现。作为社会主义对城市规划的一项重要内容,以曹杨新村为代表的工人新村的建设主要集中

---

[1] 市政府制定的《上海市发展方向图草案》:"安排市区人口上四周扩散……原市区住宅区,面积共50万平方公里,拟配合新区建设,逐步疏散人口,达到每公顷300~400人之密度,留在原市区的人口可降至175万人以下。"苏联专家指导制定的《上海市总图规划示意图》:根据苏联经验(社会主义改造城市的办法),"保留历史上已经形成了的城市基础,加以彻底的整顿,重新规划,合理的分布住宅、工厂、铁路、运输和仓库,使城市中稠密的人口加以疏散,创造城市居民的正常和健全的生活条件……根据城市特点,加以综合统一,使之建设成为一个社会主义城市。"——强调城市四周都可以发展。"二五"期间制定:强调"充分利用,合理发展",12年内规划建设住宅1 000万平方米。"平均每人四平方米,可以是100多万人的居住情况得到改善,某些人口密度在每公顷3 000人以上的街坊,逐步减至1 000人左右。"《1958上海城市总体规划的初步意见》:"根据市区现有2 700多万平方米正式住宅和460万平方米棚户简屋来看,其中60%左右是抗日战争前建成的大都已经陈旧,建筑密度很高。规划安排市区外围新建与旧区改造同时并举,近期主要以外围地区新建为主,为旧区大规模改建创造条件……"

在上海中心城区的周边(很多是原地改造后原地安置),从而达到了人口疏散、工厂外迁的主要指导方针。[1]城市的边缘被新的工人新村所填充,城市的中心地带却仿佛成为这场社会主义洗礼中的"边缘"。

解放初期,上海市包括郊区在内的面积为618平方公里,其中市区面积仅82.4平方公里。由于狭小的地域空间难以适应工业发展的需要,因此在1950年,将苏州河以西、中山北路以东的地区划入普陀区。同时,逐渐有计划地在市中心的外围建设了一批工业区和居住区。当初城市周边的近郊农业地带,如今已完全成为中心城区的一部分,而这一基础,正式始于50年代初期的职工住宅建设。例如,普陀区在1950年以建设曹杨新村为起点向市区西北部的开发,时至今日,已成为连接近郊嘉定区的主要地段。杨浦区在1952年以建设职工住宅发展起来的控江、鞍山、长白、凤城等新村,如今也已构成了城市东北部人口稠密的集聚点,并为过去相当长一段时间内变化很小的江湾五角场地区的发展,提供了基础。1952年在长宁区境内建设天山新村的选位与布局,为向西部纵深地区的发展提供了重要条件。

然而,与城区面积依靠工人新村加以拓展形成意味深长的对比是,原中心城区作为文化/经济中心的空间地位被延续了下来:上

---

[1]《上海住宅1949—1990》中记载着这样的事实:"按照住宅新村距市区要近,充分利用城市原有的市政公用设施和生活服务设施,住宅新村配套要全,提供较好居住条件的原则,规划了9个新村",即普陀区的曹杨、甘泉新村,杨浦区的长白、控江、凤城和鞍山新村,徐汇区的日晖新村,长宁区的天山新村,黄浦区的长航新村等。这9个住宅新村用地127.8公顷,建筑面积60万平方米,建设住宅单元21 830个,开创了上海成批建设住宅新村的道路。到了第一个五年国民经济计划实施期间(简称"一五期间",1953—1957年),住宅建设进一步扩大,又陆续开辟新的住宅新村。按照所谓"本着适当满足职工就近生产、方便生活的要求",按照市区工业分布状况,规划设计了沪东的玉田、大连、广灵新村,沪南的天钥、龙山、东安、上钢新村,沪西的宜川、石泉、武宁新村,沪北的广中、柳营新村,呈现了环市区住宅新村星罗棋布、茁壮成长的局面。

海的全部市级金融机构都集中在地处原英美共同租界中心的黄浦区内；市级文化活动场所多利用租界著名的老建筑改造而成，如人民广场（原跑马场）、市工人文化宫（原"东方饭店"）、市青年宫（原"大世界"）、市图书馆（原跑马场主建筑）、博物馆（原"中汇大楼"）等主要都集中在黄浦区；科学会堂（原法国学校）、文化广场在原属法租界的卢湾区，市少年宫（原外商豪宅）、市展览馆（中苏友谊大厦，原哈同花园）在原属公共租界的静安区。而上海的市级商业街，也都集中在原租界繁华地带。不仅如此，原租界地区还成了新的城市政治中心，几乎所有市级党、政机构都集中在原租界地区，其中市人大常委会、市人民政府、中共上海市委的3/4的市局机关都设在黄浦区内。与此同时，新政权的党政军各类进城干部，纷纷入住因外国侨民归国、旧政权军政权贵外逃、部分资方人员及市民外迁等种种原因而空出（或被新政权没收）的原租界洋房、公寓中。这些人员与留在上海没走的旧上流阶层、中等阶层的市民，共同构成了旧租界地区的主要居住者群体。[1]

在《上海的早晨》的最后一部中，潘宏福陪着潘信诚坐着小汽艇游览着黄浦江两岸的景色，此时的潘家父子心情却是截然不同。潘信诚大有"江山一去不复返"之叹，而潘宏福却成为新社会培养下"新人"的代言者："放眼看着黄浦江蜿蜒而去，江上尽是中国船只，没有一只外国兵舰。曾控制中国经济命脉的英国汇丰银行，现在已是上海市人民委员会的办公大楼了，只留下一对铜狮子在守着大门……他的眼睛出神地望着上海市人民委员会大楼上的一面鲜艳的五星红旗，在湿润的海风中飘扬。"[2]相信每一个上海人都曾经领略过这幢曾被称为"从苏伊士运河到远东白令海峡最讲究的建筑"的

---

[1] 参见陈映芳：《作为社会主义实践的城市更新：棚户区改造》。
[2] 周而复：《上海的早晨》第四部，文化艺术出版社2004年版，第590—592页。

风采,它就是解放前的汇丰银行[1]。这幢大楼的魅力不仅在于以其华
丽的外观成为这个号称"万国建筑博览会"的城市的骄傲,更因其深
重的历史感记录了城市内部力量在空间上的冲突、妥协和变奏:展
现为从原先"半殖民地半封建"时代的经济中心到解放后社会主义
上海的新政治地标的变化过程。新城市政权中心的选址标志着与殖
民空间的冲突与并置,并在这种紧张中成为又一个战略中心,"中心
依然是中心……而继续促使城市发展、详细说明并使城市语境化,使
城市各部分凝聚在一起的,就是不折不挠的政治剩余权力。"[2]

　　正是在这个意义上,社会主义革命虽然宣称其目标最终在于消
灭阶级,而实际上却对维持现状很敏感。1949年以后的新政权,在
拥有管理城市空间权力的同时,也利用城市既有的空间秩序,便捷地
建立它所迫切需要的政治、经济和文化秩序,成功地将空间的权力转
化为新政权的现实权力。同时,被维持的空间结构也开始形塑、影响
新的社会结构。在既存的空间秩序中,旧的社会空间结构得以部分
保留,新政权虽然极大地改变了各阶层之间的经济关系和政治关系,
却没有能完全改变其社会关系和文化关系。城市的解放者成了城市
的主人。在今天,需要我们反省的是,这样隐匿在符号覆盖下的中

---

[1] 初成立时汇丰银行设在外滩南京路口,即今和平饭店南楼旧址。1874年,其业务
已相当发达,房屋面积不够使用,遂以6万两银子,购下海关大楼南面西人俱乐
部的房屋和大草坪,并进行改建和装修,成为当时还算豪华的一座3层楼房。到
了1921年,此楼显得陈旧和落伍,于是,又以每亩4 000两银子的价格买下其南
面11号别发洋行、10号美丰洋行的房产,将老房拆除,委托公和洋行设计,英商
德罗·可尔洋行承建。大楼于1921年5月5日开工,工程历时25个月,于1923
年6月3日竣工。整幢大楼呈现出仿古典主义风格。平面接近正方形,占地面积
9 338平方米,建筑面积23 415平方米。占地面积和建筑面积均居当时外滩建筑
的首位。1949年后,汇丰银行在华的分支机构停业,上海分行设立清理处,与麦
加利银行一起搬到圆明园路兰心大楼内。1955年4月,上海市人民政府进驻大楼
办公,直到1995年后,由上海浦东发展银行迁入使用。
[2] 爱德华·W.苏贾:《后现代地理学——重申批判社会理论中的空间》,王文斌译,
商务印书馆2004年版,第349页。

心/边缘的分裂,一种在本质上仍然是支配与被支配的可能性关系,这种在空间上组织起来的城市系统不断地得到了想象性的神圣化,从而遮掩了人们的视线。由此创造出来的新城市空间或许能够"使得这个阶层的人获得一种'感觉结构'",但随之而来的"某种归宿感、安全感甚至是一种存在的自尊",[1]只会使人们深陷于拥有"整体结构"的美好想象之中。

这种想象在当今上海最直接的后果和最具体的表现,就是方兴未艾的"怀旧热"。和人们通常把王安忆的《长恨歌》和"上海怀旧"画上等号不同的是,作家本人却把这部作品对于五六十年代上海人日常生活的详尽描述和追怀看得十分重要:"在排话剧的时候,他们也就觉得第三部没有意义。话剧到最后就很弱,电影、电视更加过头,连长脚都没有了。他们觉得这个结尾太不罗曼蒂克,本来是一个伤感而美丽的故事,却死在这么一个人手里。总之,他们不喜欢这样一个非常煞风景的结尾,重点是放在前面40年代,选美,三角恋,金屋藏娇。话剧还好一点,它把60年代看得很重。但事实上,从我自己来说,如果没有第三部,我绝对不会来写这样一个故事。这个故事就是在写脆弱的布尔乔亚和壮大的无产阶级。我跟他们讲,如果没有第三部,这就是一个言情小说。"[2]而事实上,人们看到的是上海选美、片场奇遇,王琦瑶飘飘零零、转转悠悠又回到了上海弄堂。五六十年代恰恰不过是一场旧梦缅怀,终究是停留在40年代的纸醉金迷的背景上。

在这里碰到了"怀旧"的悖论。从王安忆《忧伤的年代》所写的上海西区生活经验中也可以读解到,同样是"怀"五六十年代的

[1] 蔡翔:《城市书写以及书写的"禁言之物"——关于〈城市地图〉的文本分析和社会批评》,载《视界》14辑,河北教育出版社2004年版。
[2] 王安忆、张旭东:《理论与实践:文学如何呈现历史?》(下),载《文艺研究》2005年第2期。

"旧",其笔下的忧伤和工人阶级的幸福恰恰呈现了一种分裂的:"这个电影院的名字叫'国泰',在我们所居住的街道的西边。在东边也有一个电影院,叫做'淮海电影院'。这两个电影院虽然只相距两条横马路,情形却大不相同,它们各自代表了两种不同阶层的市民生活。"[1]小说中的主人公固执地选择那情调幽暗、专放外国原版片的"国泰电影院",使得上海作为另一种怀旧对象出现了。这里的城市空间在影影绰绰地骚动着人心,成了一种莫名的忧郁与失落的源泉。也许怀念的只是一些凡人的寻常经历,流露出寻常的欢娱和失意——这些欢娱和失意甚至都不是新鲜的而是称得上稔熟,重要的是其恳切虔诚的笔调在不经意间向我们展示了另外一幅城市空间的画面:国泰正在一个两条马路相交而成的、浸染了城市时尚的街角处,那里分明遗留着旧上海滩浮华故事的残余;而那些装满主人公青春记忆的后弄和后院就好像是一个长梦,纵然弥漫了日薄西山的凄楚亦成为美丽的幻境。相比之下,那成批为工人建造的庞大建筑群仿佛是另一个家世微贱的世界而悄然隐身。这种恍然若梦的忧郁是对那个等级结构维护下的"普遍秩序"的追忆,重新又与三四十年代的上海的经验相联系。

表面上看,百年来的沪上繁华沧桑都在王安忆细腻写实的笔触下缓缓地呈现。《长恨歌》之后的《富萍》,表达了作家对60年代上海的一种新的寻找和发现,企图走入"逼仄破陋的梅家桥",撇开那实际存在过的"历史真实",另外拖出一个梅家桥式的棚户区,让它来充当上海故事的主角。这番敏锐和诗情,着意于上海故事新讲法背后的深刻用意是否得以实现?《富萍》以小说女主人公的名字命名,"富萍"又是"浮萍"的谐音。它讲述了这个叫"富萍"的苏北女孩

---

[1] 王安忆:《忧伤的年代》,载《隐居的时代》,上海文艺出版社1999年9月版,第322页。

因为婚约关系偶然来到上海寄住在"奶奶"那里。小说一开始就铺排了一种细致和絮叨的描摹：写奶奶怎样带东家的孩子，怎样体现她既自尊又诚恳的待人之道；写吕凤仙每天忙于生计的安排，她在邻里中的做人姿态；写戚师傅上门补马赛克、修地板，沉默耐心又细致地做活。《富萍》中几代移民，他们的日常谋生手段无非是帮佣、收拾破烂、运送垃圾、糊纸盒子、摆小摊，等等。她们处在城市生活的边缘状态中，默默地做着上海人所鄙视的"苏北人"。但正是在这种状态中，最能体现顽强生存意志和独立生活选择，充分地教会了富萍独特的市民文化，即在顺应和变通中融入城市的主体或主流，同时开创自己的独立生活。

王安忆曾经这样表达过："现在的人把爱情和性夸大了……事实上爱情只是很小的故事，爱情背后有很多很多丰富的故事。"[1]富萍已经不是传统意义上的主人公了，她连接起两个大的场景和众多的人物，提供了一幅上海变迁历史中的生动人物画卷。如上所述，王安忆试图夸赞的是上述60年代初上海群体小人物踏实生活辛勤劳动的风貌。从某种意义上，她力图证明自身已经自觉抛弃了悲天悯人、居高临下式的写作姿态，回归到对于普通劳作者的辛勤赞誉。通过富萍的自觉选择——逃避一种既定的命运，嫁到一个比自己更加孤苦无依的家庭中去，从而将富萍汇入了和奶奶、舅舅等一样的独立自主的劳动者人群中去，将周围的一群人物并置在一起，组成了一幅硕大的群像图。王安忆热烈地赞美梅家桥人的朴素的生活状态，赞美没有被贫困、粗俗所损伤的人性的美好：如舅妈不仅聪敏能干，看准了舅舅是个有文化的人，实实在在地撑起了一个家庭；而且善良宽容，对富萍的悔婚最终采取了一种冷淡后的接纳的态度，仿佛"这里的人都没大记性"。最终这里的一切更改了主人公的心意，不仅

---

[1]《与王安忆关于小说的对话》，载《钱江晚报》2000年8月4日。

选择了在梅家桥扎根,更选择了在梅家桥中的最具有底层性的一户残疾破落的家庭发芽,从而完成了从淮海路、到苏州河,再从苏州河到梅家桥的"乾坤大挪移",让上海故事的叙述重心整个得以颠覆和重置。

但是,王安忆对于梅家桥生活形态的叙述与对上海"西区的描述相比,明显流于形式化和概念化。她试图以一种欣然的姿态进入别样的生活领域——上海贫民窟,以同情的目光注视着那些城市边缘棚户区的男男女女,注视着他们一幕幕的生生死死悲欢离合,却反而隔离了我们的感官,变得模糊和遥远起来。相反,最具华彩的部分恰恰出现在小说的开头,即对于1960年代初上海日常生活场景、经验和生活状态的描绘上。经过奶奶逐步实践和考察后,她选定的最"适合"帮佣的地方就是淮海路。小说从淮海路弄堂下午三四点钟的阳光开篇,一路写下去,使得奶奶的眼光和作者的眼光时而重叠时而分错。这条不深的弄堂和弄前小街的声、色、形、韵,成了小说颇具神采的篇章。我们可以跟随着奶奶的目光细细打量着这一带的楼房、街道和住家,跟随着富萍的身影驻足店铺门前凝望……王安忆为了还原上海60年代的市井小铺如零食铺子、零头布店、纽扣铺子,可以用上五六百字,在看似啰嗦的叙述中显示出上海世俗生活的精致、琐碎,不光代表了一种陶醉其中的欣然,更是一种深谙门道后的挑剔。"每一日都是柴米油盐,勤勤恳恳地过着,没一点非分之想,猛然间一回头,却成了传奇。上海的传奇均是这样的。传奇中人度的也是平常日月,还须格外地将这日月夯得结实,才可有心力体力演绎变故。"[1]弄堂里的富足闲适,织缀成了富萍生活的背景和底色,独立构成了日常生活的真实空间,轰轰烈烈地占据了小说最跌宕起伏的乐章。

[1] 王安忆:《寻找苏青》,载《上海文学》1995年第7期。

　　《富萍》还不经意间呈现出了一种新的城市阶层,第二节"东家"
详细地描述了"奶奶"的东家——从部队转业的干部——的生活,他
们生活简朴,大大咧咧,却也爱上馆子、买沙发、看电影。小说还描写
了"奶奶"曾经去过的虹口区一位解放军司令的家。无论是描绘那
种迅速适应了淮海路生活的干部,还是虹口大院的森严刻板的生活,
这些居高临下的新的"干部"阶层正渐渐开始占据原先的公寓大楼,
进而也享用起昔日十里洋场遗留下来的淮海路、南京路上的西服店、
咖啡馆,继承起过去踏着圆舞曲做着繁华梦的"殖民地"遗风,形成
了和新的社会主义规范混合并存的生活方式。王安忆虽然绕过市中
心的花园洋房,特别创造出"梅家桥"低矮的棚户区,可以概括地说
是"从淮海路到梅家桥"的自觉选择。但这样一位有慧心的作家,
在处处与新意识形态编撰的老上海故事拉开距离的同时,却也就隐
隐约约陷落于"上海梦"的幻景与恣意中,反而泄露了时代的症结与
隐秘。[1]

　　正当世人惊叹上海经济和社会的急剧发展之时,以"重返石库
门"为代表的怀旧情绪也在这座城市弥漫开来。许多人看到的是被
改造成"新天地"酒吧一条街的石库门,它被伪装成老上海文化中最
具情调的部分,在人们的编码和想象中重新被据为己有;它不仅成
了上海城市形象的有力代言,并且转化为营建中国现代性想象的神
秘背景。上海城市空间的历史果真能被这般炮制出来的情调给迅速
"浪漫化"吗? 也许这个城市让身处其中的人们都相信这样被塑造

---

[1] 参见王晓明:《从"淮海路"到"梅家桥"——从王安忆近来的小说谈起》,载《文
学评论》2002年第3期。王晓明在肯定王安忆自觉选择的同时,也进一步指出可
能隐含的问题:"作家一步一步地竭力远离那新意识形态的老上海故事。在作家
与那个老上海故事之间,明显有一种对峙,一种精神的紧张,越是感觉到对立物
的强大,就越不自觉地往相反的方向倾斜:正是这种情形,一面不断激发新的艺
术灵感,一面也会悄悄地删削这灵感。"

的城市形象,并安逸和自得于如此这般的城市镜像。因为我们和这个城市息息相关,它的性格同样也写进了我们的生活感受之中,反而在主观上显得太过真实。文学文本的重要性在于提供了一种可能,让人们一同来释放文本中的多元结构,揭示其中的复杂体验,从城市的符号表达这一领域,追溯在现代生活中已经分崩离析的更直接、更具体的过去。

然而,在更直接、更具体的过去中,恢宏壮大的社会主义城市想象似乎仍处于一种"缺席"的状态,即使过去的记忆残片仍得以拼贴在一起,也成为一种无法再现其灵魂的记忆,偶尔流动的是一份怀旧者的不无隔膜的怅惘之情,更多充斥了深刻的现实焦虑之痛。人们哀叹的是,解放后的上海中心城区面貌迅速"衰弱",上海曾经的都市辉煌如花凋零,往昔风流成了人们心中无法抚平的隐痛。由于资本与消费文化席卷而来,释放了惊人的"重构"城市的欲望和力量,这座城市正欢欣鼓舞地重新昂首迈进跨国资本的全球潮流,如李欧梵所说:"上海终于在一个世纪的战争与革命的灰烬里重生了。"[1]与20世纪二三十年代的上海一样,在历经近40年计划经济体制之后,上海重新成为一个寄托了国人欲望和梦想的乌托邦城市,一个巨大的市场意识形态的经济—文化符号。"上海怀旧"的背后正是对"新殖民地"时代上海的迅速神话化:"她是中国最大的港口和通商口岸,一个国际传奇,号称'东方巴黎',一个与传统中国其他地区截然不同的充满现代魅力的世界。"[2]大都市的繁华,对外开放交流,对财富的崇拜与个性的张扬,对未来美好生活的向往……这些又重新塑造了上海的城市历史和上海人的历史体验。以上海二三十年代和90年代共有的"市场经济"及消费文化为基础,把改革开放后的

[1] 李欧梵:《上海摩登——一种新都市文化在中国1930—1945》,第352页。
[2] 同上,第4页。

上海与旧上海直接连接在一起,成为当下流行的上海史的叙述模式。三四十年代的上海和90年代的上海分享了共同的城市记忆,这样的上海带着一种欣然的姿态再一次亮相并风姿绰约地在一派"Light,Hot,Power"中重新占据人们的想象空间。

"想象的生产"从来没有停止过它的步伐,这种迫切的对城市记忆的重新书写,表现了上海改革开放以来寻求跨越式现代化发展背后的焦虑和矛盾。一方面,它强烈地暗示了一种"历史一致性",南京路和外滩巍峨富丽的西方式建筑的复兴,不仅带给我们对过去的美好怀念,更重要的是为后革命时代提供意义,论证了上海当下现代化方案的可行性,表征了一种以上海方式命名的依靠国家力量驱动的市场经济的可能性;另一方面,带来的结果是,这种叙述在时间的纬度上将新中国成立后的40多年的上海历史屏蔽于无形,出现了历史上的空白地带,它抹杀了其他想象的可能性。更进一步地说,当下流行的上海史叙述模式带来的是对于主流城市意识形态的理解。在这种主流理解的指导下,透过地理环境、交通安排、居民分布、社区构成和建筑样式……诸方面以"空间布局"的形式,重新规划和改写了现代城市居民的"生活方式"和"生活习惯"。由此,把解放后社会主义城市的想象空间说成是完全失败的,恰恰是一种"误置",因为现代城市已经成为一种"话语",不仅全面规范了人们对于城市空间的理解,更将现在对过去的"否定"不断地"投射"到过去,不断诋毁那样一种鲜活的改造资本主义都市结构、营造社会主义城市空间的全面努力,并且以形象化的方式表达所有的改造都是浮光掠影,留下来的才是真实的生活:

> ……这是1957年的冬天,外面的世界正在发生大事情,和这炉边的小天地无关。这小天地是在世界的边角上,或者缝隙里,互相都被遗忘,倒也是安全。窗外飘着雪,屋里有一炉火,是

什么样良辰美景啊！他们都很会动脑筋,在炉子上做出许多文章。烤朝鲜鱼干,烤年糕片,做一个开水锅涮羊肉,下面条。他们下午就来,来了就坐到炉子旁,边闲谈边吃喝。午饭、点心、晚饭都是连成一片的。雪天的太阳,有和没有也一样,没有了时辰似的。那时间也是连成一气的。等窗外一片漆黑,他们才迟疑不决起身回家。这时气温已经零下,地上结着冰,他们打着寒噤,脚下滑着,像一个半梦半醒的人。[1]

[1] 王安忆:《长恨歌》,第193页。

第四章 "1940"是如何通向"1980"的

——再论汪曾祺的意义

一、从"沈从文"到"汪曾祺":一种文学史叙述

在中国当代文学的语境中,我们无论从哪个角度讨论1980年代的文学,汪曾祺都是一个绕不过去的存在。《十月》杂志2008年第1期以"汪曾祺早期作品拾遗"为题,发表了10篇他写于20世纪40年代的短篇小说和散文,都是《汪曾祺全集》漏收的篇什,其中短篇小说《悒郁》最初发表于1941年元月昆明出版的《今日评论》周刊第5卷第3期,而作者在篇末注明完成于"二十九年十一月二十一日"即1940年11月21日。收集整理这些作品的解志熙认为,这很可能是汪曾祺小说的"处女作",并且进一步坐实《悒郁》是汪曾祺在西南联大上沈从文所开"各体文习作"课时所写的作业,后经沈从文之手发表,因为沈从文是《今日评论》的文学编辑。同时解志熙也认定《悒郁》在语言、故事乃至风格上"都打上了沈从文式的烙印",所以他称这部小说是"沈从文乡土小说的汪曾祺版"。[1]尽管这篇颇有些"文艺腔"的小说以乡村为背景,写的是少女银子朦胧的成长意识,却很难简单地归于"乡土抒情小说"一类,因为汪曾祺在手法上颇受他当时喜爱的意识流小说家弗吉尼亚·伍尔芙的影响,当然这一影响在

---

[1] 参见解志熙:《出色的起点》,《十月》2008年第1期。

他后来写的《复仇》中更加明显。不过,将"汪曾祺"和"沈从文"联系在一起,并非毫无道理。按照我的理解,这个"道理"不单是大家津津乐道的所谓"师承"关系,更重要的是一种"文学史"的叙述策略,一种将"断裂"的"历史"重新"接续"上去的努力。

汪曾祺在"文革"后正式发表的第一篇小说是《骑兵列传》(载《人民文学》1979年第11期),这是根据他1974年写剧本《草原烽火》时,在内蒙古采访几个老干部的经历而写成的。很显然,这类"革命历史题材"的创作非他所长,作品发表之后几乎没有影响。一年后,汪曾祺先是把32年前的旧稿重写了出来,那是一篇叫《异秉》的小说,接下来的作品就是后来给他带来巨大声誉的《受戒》。这篇本来只是在朋友间私下传看的小说,一经正式发表,无论从褒贬两面来看,都面临着"事后追认""谱系"的任务。据汪曾祺自己说,写《受戒》之前的几个月,因为沈从文要编小说集,他又一次比较集中、比较系统地阅读了他老师的小说:"我认为,他的小说,他的小说里的人物,特别是他笔下的那些农村的少女,三三、夭夭、翠翠,是推动我产生小英子这样一个形象的一种很潜在的因素。这一点,是我后来才意识到的。我是沈先生的学生。我曾问过自己:这篇小说像什么?我觉得,有点像《边城》。"[1]或许是为了暗示这篇小说与《边城》"传统"的联系,汪曾祺特意在《受戒》的篇末留下了别具深意的一行字:"一九八〇年八月十二日,写四十三年前的一个梦"。

这一行字在传记的意义上对应着汪曾祺的生平:"43年前,他正好17岁,和明海的年龄一样。他在另一篇文章《多年父子成兄弟》中坦白:'我十七岁初恋,暑假里,在家里写情书,他(指他的父亲)在一旁瞎出主意。'对照一下便可以看出,《受戒》所写的,确实像爸爸

---

[1] 汪曾祺:《关于〈受戒〉》,《晚翠文谈新编》,生活·读书·新知三联书店2002年版,第350页。

后来所说的那样，是他初恋时的一种朦胧的对爱的感觉。不过，却不是他初恋时的真人真事。"[1]但更重要的是，它在象征的意义上确立了汪曾祺的文学史地位："1980年"倒推回去"43年"，也许是巧合吧，正好是"1937年"。这个年份之于中国现代史的重要性，大概不用多说了，仅就中国现代文学史而言，由于抗日战争爆发，这一年往往被视为中国现代文学的"第二个十年"（30年代文学）向"第三个十年"（40年代文学）迈进的转折点。而汪曾祺对于80年代文学的意义，在文学史家的眼中，恰恰在于他和被"延安文艺""十七年文学"以及"文革文学"中断了的"30年代文学"与"40年代文学"的紧密联系：一方面是由于汪曾祺的小说接续了由鲁迅开创的、中经废名发扬，终在30年代沈从文的笔下蔚然成大观的"现代抒情小说"传统；另一方面，"熟悉新文学史的人却注意到了一条中断已久的'史的线索'的接续。这便是从鲁迅的《故乡》《社戏》，废名的《竹林的故事》，沈从文的《边城》，萧红的《呼兰河传》，师陀的《果园城记》等等作品延续下来的'现代抒情小说'的线索。'现代抒情小说'以童年回忆为视角，着意挖掘乡土平民生活中的'人情美'，却又将'国民性批判'和'重铸民族品德'一类大题目蕴藏在民风民俗的艺术表现之中，藉民生百态的精细刻画寄托深沉的人生况味。在'阶级斗争为纲'愈演愈烈的年代里，这一路小说自然趋于式微，销声匿迹。《受戒》《异秉》的发表，犹如地泉之涌出，使鲁迅开辟的现代小说的多种源流（写实、讽刺、抒情）之一脉，得以赓续"。[2]

虽然"现代抒情小说"的传统颇为强大，但把汪曾祺和"30年代文学"直接挂钩还是有些勉强，"'现代抒情小说'这一条'文学

[1] 汪朗、汪明、汪朝：《老头儿汪曾祺——我们眼中的父亲》，中国人民大学出版社2000年版，第160页。

[2] 黄子平：《汪曾祺的意义》，《幸存者的文学》，远流出版有限公司1991年版，第96页。

史线索'只说明了汪曾祺复出的一方面意义,其乡土的、抒情的特征,可能遮掩了不易为人察觉的另一面"。[1]这"另一面"则是"汪曾祺的旧稿重写和旧梦重温,却把一个久被冷落的传统——40年代的新文学传统带到'新时期文学'的面前。"[2]所谓"40年代的新文学传统",并非泛指包括国统区、解放区和沦陷区在内的20世纪40年代的文学,而是再次呼应汪曾祺念念不忘的说法"我是沈从文先生的学生",把"这一文学传统"锁定在20世纪40年代的"西南联大",连接于同样在20世纪80年代"复活"的"九叶诗人":"九诗人与汪曾祺年龄相当,其中的数位亦正求学于昆明的西南联大。其时,年轻的英国现代诗人兼评论家威廉·燕卜荪(William Empson)正在这个大学任教,将叶芝、艾略特和奥登的诗介绍给了他们"。[3]同在西南联大读书的王佐良,后来在一篇评论"九叶诗人"之一的穆旦的文章《一个中国诗人》中,对当时校园的文学风气有着更直观的描述:"这些诗人们多少与国立西南联大有关,联大的屋顶是低的,学者们的外表褴褛,有些人形同流民,然而却一直有着那点对于心智上事物的兴奋。在战争的初期,图书馆比后来的更小,然而仅有的几本书,尤其是从国外刚运来的珍宝似的新书,是用着一种无礼貌的饥饿吞下了的。这些书现在大概还躺在昆明师范学院的书架上吧:最后,纸边都卷如狗耳,到处都皱叠了,而且往往失去了封面。但是这些联大的年青诗人们并没有白读了他们的艾里奥脱与奥登。也许西方会吃惊地感到它对于文化东方的无知,以及这无知的可耻,当我们告诉它,如何地带着怎样的狂热,以怎样梦寐的眼睛,有人在遥远的中国读着这二个诗人"[4]。透过叶芝、艾略特和奥

[1] 黄子平:《汪曾祺的意义》,《幸存者的文学》,第96页。
[2][3] 同上,第97页。
[4] 参见王佐良:《一个中国诗人》,载《一个民族已经起来——怀念诗人、翻译家穆旦》,江苏人民出版社1987年版。

登呈现出的是另一幅"现代主义"的世界文学图景,"正是在这样的世界文学背景下,40年代新文学(不光是诗)全面走向成熟。成熟的标志是:五四以来激烈对立冲突的那些文化因子,外来的与民族的,现代的与传统的,社会的与个人的,似乎都正找到了走向'化'或'通'的途径。明白这一点,或许有助于理解何以像沈从文或汪曾祺式的'古典式'的乡土抒情小说却具有现代意味,何以穆旦等一批诗人的创作在海内外越来越引起重视"。[1]

站在20世纪80年代,回过头再看这"三十多年"的"辛苦路",难怪高度强调汪曾祺文学史意义的黄子平情不自禁地要发出感慨:"时间从记忆和遗忘两方面帮助了作家,前者使40年代接受的文化遗产重新进入了80年代的创作系统,后者使这些遗产以'酿制'过的浑成的而不是生涩的形态进入这一系统……汪曾祺的小说遂成为80年代中国文学——主要是所谓'寻根文学'——与40年代新文学、与现代派文学的一个'中介'。"[2]确实如他所言,"记忆"和"遗忘"的机制使汪曾祺成了"中介",但对所谓"记忆"和"遗忘"似乎可以做另一个方向的理解,也即要使汪曾祺成为"中介"的前提是,一方面需要牢牢记住他和"40年代文学"特别是"西南联大"现代主义文学的关联,另一方面则必须常常遗忘他在"40年代"到"80年代"这差不多"三十多年"所经历的一切。汪曾祺自己似乎也有意加入对这个"记忆"与"遗忘"机制的建构中,在谈到《受戒》的创作时,他想起了和女儿的对话:"我的女儿曾经问我:'你还能写出一篇《受戒》吗?'我说:'写不出来了。'一个人写出某一篇作品,是外在的、内在的各种原因造成的。我是相信创作是有内部规律的。我们的评论界过去很不重视创作的内部规律,创作被看作是单纯的社会

[1] 黄子平:《汪曾祺的意义》,《幸存者的文学》,第98页。
[2] 同上,第105页。

现象,其结果是导致创作缺乏个性。有人把政治的、社会的因素都看成是内部规律,那么,还有什么是外部规律呢?这实际上是抹煞内部规律。一个人写成一篇作品,是有一定的机缘的。过了这个村,没有这个店。"[1]从一部作品的创作引申到创作的内部规律,言下之意当然是不尊重创作的内部规律,自然就没法写出好作品,而他的旧作新篇恰恰绕过了那个不尊重创作规律的时代:"三十多年来,我和文学保持一个若即若离的关系,有时甚至完全隔绝,这也有好处。我可以比较贴近地观察生活,又从一个较远的距离外思索生活。我当时没有想写东西,不需要赶任务,虽然也受错误路线的制约,但还是比较自在,比较轻松的。我当然也会受到占统治地位的带有庸俗社会学色彩的文艺思想的左右,但是并不'应时当令',较易摆脱,可以少走一些痛苦的弯路。文艺思想一解放,我年轻时读过的,受过影响的,解放后被别人也被我自己批判的一些中外作品在我心里复苏了。或者照现在的说法,我对这些作品较易'认同'。"[2]他的"夫子自道"无疑进一步强化了那个"记忆"和"遗忘"的机制,而文学史家在此基础上就更有发挥的余地了:"汪曾祺是40年代新文学成熟期崛起的青年小说家在80年代的少数幸存者之一。历史好像有意要保藏他那份小说创作的才华,免遭多年来'写中心'、'赶任务'的污染,有意为80年代的小说界'储备'了一支由40年代文学传统培育出来的笔。显而易见的事实是,并非每一个活到了80年代的人都能将多年前的花结成果。'晚'而能够'翠',必有些特殊的原因吧?"[3]

"晚"而能"翠",确是事实。但问题在于从"1940"到"1980"这中间相隔的"三十多年"间,汪曾祺是否像后来他所说的那样"轻松"和"疏离":"我当时没有想写东西,不需要赶任务,虽然也受错误

[1]汪曾祺:《汪曾祺自选集·自序》,《晚翠文谈新编》,第302页。
[2]汪曾祺:《晚翠文谈·自序》,《晚翠文谈新编》,第336页。
[3]黄子平:《汪曾祺的意义》,《幸存者的文学》,第102页。

路线的制约,但还是比较自在,比较轻松的。我当然也会受到占统治地位的带有庸俗社会学色彩的文艺思想的左右,但是并不'应时当令',较易摆脱,可以少走一些痛苦的弯路。"实际上,作为改编"样板戏"的"笔杆子",正如陈徒手在《汪曾祺的"文革"十年》一文中以翔实的材料所揭示的,从1960年代初他接受改编《芦荡火种》开始,就并不"自在""轻松",所要完成的任务往往也是"应时当令",限制很多。而"文革"结束以后,他也不像其他在"文革"中受到迫害的作家那样很快得以"解放",反而因为和江青的关系受到审查。据其子汪朗回忆:"一般人认为样板戏团是江青的铁杆队伍,吃香喝辣,对江青知根知底,关系非同一般。把他挂起来,他接受不了,心里不平衡,跳得很厉害,说我们也是受害者。在家里发脾气,喝酒,骂人,要把手剁下来证明自己清白无辜。"[1]这样的遭遇自然使汪曾祺的状态不可能像"重放的鲜花"似的写作。假若按照文学史家的说法,"80年代初的文学中大致可以分析出两大潮流。'伤痕—反思文学'试图承继'十七年'的'革命现实主义'传统,骨子里却弥漫着与'五四'时期相似的感伤情绪和浪漫憧憬。'生存文学'则直接从域外汲取灵感和整理浩劫体验的技巧和模式",[2]那么汪曾祺创作路数既不同于"伤痕—反思文学",又迥异于"生存文学",也许不能仅仅从"文学传统"中寻找源头,而是需要从他那种不同于当时主流感受的"被审查"状况中发现原因。当时他"天天晚上乱涂乱抹,画八大山人的老鹰、怪鸟,题上字,'八大山人无此霸悍',抒发不平之气",[3]无言的画作或许比后来的创作谈更能表达他的心声,在这个意义上,

---

[1] 陈徒手:《汪曾祺的"文革"十年》,《人有病,天知否——1949年后中国文坛纪实》,人民文学出版社2000年版,第354页。
[2] 黄子平:《汪曾祺的意义》,《幸存者的文学》,第97页。
[3] 汪朗的回忆,陈徒手:《汪曾祺的"文革"十年》,《人有病,天知否——1949年后中国文坛纪实》,第354页。

他说再也写不出另一篇《受戒》，就不是为"新时期"唱颂歌那么简单了："四十多年前的事，我是用一个八十年代的人的感情来写的。《受戒》的产生，是我这样一个八十年代的中国人的各种感情的一个总和。"[1]

二、"写小说就是写语言"："断裂"之外的"延续"

汪曾祺作为"八十年代的中国人的各种感情的一个总和"，是否包括他"受审查"时的愤懑、憋屈和不平，又如何影响到他既不能追随"伤痕—反思"文学的主流，也不愿学步"生存文学"单纯师法域外的后尘，因缘和合，才写下了《受戒》这样的不世之作呢？尤其是所谓"生存文学"以现代派相标榜，往往尊汪曾祺为先导，《复仇》开头的"意识流"写法一下子折服了很多蹒跚学步者，就像黄子平描述的那样："80年代初再读《复仇》这样的小说是令人惊喜莫名的，须知当时的批评界还在为王蒙的小说是不是'意识流'，'意识流'洋人用得我们用得用不得而争论不休哩。人们还读到了《老鲁》、《落魄》和《鸡鸭名家》。正如《九叶集》的出版改写了'新诗史'那样，一个三十多年前就崭露才华的青年小说家被重新认识了。"[2]但把汪曾祺作为20世纪40年代西南联大现代主义的代表之一，引入80年代的语境中，仅仅从"小说技法"的层面固然言之成理，可如果进一步考察他横跨这"三十多年"来小说在"语言风格"上的变化，问题可能就不那么简单了。

让我们先看《复仇》的起篇吧：

---

[1] 汪曾祺：《关于〈受戒〉》，《晚翠文谈新编》，第350页。
[2] 黄子平：《汪曾祺的意义》，《幸存者的文学》，第101页。

一枝素烛，半罐野蜂蜜。他的眼睛现在看不见蜜。蜜在罐里，他坐在榻上。但他充满了蜜的感觉，浓、稠。他嗓子里并不泛出酸味。他的胃口很好。他一生没有呕吐过几回。一生，一生该是多久呀？我这是一生了么？没有关系，这是个很普通的口头语。谁都说："我这一生……"就像那和尚吧，——和尚一定是常常吃这种野蜂蜜。他的眼睛眯了眯，因为烛火跳，跳着一堆影子。他笑了一下：他心里对和尚有了一个称呼，"蜂蜜和尚"。这也难怪，因为蜂蜜、和尚，后面隐了"一生"两个字。明天辞行的时候，我当真叫他一声，他会怎么样呢？和尚倒有了一个称呼了。我呢？他会称呼我什么？该不是"宝剑客人"吧（他看到和尚一眼就看到他的剑）。这蜂蜜——他想起来的时候一路听见蜜蜂叫。是的，有蜜蜂。蜜蜂真不少（叫得一座山都浮动了起来）。

再比较《受戒》的开头：

明海出家已经四年了。

他是十三岁来的。

这个地方的地名有点怪，叫庵赵庄。赵，是因为庄上大都姓赵。叫做庄，可是人家住得很分散，这里两三家，那里两三家。一出门，远远可以看到，走起来得走一会，因为没有大路，都是弯弯曲曲的田埂。庵，是因为有一个庵。庵叫苦提庵，可是大家叫讹了，叫成荸荠庵。连庵里的和尚也这样叫。"宝刹何处？"——"荸荠庵。"庵本来是住尼姑的。"和尚庙"、"尼姑庵"嘛。可是荸荠庵住的是和尚。也许因为荸荠庵不大，大者为庙，小者为庵。

　　两者语言上的区别一目了然。李陀曾经分析过《复仇》的开篇，他指出"这样的行文和修辞，明显是一种'翻译体'的作风……《复仇》的语言整体上是相当欧化的"，并且提出了自己的疑问："如果汪曾祺一直这样写，那还会有今天我们熟悉的汪曾祺吗？"[1]幸而"三十多年"后的汪曾祺不再用这样的语言写作了，他的语言一变而为如王安忆在《汪老讲故事》中所体会的，"汪曾祺讲故事的语言也颇为老实，他几乎从不概括，而尽是详详细细，认认真真地叙述过程，而且是很日常的过程……汪曾祺的文字里，总是用平凡的实词，极少用玄妙的虚词，如是虚词，也用得很实……汪曾祺是很难得用险要的词的，他用的词总是最俗气，最平庸……汪曾祺还很少感情用语，什么都是平平常常实实在在地去写。人心里有时会有的那一股微妙曲折的情绪，他像是不经意地去写似的，他总是写实事，而不务虚……"[2]可以为王安忆的说法提供例证的是，汪曾祺有一次去北京的门头沟给当地的文学爱好者讲课，当时人民公社还没解散，闲谈时一个公社书记告诉他，一次公社干部开会，散会时发现胶台布上密密麻麻地写了许多字，一看原来是《受戒》里明海和小英子的对话，一人写一句，全都是背下来的。如果语言不是通俗易懂，生动活泼，怎可能得到农民的喜欢呢？据汪朗回忆："农村干部居然如此喜欢这篇小说，爸爸听了很兴奋，回来后和我们说了。"[3]

　　如果按照汪曾祺自己的说法，"写小说就是写语言"[4]，他的小说语言发生了如此大的变化，自然意味着从"40年代"到"80年代"的这"三十多年"间一定发生了什么，深刻地影响了汪曾祺对于语言、

[1] 李陀：《汪曾祺与现代汉语写作——兼谈毛文体》，《花城》1998年第5期。
[2] 王安忆：《汪老讲故事》，《故事与讲故事》，浙江人民出版社1991年版，第184—186页。
[3] 汪朗、汪明、汪朝：《老头儿汪曾祺——我们眼中的父亲》，第165页。
[4] 汪曾祺：《小说的思想与语言》，《晚翠文谈新编》，第44页。

小说和文学的理解吧。台湾文学评论家吕正惠虽然也注意到"从四九年到七九年,三十年间,汪曾祺在小说方面只写了一本薄薄的《羊舍一夕》,只有三篇作品,六十年代初,由少年儿童出版社印行,应该是适合'儿童'阅读的",但与大陆批评家惊艳于他40年代"现代主义小说"的态度不同的是,吕正惠对深受"意识流"影响的《复仇》和《小学校的钟声》评价不高,"这两篇写得并不好,(《复仇》尤其如此),只能算习作",相反他更关注"四十年代的另外一种作品,如《老鲁》、《落魄》、《鸡鸭名家》则比较成熟。这些都是人物素描,平淡地写一些小人物在抗战末期及胜利初期的生活,语言质朴,但极精炼"。值得注意的是,吕正惠的论述不同于一般的"断裂论",他认为60年代汪曾祺的写作和40年代仍有其延续性:"《羊舍一夕》基本上保留了《老鲁》、《落魄》的各种特色,只是语言更显朴直,主题则较突出地写社会主义的正面人物(但仍是小人物)。一般而言,六十年代的汪曾祺和四十年代写小人物的汪曾祺,差异并不大。"[1] 这种从另一种语境——在台湾地区,"现代主义"文学早就失去了神秘感,甚至已经流于陈词滥调——对汪曾祺小说的解读还是很具有启发性的,至少它提醒我们注意"断裂"之外还有某种"延续"。

最直观地看,汪曾祺在80年代推崇的是那种生动活泼、言之有物的"口语化语言":"在西单听见交通安全宣传车播出:'横穿马路不要低头猛跑',我觉得这是很好的语言。在校尉营一派出所宣传夏令卫生的墙报上看到一句话:'残菜剩饭必须回锅见开再吃',我觉得这也是很好的语言"。这种口语化的大白话,汪曾祺不仅觉得好,而且认为是语言的"典范":"这样的语言真是可以悬之国门,不能增减一字"。因为"语言的目的是使人一看就明白,一听就记住。语言

---

[1] 吕正惠:《人情与境界的追求者——汪曾祺》,《文学经典与文化认同》,九歌出版社1995年版,第175—176页。

的唯一标准,是准确"。[1]所以他特瞧不上欧化雕琢、叠床搭架、打着"学生腔"的所谓"美文"。汪曾祺曾借评价别人的小说,一再强调"一种小说"的特色是:"……有意使他的小说不成为'美文'。他排除辞藻,排除比喻(只偶尔用极其普通的比喻,如说砸的玻璃像雪,像礼花),他排除了抒情,也排除了哲学"。[2]表面上,这似乎回到了以"白描"为主的传统小说,其实不然,汪曾祺评论的这种小说本身就是"现代派"的,而他自己在小说观念上也相当"现代":"我很重视语言,也许过分重视了。我以为语言有内容性。语言是小说的本体,不是外部的,不只是形式,是技巧。"[3]汪曾祺甚至说过一句说到极致的话:"写小说就是写语言。"[4]难怪李陀要击节称赞:"说语言是小说的'本体',语言即是内容,这很容易使人联想到现代主义小说的写作路子。"[5]

尽管汪曾祺承认自己"年轻时受过西方现代派的影响,有些作品很'空灵',甚至很不好懂"[6],而且他老早就熟读弗吉尼亚·伍尔芙的意识流小说,还把林徽因和伍尔芙联系起来:"中国第一个有意识地运用意识流方法,作品很像弗·伍尔芙的女作家林徽因(福州人),她写的《窗子以外》、《九十九度中》,所用的语言是很漂亮的道地的京片子。这样的作品带洋味儿,可是一看就是中国人写的。"[7]可他在80年代讨论语言的内容性,也即语言不只是表现的工具或者手段,语言本身就是内容时,并没有引用与伍尔芙渊源颇深的克莱夫·贝尔(Clive Bell)的著名说法:"艺术是有意味的形式"。虽然对

---

[1] 汪曾祺:《小说笔谈》,《晚翠文谈新编》,第25页。
[2] 汪曾祺:《一种小说》,《晚翠文谈新编》,第54—55页。
[3] 汪曾祺:《自报家门》,《晚翠文谈新编》,第272页。
[4] 汪曾祺:《小说的思想与语言》,《晚翠文谈新编》,第44页。
[5] 李陀:《汪曾祺与现代汉语写作——兼谈毛文体》,《花城》1998年第5期。
[6] 汪曾祺:《自报家门》,《晚翠文谈新编》,第269—270页。
[7] 汪曾祺:《我是一个中国人》,《晚翠文谈新编》,第258页。

这一说法的阐释在贝尔的《艺术》一书中有比较严格的限制："'有意味的形式'是艺术品之基本性质,这一假说,比起某些较之更著名、更引人注目的假说来,至少有一个为其他假说所不具有的优点——它确实有助于对本质问题的解释。我们都清楚,有些画虽使我们发生兴趣,激起我们的爱慕之心,但却没有艺术品的感染力。此类画均属于我称为'叙述性绘画'一类,即它们的形式并不是能唤起我们感情的对象,而是暗示感情,传达信息的手段。具有心理、历史方面价值的画像、摄影作品、连环画以及花样繁多的插图都属于这一类。显然,我们都认识到了艺术品与叙述性绘画的区别。难道不曾有人称一幅画既是一幅精彩的插图同时也是分文不值的艺术品吗?诚然,有不少叙述性绘画除具有其他性质外,也还具有形式意味,因为它们是艺术品;可是这类画中更多的却没有形式意味,它们吸引我们,或以上百种不同方式感动我们,但无论如何也不能从审美上感动我们。按照我的审美假说,它们算不上艺术品;它们不触动我们的审美情感。因为感动我们的不是它们的形式,而是这些形式所暗示、传达的思想和信息。"[1]但1980年代接受这一说法时,并没有更多地考虑其上下文,而是被当作一句质疑和挑战主流文艺界"内容决定形式"的口号流行开来,几乎成了当时新潮文学强调艺术形式重要性的口头禅。引人注目的是,汪曾祺讨论小说语言与形式的重要性时,却没有运用与他渊源颇深的现代主义文学论述,反而颇为不合时宜地引证斯大林的语言理论:"斯大林在论语言问题时说:'语言是思想的直接的现实'。我觉得斯大林这话说得很好,从思想到语言,当中没有一个间隔,没有说思想当中经过一个什么东西然后形成语言,它不是这样的,因此你要理解一个作家的思想,唯一的途径是语言。"[2]倘若在

---

[1] 参见克莱夫·贝尔:《艺术》,中国文联出版公司1984年版。
[2] 汪曾祺:《小说的思想和语言》,《晚翠文谈新编》,第43—44页。

80年代初,为了证明小说的语言不是形式而是内容,故意引用斯大林对语言的论述,可能还有某种策略性的考虑,那么到了1993年,强调语言、形式之于文学、艺术的重要性早就不是什么禁忌了,可汪曾祺在湖南娄底再次讨论小说语言问题时依然说:"语言不只是载体,是本体,斯大林说语言是思想的直接的现实,我以为是对的。语言和思想之间并没有中介,世界上没有没有思想的语言,也没有没有语言的思想。"[1]由此可见,他确实真心认可并赞赏斯大林这一说法。

虽然汪曾祺在引用这一说法时没有注明出处,但从内容上大体能够推断这句话出自斯大林的《马克思主义和语言学问题》一书,从书中可以找到和他引用的内容相似的一段话是:"语言是同思维直接联系的,它把人的思维活动的结果、认识活动的成果用词和句中词的组合记载下来,巩固起来,这样就使人类社会中的思想交流成为可能了。"[2]从上下文看,斯大林不是专门讨论文学语言,而是强调"语言是手段、工具,人们利用它来彼此交际,交流思想,达到相互了解"[3],并且他也不太可能认同"小说语言即内容和本体"的说法,这套说法从文学源流来看还是来自现代主义。如此说来,汪曾祺似乎确实存在着对斯大林语言理论的某种故意"误读"。但回到具体的历史语境中,斯大林的语言学观点并非他的独创,而是来源于马克思和恩格斯对于语言的定义,即"语言"是"思想的直接现实",是"实践的……现实的意识",马克思更强调指出:"思想是不能脱离语言而存在的。"[4]正是这种对"思维"与"语言"关系的辩证理解,才能既打破将"思维"与"语言"简单割裂开来的机械唯物主义,又批判了把"思维"神秘化,认为"思维"可以"不依赖于"语言的"自然物质"

---

[1] 汪曾祺:《思想·语言·结构》,《晚翠文谈新编》,第82页。

[2][3] 斯大林:《马克思主义和语言学问题》,人民出版社1971年版,第16页。

[4] 《马克思恩格斯全集》(中文版)第三卷,第525页、534页,转引自斯大林《马克思主义和语言学问题》,第28—29页。

而存在的唯心主义。从这点来看,汪曾祺指出"语言即内容"也并非完全"误读"斯大林的观点。更何况斯大林这本写于1950年6～7月的小册子,同年10月就由人民出版社出版了中译本,作为马克思主义讨论语言问题的经典著作在五六十年代被广泛学习和传播。[1]汪曾祺这样一位熟悉中国古典,同时又通晓外国文艺的作家,肯定对斯大林关于"语言"不是"上层建筑"以及"语言的非阶级性"观点印象深刻。因为正是有了这套对于语言的论述,才使得社会主义文学能够广泛地吸收人类文化的遗产。譬如他常常举例说明,"《沙家浜》里有两句唱词:'垒起七星灶,铜壶煮三江',是从苏东坡的诗'大瓢贮月归春瓮,小勺分江入夜瓶'脱胎出来的。我们许多的语言,自觉或不自觉地,都是从前人的语言中脱胎而出的。"[2]与此形成对应的恰恰是斯大林关于"普希金的语言"与"现代俄语"关系的讨论:"从普希金逝世以来,已经一百多年了。在这个时期内,俄国曾消灭封建制度,资本主义制度,并产生了第三个制度,即社会主义制度。这就是说,已经消灭了两个基础及其上层建筑,并产生了新的社会主义基础及其新的上层建筑。但是,如果以俄语为例,那末它在这个长时期内,并没有遭到什么破坏,并且现代俄语按照它的结构来说,是同普希金的语言很少有差别的。"[3]然而,与斯大林的论述中"普希金语言"与"现代俄语"的关系略有不同的是,《沙家浜》唱词"与"苏东坡诗句"的联系可能更为悠远曲折。在20世纪80年代的语境中,汪曾祺为什么愿意将"《沙家浜》唱词"一直追溯到"苏东坡",却避而不谈60年代沪剧《芦荡火种》中"摆出八仙桌,招接十六方。砌起七星炉,全靠嘴一张。来者是客勤招待,照应两字谈不上"这样更为

---

[1] 笔者在孔夫子旧书网上查找斯大林的《马克思主义和语言学问题》,发现最早的中文版本是1950年10月出版的。
[2] 汪曾祺:《"揉面"——谈语言》,《晚翠文谈新编》,第105页。
[3] 斯大林:《马克思主义和语言学问题》,第6页。

切近的"脱胎"之处,其至在《汪曾祺文集》(戏曲剧本卷)中,也压根不提《沙家浜》改编自沪剧《芦荡火种》。在我看来,五六十年代文艺创作对于来自"民间"的因素,往往大讲特讲,以至于到了夸大其词的地步,但到了80年代,或许出于"拨乱反正"的需要,回顾当时的文艺创作,却故意把"民间"源泉隐藏起来,反而更愿意强调与上层文化、精英文化的联系,对来自民间的因素采取抹杀、取消的姿态。汪曾祺的表现也可以看作是那个时代的一种"征候"吧。[1]

就像对"民间"源泉的隐藏一样,在80年代也很少有人引用斯大林的语言学观点了。这是因为当时作为思想解放运动的重要一部分,随着对马克思《1844年哲学经济学手稿》的全面发掘和深入讨论,在思想上出现了从"政治经济学的马克思"回到"人道主义的马克思"的倾向,在政治上则强调从"斯大林化的马克思"回到"马克思主义本身",其目的主要是针对苏联或者更具体地说针对斯大林对于马克思主义经典的垄断展开批判。从那以后,"斯大林"——更不用说"斯大林主义"——就成了"僵化""教条"和"专制"的代名词,一般是作为负面形象而被提及。可是,汪曾祺在论及小说语言即内容时却还是常常以斯大林所论为佐证,恐怕就不是简单地为了标新立异,而是不经意间流露出五六十年代思想文化对他的深刻影响。

需要强调的是,发现五六十年代的思想文化对80年代的汪曾祺也产生过较大的影响,并不是要否认40年代西南联大的现代主义在他身上的深刻印记。而是想进一步指出,40年代的新文学传统如果在某种程度上构成了汪曾祺的"前理解",那么五六十年代的思想文化如何与这种"前理解"发生关系呢?这种关系是否只构成了"压抑"与"被压抑"的机制?还有没有其他的可能性?特别是在80年代的语境中,加上汪曾祺"被审查"的特殊境遇,两者是否可能产

---

[1] 感谢张炼红提醒注意这点。

生某种新的"化学反应"呢？在文学史家眼中，汪曾祺最为人所激赏的是他的创作对古今中外文学的"打通"，就如他自己常常喜欢引用的一个比喻——"菌子已经没有了，但是菌子的气味留在空气里"[1]——一样："现代与传统的虚假对立在这团搓揉了近40年的面里已经消弭了。当新进作家笨拙地从头学习'意识流'或'笔记小说'时，汪曾祺的小说令人惊喜地提供了可作参考的由'生'至'熟'的一条路径，而且，他带你由这条路径去重新认识了沈从文、废名和鲁迅，重新认识了那些古人和洋人。"[2]最突出的例子大概要算汪曾祺把归有光说成"是和现代创作方法最能相通，最有现代味儿的一位中国古代作家。我认为他的观察生活和表现生活的方法很有点像契诃夫。我曾说归有光是中国的契诃夫，并非怪论。"[3]但人们却没有进一步追问汪曾祺为什么能够"打通"？他发出的"并非怪论"的"怪论"所依凭的是什么？

三、内部的"束缚"与"突破"：汪曾祺与"毛文体"

通读汪曾祺谈文论艺的文字，"打通"背后并没有什么秘密。说得直白点，他"打通"的依据无非是在中国古典文学和民间文艺的基础上发展现代文学，这和50年代在"新诗"发展问题的讨论中，所提出的在古典诗歌和民歌的基础上发展新诗的道路，确有异曲同工之处。[4]尽管汪曾祺不会像当年新诗发展问题讨论中那样对"五四"以来的新文学和外国文学采取批判或排斥的态度，但他讨论问题的

---

[1] 汪曾祺：《谈风格》，《晚翠文谈新编》，第71页。
[2] 黄子平：《汪曾祺的意义》，《幸存者的文学》，第105页。
[3] 汪曾祺：《谈风格》，《晚翠文谈新编》，第67页。
[4] 参见洪子诚、刘登翰：《中国当代新诗史》，人民文学出版社1994年版，第163页以下。此书对于新民歌运动以及新诗发展问题讨论的性质、缘由、前因后果以及发展线索有比较详细的介绍、梳理与分析。

重点无疑是放在如何向"古典文学"学习,特别是怎样向"民间文艺"取经上。翻检汪曾祺讨论文学的文章,诸如"有些青年作家不大愿读中国的古典作品,我说句不太恭敬的话,他的作品为什么语言不好,就是他作品后面文化积淀太少,几乎就是普通的大白话";[1]以及"除了书面文化,还有一种文化,民间口头文化……我编过几年《民间文学》,深知民间文学是一个海洋,一个宝库";[2]"我甚至觉得,不读民歌,是不能成为一个好作家的";还有"语言是要磨练,要学的。怎样学习语言?——随时随地。首先是向群众学习"[3]……这样的说法随处可见,俯拾即是。

他如何从"现代主义"转向了"民间文艺"呢?关键正如汪曾祺自己所说:"我编过几年《民间文学》。"《民间文学》月刊于1955年4月创刊,"这是一份以发表来自全国各地的搜集者的民间文学作品自然来稿为主兼发民间文学理论和评论文章的专业刊物"[4],《民间文学》的编辑委员会在1957年"反右"运动前,由钟敬文、贾芝、陶钝(以上为常务编委)、阿英、王亚平、毛星和汪曾祺组成,[5]汪曾祺具体负责编辑部的工作,相当于编辑部主任。这本刊物的宗旨就像《发刊词》所言,虽然强调"民间文学"的"教育作用"和"认识作用",却并非以狭隘的态度对待"民间文学",而是显示出难能可贵的"开放性"和"灵活性":"作为古代社会的信史,人民自己创作和保留的无数文学作品,正是最珍贵的文献。我们都读过或知道恩格斯的《家庭、私有制和国家的起源》。它是列宁所称赞的'现代社会主义的基本著作之一'。在这部原始及古代史的经典著作里,恩格斯就引用

---

[1] 汪曾祺:《小说的思想和语言》,《晚翠文谈新编》,第44页。
[2] 汪曾祺:《思想·语言·结构》,《晚翠文谈新编》,第83页。
[3] 汪曾祺:《揉面——谈语言》,《晚翠文谈新编》,第105页。
[4] 刘锡诚:《20世纪中国民间文学学术史》,河南大学出版社2006年版,第595页。
[5] 编委会的名单在《民间文学》上从1955年5月号连续刊登了3期。1957年"反右"运动后,由于钟敬文和汪曾祺被划为"右派",改由阿英担任主编。

了希腊等民族的神话、史诗、歌谣去论证原始社会的生活、制度。人民的语言艺术,在这里发挥着远古历史证人的作用。我们今天要比较确切地知道我国远古时代的制度、文化和人民生活,就不能不重视那些被保存在古代记录上或残留在现在口头上的神话、传说和谣谚等";同时也十分注重"民间文学"的"审美作用"和"艺术性":"人民不仅有美好的精神和性格,他们同时还是艺术上的能手。……他们不但有自己丰富的创作源泉(社会生活),他们还有自己的艺术传统和艺术经历……往往创造出非常美丽动人的作品。这种作品是封建地主阶级或资产阶级的许多文人墨客的诗文所不能比拟的。……过去优秀的人民创作是人民教养上永远需要的一股活源泉,它不枯竭,也不变质。"[1]这种对"民间文学"的理解——一方面既关注"古代记录",又留意"现在口头",沟通了"古典文学"与"民间文艺"的联系;另一方面既发掘"创作源泉",又着眼"艺术传统",将"民间文学"视为"文学创作"永不枯竭的"活的源泉"——想必对汪曾祺的文学观转变产生了相当重要的影响。

　　这样就可以理解了,为什么"民歌""民间文化"和"向群众学习"之类明显带有五六十年代印记的说法在80年代已显陈旧,汪曾祺却愿意多次强调,反复提点。因为这正是他所信奉的,也是他所实践的:从《复仇》到《受戒》,小说语言横跨"三十多年"的变化,其原因正在于此。汪曾祺当然没有忘记西南联大的现代主义传统,也不会忘记他是沈从文的学生,但经过五六十年代的淘洗,他对"40年代新文学传统"的理解或许更宽广一些,以至于以《传统文化对中国当代文学创作的影响》为题作文时,他也不忘提起:"四十年代是战争年代,有一批作家是从农村成长起来的。他们没有受过完整正规的学校教育,但是他们得到农民文化的丰富的滋养,他们的作品受了民

---

[1]《〈民间文学〉发刊词》,载《民间文学》创刊号(1955年4月)。

歌、民间戏曲和民间说书很大的影响……他们所接收的是另一种形态的文化传统。尽管是另一种形态的,但应该说依旧是中国的文化传统",并进一步举赵树理为例,"赵树理是一个农村才子,多才多艺。他在农村集市上能够一个人演一台戏,他唱、演、做身段,并用口过门、打锣鼓。非常热闹",[1]相当曲折却明确地表达出了对"延安文艺"以及受其影响的"五六十年代文学"某种同情的理解和认同。

较早注意到汪曾祺和"五六十年代文学"之间关系的是李陀,他那篇在汪曾祺研究史上具有举足轻重地位的《汪曾祺与现代汉语写作》,从口语化的写作入手,将汪曾祺小说语言的渊源追溯到赵树理:"拿赵树理和汪曾祺做比较,是非常有趣的。比如,他们小说开篇常常很相像,都是'从前有座山,山上有座庙'的方式……汪曾祺对赵树理很推崇,说:'赵树理是非常可爱的人,他死于"文化大革命"。我十分怀念他'——用这样动情的口气说一个人,这在汪曾祺是很少见……1950年代在北京做《说说唱唱》和《民间文学》编辑的时候,他和赵树理还共过事(当然那时赵树理已经是名作家),这段经历对他一定影响很大……我以为赵树理对汪曾祺的写作有很深的影响,可能比老师沈从文的影响还深。"但论述的重点却是强调汪曾祺在把现代汉语"解放出来这样重大历史转变中,做了一名先行者,一名头雁"。尽管李陀承认"毛文体无疑是现代汉语发展历史上一个非常重要的阶段或方面,它在几十年的长时间里影响、左右了上亿人的言说和写作,大概再也不会有另一个语言运动能和它的影响相比。可以肯定说,它对现代汉语的成熟起了很大的推动作用……是毛文体为这一规范化提供了一套套修辞法则和词语系统,以及统摄着这些东西的一种特殊的文风——它们为今天的普通话提供了形和神。这些都不能低估",也认为"知识分子"和"毛文体"的关系十分

---

[1] 汪曾祺:《传统文化对中国当代文学创作的影响》,《晚翠文谈新编》,第17页。

复杂。[1]那么"赵树理"和"毛文体"是什么关系呢？深受"赵树理"影响的"汪曾祺"和"毛文体"又是什么关系呢？"毛文体"固然有"对现代汉语发展的可能的"严重影响，可"毛文体"内部是否也蕴含着在新的环境下突破"束缚"的可能呢？否则怎么来理解汪曾祺对"五六十年代文学"的挪用呢？正是他在80年代的语境下，在"40年代新文学传统"的基础上，重新激活了他所接受的"五六十年代文学"，在别人还以为两者是完全对立和断裂的情况下，他偷偷地完成了另一次"打通"和"延续"。

也许，"头雁"就是这样先飞起来的。[2]

四、"三十年"并非"空白"的意义

行文至此，我发觉这篇文章有一个明显的缺陷，那就是没有花更多的篇幅来讨论汪曾祺的作品，譬如语言如何经受时间的淘洗、叙述姿态怎样因境遇而变化，等等，或许更能直接地说明"五六十年代文学"是以何种方式与"40年代新文学传统"产生"化合"作用，并最终作用于"80年代文学"的。[3]不过，话说回来，我对这篇文章的设想本来就是让汪曾祺自己的话和汪曾祺研究者的话构成某种"对话"关系，在争吵、讨论和互补中尽可能地形成"共识"。写到

[1] 参见李陀：《汪曾祺与现代汉语写作——兼谈毛文体》，《花城》1998年第5期。

[2] 在《意象的激流》一文中，李陀曾给汪曾祺画过这样一幅像："说他是这一群体的先行者，一头相当偶然地飞在雁群之前的头雁。这是有点奇怪，有点不寻常，因为这只头雁是个老头儿，当年是西南联大的学生，听过闻一多的课，平日好书，好画，好花木，好与各样的怪人闲谈，还是个真正的艺术家，绝不像一个先锋人物。"《文艺研究》1986年第3期。

[3] 近年来，越来越多的研究者从各个方面关注"五六十年代文学"之于汪曾祺的影响，譬如田延的《20世纪五六十年代的文化经验与汪曾祺1980年代的小说创作——以〈异秉〉的重写为例》，载《中国现代文学研究丛刊》2020年第2期；张高领的《民间文学、方言体验与阅读史重构——张家口如何滋养汪曾祺》，载《中国现代文学研究丛刊》2020年第6期。

这儿,"效果"有没有达到?"共识"能不能形成?我心里没底。不过,通过对汪曾祺及其研究者的阅读,却使我相信,时间是最好的老师,它在某一刻让人们体会到"这一点",却并不妨碍它在下一刻又教会人们领悟在"这一点"之外,还有更广大的世界可以进一步探索。

1997年,汪曾祺过世,许多作家、评论家在悼念他的文章中,都特别强调从"40年代"到"80年代",汪曾祺创作"长达三十年的空白并不是一片虚空,它的意义充盈而坚实,汪先生的人格、性情尽在其间。此时的不写,正是真正的写,是一位作家自在的禀性和他对小说的固有美学追求的非文字存在。"[1] 事实上,汪曾祺这"三十年"很难说是"空白",即使认为他所做所写都是"空白",那也确如人所言,"空白"并非毫无"意义",而是要看将这一"空白"放到什么脉络中来显示其"意义"。汪曾祺离开我们已经十多年了,关于他写作生涯的这一段"空白"虽然已经被反复言说,但能否转换一下脉络重新理解呢?譬如就像下面的论述提醒我们留意,"40年代新文学传统"是不是应该包括了"延安文艺"?"延安文艺"如何在语言方式上塑造了"五六十年代文学"?"五六十年代文学"又怎样在表面化为"80年代文学"阻力的同时沉潜为其内在的动力:

> "五四"终结了文言文的权威,但我们今天的语言却并非它的延续。同样是现代汉语,如果拿今天的文学作品同"五四"时期至30年代的文学作品相比,将发现二者间存在明显而巨大的差异。在延安出版和发表的文学作品,早期和后期语言风格差异极大;直到1941年,延安作家的遣词行文、句式句法还承续着"五四"以来的风范,但1942年后面目大变,先前风格荡然无存,

---

[1] 李洁非:《空白——悼汪曾祺先生》,《当代作家评论》1997年第4期。

就像换了一个人。如今人们用"文人腔"来形容"五四"式语言风格，也的确是简明扼要。就此而论，"现代白话"与古典"文言"实乃一丘之貉，两者皆是与日常脱节，与民众脱节的"官话"或文人语。

……

作为辅证，可以考察一下沿不同脉络发展下来的内地和台湾（地区）现今两种中文的语言面貌。比之于海峡对岸，内地语言表现力更强，有血有肉，更能涵盖三教九流的众生相，更加口语化，语言禁忌更少。反观台湾（地区），其作家的语言趣味则较内地明显典雅，措辞及行文所保持的文人化痕迹较浓较深。这两种不同的现代汉语，实即经延安改造了的"革命白话"，和未经这种改造、承续"五四"面貌的"现代白话"；其间，两地各自的文化历程可谓纤毫毕现。[1]

倘若我们能够将这儿所说的"延安文艺"以及受其影响的"五六十年代文学"纳入所谓汪曾祺创作"长达三十年的空白"中，或许才能更深地理解他的意义，一位年近花甲重新拿起笔来写作的老人之于"为中国老百姓喜闻乐见的中国作风和中国气派"的意义！

---

[1] 李洁非：《延安的意义》，《中华读书报》2010年10月13日。

第五章 "骑手"为什么歌唱"母亲"

——关于"张承志文学"及其"难题性"[1]

李晨：你好！

你研究张承志的博士论文经过修改，很快就要出版了，真是可喜可贺！翻看出版社寄来的大样，感触良多，随手记下了一些零散的想法，希望和你分享。

不知你注意到没有，2016年第2期的《上海文学》上发表了香港作家彦火对茹志鹃的访谈和通信，这次访谈是1983年在美国爱荷华做的。当时茹志鹃、王安忆母女应邀参加"爱荷华写作计划"，同一届的华人作家中，还有台湾的陈映真和七等生，香港的彦火等。由于王安忆后来发表了《乌托邦诗篇》这样有影响的作品，大家都比较关注陈映真与茹志鹃、王安忆的相遇，文倩最近写的那篇《茹志鹃、陈映真与王安忆的渊源与文学影响考察》[2]对此有相当深入的研究。但从《上海文学》发表的访谈和通信来看，茹志鹃也与同时访问爱荷华的其他作家如彦火有着比较密切的交往与联系。这次访谈中，让我感兴趣的是，彦火问茹志鹃为何当代中国文学"好像还没有出现过像'五四'时期那么重要的作家"？茹志鹃

---

[1] 此文是为李晨的《在底层深处：张承志的文学与思想》一书（台湾人间出版社 2016年版）所写的序言。

[2] 参见黄文倩：《茹志鹃、陈映真与王安忆的渊源与文学影响考察》，《文艺争鸣》 2015年第12期。

回答说从青年作家中极有可能产生"重要作家","例如像张承志这样的作家,已经开始露出锋芒,将来的发展不可预料。他是个学者,搞地质的"。茹志鹃为什么在20世纪80年代初期就这么推崇张承志呢?蔡翔老师曾经回忆,"李子云老师是有一种'少共情结'的,那不仅是一种有关青春的记忆,而是涉及信仰、操守和正直的品格,是对理想的追求和对社会的关注。所以,她特别喜欢和推崇张承志的作品,而张承志对李子云老师也是非常的尊敬,总是称呼她为'子云大姐'。张承志每到上海,他们总会一聚,我不太清楚他们会说些什么,但我想,那可能也是一种两代人之间对'少共'精神的理解"。[1]而张承志自己也说过:"上海对于我比外国还陌生。我去上海从来只停三五天便急于离开。但哪怕只停两天,我也一定去看子云大姐。甚至还要去上海的原因之一,即是因为李子云大姐在那儿住……她对我多次讲过:她对自己青春立志投身革命的选择,一生从未后悔。我与她之间的几度交谈,每次都涉及了这个题目。但每当谈及拜倒于西方价值的人与作品,子云大姐总是说:'他们不懂,对那些我们早已了解,我们早已选择过了'。"(张承志:《她们那一代知识女性——悼李子云、苏予》)我想,按照蔡老的说法,同在上海、同样具有"少共情结"的茹志鹃喜爱并推崇张承志也就不难理解了。不过,在访谈中,茹志鹃看好张承志,是因为她认为,"从学术上来分析,20世纪30年代的一批老作家,他们又是作家又是学者。而我们这一代不一样,我们是作家,但我们不是学者。因为环境的关系,我们青年时代是在战火中度过,所以像我这样年龄的人当中,学者很少。而青年一代可以弥补我们这方面的不足",其中最有希望的是张承志,他既是"作家",也"是个学者,搞地质的"。

---

[1] 蔡翔:《到死未消兰气息》,载《书城》2009年第8期。

说张承志是"搞地质的",不知是彦火记录时的笔误,还是茹志鹃回答时的口误。无论是他从北大考古专业毕业后,在中国历史博物馆从事新疆伊犁河流域和河南史前文化的发掘,还是后来进入中国社会科学院研究生院民族历史语言系,开始进行新疆的民族和历史调查……虽然所做的工作在某种程度上与"地质"有关——张承志曾在《文史》上发表过一篇关于天山硇砂的文章,即《王延德行记与天山硇砂》,后来收入《常识的求知——张承志学术散文集》,不只是利用了史料而且利用了地质资料馆的"物证",自以为"搞出了一篇肯定是正确的文章",不料却受到导师翁独健先生"整整一小时的训斥"(《为了暮年》)——但更合适的描述似乎应该是"搞地理的"。尽管那时《北方的河》尚未发表,茹志鹃不可能领略到小说中的"我"对"地理"的沉迷:"对,他心里说,挑选这个专业是对的,地理科学。单是在这样的大自然和人群里,就使他觉得心旷神怡。汉语专业无论怎么好,也不能和这个比,这才是个值得干的事业。我就选中这些河流作为研究方向,他暗暗地下着决心。"可我猜想,她读着《黑骏马》这样真切深情地描述乌珠穆沁草原的小说——"它不是爱情题材小说","它描写的是在北国、在底层,一些平凡女性的人生"(《初遇钢嘎·哈拉》)——心中念叨的一定是活生生的"地理"而非冷冰冰的"地质"。

从"地质"到"地理",看上去只是一字之差,背后却蕴含着"态度"的某种根本转变:不仅远离所谓"客观"与"中立",而且拒绝一切"理论先行"和"概念优先"。就像张承志后来在《人文地理概念之下的方法论思考》中说的那样:"一个叫做'调查'的词正在流行。是的,这个词汇已是天经地义的科学术语,无论它怎样与文化的主体,即民众,从地位到态度地保持着傲慢的界限。与之孪生的另一个词是'田野'。把人、文化主体、人间社会视为'田野',是令人震惊的。因为对这个术语更熟悉的考古学界,还有地质队员并非如此使用这个词汇。在我们守旧的观念里,只把地层、探方、发掘工地,把相对于室内整理的那一部分工作称之田野。我们从不敢对工地附近的百姓村落,用这个术语来表述。"既然警惕"调查",区分"田野",那么"地理"必须处理的"一个巨大的命题",就是"表述者与文化主人的'地位关系'",张承志以摩尔根曾被美洲原住民部落接纳为"养子"为例,指出"养子,这个概念的含义绝非仅仅是形式而已。这是一位真正的知识分子对自己'地位'的纠正。这是一个解决代言人资格问题的动人例证";并且企盼"人文地理""在摩尔根的意味深长的道路上,回归求知的本来意义。首先成为社会和民众的真实成员,然后,再从社会和民众中获得真知灼见"。

所谓"养子",你一定看出来了,这是张承志的夫子自道。他常常说自己是乌珠穆沁草原的"养子":"我们即便不是闯入者,也是被掷入者;是被六十年代的时代狂潮,卷裹掷抛到千里草原的一群青少年。至于我则早在插队一年以前,就闯入到阿巴哈纳尔旗,品尝过异域的美味。额吉和我的关系并非偶然形成。但我毕竟不是她的亲生儿子,我不愿僭越。"由于这层"养子"的关系,他可以大胆地质疑"血统就是发言权么?难道有了血统就可以无忌地发言么"?但也因为是"养子"的缘故,"至少从《黑骏马》的写作开始,我警觉到自己的纸笔之外,还存在着一种严峻的禁忌。我不是蒙古人,这是一个血统的缘起。我是一个被蒙古游牧文明改造了的人,这是一个力量的缘起。在那时,人们都还只是用四百字或五百字的稿纸的时候,我就总是一边写着一边看见她——那个乌珠穆沁老妇的沉默形象。"(《二十八年的额吉》)在这个意义上,可以说《黑骏马》是张承志实践自己的"人文地理"理想之作,然而这部作品出版之后,却也受到过不少中伤和排斥,以至于他不得不重新思考"文明代言人"的资格问题,注意到"知识分子"和"社会与民众"之间的"闯入者"关系:"从来文化之中就有一种闯

入者。这种人会向两极分化。一些或者严谨地或者狂妄地以代言
人自居；他们解释着概括着，要不就吮吸着榨取着沉默的文明乳
房，在发达的外界功成名就。另一种人大多不为世间知晓，他们
大都皈依了或者遵从了沉默的法则。他们在爱得至深的同时也尝
到了浓烈的苦味。不仅在双语的边界上，他们在分裂的立场上痛
苦。"(《二十八年的额吉》)要不"解释着"，要不"沉默着"……
作为"知识分子"的"养子"也难以破解这种二元对立，如此这般
的困惑从乌珠穆沁草原到西海固荒原一直困扰着张承志，以至于
他在"人文地理"的意义上，寄希望于另类"知识新人"作为"文
明内部的发言者"的出现："所谓人文地理概念也是一样，它正在
孕育，并未降生，它正在等着你的描述和参悟，等着它养育的儿女
为自己发言。它就是你习以为常的故乡，你饱尝艰辛的亲人，你对
之感情深重的大地山河，你的祖国和世界……尽力把对文明的描
写和阐释权，交给本地、本族、本国的著述者"；(《人文地理概念之
下的方法论思考》)更在"伊斯兰学问"的范围内，呼吁开展"寺
里的学术"："时代呼唤着另一类'知识分子'在悄悄地出现。不仅
回民的门坎里，其他领域也一样：农民的娃娃，如今不一定是文盲
了。读书，也并不是太苦的劳动。为了父老乡亲，为了一方水土，
农民、阿訇、学生，社会和宗教中的实践者，历史冲突的当事者，以
及他们的儿女，决心站出来试着描写自家的文明。立志要拿起笔
来的新文人，到处都可能出现。在这新旧世纪之交，旧学术与文明
主体之间的矛盾，浮现出来了。"(《寺里的学术》)到这时，张承志
已经将自己定位为这类"知识新人"的"秘书或助手"，"我出身学
界，但我幻想昔日褴褛的农民，入住学术大雅之堂的未来。感悟他
们遭受过的苦难，这一事业不该是名利之饵。它应留给泥巴黄土
的农民来做，我的任务只是秘书或助手，尽力帮助他们"。(《为泥
足者序》)

但在我看来，"养子"问题的关键，不仅在于"文明"外部或内部的"发言者"以及"旧学术与文明主体之间的矛盾"，更重要的是作为"表述者"的"知识分子"如何理解并懂得处理和作为"文化主人"的"民众"的关系。换句话说，理解张承志"养子"的困惑，"文明"固然要紧，"历史"才是要害。你一定记得吧，竹内好在他那本著名的《鲁迅》的"序章"中，称鲁迅为"中国现代文学"的"现役文学家"："从'文学革命'之前直到最后都保持了自己的生命力的，只有鲁迅一个人。鲁迅的死，不是作为历史人物，而是作为现役文学家的死。把鲁迅称为'支那的高尔基'，就此而言是正确的。为何他会获得如此长的生命？鲁迅不是先觉者。""鲁迅"不是"先觉者"，"鲁迅"只是"现役文学家"，竹内好看似故作惊人之语的判断，实际上意味着鲁迅身上深刻烙着现代中国历史的动荡、曲折与前行的印记，"鲁迅文学"则生动折射出现代中国历史本身具有的能量，并进一步从这种能量中吸取了将"历史""形式化"的动力。在这个意义上，我认为也可以把"张承志"看作是"中国当代文学"的"现役文学家"。也许你会说，中国当代文学60年，张承志的创作只贯通了后30年，如何能算"现役文学家"？确实，当代文学60年，前30年与后30年，断裂大于连续，难点在于如何处理"六十年代"。后30年文学的"起点"，正是建立在对"六十年代"——特别是"文革"——的否定上。从所谓"新时期"开始创作的作家，必然会自觉或不自觉地撇清自己与"六十年代"的关系。如此一来，许多作家仅仅将创作局限于"后三十年"，当然说不上是"中国当代文学"的"现役文学家"。然而，张承志毫无疑问是一个特例，他的创作同样开始于"新时期"，却从一动笔开始就显示出与"六十年代"的深刻联系，并且在后来30多年的创作中鲜明执着地保持着这种联系，进而从这种联系中不断获得进入新的思想与艺术领域的力量和能力……就像他自己明确表达得那样："我非但不后悔，而且将永远恪守我从第一次拿起笔时就信奉的'为人民'的原则。这根本不是一种空洞的概念或说教。这更不是一条将汲即干的浅河。它背后闪烁着那么多生动的面孔和眼神,注视着那么丰满的感受和真实的人情。在必要时我想它会引导出真正的勇敢。哪怕这一套被人鄙夷地讥笑吧,我也不准备放弃。虽然我在丰富、修正和发展它的过程中也不无艰辛。"(《我的桥》)说得不妨夸张一点,张承志几乎以一人之力将"中国当代文学"的"前三十年"和"后三十年"联系起来了,尽管这一联系中也充满了内在的紧张、冲突乃至断裂,可张承志不也正是以他长达数十年的笔耕容纳并展现出"连续"和"断裂"之间的辩证关系吗?所以称他为"中国当代文学"的"现役文学家",你不觉得挺合适吗?

当然,重视张承志与"六十年代"的深刻联系,并非简单地强调他的"老红卫兵"身份——据说"红卫兵"这个名称就是他给起的——实际上,张承志早就对"老红卫兵"这段历史特别是"血统论"有所反思:"这个潜入革命的母体、在1966年突然成了精的怪胎,好像生来就是为了对那伟大的时代实行玷污。我对它不能容忍。它那么肮脏地玷污过,连同我们对革命的憧憬、连同我们少年的热情。在日本出版的《红卫兵的时代》一书中,我讲述了自己的这种心情:'随着自己的能力增长,我一天天一年年地愈来愈厌恶血统论。我觉得,它在我最纯洁的少年时代侮辱过我,或者说,它使我在自己的人生中有过因恐惧而媚俗的经历。我因此而极端地仇视它。'"(《四十年的卢沟桥》)这种饱含感情的反思体现出张承志不一样的对"六十年代"的坚持,他不是执拗地固守过去的旧梦,也不是怀旧式缅想逝去的时光,而是首先直面"六十年代"的曲折、顿挫乃至异化和失败。譬如他为什么四十年念念不忘遇罗克,不是因为遇罗克是他的老朋友,"我不仅不认识遇罗克,甚至不熟悉他的故事。他于我只是1966—1967年的那个印象,如一个陌生的符号。但我知道,没有谁能如他,数十年如一日在我的灵魂暗处,一直凝视着我",之所以难以忘怀《出身论》,是由于"我在很久之后也没有弄明白:究竟为了什么,专政的铁拳会狠狠打在了一面认真研究着党的政策和毛泽东思想、一面顺应着全社会对血统主义批判的《出身论》作者的头上。历史脚步在当时的具体痕迹,悖乎人想当然的估计。其实人早就被深刻地分类对待了。这是一种异化的迹象。只不过,不管是当时高人一等的一方,与感受歧视的另一方,都没看见社会这更深的一层"。(《四十年的卢沟桥》)但与那些借"文革"时遇害的遇罗克来否定"六十年代"的当代"伪知识分子"截然不同的是,张承志重新肯定了遇罗克对"六十年代"精神的坚持,那就是"敢于反抗歧视,决意与被歧视者站在一起"。然而,今天的知识分子是否还像遇罗克那样"敢于站到受辱的那一翼去"呢?"在歌舞升平的此时,如招人嗤笑的一种怪谈。但它又确是知识分子优劣的标尺,是戳破伪学、伪文学和取媚体制的伪知识分子的利器。哪怕恰是那些人,多把遇罗克挂在嘴上。"

很显然,在张承志论述中,"遇罗克"作为"六十年代"的"转喻",具有了双重功能:一方面他的遇害标示出"六十年代"异化的危机,另一方面他的遭遇在当下被"伪知识分子"用来否定"六十年代",恰恰证明在新的语境下坚持并转化"六十年代"的必要性与迫切性。对于张承志来说,面对"六十年代"的曲折、顿挫乃至异化,不是简单地承认"六十年代"的失败,而是如何在当代也许更严酷的条件下重新阐释"六十年代"精神,为它努力寻找超克"异化"的"新形式"——正如他在"六十年代"读到瞿秋白的《多余的话》,这也是一部常常用来质疑牺牲、告别革命的篇什,"为他的华章打动的人愤慨批评:自有政党以来,无一个党首或者党员,能如瞿秋白那样解剖自己",不过,张承志更警惕的是,"若这种批评于不假思索之间,以文人否定了战士、以文辞之技贬低了社会斗争的话,这批评就没有脱离小人之心的低级趣味,它跳跃而不高,难度君子之腹"。《多余的话》尽管暴露了革命内在的紧张,但它的根底依然是革命的。"'多余的话'写的是革命,它痛苦地掩饰着失败志士的心情。正是这些话,透露了瞿秋白的——不惜身的心理倾向。这是他埋藏最深的心理。也许,这也是革命的埋藏最深的遗产。"(《秋华与冬雪》)——无论是"敢于站到受辱的那一翼去",还是为了反抗不义和歧视"不惜身的心理倾向",作为"革命的埋藏最深的遗产",构成了张承志艰辛地"丰富、修正和发展""六十年代"精神的最动人的底色。正是在这种底色上,他才能底气十足地用这样的方式来"祭奠遇难的遇罗克"和"纪念红卫兵诞生四十周年":"当我在八十年代末,看着自己的双脚走在贫瘠的黄土高原上的时候,我确实感到过一种踏实。因为那时我的心里似乎掠过了一丝欣慰,我意识到:也许我可以面对那位陌生的死者了。和一个受到曲解、歧视、压迫的群体在一起誉毁与共,尽我微薄之力,还他们以尊严——原来这就是我苦求不得的形式!"(《四十年的卢沟桥》)

时隔40年,张承志终于说他也许"可以面对那位陌生的死者了",实际上意味着他找到了在今天如何面对并转化"六十年代"的某种独特方式。借助对这种方式的勾画,我想你或许更能理解我说的"养子"问题——或者套用张承志那篇著名小说的题目,就是"骑手为什么要歌唱母亲?"——既关乎"文明",但更关键的还是"历史"。在"六十年代"及其背后漫长的中国革命所锻造的决定性历史视阈中,人民至高无上,人民就是伟大的母亲!文学的"人民性"原则之所以不可动摇,对应的正是这种革命历史形成的人民至高无上的宪制权力。但"文学"不同于"宪法",抽象的"人民性"对于一个作家来说,需要具体化为实实在在的"母亲"形象。由此而来,任何"人民性"的写作都转化为"骑手"对"母亲"的歌唱:"我特别铭记着在我年轻时给予过我关键的扶助、温暖和影响的几位老母亲……那蒙古族的额吉、哈萨克族的切夏、回族的妈妈，看见她们正默默地在那条漫长的长坂上缓缓前行，并耗尽着她们微小平凡的一生。于是我写道：我是她们的儿子。现在已经轮到我去攀登这长长的上坡。再苦我也能忍受，因为我脚踏着母亲的人生。"（《我的桥》）这段话几乎可以看作是张承志的写作宗旨，就像你的这本新书题目《在底层深处》所揭示的那样，张承志迄今为止所有的创作，都是扎根于人民／母亲／底层的"深处"，随着空间的扩展，从内蒙古大草原到新疆盆地、西海固荒野抵达至安达卢西亚"鲜花的废墟"……随着时间的延伸，从当下此刻、60年代、红军长征、回疆起义追寻到历史黝黑的深处……他通过"沉重的文学劳动"，时时体会到"认识的不易和形式的难以捕捉"，不断用"小说""散文""随笔"乃至别的什么文体，"只要它与所描写的那种独特文化在分寸、精神、色调和节奏上相和谐"，就拿来为"人民"赋形，替"底层"发声，让"母亲"出场……直至某座寺里的"账本"，"没有事的时候，我就把账本子翻一翻。久了我感到，这账本子里面，简直就是清真寺记录的、整整一本子社会学经济学。会计算盘敲下的、数码字一页页抄下的流水账，记着老王的五毛钱乜帖、老李家三只羊。记着灾害年头的欠款，记着海外的移民关系，记着本地砖瓦木工的价格，记着村庄消长的财力，还有——烧煤支出多少、打粮支出多少、念经收入寺里留多少阿訇落多少，培养着几个满拉也养着几个羊，坊上一共多少高目（教下），各姓的根底来源，企业家出散了多少……一本账，好像是一坊一村的川流不息的历史。"（《寺里的学术》）

　　有字书，无字书；语言的世界，生活的世界……犹如张承志常常喜欢引用的《福乐智慧》（玉素甫·哈斯·哈吉甫）中的两句诗："我说了话，写了书／伸手抓住了两个世界"。作为一个以语言为业的写作者，一个以表达为职的"表述者"，"母亲"不只是纸面的形象,更是"母语"的节奏和旋律。张承志写于1985年的那篇《美文的沙漠》,很长时间我们都把它当作"八五新潮"中"语言自觉"的代表作,最喜欢引用的要不就是"美文不可译"的尖锐观点,要不就是那段对"小说语言"的精彩描述:"也许一篇小说应该是这样的:句子和段落构成了多层多角的空间,在支架上和空白间潜隐着作者的感受和认识,勇敢和回避,呐喊和难言,旗帜般的象征,心血斑斑的披沥。它精致、宏大、机警的安排和失控的倾诉堆于一纸,在深刻和深情的支柱下跳动着一个活着的魂。当词汇变成了泥土砖石,源源砌上作品的建筑时,汉语开始闪烁起不可思议的光。情感和心境像水一样,使一个个词汇变化了原来的印象,浸泡在一片新鲜的含义里。勇敢的突破制造了新词,牢牢地嵌上了非它不可的那个位置;深沉的体会又挖掘了旧义,使最普通的常用字突然亮起了一种朴素又强烈的本质之辉"……却从根本上忘了无论"美文"的意涵,还是"汉语"的光芒,如果离开了"母语""中国"和"中华民族"的内在关联与先在前提,只能沦为"形式"的"游戏":"母语的含义是神秘的,我其实是在很晚以后,才多少意识到自己属于中国人中间的一支特殊血缘——因为回族是我国唯一的一个外来民族。然而一支异乡人在中国内地、在汉文明的大海中离聚浮沉,居然为自己重新选择了母语,——这个历史使我感到惊奇。在文学创作的劳动中,我至今还没有机会写一写使用这种语言曾带给我的种种美好感受。我记得我曾经惊奇:惊奇汉语中变幻无尽的表现力和包容力,惊奇在写作劳动中自己得到的净化与改造。也可能,我只是在些微地感到了它——感到了美文的诱惑之后,才正式滋生出了一种祖国意识,才开始有了一种大人气(?)些的对中华民族及其文明的热爱和自豪。"(《美文的沙漠》)这段文字包含了"回汉民族""汉文明与汉语""母语、祖国和中华民族"等错综复杂的关系,值得深入解读。老何最近发表的讨论张承志"中国观"的文章[1]，想必你已经读过了。他也曾引用这段话，试图说明张承志通过对"美"和"美文"的体认，建立起对中国文化的认同："美则生，失美则死——即使文明失败了，人们也应该看见：还有以美为生的中国人。"(《无援的思想》)

我的关注点与老何略有不同，在这儿只是想强调，透过《美文的沙漠》，张承志的确表达出了某种"语言的自觉"，但这一自觉与那种将"语言""对象化"和"客观化"的"形式主义"路向迥然有别，反而更深刻地标识出"语言"必须以"母语""民族"和"祖国"为前提才能重新回到"自身"；而这种"语言"回到"自身"的过程，必然要求作家将自己的生命体验、民族意识和国家认同转化为对某种最适合表达的"语言形式"的探求："我们这一代年轻(？)作家由于历史的安排，都有过一段深入而艰辛的**底层体验**。由于这一点而造成的我们的**人民**意识和**自由**意识，也许是我们建立对自己的文学审美和判断的重要基础。换句话就是说，继国际、国内的例子之后，现在谈到的是对自己'翻译'的可能性问题。"(黑体为原文所有)所谓自己"翻译"的可能性，套用张承志小说的题目，也就是一个作家不仅要回答"骑手为什么歌唱母亲？"，还要进一步探索"骑手用什么语言歌唱母亲"："我们毕竟有了人民和自由这两种意识作基础，我们还可以不断地体察生活、领悟历史、捉摸艺术。我想说的只是，在我只能循着命定的方式追寻我观念中的美文的过程中，我希望自己耳中总能听见人民和历史的脚步。我企图用听见的这种声音矫正自己的方向和姿势，把被动和主动调和起来。"(《美文的沙漠》)"把被动和主动调和起来"，说得多好啊！我想，这就是张承志文学的"人民性"既能保持高度的社会介入，同时又不失高超的艺术追求的奥秘之所

---

[1] 参见何吉贤：《一位"当代"中国作家的"中国观"——理解张承志的一个视角》，载《民族文学研究》2016年第2期。

在吧!

不好意思,这封信已经写得够长了。读你的新著,固然常能感受到论述上酣畅淋漓的痛快,但更多的时候和你一样陷入与张承志纠缠不休、肉搏不止的境地,恐慌并困惑于不知道他会把我们带往何方。因为张承志的写作横跨文学、历史、地理、宗教和民族等多个领域,打破了以汉语文学/文化为中心的限制,将广阔的蒙回边疆、阿拉伯世界乃至日本和西班牙都纳入行走与思考的版图中,对于我们这些做当代文学批评和研究的人来说,他确实构成了一个巨大的存在和挑战。按照老何的说法,这甚至成了当代文学批评的"张承志难题",而这一"难题"如此触目,更是体现了中国当代文学研究界乃至思想界在知识与视野上的局限:"提出这一'难题',是为了说明它的背后所指向的,是如何理解中国?如何理解中国在当代世界的处境?这样一个问题。今天,随着中国和世界形势的变化,张承志提出和讨论的问题,如中国的边疆民族问题,西北内陆问题,伊斯兰问题,关于六十年代的革命问题,都已成为非常尖锐的学术、思想和现实的问题。我把张承志对这些问题的思考和回答归结为对'中国'的理解。"(《一位"当代"中国作家的"中国观"——理解张承志的一个视角》)面对这一系列尖锐的问题,真可谓"墨到浓时惊无语"。

假如要从整体上把握张承志的问题意识,恐怕需要更多人更长时间的努力,甚至可以借用张承志《牧人手记》"小序"中的说法:"我觉得真正活生生地分析蒙古游牧文化的著作,应当产生于牧民的儿子之间。虽然比例和概率会非常之小,虽然前定在成全这样一个人之前要严厉地要求他的许多素质,虽然他不仅忠诚于游牧民族的本质还要具备广阔的胸怀和真理的原则;但是我坚信,游牧文化的母亲一定会养育出这样的优秀儿子……未来由牧民的孩子们创造的游牧世界的文学形象和学术体系,一定将挟裹着风雪的寒气、携带着羊皮的温暖、遵循着四季的周始和五畜的规律,以全套的牧人话语被描写出来,人人都可以等待,这种局面必将出现。"同样,人们也深切地期待"真正能活生生分析""张承志文学"的研究者,但在这样的优秀研究者没有出现之前,我们自知各种难以避免的局限,却也只好相互扶持,勉力为之了。

　　祝
笔健!

罗　岗

2016年7月7日,于上海,匆匆草就

第六章　历史开裂处的个人叙述

——城乡间的"女性"与当代文学中"个人意识"的悖论

一、个人主义话语与"文学化"的个人意识

对中国现代性问题的讨论,诸如"主体""个人""自我"和"个性"几乎是绕不开去的核心概念,但或许深受"观念史"或"关键词"研究取向的影响,近年来对这些概念的探讨,大多局限在"观念"层面或"语词"层面,使用的材料基本上是思想人物的理性论述,最多扩展到报纸杂志上的相关讨论,即使涉及文学文本,也主要是为了佐证某些理性化的论断,甚至直接用"个人主义话语"之类来加以概括。却忘了在现代中国的历史语境中,无论是"主体的诞生""个人的出场",还是"自我的觉醒""个性的解放",都不仅仅是一种停留在纸面的力量,这些新思想、新观念都要由"语词"渗透到"经验"、自"精英"扩展至"民间",从"观念形态"转化为"日常生活"……唯有如此,特殊性理念才能普遍化为社会意识,乃至沉潜为社会无意识,从而在更广大的领域中发挥效用。而要把握住这一隐秘的思想脉动,光靠理性的论述显然不够,必须拓展我们的视野,关注更多感性的、边缘化的叙述,譬如下面这封看似毫不起眼的书信:

妨婷,你好吗?

前几天我给你发了封信,也许你没收到吧。我每天盼你回

信可天天没有,心中非常挂念。我给你说一下这里的情况吧。

来了两个多月,分文没发,也不发厂牌,身份证也扣下不给。现在我处在痛苦中。我每天发段子烧,烧得我想死,想蹦想跳,又贫血。现在厂里的饭我一口也不想吃,光吃米营养不良。在这异乡没有亲人,我唯一想到的就是你。可我也知道你也很难,也不想麻烦你。为了我们曾经同过学而又是一个村的,请你帮我一次忙吧。

……

友拥华

93…[1]

署名"拥华"的这封信写于1993年,信中提到的她打工的工厂是"深圳葵涌镇致丽玩具厂",这是一家港资玩具厂,专为欧洲某著名玩具品牌公司进行产品加工。这一年的11月19日,工厂遭遇火灾,一场大火造成87人遇难,其中两人是男工,其余的85人都是在厂里做工的打工妹,还有50多人留下了终身的残疾和创伤。火灾发生之后,正在深圳做调研的学者常凯进入现场,在人去楼空的女工宿舍里发现了一些纸片,有日记、书信、请假条、工资、歌篇和证件……他最后整理出230余封打工妹的书信,事隔近十年后部分信件才有机会公开发表,这便是上面所引的书信片断的来源,那位叫"拥华"的打工妹写信给自己的同学兼老乡"妨婷",她想转厂,但身份证被扣押了,所以想找"妨婷"借身份证。[2]

---

[1] 参见常凯编:《民间语文资料:书简032号　遇难打工妹书信一束(1991—1993)》,《天涯》,2000年第5期,第49—60页。

[2] 关于遇难打工妹书信研究和受伤打工妹的后续调查笔记,参见谭深:《打工妹的内部话题——对深圳原致丽玩具厂百余封书信的分析》,《社会学研究》1998年第6期;谭深、刘成付、李强:《关于原深圳致丽玩具厂11·19大火受害打工妹的追踪报告　泣血追踪》,《天涯》2001年第3、4期。

　　常凯在公布信件的"说明"中写道:"这些信没有雕饰、没有作秀,写的都是实情和实话,生动和真实地记录了打工妹们由农村转到现代工厂后的工作、收入、生活、感情等具体情况。……中国在市场化和城市化的过程中,给这些打工妹们带来了一种全新的生活,然而,作为代价,她们必须付出血汗、付出青春,甚至付出生命。……她们用那种农村孩子特有的韧性,构筑了一个区别于所谓城市新生代的边缘群体,这个群体不仅用她们那稚嫩的肩膀扛起了她们自己的人生,而且作为工业社会的最基础的结构群体,她们用自己的青春,托起了一个辉煌的特区经济。可是,主流和上层社会,对于这一边缘群体又给予了多少关心和关爱?"[1]的确,玩具厂的打工妹用一种异乎寻常的方式,不自觉地"发出自己的声音",然而,如果不是这次惨烈的事故,不是有心人的收集和整理,她们书写的文字恐怕难以进入人们的视野。但幸运的是,因为有了这些文字,不仅使得进入"另一个世界"成为可能,而且让人们深刻地意识到,"她们的世界"与"我们的世界"尽管在社会地位上有着显著的差别——"她们"属于"底层",而"我们"属于"上层"和"主流"——可是却在另一个层面上分享着某些共同的价值预设,这些预设不单构成了"我们"理解"她们"的前提,而且也构成了"她们"自我理解的出发点:譬如她们离开家乡到城里来打工,这种以前常常被称为"个人意识觉醒"的行为,与"五四"以来一直到80年代的"启蒙"思想和"现代化想象"构成了一种怎样的关系? 再譬如她们在书信中述说自己在打工过程中的经验和感受,由此生产和体现出来的"主体性"和"个人内在的深度",多大程度上与现代文学的"自白"制度和"自述传"文学联系在一起?

---

[1] 常凯编:《民间语文资料:书简032号　遇难打工妹书信一束(1991—1993)》,《天涯》2000年第5期,第50页。

　　因此，在某种程度上，可以说她们的"个人意识"是高度"文学化"的。所谓"文学化"的"个人意识"，可以追溯到1980年第5期的《中国青年》上那封著名的书信——署名"潘晓"的《人生的路啊，怎么越走越窄……》[1]，这封引发"人生的意义究竟是什么"全国性大讨论的书信，同样充满了用"文学性"语言对人生苦难的述说以及无路可走的苦闷："我从小喜欢文学，尤其在经历人生艰辛之后，我更想用文学的笔把这一切都写出来。可以说，我活着，我现在所做的一切，都是为了它——文学。"[2]不过，"个人意识"的"文学化"不单指对"文学"的热爱和执着，更重要的是这种"个人意识"体现在对"痛苦"的体验、把握和书写上。"潘晓"来信的关键句式是："我也常常隐隐感到一种痛苦"；"拥华"的那封信虽然只是片断，但还是相当触目地写下了"现在我处在痛苦中"，虽然前者的"痛苦"更多地有"精神孤独"的意味："似乎没有人能理解我。我在的那个厂的工人大部分是家庭妇女，年轻姑娘除了谈论烫发就是穿戴。我和她们很难有共同语言。她们说我清高，怪僻，问我是不是想独身。我不睬，我嫌她们俗气。与周围人的格格不入，常使我有一种悲凉、孤独的感觉。当我感到孤独得可怕时，我就想马上加入到人们的谈笑中去；可一接近那些粗俗的谈笑，又觉得还不如躲进自己的孤独中。"而"拥华"的"痛苦"则明显偏向"身体的感受"："我每天发段子烧，烧得我想死，想蹦想跳，又贫血。现在厂里的饭我一口也不想吃，光吃米营养不良。"但从更深层次来看，不同的"痛苦"却发挥了同样的"功能"："个人意识"正是透过"痛苦"得以凝聚成形，得以表达传播。只是同样出于青年女

---

[1] 潘晓：《人生的路啊，怎么越走越窄……》，《中国青年》1980年第5期。以下引用该文，不再注明。

[2] 关于"潘晓"这封信的"文学性"的讨论以及和当代文学史的关系问题，可以参见吕永林：《重温那个"个人"——关于一个久已消散的文学史印迹》，《上海文学》2008年第2期。

工之手——"潘晓来信"的主要作者之一黄晓菊,当年也是一位青年女工——的书信,或许正因为"痛苦"的不同取向,命运却大相径庭:1980年代"潘晓"的来信,可以引发全国性的大讨论,甚至被摆放在了一个惊人的历史位置上:"像以往多次发生过的情形一样,在人类历史上每一次较大的社会进步的前夕,差不多都发生过一场人生观的大讨论。欧洲文艺复兴时期关于人性论、人道主义的讨论,俄国革命前夕关于人本主义和新人生活的讨论,我国'五四'时期关于科学与人生观的讨论,等等,都曾经对社会的前进作出过贡献。今天,在我们的民族经历了如此大的灾难之后,在我们的国家急待振兴的重要关头,在科学的文明已经如此发展的当代,人生意义的课题,必然地、不可避免地在青年当中又重新被提出来了";[1]可到了1990年代,打工妹的痛苦、彷徨与苦闷同样是通过书信表达出来,却必须以生命的代价才得以浮现在公众的面前,况且除了引起人们的同情之外,似乎再也不具有什么"文学"或"思想"的意义了。两者如此巨大的反差和强烈的对比迫使我们去检讨一些更深层次的问题。

　　从"潘晓来信"到"遇难打工妹书信",两者的联系与差异提示出对20世纪80年代以来个人主义的探讨,既不能仅仅停留在思想观念的层面,也不能只是关注社会的主流人群。"打工妹"的存在把我们的眼光带入了一个"文学性"的视域。这些女性社会地位的边缘性,并不一定表示她们在"意识"层面上同样处于"边缘"的位置,相反,社会地位的边缘性一方面使得她们有可能将某些主流意识用更极端的方式承受下来和表现出来,同时在承受和表现的过程中把主流意识的困境和荒谬尽情地表露出来;另一方面则证明了所谓"主流意识"——借用马克思关于"统治意识形态"的论断,即"任何时代占统治地位的思想"——不会仅仅停留在对主流人群的影响上,

[1] 参见《中国青年》为"潘晓"来信所写的《编者的话》,《中国青年》1980年第5期。

而是要全面渗透到社会的各个角落。

在这个意义上，"打工妹"不再是天然"无声"的一群，她们不仅靠文字的书写，更重要的是她们依靠行动，也即在乡村和城市之间自觉或不自觉的"流动"来表达自己的"主体性"。对于这种"主体性"，很多人都会有类似的疑问："流动女性在她们应该占据什么主体位置的问题上可以有选择吗？——她们是主动塑造和改变主体位置的自主行动者呢，还是只能从已有的节目单中选择主体位置？事实上她们在这个事情上有任何选择的机会吗？还是构成'流动农村女性'的主体位置和经验的历史完全是由话语和话语所蕴含的权力关系决定的？"[1]不管如何回答这些疑问，恐怕都不能否认，正是不断勃兴的"个人意识"成为她们"流动"的动力，构成了这种"主体性"的核心。但是这种"主体性"又不能完全理解为"主动性"，同样不能否认的是，主体性的生成有赖于"主流意识形态"的"询唤"。"个人主义"在这儿体现为流动的"个人意识"，而"文学"正是对"流动"与"意识"敏感记录和呈现，因此，从这场悲剧残存下来的"声音"中，我们需要辨认的不光是这一群"打工妹"的"心声"，也不是为她们的遭遇洒下同情的泪水，而是在高度"文学化"的审视中转化出一种新的眼光，把我们的视野带向文学和历史的深处，来重新发现和读解当代中国个人意识的萌动、发展和畸变……

二、"风景"如何被发现：香雪的
"铅笔盒"以及凤娇的"发卡"

一位在玩具厂大火中幸存的湖北打工妹"晓明"说："我们村在

---

[1] Tamara Jacka, *Rural women in Urban China: Gender, Migration, and Social Change*, Armonk, NY: M.E.Sharpe, 2006。中译本参见[澳]杰华：《都市里的农家女》，吴小英译，江苏人民出版社2006年版，第13页。

大山里面，不通火车也不通汽车。要到我们家，你必须得走上大约一个小时……"[1]与这位为了"看汽车""看火车"不得不离开家乡进城的"打工妹"相比，铁凝笔下那位台儿沟的农村姑娘香雪无疑要幸运一些，因为"记不清从什么时候起，列车时刻表上，还是多了'台儿沟'这一站"，尽管"……这列火车在这里停留一分钟"，却给台儿沟姑娘们带来了巨大的愉悦，她们可以"看火车"去了。[2]

在《哦，香雪》中，"火车"是最为关键的物象和载体，它从城市与城市之间的乡村飞驰而过时，无疑构成可以观看的"景观"，但小说中"被看"的"火车"，不是"飞驰"的"火车"：当"火车"向"姑娘们"驶来时，香雪"却缩到最后去了。她有点害怕它那巨大的车头，车头那么雄壮地吐着白雾，仿佛一口气就能把台儿沟吸进肚里。它那撼天动地的轰鸣也叫她感到恐惧。在它跟前，她简直像一叶没根的小草"。只有当火车停下来，由"速度"带来的"震惊"才渐渐平息，静止的车厢成了她们目光搜寻的所在，姑娘们——以凤娇为代表——用灵动的眼睛捕捉到"妇女头上别着的那一排金圈圈"，"比指甲盖还小的手表"，"屋顶子上那个大刀片似的"的"电扇"，当然还有香雪发现的"皮书包"。而当一个"白白净净""身材高大，头发乌黑，说一口漂亮的北京话"年轻的乘务员出场时，"看"与"被看"的多重关系就显示出来了：姑娘们"看火车"；"火车"（上的人们）不也在看这些"姑娘"吗？小说虽然没有直接描写火车上的人们是如何看"看火车的姑娘们"，却把这一潜在的"目光"转化为姑娘们内在的"自我观看"和"自我

[1]"晓明"的自述，参见潘毅：《中国女工：新兴打工阶级的呼唤》，任焰译，明报出版社2007年版，第3页。
[2]参见铁凝：《哦，香雪》，《青年文学》1982年第5期，第37—42页。后收入《铁凝文集》（第三卷）（江苏文艺出版社1996年版），细微处文字稍有改动，本文引用的均为《青年文学》版。

审视":

> 如今，台儿沟的姑娘们刚把晚饭端上桌就慌了神，她们心不在焉地胡乱吃几口，扔下碗就开始梳妆打扮。她们洗净蒙受了一天的黄土、风尘，露出粗糙、红润的面色，把头发梳得乌亮，然后就比赛着穿出最好的衣裳。有人换上过年时才穿的新鞋，有人还悄悄往脸上涂点胭脂。尽管火车到站时已经天黑，她们还是按照自己的心思，刻意斟酌着服饰和容貌。
>
> ……
>
> 她们仿照火车上那些城里姑娘的样子把自己武装起来，整齐地排列在铁路旁，像是等待欢迎远方的贵宾，又像是准备着接受检阅。（着重号为引者所加）

这就是《哦，香雪》中"火车"所起的作用，它不是飞驰而过，而是"停留一分钟"。这不仅给姑娘们"看火车"的可能，而且在看的过程中，赋予她们"被看"的自觉——一种"主体性"的获得："她们仿照火车上那些城里姑娘的样子把自己武装起来，整齐地排列在铁路旁，像是等待欢迎远方的贵宾，又像是准备着接受检阅。"这种对自我的观看和对自我的发现是通过火车这面镜子实现的，她们刻意打扮，将自己最美好的一面展现给火车"看"。而更进一步的是，她们与火车上的人有了交往：首先是"物的交换"，用核桃、鸡蛋、大枣换"挂面、火柴、发卡、香皂"，甚至"还会冒着回家挨骂的风险，换回花色繁多的纱巾和能松能紧的尼龙袜"。对于农村女孩来说，香皂、发卡、纱巾和尼龙袜……这些琐碎、贴身的小物件，成为她们想象外面世界的媒介和通道，她们沉浸在这种物的获得和讨价还价的快乐之中。有了买卖，让她们和火车上的"城里人"形成了一种"物"的关系，但透过"物"，姑娘们还幻想着建立起某种"人"与"人"的关系,譬如那位"白白净净""身材高大,头发乌黑,说一口漂亮的北京话"年轻的乘务员,就成了她们幻想投射的"对象":"'我看你是又想他又不敢说。他的脸多白呀。'一阵沉默之后,那个姑娘继续逗凤娇。"

与姑娘们的"幻想"不同,香雪同样是透过"物"与"火车"发生联系,却发展出另一种对"人"与"人"关系的幻想。香雪与其他姑娘们区别开来的是,她眼中的"物"和她们眼中的"物"是不同的:她看不见凤娇眼里的"金圈圈"和"比指甲盖还要小的手表",只看得见"皮书包"。虽然大家对她的发现总是不感兴趣,但香雪的"特别"已经处处显示出来,她的外表,"要论白,叫他们和咱香雪比比。咱们香雪,天生一副好皮子";她做起买卖来,"是姑娘中最顺利的一个","她还不知道怎么讲价钱,只说:'你看着给吧'";她还抽空"打听外面的事","北京的大学要不要台儿沟的人","什么是'配乐诗朗诵'"……渐渐地,香雪从"一群姑娘"中脱颖而出,所有的铺垫只因为"香雪是学生",所有的不同就在于她是"台儿沟唯一考上初中的人"。小说的目的很明确,因为"香雪"的特别,她幻想的对象不可能是那个"北京话",需要有另一个"对象"来承载香雪的幻想。这就是那个神奇的"铅笔盒"——"她要告诉娘,这是一个宝盒子,谁用上它,就能一切顺心如意,就能上大学、坐上火车到处跑,就能要什么有什么,就再也不会叫人瞧不起……"——之前的那些吸引"姑娘们"目光的"金圈圈、手表、发卡",都是为了给"铅笔盒"做铺垫,与"铅笔盒"形成鲜明的对比。

然而,问题在于,香雪为什么"看火车"时,会把眼光集中在一个"铅笔盒"上,在心中如此热切渴望拥有一个"铅笔盒"呢?并且把那么多的幻想寄托在一个"铅笔盒"上呢?值得注意的是,整篇小说以"看火车"为主要场景,唯一插入的另一个地点,是离台儿沟15公里以外的公社中学,香雪就在那儿上学,她和另一群"姑娘们"是

"同学"：

> 公社中学可就没那么多姐妹，虽然女同学不少，但她们的
> 言谈举止，一个眼神，一声轻轻的笑，好像都是为了叫香雪意识
> 到，她是从小地方来的，穷地方来的。她们故意一遍又一遍地问
> 她："你们那儿一天吃几顿饭？"
> ……
> "你上学怎么不带铅笔盒呀？"她们又问。

香雪是在"女同学"反复的追问下，在同桌把"宽大的泡沫塑料铅笔
盒摆弄得哒哒乱响"时，才感觉到爹爹为她做的"铅笔盒"——其实
是一个"小木盒"——"笨拙、陈旧……在一阵哒哒声中有几分羞涩
地畏缩在桌角上"。我们不难推测，如果没有意味着来自"大城市"、
代表"富裕"和暗含着"瞧不起人"的"铅笔盒"的存在，香雪还会
不会感到"匮乏"与"渴望"呢？从"公社中学"到"看火车"，"铅笔
盒"这一具有"光环"的"物"，被置放在"女同学"——"香雪"——
"凤娇们"的三重关系之中，而这三重关系决定了"铅笔盒"的意义
是"滑动的"："铅笔盒"首先是"物"，但这个"物"的背后所承载的
"想象"，不同于同样是"物"的发卡和纱巾，正因为香雪是台儿沟
唯一考上中学的，她和"凤娇们"不一样，正因为她有"北京的大学
要不要台儿沟的人"的焦虑，才更渴望获得"铅笔盒"。因为"铅笔
盒"的背后是"上大学"，是"坐着火车到处跑"，是"能要什么有什
么"……是对"台儿沟"以外"另一种世界"的渴望，是一整套从"农
村"到"城市"、从"传统"向"现代"的渴求。

　　毫无疑问，在20世纪80年代"启蒙主义"主导的语境下，"铅笔
盒"是"现代文明"的象征。但在《哦，香雪》这部当时颇受好评的
小说中，"铅笔盒"的"现代光环"却并非自动获得的，相反，它是通

过一系列"遗忘"和"压抑"的机制"生产"出来的。首先"遗忘"的是"铅笔盒"所包含的"女同学"与"香雪"之间的"不平等"关系：那是"三顿饭"与"两顿饭","富裕"与"贫穷","城市"与"乡村"的"不平等"；其次"压抑"的是和"铅笔盒"同样是"物"的"发卡""纱巾"的合理性，后者完全被视为"物欲"的代表，而毫无"铅笔盒"的"光环"。反过来，因为"铅笔盒"具有"象征性"，才保证了它的"物质性"可以被细致地描述："在皎洁的月光下，她才看清了它是淡绿色的，盒盖上有两朵洁白的马蹄莲。她小心地把它打开，又学着同桌的样子轻轻一拍盒盖，'哒'地一声，它便合得严严实实。"值得注意的是，当香雪细细端详铅笔盒后，"她又打开盒盖，觉得应该立刻装点儿东西进去……"按照想象，装进去的似乎应该是铅笔之类的文具。但香雪第一次装进铅笔盒的，却是一只盛擦脸油的小盒子，而且小说特别强调了香雪满足的感受"只有这时，她才觉得这铅笔盒真属于她了，真的"。联系前文对"看火车"时姑娘们精心打扮的描写，又似乎显示出某种对"物欲"更为复杂的态度。当然，这种态度在文本中只是一闪而过，没有得到正面展开的机会。

正是通过"遗忘"和"压抑"的机制，"铅笔盒"才圆满地获得了它的"现代光环"，变成了"一个宝盒子"，直至将"铅笔盒"的"拥有者"也涂抹上一圈"光环"。从追着火车跑只因想打听铅笔盒的价钱，到坚定信心学着"北京话"轻巧地跃上踏板，换来铅笔盒并果断地跳下火车，这时的香雪已与以前的她告别。我们看到，在香雪仔细端详了铅笔盒之前，"她害怕这陌生的西山口，害怕四周黑幽幽的大山，害怕叫人心跳的寂静，当风吹响近处的小树林时，她又害怕小树林发出的窸窸窣窣的声音"，但香雪手中有"闪闪发光的小盒子"，这个"宝盒子"不仅让她不再"害怕"，而且还懂得了像"看火车"一样"看风景"：

　　　　她站了起来，忽然感到心里很满意，风也柔和了许多。她发
　　现月亮是这样明净。群山被月光笼罩着，像母亲庄严、神圣的胸
　　脯；那秋风吹干的一树树核桃叶，卷起来像一树树金铃铛，她第
　　一次听清它们在夜晚，在风的怂恿下"豁啷啷"地歌唱。她不再
　　害怕了，在枕木上跨着大步，一直朝前走去。大山原来是这样
　　的！月亮原来是这样的！核桃树原来是这样的！香雪走着，就像
　　第一次认出养育她成人的山谷。台儿沟呢？不知怎么的，她加
　　快了脚步。她急着见到它，就像从来没有见过它那样觉得新奇。
　　（着重号为引者所加）

　　这就是"风景的发现"！只有拥有"铅笔盒"的香雪才能"看
到"大山、月亮和核桃树作为"风景"的存在，在这幅"风景"中，"台
儿沟"就像"火车"一样"新奇"。因为"风景"不是"自然风光"，
"只有在对周围外部的东西没有关心的'内在的人'(inner man)那
里，风景才能得以发现。风景乃是被无视'外部'的人发现的"。[1]
也即只有伴随着"个人意识"的觉醒和内在"主体性"的获得，才可
能"发现风景"。所谓"无视外部"，并非"不看"，而是"重新观看"
下"风景"的"陌生化"和"非亲和化"，"即为了使眼睛熟悉某种事
物而让你看没看过的东西"。[2]正是"内在"的变化——通过"铅
笔盒"，她获得了"个人意识"——香雪才会面对"熟悉"的"山水"，
发出一连串的感叹："原来是这样的"；她才会"像第一次认出养育她
长大成人的山谷"。大山、核桃树作为香雪的"风景"而存在，而香雪
也同样成了台儿沟的"风景"。在根据《哦，香雪》改编的电影中，导
演王好为把"风景的发现"进一步戏剧化了，他设计了一场小说中没

─────────────

[1] 柄谷行人：《日本现代文学起源》，林少华译，生活·读书·新知三联书店2003年
　　版，第15页。
[2] 同上，第19页。

有的戏:下雨天,姑娘们去候车室躲雨,与下乡写生的画家相遇。画家发现了香雪,并为她画了一张素描,并发生以下对话:"香雪惊异地问:'这哪儿是我呀,这么好看。'画家指着窗外的山:'你们看,这山好看吗?'凤娇:'这有什么好看的,我们天天看。''我看就挺好看。'朵儿:'你怎么能看出来?''你们也能看出来,是你们没注意看。''就说你们吧,不是也挺美的嘛,不信你们互相看。'姑娘们不好意思地相互打量着,美滋滋地扎着头笑。凤娇大胆地:'可不,着—实—地—美!'"[1]可以说,正是"铅笔盒"赋予她"看的意识"和"看的方法",同时也给予她"看火车"时不可比拟的主体位置和主体性。

在"风景的发现"之后,作为一个具有"主体性"的"内在的人",香雪立刻进入对台儿沟的"充满力量"的想象之中:"那时台儿沟的姑娘不再央求别人,也用不着回答人家的再三盘问。火车上的漂亮小伙子都会求上门来,火车也会停得久一些,也许三分、四分,也许十分、八分。它会向台儿沟打开所有的门窗,要是再碰上今晚这种情况,谁都能从从容容地下车。"在香雪看来,火车已经不是"看"的对象,台儿沟拥有的全部美好都围绕着火车这一象征而展开,现代化的到来意味着台儿沟对火车和火车上城里人的占有和驾驭。尽管以香雪有限的想象力无法为台儿沟勾勒超出火车以外的图景,但既然火车都停下来,打开所有的窗户,还有什么不会为之所拥有呢?美好的承诺背后是香雪个人命运的改变。而这正是铅笔盒所具有的魔力:"谁用上它,就能一切顺心如意,就能上大学、坐上火车到处跑。""铅笔盒""读书""上大学"……这条路几乎成为1980年代至今农村孩子彻底离开土地,走向城市的唯一的捷径:在个人没有占有任何外在政治或经济资源的情况下,他/她的身体尤其是智力成

---

[1] 参见王好为:《在大山皱褶里采撷——〈哦,香雪〉导演随笔》,《北京电影学院学报》1995年第1期。

为仅有的可供征用的资源。如果说20世纪80—90年代中期，在教育费用（包括高中、大学）相对低廉的条件下，"读书改变命运"的口号对农村孩子还是鼓舞人心的，并能部分地兑现，那么随着教育的产业化、高校收费的激增，更别说大学生就业难的问题，"读书，上大学"则意味着给一个农村家庭带来沉重的负担。而在"香雪"身上，性别的因素也变得至关紧要，因为在农村，女孩受教育的机会和时间都明显低于男孩。[1]

　　只不过，这一切都还没有进入小说的视野中，我们只能猜想，当香雪手握着"铅笔盒"，第一次认出养育她长大成人的山谷时，也许这距离她告别台儿沟，踏上火车的日子已经不远了。但拥有"铅笔盒"之后的香雪，假设将来真是"坐着火车到处跑"，会不会在"别处"还遇到别的"女同学"，别的"铅笔盒"呢？那种被"铅笔盒"的"现代光环"所"遗忘"的"城乡不平等"难道真的能被轻易地"遗忘"吗？尽管在香雪心中升起要让台儿沟改天换地的壮志，但不论她做出怎样的选择，当等待着香雪的姑娘们喊出"哦，香雪！香雪"时，"她"已经彻底地远离"她们"了。本来在面对火车时，台儿沟的姑娘们对铅笔盒的渴望和对金圈圈的艳羡是同时存在的，但为了"铅笔盒""现代光环"的完满，却必须"压抑""凤娇们"对发卡、纱巾和金圈圈的欲望。然而，"欲望"可以"压抑"却不能"消灭"，"物欲"注定要在不久的将来以"另一种形式"重新返回。

　　这意味着被小说忽视的"凤娇们"也要踏上火车，离开农村，涌向城市。她们很快就有了一个共同的命名："打工妹"。尽管"凤娇们"今天也是"坐着火车到处跑"，发卡、纱巾甚至"金圈圈"对她们

---

[1] 据我国2001年5月22日发布的《中国儿童发展纲要（2001—2010）》提供的数据表明，目前我国适龄女童入学率已达98.8%，小学的辍学率从1990年的2.77%下降至1997年的1.01%。但女童失、辍学率仍高于男童，约占整个失、辍学人数的70%。

也都不再稀罕,但等着"凤娇们"的也许不是缤纷的城市生活、浪漫的爱情和洋气的衣服,而是直达她们身体和内心的经济和超经济的剥削。

三、除了"身体",她还有什么?

铁凝在她以后的创作中,似乎已经不再关注"香雪"与"凤娇们"的命运了,但现实生活中,类似的故事却从来没有停止过,作家的笔自然也不会停下来。方方2001年发表的中篇小说《奔跑的火光》[1]可以看作是以另一种形式对《哦,香雪》做出的回应:在这篇小说中,不是"香雪"与"凤娇们"踏上去远方的火车奔向城市,而是城市以无可抵挡之势侵入乡村的内部,邀请英芝——小说的主人公——搭上"幸福快车"。只是差不多20年过去了,英芝生活的"凤凰坨"早已不是"台儿沟"了,我们再也找不到那个闭塞、贫穷却明亮、充满诗意的"台儿沟",与之相对的是《奔跑的火光》中那个世俗、浮躁和功利的"凤凰坨":村子离县城不远,村里人守着不穷也不富的日子也似乎很自在,年轻人好逸恶劳,出门打工:"下广州上东北,皮都掉了三层,回来时跟出门时一样穷。其中一个还闹下了花柳病",最后又回到了麻将桌上。英芝就是夹在这个奇特的空间里开始了她高中毕业后——作为女孩,在农村能够念到"高中"是相当幸运的,因此可以把她看作是"爱读书"的"香雪"的"精神姊妹";但英芝没有考上大学,也就不能彻底摆脱"农民"的身份,在这个意义上,她又和"凤娇们"更接近——的第一份工作:在村子里一个草台班子里唱歌。班子是原来唱戏哭丧的歌师的儿子三伙组织的,"时代变了,老

---

[1] 方方:《奔跑的火光》,《收获》2001年第5期,第5—47页。以下引用该文,不再注明。

把戏没市场",他便淘汰了原来的人马,买来了卡拉OK,喇叭,请上几个歌手唱港台的流行歌曲,包场、点歌、献花……从内容到形式,一切都在尽力模仿着城市消费的那一套,当然是一种劣质的"模仿"。

故事就从这里开始。如果说在台儿沟,"香雪"和"凤娇们"每天在新奇与欢欣中迎接那列只停留一分钟的火车的到来,那么,英芝早已在不知不觉中做好了迎接自己歌星生涯的到来。她第一次唱歌,歌单上的歌差不多都会,举手投足之间所有的要领也已谙熟于心,与舞台相得益彰的知识和技能,则在学校门口有卖衣服的店铺"成天敞着喇叭放歌",电视机里有衣着"很露"的女明星的环境中"自然习得"。从外面世界的"火车"到从城里的"二手红地毯",城市已携带着那一整套生产、消费机制以畸形、次等的形态在支离破碎的凤凰垴"显形"了,当英芝和她的身体被摆到这一位置时,留给她的空间容许她唱哪一首歌呢?这是"英芝"故事的起点,同时也是1990年代以来,在城市经济和文化对农村进行强大的逆向化倾销过程中,处于城乡之间"女性"的故事如何被讲述的起点。在这个起点上,透过"风景之发现"而形成的"个人意识",只能借助"身体"表现出来。

具体到《奔跑的火光》,这个起点就是英芝第一次登台唱歌"那个台":这是一个由木板拼成的"台子","还满铺着红色腈纶地毯","地毯很旧,不晓得是什么人淘汰给了三伙","音箱有两个","正儿八经有麦克风",尽管舞台如同赝品,但也是方圆几百里最豪华、最讲排场的班子。一切与"物"的质地无关,地毯旧不旧,喇叭炸不炸耳,都没有关系,重要的在于依照城市的蓝本所想象的"物"填满那个位置就够了。正是在这个台上,"英芝头一回上场,并没有紧张,反而觉得刺激,于是亢奋……媚眼丢得台下一阵阵鼓掌",跳出乡村日常生活,在众人目光下,"英芝"的身体首次出场。当她拿到演出赚来的153块钱时,"身体"与"钱"产生了直接的对应关系,并催生了她的自我认同和肯定:"这是什么?这就是说她有本事!本事是天生的，而不是学来的。这么想过，她自己就为自己的生命感到无比骄傲……"同样是透过"物"——这里直接表现为"钱"——而获得"个人意识"："她自己就为自己的生命感到无比骄傲"，但建立在买与卖的机制中的"骄傲"注定是难以持久的，它需要用更多的"物"——也就是"钱"——来维护和支撑。于是英芝那个看似无意的举动——为了安全，把"红色的小折子"插在胸口，使得特意为演出买的内衣将胸脯绷得紧紧的，却具有了特别的象征意味：金钱、衣服与身体"严丝合缝"地贴在一起。后来，英芝的钱赚得越来越多，于是"她在棉袄夹层里缝了个口袋，把钱塞在那里面"，"身体"对于"钱"的感受也愈加细腻起来：

> ……钱放在棉毛裤口袋里。棉毛裤原本没有口袋，英芝为了藏钱，特地在裤子的肚皮处，缝了一块布。布的四周缝得很严，只是在最上边一道缝上，留了一个一寸宽的开口。英芝每次放钱进去都必须卷着塞进，然后再用手隔着布慢慢地将之展平。这是英芝在三伙班唱歌时想出来的主意。只有让钱这样贴着自己的肚皮，英芝才有安全感。……英芝只觉得自己贴在肚皮上的钱，散发着热乎乎的暖气，溢满了她的身心。

靠身体赚来的钱，只有紧贴着身体才不会失去，而唯有让身体时刻感受到它的存在，内心才会安稳。而"衣服"则将"身体"和"钱"紧紧地联系在一起，这不单指"红折子"插入"内衣"或者"钞票"贴在"肚皮"上，更关键的是当"衣服"紧贴着在舞台上被看的"身体"时，它几乎成为身体的一部分，进而可以给作为"资本"的"身体"直接"增值"。

对作为"物"的"衣服"的描述，几乎贯穿了整部作品。当英芝答应三伙加入"三伙班"后，她立即跑回屋里挑衣服，但"上台穿的衣服没有",于是她和她妈妈争论起来:"家里再穷,也得给姑娘买一套可以上身的衣服",英芝妈则认为:"你哪件衣服都比我的好,怎么不能穿。"最后借了一条"领口尖尖的,背后还有两根带子系成的蝴蝶样子"的裙子才解决了问题。在这里,衣服与衣服是不同,"可不可以上身"和"能不能穿"是两回事。"上身的衣服"是专门穿来唱歌的,塑造城里人的"性感"是衣服最大的功效。从县城买来的衣服穿在身上,让英芝"觉得她这辈子都没有过这么好的感觉"。几年后,英芝生了孩子,三伙再邀请她回"三伙班",当天晚上,她翻出"做姑娘时用过的小木箱,把几件唱歌时用过的衣服找了出来":

> 尽管天很冷,英芝仍然忍不住拿到身上来比试。她一件件脱下棉袄,脱下毛衣,脱下棉毛衫裤,脱得只剩胸罩时,她开始打哆嗦。在哆嗦中她将裙子套上了身。然后便对着镜子前后地照着自己。胸脯处更加饱满了,顶得裙子胸围没有缝隙,乳沟因了这个,显得更深奥。英芝想这样才更出效果。倒是腰腹处略紧了一点,但也没有太大的关系。她穿它们在身上,仍然格外美丽。英芝对着镜子,妖娆柔美地做了几个动作,又扮出迷人的笑容,摆了几个姿势。

在冬天里试穿"衣服"颇具象征意味,英芝先是一件一件脱下日常生活中的棉袄、毛衣、棉毛衫裤,再穿上唱歌时的裙子,在一脱一穿之间,贵清的媳妇又变回了三伙班的歌手。也许在英芝的自我认知中没有内外之分,当她对着镜子时,那种从观看自我中获得的快乐是非常真实的,她的内心充盈而饱满,打量自我的目光昂扬且明媚。就在我们几乎快要肯定这份发自内心喜悦时,却不能忘记这些"衣服"是英芝的"生产工具",是和她那被看的、追求利润最大化的身体紧紧地贴在一起的。尽管衣服给英芝带来实实在在的满足,然而下一秒钟我们却意识到市场的逻辑已通过衣服进入她的身体,并将英芝彻底"客体化",给予和获得的背后其实是深深的沦陷,尽管自足与匮乏之间只有一线之隔。于是,在英芝歌唱生涯的顶点,"脱衣服"就势所必然了:"她一扭腰一扬手,觉得自己也从来没有如此地轻盈和自在。喧嚣的声音促发得她全身热血沸腾"。在衣服的装扮下的身体是亢奋、自在与轻盈的,但当将衣服彻底去掉,身体也已走到尽头,没有了衣服的身体,无路可走,唯有沿着"身体经济学"所开辟的路走下去。

英芝加入"三伙班"之前,她刚刚高中毕业,家庭也还宽裕,处在这般环境中的英芝自然比较完满与自在,没有多少缺憾和匮乏,既不会渴求"自动铅笔盒",也不会对"金圈圈"和"手表"感到震惊。可因为唱歌,英芝萌发了欲望:"可以随着三伙班走乡串垸地到处唱歌,说不定她就能唱成一个人见人爱的歌星,就算不成,她也可以多谈一阵恋爱,身边有三五个男人追求,与他们一起打情骂俏进城逛街,不也是快乐无比的事……"英芝所理解的"恋爱"就是三五个男人簇拥着,打情骂俏,进城逛街。这是一种现实的快乐,模仿着城里人已经被物化的恋爱。然而,这种物化的快乐与想象也因为英芝早早到来的婚姻儿破灭了,唱歌对于她所有的意义,只剩下经济上的获得,而这种获得又与她对"身体"的征用和榨取密切相关。

当英芝第一次被在草台班打碟的文堂摸了一把,额外赚了10元时,她发现了身体的秘密:"身体是自己的,而且不要本钱。让贵清玩,还一分钱也没有。更何况,别人吃吃豆腐,自己也没什么不舒服,有什么做不得呢?……想了许久,她给自己定下一个规矩:只要给钱,就干。"所谓"身体是自己的",背后当然是鲜明的"个人意识"在支撑着这样的信念,可是这一"崇高"的"信念"——很容易让人想起鲁迅《伤逝》中子君的名言:"我是我自己的,谁也没有干涉我的权利"——一旦落入市场的逻辑中,那就仅仅意味着对"身体"的买卖不仅不需本钱,而且"取之不尽用之不竭":让丈夫玩,什么都没有,何不进入市场以获得回报呢? 在"身体经济学"的指导下,赚钱的数量与速度几乎成为英芝工作的唯一标准。最初英芝还给自己立下另一个规矩:"只准他们吃豆腐,小小地玩玩,但不准来真的"。这似乎是一条严格的界限。但她靠身体赚回来的钱总是被嗜赌的贵清骗走一部分,面对丈夫无休止的压榨,英芝不禁产生了这样的念头:"……她突然觉得如果他们要能多给她一点钱,她还可以多给他们一点好处",不知不觉中底线已开始松动,取而代之的是"等价交换"和英芝对自己的身体索取。即便是文堂,好像是"情人",其实也只是她的买卖对象,"她从来没有讨厌过文堂,而且文堂过去占她的小便宜都给过她钱。……她又何必不要钱呢? 又何必不在情人送上门时让自己图个自在呢?"赤裸裸的经济关系是前提,钱给的多一点,好处便相应地多一点,至于"情人""自在"呀,只是买卖的附赠品。

与此形成对比的是,《哦,香雪》中凤娇与那位列车员"北京话"做买卖的情形:

> 她(凤娇)和他做买卖很有意思,她经常故意磨磨蹭蹭,车快开时才把整篮的鸡蛋塞给他。……当然,小伙子下次会把钱带给她,或是捎来一捆挂面、两块纱巾和别的什么。假如挂面是十斤,凤娇一定抽出一斤再还给他。她觉得,只有这样才对得起和他的交往,她愿意这种交往和一般的做买卖有所区别。(着重号为引者所加)

买与卖的延时、交易的不等价……凤娇这样做,是有意识地要将她与"北京话"的"交往"与"做买卖"区别开。依靠买卖而产生的人与人之间的联系也必然随着买卖结束而终止,而这不是凤娇想要的,或者是她不愿要的。在市场经济还未全面到达的"台儿沟","买卖"是她和"北京话"交往的手段而不是目的,凤娇的浪漫想象和期待超越了"买卖"本身,但也不能简单地把她的行为理解对"商品交易"的自发反抗。在《哦,香雪》中,凤娇是一个痴心、淳朴的女孩,她心甘情愿地对"北京话"好,这种传统的情感是很难用文明与蒙昧的二元对立之类来说清楚的。不过可以肯定的是,在英芝精明算计的"身体经济学"中是找不到这种"浪漫"的。

可也不能说英芝就没有"梦想"了。促使她心甘情愿出卖自己身体的,恰恰是她心中最大的梦想:"要为自己盖一个房子。"在她的设想中:"要把房子盖得高高的,里面要有厕所,要有洗澡的地方,要装上窗帘,要安电话,要像城里人的一样……她意识到这栋新房子的出现,将会改变她整个生活。"对于英芝而言,她梦想的起点和归宿都是对物的占有,如果没有房子,她就没有了一切。换言之,在英芝的想象中,像城里人一样的新房子,就是她新生活的全部。

从有厕所、窗帘和电话的楼房到手拉手一起散步,英芝向往的是城市一整套的生活。但在对城市的了解上,英芝却是盲目的,在小说中我们只看到城市以畸形的方式闯入英芝的生活,她却没有真正走进城市:对于"春慧"——这个小说中若隐若现,已经完成"城市化"的姑娘,她曾经是英芝的高中同学,在城里念大学,村里人说她开着小汽车,出手阔绰,一个月赚几千元,一身衣着洋气得完全像一个城里人。而当英芝落难后,她为英芝指的出路是去南方——天堂一般的"南方":"南方开放,在那里做事,比在这个落后封闭的老家快活多了",英芝的内心也是有些"惬意",她数次努力要去南方,却都没有行动;至于她向往的城里两口子"每天手拉手一起在马路上逛,……说那是散步"的生活,在农村的乡间小路上似乎也是行不通的。城市对于英芝而言,就是铺着破旧红地毯的"三伙班",就是凤凰垸里三伙盖的那个有厕所的楼房,或者就是她去过的县城——又一个对于城市全面、劣质地模仿之所在。即使三伙家和县城里盖好的楼房是英芝的模仿对象,然而她只是在外面观望,却不曾走进楼房的内部,甚至小说叙述者的视线也被限制在外部,没有抵达楼房/城市的内部。这样的安排自然深刻地预示了英芝自我分裂的悲剧:"她是不清楚自己要做什么的,她却知道想要得到什么。"当英芝义无反顾地希望通过自己的身体获得像城里人一样的生活时,她的举动终究是一次更拙劣的模仿,甚至在她彻底失败之后,她仍然坚信自己诱人的身体能为她盖一栋房子。面对梦想破灭的英芝,我们不禁要问:除了身体,你还拥有什么?

对身体的索取与盘剥便从这一刻起变本加厉了。为了赚钱,英芝不惜跳脱衣舞,"如果每次都能赚到五百块,她的房子不出半年就能动工了";而当房子盖到一半,缺钱停工时,英芝只有找以前"三伙班"的文堂借钱——前提是交出自己。从观看到触摸,从卖唱时的扭捏作态到给钱就可以摸一把,直至最后的底线和防御的全面崩溃……英芝的一步步退让,从她第一次站到那个拙劣的舞台时,一切就已经注定了。与《哦,香雪》中透过"遗忘"和"压抑","铅笔盒"的"现代光环"逐渐完满的过程相反,在《奔跑的火光》中,英芝一次又一次的退让和妥协,让"身体"的"光环"逐渐剥落,不断"贬值",直至彻底出让"所有权"。这时的英芝还会说"身体是自己的"吗?

小说中英芝的一生是混乱而又充满偶然性的,方方似乎想将她的悲剧归根在失败的婚姻上。很显然,这不是英芝无法获得"好的生活"的根源。试想,如果英芝有一个正常的家庭,一个对她不错的丈夫,或者她能够继续在"三伙班"唱歌,英芝就不会感到匮乏了吗?她就满足了吗?英芝的悲剧有着更深广的背景,她的"身体"死死地"卡"在现代化进程中农村女性自我意识的觉醒与自我解放能力的匮乏之间:一方面"身体"使得20世纪80年代以来"启蒙"所呼唤的"个人意识"有了某种"实体化"的感觉,但另一方面,除了身体,她还有什么?越是想要靠近城市,她就只能无限制地攫取自己的身体,而当她不断抽空自己的身体时,距离城市和她自己只会越来越远。

四、"个人意识"与"物质欲望"的悖论

在《哦,香雪》中,香雪对于铅笔盒的渴望并不盲目,她有着浪漫而又理性的"现代化"想象:"那时台儿沟的姑娘不再央求别人,也用不着回答人家的再三盘问。火车上的漂亮小伙子都会求上门来,火车也会停得久一些,也许三分、四分,也许十分、八分……"另一位青年作家成一在1983年写给铁凝的信中说:"这'一分钟'既然已经在香雪她们心里打开了外面世界的窗口,她们便不再满足于被遗忘的状况了。香雪上车时,也许最大的愿望就是换那么一个宝贝似的自动铅笔盒儿,可她下车的时候,应当不仅仅满足于只得到这个东西了。"[1]虽然香雪还不知道"台儿沟"以外的世界是怎样的,但拥有"铅笔盒"的她蕴藏着压抑不住的活力、热望与力量。个人意识的觉醒使得她在农村通向城市、现代文明的大门松动的那一历史时刻,表达出一种"时代精神的美",纯朴的同时也是坚毅的对现代化的渴望。然而,就像我们只能"想象"香雪的未来一样,她的那种尚未"实体化"的"个人意识"必须在变动的"现实"中经受考验。可是,"现实"是什么呢?难道就是"英芝式的堕落"吗?在《奔跑的火光》中,当英芝将汽油泼到丈夫贵清身上,划燃火柴时一切都结束了,关在监牢里等待判决的她总是重复着一个噩梦:"每一夜每一夜,英芝都觉得自己被火光追逐。那团火光奔跑急促,烈焰冲天……跃动的火舌便如一个血盆大口……"追逐着英芝的火光究竟是什么?是她觉醒的"个人意识"?还是被激发出来的"物质欲望"?或者两者本来就深刻地纠缠在一起,难解难分?

把《哦,香雪》和《奔跑的火光》联系在一起,是因为她们的故

[1] 孙犁、成一:《孙犁、成一谈铁凝新作〈哦,香雪〉》,《青年文学》1983年第2期。

事不仅仅关乎"底层",而是关乎城市化到来时农村女性自我的选择与发展,关乎20世纪80年代以来"个人意识"的觉醒以及面临的困境。尽管农村女性的自我选择不可能是完全自主的选择,但并不能取消承载在这一历史瞬间那些动人的时刻——香雪抱着闪闪发光的自动铅笔盒打量着大山、核桃树和台儿沟的时刻,英芝第一次唱歌赚到153元自足地走在街上的时刻……那是怎样拥有自我和具有"英雄气概"的时刻呀。这意味着处在社会边缘的农村女性,当流动、城市和工作在她们身上上演一幕幕活剧时,当她们离开原有的位置而自我被唤醒时,她们也曾以一种新的姿态显示出"流动的主体性"。然而,这一切却为什么以"悲剧"而告终呢?难道我们还需要反复地追问"娜拉走后怎样"这个古老的问题吗?除了现实的政治、经济和社会原因外,那种曾经鼓动她们的"个人意识"是否也应该负有相当的责任呢?从"香雪"到"英芝"——与此对应的是从"潘晓"到"拥华"——我们看到了被唤起的"个人意识"如何"实体化",又在"实体化"的过程中走向了它的反面。这个悖论式的过程揭示出的却是一个普遍性的状况:由大规模的"市场化"和"全球化"所带来的历史震惊,其催生当代中国人的个人意识的前提,即是不可避免地摧毁原有社会结构中的"共同体"(集体)。由此使得当代中国的个人意识不能不以某种矛盾的形态呈现出来:一方面"个人"努力从各种似乎束缚了"个人意识"发展的"共同体"(集体)中挣脱出来;另一方面从"共同体"中"解放"出来的"个人",却只能孤零零地暴露在"市场"面前,成为"市场逻辑"所需要的"人力资源","个人"的"主体性"被高度地"零散化","解放"的结果走向了它的对立面。"个人意识"如此异化的效果,必然造成"个人"产生强烈"认同"需求:个人与共同体的关系在新的市场条件下被如何重新理解,是当代中国文学和文化迫切需要解决的问题。

第七章 "读什么"与"怎么读"

——试论"新时期文学30年"和"当代文学60年"之关联

一、"文本"与"阅读": 寻找整体的"文学史时间"

"当代中国文学60年"这一概念的提出,在我看来,并不是因为"整日子"的到来而生产出的应景词。它意味着"共和国60年"成为讨论"一个时代文学"的"时间单位",这就迫使当代文学研究不得不处理整体把握历史的"难题性",也即"前30年"和"后30年"的关系问题。尽管思想界早已有人试图用新的"通三统"来重新确立共和国历史的整体观,[1]但当代文学研究却一直避免面对历史的"难题性",或者使用漫长的现代文学传统来取代"当代文学"的具体性,

---

[1] 参见甘阳:《新时代的"通三统"——三种传统的融会与中华文明的复兴》。这是2005年5月12日他在清华大学公共管理学院"北京共识"论坛第四讲的演讲,他当时提出:"从毛时代和邓时代的连续性着眼,实际上我们不应该把改革(开放)25年来的成就和毛泽东时代对立起来,而是要作为一个历史连续性来思考。如刚才说的,邓时代的改革是以毛时代为基础,所以我认为我们没有必要把这两个时代对立起来。我以为我们需要摆脱那种非此即彼的思考方式,把改革的25年完全孤立起来,把它与前面的中国历史对立起来,却看不见毛时代与邓时代的连续性。我们今天不但需要重新看改革与毛时代的关系,而且同样需要重新看现代中国与传统中国的关系,不应该把现代中国与中国的历史文明传统对立起来,而是同样要看传统中国与现代中国的连续性。"正是基于这种连续性的历史观,他提出了新时代的"通三统",即"改革开放的传统""社会主义建设的传统"和"数千年中国文明的传统"这样"三种传统的融合"。另可参见甘阳:《通三统》,生活·读书·新知三联书店2007年版。

如此这般的文学史叙述往往可以略过难缠的50年代和60年代，直接把"现代文学"和"后30年"联系起来；或者寻求更微观的文学史范畴，譬如"纯文学""艺术性"或"现代主义"，由此构造的文学史叙述同样可以把50年代以后在中国大陆讲不下去的"文学"故事，嫁接、转移到台湾地区、香港特区等"华文"世界，漂泊离散，别开新传……然而种种叙述都无法回避当代中国文学的转折与当代中国政治、社会和经济的变迁之间极其密切的联系。即使不用"前30年"和"后30年"这种似乎将"政治"和"文学"直接关联起来的"时间单位"，而改用当代文学研究中更为通用的譬如"新时期文学30年"这样的"文学史范畴"，同样需要面对"新时期文学""新"在"何处"的追问。在这样的追问下，"新时期"的"新"同样无法用"文学"自身的逻辑来说明，必须诉诸政治、经济和社会的解释。今天"重返80年代"的题中应有之义，就是要回答作为转折时期的"80年代"是如何把"过去"告诉"未来"，将"旧迹"带入"新途"，从而可能催生出某种历史的整体观。这再次说明了当代文学史的书写如果仅仅依靠诸如"审美""风格"和"文体"……这类文学内部的范畴，只能变成作家作品评论的汇编，无法从"历史"的高度来把握"一个时代的文学"。

不过，要从"历史"高度把握"一个时代的文学"，并不意味着直接将"文学史"和"政治史""社会史"对应起来，甚至线性地强调后者对前者的决定作用。相反，虽然需要在"终极意义"上将"文学"放入"社会历史"语境之中，但"文学文本"与"社会历史语境"之间却是繁复多样、灵活开放的"多重决定"的关系：一方面，社会历史不单在内容层面上进入文学文本，更重要的是它必须转化为文学文本的内在肌理，成为"形式化"了的"内容"；另一方面，文学在文本层面上对"巨大的社会历史内容"的把握，同样不能是"反映论"式的，而是想象性地建构新的社会历史图景，把文本外的世界转化为文本内的"有意味"的"形式"。因此,"写什么"和"怎么写"的辩证法应该统一在"文本"上,也就是社会历史语境需要以"文本化"的方式进入"文学",同时"文学"对"社会历史内容"的呈现,端赖于对新的文本形式的创造。

由于"文本"的中介作用,像"前30年"和"后30年"以及它的变种"新时期30年"或"改革开放30年"作为"政治史时间",对当代文学史的书写尽管具有深刻的影响甚至制约作用,但这类时间还是不能直接转化为"文学史时间",特别是不能成为我们理解这一历史时段文学的"基本范畴"。现在可以清楚地看到,当"开放"与"保守","新"和"旧"构成一种坚固的对立时,文学史的视野也就随之变得狭隘、僵化。然而问题在于,如果要打破这种固化了的文学史视野,出路并不在于完全退回到"纯文学"或"纯审美"的领域,因为"审美"和"政治"的二元对立依然是由"新"与"旧"这一主导型的"话语装置"生产出来。所以,新的"文学史时间"的产生必然要以突破这一话语装置为前提,离开了某些习以为常的基本范畴,摆脱了某种单一的历史时刻,我们是否可以找到更具体的,更能体现社会历史语境和文学文本之间复杂关系的分析单位,不只是在观念思潮的层面上,而且可以在物质文化的层面上把"当代中国文学60年"加以"历史化"和"形式化"。

在我看来,这一种新的文学史想象是否可行,关键依然在于"文本"和"文本化"。只不过这儿所说的"文本"不是"新批评"意义上封闭的"文本",而是可以沟通语境的物质载体;"文本化"也不是什么"文本之外别无他物",而是强调在"文学"中所有"语境"都必然以"文本"的形式出现。正如李欧梵所言:"目前文学理论家大谈'文本'(text)阅读,甚至将之提升到抽象得无以复加的程度。我在这方面却是一个'唯物主义者',文本有其物质基础——书本,而书本是一种印刷品,是和印刷文化联成一气的,不应该把个别'文本'

从书本和印刷文化中抽离,否则无法观其全貌。"[1]将"文本"与书籍、出版以及更广泛的印刷文化富有想象力地勾连在一起,的确打开了文学史研究的新思路。其中"书籍史"和"阅读史"的研究路向特别引人注目,新文化史学家罗歇·夏蒂埃(Roger Chartier)曾指出:"从一个更大的视角观之,我们必须在书籍形式或文本(从纸卷到抄本,从书籍到荧幕的)支撑物的长时期历史,以及解读习俗史里,重新书写印刷术的开端。至此,文化史或可在文学批评、书籍史以及社会文化学的交叉道上,找到一个新的区域。"[2]譬如一般认为,启蒙思想家如卢梭等的思想对法国大革命爆发产生了重要影响,但普林斯顿大学的罗伯特·达恩顿(Robert Darnton)就通过对大革命前法国书商的进货订单,特别是从瑞士走私进来的"clandestine books"书目的研究,吃惊地发现其中绝大多数是色情淫秽读物,卢梭等人的著作连影子都见不到。达恩顿甚至认为,阅读这些印刷品的人也许更多,它们"或许比之名家的杰作更加深远地表达和影响了过去某个时代的心态"。因此,究竟是什么样的书籍——是思想著作还是淫秽小说——导致了法国大革命? 这个问题引起了史学界激烈的争论,罗歇·夏蒂埃不同意罗伯特·达恩顿的观点,他认为不是这些"clandestine books"的流传引发了大革命,而是革命者和后来的历史学家为了寻求大革命的起源及其合法性而将书籍和大革命联系在一起。不论争论的结果如何,所有参与讨论的史学家都承认达恩顿的研究打破了历史学家对启蒙经典的重视,将所谓的"地下文学"引入了正统史学讨论中,极大地拓展了史学研究的视野。而把"书籍"和"大革命"联系在一起的问题意识,则打破了达恩顿所谓"任何一位主流历史学家任何时候都不会试图把书籍理解为历史中的一股力量"的

---

[1] 李欧梵:《书的文化》,载《读书》1997年第2期。
[2] 罗歇·夏蒂埃:《文本、印刷术、解读》,载林·亨特(Lynn Hunt)编:《新文化史》,江政宽译,麦田出版有限公司2002年版,第243—244页。

限制。[1]

与文学史研究更为密切的是,关于"什么书籍引起了法国大革命"的争论,引入了一个非常重要的概念:"readership"。夏蒂埃反驳达恩顿的一个极其有力的论点就是,我们无法轻易在"他们读什么"(what they read)和"他们怎么读"(how they read)之间建立起必然联系。这两位历史学家谁是谁非姑且不论,但"readership"的提出,的确极大地深化和发展了书籍史研究的路向,使之不再停留在单纯罗列史料,硬性排比关系的水平上,而是可以进入人的阅读、思想和意识等更为幽深的历史层面。[2]

也许有人会说,文学史的"影响研究"不就考虑了这些问题吗?何必要重提什么"阅读史"和"书籍史"呢?问题在于所有的"作者"首先是"读者",因此,所谓"影响"往往也落实在"书籍"上。而且"影响研究"更多着眼于"影响者"之于"受影响者"的"影响"上,对"受影响者"的主动性有所忽略。但"阅读史"却强调"阅读"的能动性,在"语境化"的前提下,"阅读者"可以对"书籍"进行"创造性"的"阅读"乃至"误读"。因此,夏蒂埃特别强调:"不论被左右或落入计策,读者常常觉得自己全神贯注于文本,不过,交互地,文本也以各种方式深植于不同读者的脑海中。于是,有必要将经常没有交集的两种视角一并考察:一方面,研究文本及传达文本之印刷作品之组织被规定之解读方式;而另一方面,专注于个人的招供来追踪实际的解读,或者在读者社群——其成员共享同样的解读形

[1] 参见罗伯特·达恩顿:《旧制度时期的地下文学》,刘军译,中国人民大学出版社2012年版,特别是该书的第一章《高贵的启蒙,卑下的文学》。

[2] 关于近年来西方学术界对于"书籍史"和"阅读史"的讨论以及如何将其引入晚清以来中国语境中的思考,可以参见张仲民:《从书籍史到阅读史——关于晚清书籍史／阅读史研究的若干思考》,载《史林》2007年第5期。在他的《种瓜得豆:清末民初的阅读文化与接受政治》(社会科学文献出版社2016年版)一书中,张仲民进一步从"阅读史"的角度研究清末民初的中国如何接受来自西方或日本的新知,并加以转化、应用乃至"误读"。

式或诠释策略的'诠释社群'——的层次上,重新建构出实际的解读。"[1]这种解读自然不限于"文学",意大利历史学家卡洛·金斯伯格(Carlo Ginzburg)写过一本书,叫《奶酪与蠕虫:一个16世纪的磨坊主的精神世界》(*The Cheese and Worms: The Cosmos of a Sixteenth-Century Miller*)[2],是"新文化史"也是"阅读史"研究的代表作。为什么这本书有这样一个怪名字呢?因为它研究的对象是16世纪意大利一个名叫曼诺齐欧的磨坊主,他当时产生了一种"异想天开"的观点,认为上帝和天使诞生于蠕虫,而蠕虫又是从一块巨大的元素尚未分离的奶酪中产生的。所以这本书有一个副标题"一个16世纪的磨坊主的精神世界",金斯伯格试图解决的问题是,曼诺齐欧为什么会产生这种被宗教法庭视为"异端"的思想——他两次被宗教裁判所拘捕——这个磨坊主的回答很有意思:"我的观点来自我的头脑。"历史学家则不能停留在这样简单的回答上,他试图揭示是什么将这些观点灌输到曼诺齐欧的头脑中,于是金斯伯格把焦点放在了磨坊主的"阅读生活"上:既关注他读过的书,更注重他读这些书的方式。当年宗教法庭对曼诺齐欧审判记录的一份手抄稿给金斯伯格提供了有力的线索,通过搜寻曼诺齐欧读过的书——其中最关键的是已经翻译成意大利语的《圣经》——以及将这些书籍和曼诺齐欧的自我辩护词中对书籍一致、颠倒和异常的引用进行对比,来分析他阅读方式的关键所在。

　　《奶酪与蠕虫》极具启发性的是,金斯伯格对磨坊主"阅读方式"的研究没有停留在"个人偏好"的层面,而是和时代的"知识范型"以及"文化霸权"联系在一起。他找到了曼诺齐欧阅读《圣经》的关键所在,一方面处于教会官方文化与文艺复兴时期新知识人文主义

---

[1] 罗歇·夏蒂埃:《文本、印刷术、解读》,载《新文化史》,第223页。

[2] 参见Carlo Ginzburg: *The Cheese and the Worms: The Cosmos of a Sixteenth-Century Miller*,The Johns Hopkins University Press,1992。

影响的边缘之间，另一方面则是他头脑中的这两种文化与意大利农民的口头传播文化之间的相互作用，而他的阅读就处在这三者关系的交汇处：由于经过农民口传文化中满足口腹之欲的过滤，再加上文艺复兴人文主义思想的影响，进而"物质主义"地颠覆了《圣经》的"创世纪"神话。这就是所谓创造性的"阅读方式"：一套交叉的话语，它以特定的方式生产性地激活了一组给定的文本和它们之间的关系。[1]

虽然"文学史研究"中也有对作家"藏书"和"阅读"的研究，譬如对于鲁迅的藏书研究，专著就不止出了一本，最近就出版了韦力写的《鲁迅古籍藏书漫谈》，上下册两大本，但基本上属于"史料"甚至偏向于"收藏"，缺乏"阅读史"的视野。[2]借用"readership"的说法，这样的研究最多也只能告诉我们鲁迅"读什么"，至于他"怎么读"，则只能暂附阙如了。更何况研究鲁迅的阅读也是一件不容易的事情，据说当年王瑶先生看到鲁迅的藏书，感叹那么多书我们都没有读过，如何来研究他呢？有一位日本学者北冈正子写过一本《〈摩罗诗力说〉材源考》，考察鲁迅在日本留学时所写的《摩罗诗力说》的资料来源，认为很多观点和论述都是从当时流行或不流行的日文和德文著作中摘录、整理出来的，在某种程度上她通过对这篇文章的研究"复原"了鲁迅"阅读"状况，但北冈正子对"阅读"的理解又是十分保守的，她仅仅把自己的研究停留在找到资料来源的水平上，认为《摩罗诗力说》是"编译"之作。日本老一辈鲁迅研究专家丸山升虽然肯定北冈正子工作的意义，但对她轻率的结论还是表示了不满："近年来北冈正子所做

[1] 参见托尼·本内特（Tony Bennett）：《文本、读者、阅读型构》，黄驰等译，载《马克思主义美学研究》第9辑，中央编译出版社2006年版。
[2] 参见韦力：《鲁迅古籍藏书漫谈》（上、下），福建教育出版社2006年版；另可参见金纲编著：《鲁迅读过的书》，中国书店出版社2011年版。

的工作[注：北冈正子《〈摩罗诗力说〉材源考笔记》，《野草》9号（1972年10月）起连载。]是划时期的工作。她详细探讨了鲁迅留学日本时所写论文的材料来源，包括青年鲁迅有时像用剪刀加糨糊组成的立论部分，但不管怎么说，在剪刀加糨糊的方法之中依然显示出鲁迅很强的独立性。"[1]

　　按照我的理解，丸山升所谓"独立性"指的应该是"阅读"的"能动性"，即"阅读"始终处于"交叉"的网络之间，既和"阅读者"个人的"创造性"有关，也与他所处时代的语境深刻地联系在一起。离开了明治时代日本知识界对西方文学和哲学的独特理解以及这种理解中所蕴含的危机感，我们就不可想象鲁迅在《摩罗诗力说》中如何"生产性地激活"他所阅读的那些"书籍"。在这个意义上，对于"创造性"的"读者"来说，"书的边界从未清晰鲜明：越出题目、开头和最后一个句子，越出书的内部形态及其自律形式；被捕捉于其他书籍、其他文本和其他句子相关的系统之中：它是网络的一个结……书不单单是人们手中的物品，也不会蜷缩在这小小的将它封闭的平行六面体之中；它的统一是可变的、相对的。一旦有人对那种统一表示疑问，它马上就失去自明性；它只能在复杂的话语领域的基础上暗示自身，译解自身。"[2]

　　因此，将"阅读史"纳入"文学史研究"中，其作用不仅具有方法论的意义，更重要的是带来了一种更开放、更辩证、更具有历史性的视野，在这种视野的观照下，"断裂"的关系或许显示出深刻的"延续"，"对立"的双方可能分享着共同的前提，表面的"相似性"也许

[1] 丸山升：《日本的鲁迅研究》，靳丛林译，载《鲁迅研究月刊》2000年第11期。另可参见北冈正子：《〈摩罗诗力说〉材源考》，何乃英译，北京师范大学出版社1983年版。
[2] 福柯语，转引自托尼·本内特（Tony Bennett）：《文本、读者、阅读型构》，黄驰等译，载《马克思主义美学研究》第9辑。

掩盖了深层的"矛盾"……对这一切不懈的探究,将会化作重新绘制文学史地图的内在动力。

二、"文本"内部的"阅读史":《班主任》与《牛虻》

2009年1月,在《班主任》发表32年之后,刘心武谈起当时他对这部小说的构思,特别强调了"书名"在其中所起的作用:"我构思和写作《班主任》,是在1977年的夏天。那时候'两个凡是'的氛围依然浓郁。但我决定不再依照既定的标准去写《睁大你的眼睛》那类东西,尝试只遵从自己内心的认知与诉求写'来真格儿'的作品。我此前在中学任教十多年,长期担任过班主任,有丰厚的生活积累,从熟悉的生活、人物出发,以中学生和书的关系,来形成小说的主线,质疑'文化大革命'乃至导致'文化大革命'恶果的极'左'路线,从而控诉'四人帮'文化专制与愚民政策对青年一代的戕害,发出'救救孩子'的呐喊,以期引起社会的关注。要完成这样一个主题,在小说里必须写进一些书名。"[1] 有人做过统计,除《毛选》四卷、《共产党宣言》和《马克思主义的三个来源和三个组成部分》以外,《班主任》中一共出现11种中外文学作品。按照刘心武的分类,这11种中外文学作品大体上可以分为四类:"第一类,是中国古典文学作品,《唐诗三百首》《辛稼轩词选》就是它们的代表性符码。……第二类,是1919年至1949年的现代文学……我刻意肯定性地提到《茅盾文集》……第三类,是1949年到1966年前半年的文学……我刻意提到《暴风骤雨》《红岩》《青春之歌》,还让《青春之歌》成为人物冲突的一个重要道具。第四类,是外国文学……出现了《战争与和平》《盖达尔文集》《表》……提到

———————

[1] 刘心武:《〈班主任〉里的书名》,载《文汇报·笔会》2009年1月7日。

了巴尔扎克的《欧也妮·葛朗台》。"[1]然而这些书名在小说中大多数只具有某种装饰性,起关键作用的是英国女作家E. V.伏尼契(E. V. Voynich)的那本《牛虻》:"别的东西都收进书包了,只剩下那本小说。张老师原来顾不得细翻,这时拿起来一检查,不由得'啊'了一声。原来那是本'文化大革命'以前,中国青年出版社出版的长篇小说《牛虻》。"[2]我们都知道,《牛虻》是否是"黄书"所引发的争论极大地深化了《班主任》的内涵,也是这部看上去还颇为粗糙的作品能够成为新时期文学经典的深层原因。小说发表后不久就有读者指出:"作品中写围绕《牛虻》这本书的冲突是很有普遍性的。"[3]刘心武当时也承认:"有关《牛虻》的情节也是虚构的,为了设计这一情节我颇费了一番心思。但这一情节又确实产生于我所熟悉的生活,我是把一系列生活中亲历的真事加以综合、概括、集中,再加以想象,写出了这一段情节。"[4]正是"这一段情节"让人们看到,谢惠敏和宋宝琦似乎是两类根本不同的青年,但从他(她)们对《牛虻》的一致看法中,发现了别人通常予以忽视的或者是习焉不察的那个严重的相同点,由此认识到一个重大社会问题。[5]

　　然而,就像《班主任》中张老师苦恼于如何向学生解释《牛虻》不是一部"黄书",而是一本感动过一代青年的"激情之作"一样,刘心武精心设计的这一情节同样具有暧昧性,一方面正如有论者已经指出的,以《牛虻》为代表的外国文学阅读谱系在此刻的重新确立,既是对"文革""文化专制"的有力批判,也是向"十七年"文化秩

---

[1] 刘心武:《〈班主任〉里的书名》,载《文汇报·笔会》2009年1月7日。

[2] 刘心武:《班主任》,载《人民文学》1977年第11期。以下引用该小说,不再注明出处。

[3] 《青年工人和中学生谈〈班主任〉》,载《文学评论》1978年5月号。

[4] 刘心武:《生活的创造者说:走这条路》,载《文学评论》1978年5月号。

[5] 《为文学创作的健康发展扫清道路——记〈班主任〉座谈会》,载《文学评论》1978年5月号。

序的致敬,"对以《牛虻》为代表的文学阅读知识谱系的恢复",表露出"某种'向后看',对于'过去'('十七年'代表的秩序与传统)的怀念之情";[1]但另一方面不能忽略的是,因为这部小说作者是英国女作家,所以《牛虻》是一部不同于俄苏文学——如《班主任》中也提到的《表》——的欧美文学作品。对《牛虻》归属的文学版图的暗示,"偷渡"了"新时期文学"即将表露的"走向世界文学(欧美文学)"的愿望,对应着即将到来的"改革时代"就是向"西方(欧美)"开放。不过,具体到《班主任》的叙事策略中,无论是"向后看"还是"向前看",两种姿态其实相当微妙地"杂糅"在一起,如果说"俄苏"表示"向后",而"欧美"代表"向前",那么可以说《牛虻》是一本被"俄苏"因素充分渗透了的"欧美"小说,是一部反抗强权、争取自由的"世界现代革命小说"。在50年代的中国,《牛虻》这部"欧美小说"之所以引起人们的关注,是因为《钢铁是怎样炼成的》的主人公保尔最喜爱的作品就是《牛虻》,甚至书中的丽达就称呼保尔为"牛虻同志"。这样一来,《牛虻》在还没有被介绍到中国之前,就已为广大读者所熟悉和喜爱。《班主任》就通过石红说出这样的看法:"《牛虻》这本书值得一读! 这两天我正读《钢铁是怎样炼成的》,里头的保尔·柯察金是个无产阶级英雄,可他就特别佩服'牛虻'。"同时苏联也早就翻译了这部作品,并且予以高度评价。当年译者李俍民就是先后在旧书摊和书店里买到两种《牛虻》俄译本和一种英文原版书。两种俄译本,一种是由苏联儿童出版社出版,一种是由苏联青年近卫军出版社出版。他反复对照三种不同版本的优劣,仔细体味其中的不同,认为儿童版上半部好于下半部,青年近卫军版则下半部好于上半部,但颇为令人惋惜的是:两种版本均有许多错漏译处且均

---

[1] 参见项静:《遭遇"西方"——1980年代文学中"现代"故事的几种叙述方式》中对《班主任》的分析,上海大学博士学位论文,2009年。

为删节本。于是他只能遵循英文原版来译，并参照俄译本的长处翻译成文。[1]但中国青年出版社在正式出版李俍民的译本前，要求他按苏联青年近卫军出版社的俄语版本加以删节，并在这一版《牛虻》的"出版者的话"中，做出同样的说明，而且1953年出版的《牛虻》还采用了苏联儿童出版社的俄译本中叶戈落娃所写的"序"，译本的插图也取自青年近卫军出版社的俄译本，文中的注释也是根据该俄译本的注释加以补充而成。[2]由此可见，在《班主任》中，刘心武其实还调动了《牛虻》一个隐而未彰的因素，即它是由《国际歌》开创的"世界革命文学"一部分，对《牛虻》的态度，某种意义上也就是对"革命"的态度：

> 张老师皱起眉头，思索着。他回忆起自己中学时代的情况。那时候，团支部曾向班上同学们推荐过这本小说……围坐在篝火旁，大伙用青春的热情轮流朗读过它；倚扶着万里长城的城堞，大伙热烈地讨论过"牛虻"这个人物的优缺点……这本英国小说家伏尼契写成的作品，曾激动过当年的张老师和他的同辈人，他们曾从小说主人公的形象中，汲取过向上的力量……也许，当年对这本小说的缺点批判不够？也许，当年对小说的精华部分理解得也不够准确、不够深刻？……但，不管怎么说——张老师想到这儿，忍不住对谢惠敏开口分辩道：
>
> "这本《牛虻》可不能说成是黄书……"

可是"革命的书"怎么会被"误读"为"黄书"呢？如果要证明

---

[1] 参见胡守文：《能不忆〈牛虻〉》，载《中华读书报》2000年8月30日。
[2] 参见伏尼契：《牛虻》，李俍民译，中国青年出版社1953年版。

它不是一本"黄书",仅仅说它是一本"革命的书"就够了吗?如果说《牛虻》"黄"只是意味着它描写了"爱情",那么当年李俍民之所以要翻译这部小说,不就是因为他发现《钢铁是怎样炼成的》中包含了一个所谓"牛虻问题"吗?[1]而"牛虻问题"指的不就是保尔为了革命,甚至可以牺牲爱情吗?他爱丽达,但受"牛虻"的影响,要"彻底献身于革命事业",保尔按照"牛虻"的方式来了个不告而别,如此看来,"爱情"不就应该是这部革命小说的题中应有之义吗?那么,谢惠敏究竟在什么意义上"误读"了这本书?是因为"里头有外国男女讲恋爱的插图"吧?宋宝琦是不是也在同样的意义上"误读"它呢?"这本书是从宋宝琦那儿抄出来的,并且,瞧,插图上,凡有女主角琼玛出现,一律野蛮地给她添上了八字胡须。又焉知宋宝琦他们不是把它当成'黄书'来看的呢?"倘若《牛虻》本来是试图用"阶级论"("斗争")来克服人性论("爱情"),那么聚焦于"爱情"的读法,是否隐含了"人性论"和"阶级论"相互关系的"颠倒"?只不过宋宝琦在"野蛮"的层次上欣赏这种"颠倒",而谢慧敏却在"觉悟"的意义上要批判这种"颠倒",那么张老师怎么办呢?他只能停留在发发感慨吗?——"生活现象是复杂的。这本《牛虻》的遭遇也够光怪陆离了。"——但在"张春桥、姚文元那两篇号称'阐述无产阶级专政理论'的'重要文章'大可怀疑,而'梁效'、'唐晓文'之类的大块文章也绝非马列主义的'权威论著'……"的时代氛围中,张老师面对被自己学生视为"黄书"的

---

[1] 李俍民说:"在浩如瀚海的外国文学作品中,我为什么偏偏要翻译《牛虻》这样一部小说,把它呈现给我国的青年读者呢?这首先要从尼·奥斯特洛夫斯基写的《钢铁是怎样炼成的》那本书谈起。……我热爱这部书……但同时在这部小说中却有一个问题使我无法获得解答,这就是牛虻问题。在书中,丽达把保尔称做'牛虻同志'。从书中另一些情节看来,这部描写英雄人物牛虻的小说显然对保尔(其实也是对作者自己)产生过深刻的影响。"参见胡守文:《能不忆〈牛虻〉》,载《中华读书报》2000年8月30日。

《牛虻》，也必须拿出自己的"读法"来，绝非靠"将颠倒的东西重新颠倒过来"就能解决问题。既然不能完全用"阶级论"来证明《牛虻》不是一部"黄书"，那么张老师是否也要在新的历史语境中"误读"它呢？借用刘心武当时另一篇同样引起轰动的小说的题目，张老师如何来处理《牛虻》中"爱情的位置"呢？那个曾经被"阶级论"克服了的"人性论"有没有可能借此浮出历史的地表，开始讲述另一个故事呢？大约在《班主任》出版20年以后，一位和刘心武同姓的作家刘小枫在《牛虻和他的父亲、情人和她的情人》一文中，完美地叙述了"牛虻"的另一个故事，一个不是坚强女性伏尼契而是小资作家丽莲讲述的故事，一个取"革命故事"而代之的"伦理故事"："丽莲讲叙的其实不是革命故事，而是伦理故事。没有那些革命事件，牛虻的故事照样惊心动魄；相反，若没有了那些伦理和情爱，牛虻的革命故事就变得索然无味，还不如我自己亲历的革命经历"[1]；而在《班主任》发表30年以后，"革命的故事"已经离我们很远了，"丽莲的讲法是革命故事的讲法，不是伦理故事的讲法：革命故事的讲法只有唯一的叙事主体，伦理故事的讲法是让每个人自己讲自己的故事，所谓多元的主体叙事。丽莲只让牛虻讲叙自己的故事，使得伦理故事变成了革命故事。要把革命故事还原为伦理故事，就得离开丽莲的讲法"[2]，当刘心武用这样一种方式来为《班主任》中的《牛虻》定位时，这个故事的另一种讲法是否已经"圆满"到连当事人的记忆被改写而不自觉的程度：《牛虻》的作者英国女作家伏尼契在西方文学史上不占地位，《牛虻》更远非经典，但这本书由于特殊的历史原因，曾在上世纪50年代成为中国大陆发行量极

[1] 参见刘小枫：《牛虻和他的父亲、情人和她的情人》，载刘小枫：《沉重的肉身——现代性伦理的叙事纬语》，上海人民出版社1999年版。
[2] 刘小枫：《牛虻和他的父亲、情人和她的情人》。

大、影响极深的一部外国小说。"[1]

这又回到了所谓"readership"的问题,也即"读什么"和"怎么读"之间的关系有多种可能性,每一种可能性的展开都铭刻在具体的历史语境中。当年《班主任》对于《牛虻》的巧妙运用,贯通了它兼具"西方"和"革命"的双重身份,进而打开"人性"与"阶级"之间的对话空间。但这一切的效用都建立在《牛虻》作为"世界现代革命文学"的基础上。假设在《班主任》中,不用《牛虻》,而是用来自俄苏的《钢铁是怎样炼成的》或是同样由英国女作家写的《简·爱》来代替,一定达不到同样的效果。正因为有一种"世界革命"的想象,《班主任》才能以面向"十七年"历史的方式展望"八十年代"的未来。程光炜在一篇题为《我们是如何"革命"的——文学阅读对一代人精神成长的影响》中曾经指出:"对1949—1959年间出生的这一代人来说,革命传统教育、爱国教育和政治教育当然是人生教育系统中相当重要的部分,然而深刻地塑造了他们的世界观和人生观、对其一生思想模式和人格操守产生重大影响和规范作用的,应该是对50—70年代革命历史文学的阅读。在对解放后出生的这代青年实施的庞大和革命化的教育工程中,文学虽然只是一个较小的项目,它形象化的功能,和当代性、青年性的特征,却能最大限度地吸引青年人的人生选择,深入他们的精神世界,发挥其他教育方式不可替代的作用。检讨一代人文学阅读的历史,也许其意义并不亚于对一个时代的检讨,因为,它毕竟包蕴了一代人人生成长和思想寻求的全部隐秘。"并且,程光炜敏感地观察到"革命文学阅读"对"伤痕文学"的影响,但他把这类影响仅仅理解为是负面的:"在这里,50—70年代的文学教育继续在组织着作家们的文学思维和对生活的叙事,他们仍然在用偏重夸张的战争文化视角介入人物的情感

[1] 刘心武:《〈班主任〉里的书名》,载《文汇报·笔会》2009年1月7日。

世界,用仇恨的文化心态及哲学标准来评价生活的是非。准确地说,他们是在以'革命的方式'来反省'革命的错误',不同只是,'文革后'和'文革前'在时间观念上是历时的,而它们在精神状态上却最大限度地体现出了共时的特征。"[1] 不过在我看来,恰恰是这种"暧昧"的"共时性",使得"八十年代文学"的"前三年"显露出更多的过渡期特征,使得人们意识到历史的叙述并非如后来那样光滑。而进入80年代,特别是80年代中后期"新潮小说"兴起之后,"伦理的故事"彻底取代了"革命的故事",什么是"西方文学史"上"有地位"的"作品"已经成为讨论"文学"不证自明的前提,甚至转化为判断文学好坏的标准,《牛虻》这类"暧昧"的作品自然就没有什么地位了。

也正是在这种背景下,如余华这样曾经的"新潮小说家"尽管可以怀旧似的回忆起自己当年阅读"革命文学"的情形:"我把那个时代所有的作品几乎都读了一遍,浩然的《艳阳天》《金光大道》,还有《牛田洋》《虹南作战史》《新桥》《矿山风云》《飞雪迎春》《闪闪的红星》……当时我最喜欢的是《闪闪的红星》,然后是《矿山风云》。"甚至不无夸张地述说:"从《东方红》到革命现代京剧,我熟悉了那些旋律里的每一个角落,我甚至能够看到里面的灰尘和阳光照耀着的情景","我突然被简谱控制住了,仿佛里面伸出了一只手,紧紧抓住了我的目光"。[2] 却从来没有觉得有必要处理"革命文学"与自己创作之间的关系。相反,他在创作上给自己划定的阅读谱系是在"西方文学史"上大有来头的"卡夫卡的传统":"仅仅是在几年前,我还

---

[1] 参见程光炜:《我们是如何"革命"的——文学阅读对一代人精神成长的影响》,载《南方文坛》2000年第6期。

[2] 余华:《阅读》《音乐课》,载《日常中国——70年代老百姓的日常生活》,江苏美术出版社1999年版。参见程光炜:《我们是如何"革命"的——文学阅读对一代人精神成长的影响》。

经常读到这样的言论,在大谈巴尔扎克、托尔斯泰的智慧已经成为了中国文学传统的一部分,而二十世纪的现代主义文学却是异端邪说,是中国的文学传统应该排斥的。……卡夫卡、乔伊斯等人的作品已经成为世界文学的经典……然而在中国他们别想和巴尔扎克、托尔斯泰坐到一起。他们在中国的地位,是由一些富有创新精神的作家来巩固的,这些作家以作品确立了自己的地位,同时也丰富了中国文学的传统。"[1]而据贺桂梅的考察,余华那篇后来屡被研究者引用的文章《川端康成和卡夫卡的遗产》(1989年),最初发表时开头有这样一段话:"如果我不再以中国人自居,而将自己置身于人类之中,那么我说,以汉语形式出现的外国文学哺育我成长,也就可以大言不惭了。所以外国文学给予我继承的权利,而不是借鉴。对我来说继承某种属于卡夫卡的传统,与继承来自鲁迅的传统一样值得标榜,同时也一样必须羞愧。"但收入1998年出版的《我能否相信自己——余话随笔选》(人民日报出版社)时却被删掉。贺桂梅认为:"这一看似微小的改动,实则并非毫无意义。如果不惮做一个也许看来有些夸张的结论的话,那么这处改动或许显露出余华对自己曾经秉持的某种'世界主义'('西方主义')的文学观念的自觉或警惕。"[2]但把余华在《阅读》中狂欢似的对"革命文学"的回忆和这处改动联系起来看,问题恐怕比对"西方主义"的警惕更为复杂。余华的"革命文学"记忆的出场,并非以对"西方主义"的反省为前提,恰恰相反,只有当"卡夫卡的传统"变成一种"普遍化"的文学史"常识"——正是这种"常识"决定《牛虻》这类作品是没有文学史地位的——以后,"革命文学"才能有效地转化为"怀旧"的对象,甚至是"消费"的对象。

---

[1] 余华:《两个问题》(1993年),载《我能否相信自己——余华随笔选》,人民日报出版社1998年版,第174页。

[2] 贺桂梅:《先锋小说的知识谱系与意识形态》,《文艺研究》2005年第10期。

三、"英雄"和"丑角"：如何"重返八十年代"？

这样看来，对20世纪80年代"新潮小说"背后的文学阅读谱系的梳理，不能仅仅依靠那类标语口号式的"某某传统"的标榜；而要回到历史的现场，恐怕必须借重于一些更直接的材料。《收获》杂志的资深编辑程永新写了一本很有意思的书，叫《一个人的文学史(1983—2007)》，意思是透过他个人的视角——更准确地说，是他作为文学编辑的职业视角——来呈现80年代以来的中国文学，为我们重新思考杂志与作品、编辑与作家之间的互动关系，乃至文学史的写作方式以及"阅读"在其中发挥的作用等问题，提供了某些可以深入下去的契机。从宏观来看，因为《收获》杂志在当代文学特别是80年代文学中的特殊地位，书中发表的那些80年代中期新潮小说家如马原、余华、苏童和孙甘露等人写给程永新的书信，是非常珍贵的第一手资料，不仅让我们了解了80年代先锋文学兴起背后的许多不为人知的故事，并且通过这些资料，有可能进一步不单从"断裂"，而是从更复杂的"延续"角度来理解整个80年代的文学；落实到微观层面，则把问题加以具体化了，譬如在马原写给程永新的一封信中，他谈到自己计划开始长篇小说的写作："最后就是去写长篇的事。我打算元月去，也就是把这里的事处理完就去，早一点，心里也踏实些，这么久没有写长东西心里总是不平衡，总想尽量写得好。"那么在马原的心目中，"好的长篇小说"的标准是什么？这个好的标准又是从哪儿来的呢？下面这段话特别重要："回来马上就翻出那些喜欢的长篇，而且一定要篇幅短些的：《红字》，《鼠疫》，《一个自行发完病毒的病例》(《考德威尔小说选》中的)；《烟草路》，《伪币制造者》，《普宁》，《佩德罗巴拉莫》(《胡安·鲁尔弗小说选》中的)；《城堡》(卡夫卡)，《第二十二条军规》

（约瑟夫·海勒）。"[1]很显然，他的阅读兴趣和写作标准就来自这些来源复杂的书籍，某些书籍甚至冷僻到需要注明出处才能使资深文学编辑明白的地步。如果把这些书籍和马原后来在他《作家与书或我的书目》以及类似于《小说》这样的文章中提到的罗布·格里耶、萨洛特、巴思、乔伊斯、福克纳和博尔赫斯等作家的小说进行比较的话，会发现书信中的书目似乎要更传统实在一些，那种简单地用"现实主义"和"现代主义"的二分法来区分不同阶段作家的文学史写法似乎碰到了困难；如果进一步去研究这些书籍出版、流通和阅读的情况，我们就不难发现马原小说在80年代文学中的"革命性"，也离不开"传统"的延续和继承。尽管在很多人眼中，外国文学的翻译和出版似乎尚未被纳入"当代中国文学传统"中，就像"阅读史"和"书籍史"几乎没有进入"文学史"领域一样。

因此，在这个意义上理解"重返80年代"的命题，就不是为了怀旧，而是希望从"重返"中生长出一种历史的"整体观"，这一整体观在今天可以用"当代中国文学60年"来命名。但这一整体观的提出并非为了抹杀"80年代文学"的"独创性"——当年李泽厚在《画廊谈美》中已经高度评价这种"独创性"，并将其视为"一代人"成长、呻吟、苦难和抗争的"心灵对应物"[2]——而是把"独创性"作为进入"历史"的"契机"，进而追问"独创性"与"历史性"是怎样建立起联系的，这种联系如何在"历史叙述"中被定型化，是否还有重新解放出来的可能……也许在这一系列追问中，我们不可能马上得出一个完美的答案，但毕竟激发了历史的多样性和复杂性。与此相反，从今天"重返"这个"伟大的时刻"，如果只是满足于把历史中的"80年代"转化为可以消费的"80年代"——用詹明信的话来说，就是"将

---

[1] 程永新：《一个人的文学史（1983—2007）》，天津人民出版社2007年版，第14页。
[2] 李泽厚：《画廊谈美》，《文艺报》1981年第2期。

1950年代的事实转换成为一个截然不同的东西:'五十年代'来再现"——这种"怀旧"是"作为对于失去我们的历史性,以及我们活过正在经验的历史的可能性,积极营造出来的一个征状",那么它难免要重蹈马克思所嘲笑的覆辙:"悲剧"与"喜剧"的倒错,"英雄"和"丑角"的混淆。[1]

---

[1] 这里借用的是马克思在《路易·波拿巴的雾月十八日》中的论述:"黑格尔在某个地方说过,一切伟大的世界历史事变和人物,可以说都出现两次。他忘记补充一点:第一次是作为悲剧出现,第二次是作为笑剧出现。"

跋 文学：无能的力量如何可能？

——"文学这30年"三人谈

一、命名的困难

倪文尖：我们是在倒计时中迎来了"2008"的。因为北京奥运会，也因为改革开放30周年，我们早先就知道这一年很重要。然而谁也料不到，这一年竟发生了这么多大事，使"2008"的意义如此特别，以至于"2008"都要远去了，我们也未必能够看清楚看透彻。下半年以来，特别是最近，有关"1978—2008"30年的回忆与回顾又越来越多，已经有了许多从各个层面、从各种角度进行的总结和反思。今天，我们也来谈谈"文学的这30年"。这并不容易，我想第一个困难就是，我们如何来称呼这30年：是承接以前，将之命名为"新时期文学30年"，还是重新寻找其他命名方式？这些都可以讨论。其次，什么是"文学"？这在如今也不是那么容易有共识，而最起码地，我们得说清楚我们今天要谈的"文学"主要指什么？是否可以这样说：由于文学在这30年特别是在其前期，是非常重要的构成性乃至推动性力量，我们要在反顾30年的语境中重点讨论的文学，就不能是现今被学院化、被学科化的文学——事实上，这种学院以及学科"化"了的文学，正是这30年文学变化的一种后果。

这也意味着，用句老话来说，我们必须在"文学"与"这30

年"的相互生产的互动性关系中来进行讨论。一方面我们要谈,文学是如何介入、参与到这30年的历史变迁和社会变革之中的,另一方面,我们也要谈文学怎样被这30年的中国现实所深刻界定并制约。而我们自己是身处其间的,既被这30年、也被我们共同的行当——文学所规定,这样的谈论就多少有些类似提着自己的头发却要上天。

我还考虑一个问题,我们的讨论是否有一个比较有效的方式,就是尽量回到历史情境,要历史地、具体地甚至细节地展开?比如说,整个这30年的文学是如何从过去走来的,是怎么慢慢地、一步一步地改变的。可我马上意识到,实际上,围绕这样的历史叙述,我们已经形成了一些经典性的学术观点,某种程度上讲,如今是有不少程式化以至于固定化的叙述了。那么,我们重新讨论的时候,怎样才能把文学从那个有些程式化、定式化的历史叙述之中解放出来呢?要有我们今天的历史感和今天的位置感,这,说说容易做可难啊。而且换个角度,我又觉得要注意另一个问题,说得朴素一点就是,我个人非常反对以"事后诸葛亮"的方式来裁定这30年的文学,好像一拍脑袋,文学就应该有个更好的走法似的。这里面应该有一种张力,这是谁都知道的:既不能一开口就落到了那套套话的叙述之中,又不可任意地裁断历史之中的文学,哪怕是为了我们当下的立场,抑或是什么学术的创新。问题还是——如何做、怎么谈? 也许吧,所谓历史化的方法,进入语境的甚至不妨说是以点显面的谈论方式,这样可能还值得一试。

罗岗:刚才文尖讲到,我们是站在"2008"这个点上重新回过头看30年文学的发展。是不是把这30年的文学称为"新时期文学30年"。这可以商榷。但至少我们有了一个"当代文学30年"这样的概念。"当代文学30年"结束于2008年,有它的必然性,但也有它的偶然性。必然性很好理解,从1978—2008年正好30

年！可是2008年又发生了那么多大事件，它之于文学的意义就不只是时间累计了。我想，2008年所给予的刺激是双方面的：一个刺激是在2008年所发生的一系列重大事件，特别是加上岁末席卷世界的金融风暴，使得2008年注定要成为一个世界性的历史年份，对这一时刻的感受、理解和把握，迫使我们回过头来看这30年的文学，应该产生出某种不同于以往的检讨视角，产生出我们仍然处在某个大时代的感觉；另一个刺激则与这种感觉形成了鲜明的对比，就是我们很痛苦地发现，与1978年相比，与1988年相比，甚至可以再说得近一点，和10年前的1998年相比，今天的文学——2008年的文学——在这个变动的大时代面前显得那么无力，而10年、20年、30年前文学却似乎成为那个时代最敏感的，恕我有点夸张，如果不是最敏感的，也至少是敏感的神经，去体会、显现和表达时代的变化，甚至为那个时代的变化创造出了某种新的形式。今天回过头来看，觉得这30年文学还值得去讨论，很大的原因就是文学和时代之间产生了非常密切的关系，从根本上看，恰恰是时代的那些重大变化，造就了这30年文学成就，即使是那些看似与时代没有直接关联，可以归于"纯艺术""纯形式"的探索，其根本的动力也是这个时代所给予的。但是在2008年发生的重大事件面前，文学不仅没有成为敏感的神经，而且颇有一些麻木不仁。（文尖插话：大地震后的那些诗歌也不算是吧？）之所以造成这种状况，我觉得不能把责任归于某些作家，或是简单地认为是立场不稳，尽管确实存在着作家放弃思考，拥抱社会主流意识形态的问题，可起更关键作用的是今天的文学体制，一方面"纯文学"变成圈子里的事情，被诸如作家协会、文学期刊和评奖制度等团团围住，即使关于"茅盾文学奖"的争论也只是杯水中的风波；另一方面则是"文学"完全变成消费社会的消遣，譬如"80后""青春文学"等作为面向市场的文学品牌，和大众通俗读物、时尚读物之间没有什么区别。在这两种文学——"圈子文学"和"消费文学"——之外我们还能找到"第三种文学"吗？当下的文学状况给予我们一个反向的刺激，促使我们回过头来看这30年的文学，曾经有过怎样的活力，又包含了何种危机。所以从2008年回顾30年文学，当然是在历史的终点处回眸，却又不仅仅是历史的检讨，同样包含了对文学发展动力的探讨以及当下文学向何处去的忧思。

倪文尖：的确，所有的历史回顾和历史叙述，都暗含了一个对未来的期许，同样，之所以对当今的文学不满，也是因为对理想的文学有记忆与想象。困难的还是，今天我们如何讨论30年的文学历史，比如那个"新时期文学的起源"的老问题——因为柄谷行人的《日本现代文学的起源》，现在一说"起源"就让人兴奋。可惜，我现在还只能老生常谈，抛砖引玉。按照现有习惯性的叙述，整个这30年的文学发端于1976年的"四五"天安门诗歌运动——当然，后来的研究还由这个共识上溯到"文革"的地下诗歌和地下写作了，而往下是到《班主任》和《伤痕》。这一路历史叙述在20世纪80年代初的时候，似乎就已变成一个准官方和准文学史的叙述了。但是，到了80年代后期，尤其是90年代之后，这一种叙述越来越在精英学术界没了市场，大家往往开始强调汪曾祺的意义，强调"今天派"的价值。这一后起的竞争性的叙述看不上前者隶属于主流的政治性，让新时期文学的"头"跳过了整个20世纪60年代、50年代，而径直接上了40年代，确乎汪曾祺一个人挑起了现、当代文学，"接"上了40年代现代主义的"轨"。而关于"朦胧诗""今天派"的言说，也越来越强化和"白皮书""灰皮书"，和西方思潮以及现代主义的脉络关系。

罗岗：接着你的描述，我大体上可以概括一下20世纪70年代中后期文学发展的"路线图"，一条路线是从"四五"天安门诗歌运动开始，然后到"伤痕文学"——《伤痕》和《班主任》是其中最重要的作品——接下来是"反思文学"，然后是"改革文学"……这一条路线基本上可以称之为对那个时代文学的政治性解读，因为它强调了政治上的拨乱反正：粉碎"四人帮"，昭雪平反、改革开放……这是从政治的角度对"新时期文学"起源的一个叙述。这个叙述一直有相当大的影响力，譬如后来"潜在写作"的研究，也基本上是在拨乱反正的意义上来展开的。第二个路线就是强调"地下诗歌"的重要性，从太阳纵队、白洋淀诗派，到"今天派"、汪曾祺，地下文学和地上文学相汇合，汪曾祺以一己之力将文学史中断的线索联系起来了……这一条路线基本上是从文学现代主义的叙述中产生出来的。尽管关于地下诗歌运动的细节问题还有许多争议，但这一现代主义历史叙述的特点还是很清楚的，那就是强调文学性和艺术性。虽然这一叙述和另一条政治性叙述的路线图有可能产生矛盾，也导致了一些直接的冲突，譬如对"朦胧诗"的讨论以及对"三个崛起"的批判，但从整体上看，这两个叙述也可以说是相互补充，非此即彼，构成了一个主导性的叙述，今天对新时期文学起源的研究，基本上没有跳脱出这两个基本模式。但蔡老师对这段文学史有相当独特的观察，有可能在这两种主流的叙述之外提供我们进入历史的另一种视角。

二、"压缩"的"前三年"

蔡翔： 对一个时代的定义，也许是最为困难的事情。但在各种解释，或者各种实践中间，我想，对于20世纪80年代还是有一个共识的，这个共识或许就是所谓的现代。"现代"的故事究竟应该怎样讲述，什么样的讲述才是现代的。所有的分歧、矛盾和冲突可能都在这里。因为现代这个概念的存在，才会塑造出一个前现代。而所谓前现代的说法也是各不相同。因为对前现代的解释不同,它的背后就隐藏着对"现代"的不同的解释,你把前现代解释成是愚昧的,现代就是文明的;你把前现代解释成是专制的,现代就是民主的……当然,"现代"这个故事到现在还没有讲完。

重新回过头去看这个所谓的"30年",我觉得还是应该有一个分段的叙述,比如怎么来看"前三年",这个"前三年"在文学史上应该有一个定义,就是从1977—1979年。1979年3月《文艺报》召开的文学理论批评工作座谈会上,就提出了"文革"结束以来3年的文学运动的成就和问题,也就是关于"前三年"文学创作的总结。刘锡诚先生在他的《在文坛边缘上》有着很详细的讨论和史料贡献。但是整个的80年代,某种意义上,却是建立在对"前三年"重新讨论的基础上,也就是说,80年代要回应的,实际上是"前三年"提出来的叙事主题和叙事方式。而90年代实际回应的,又是80年代的叙事主题和叙事方式,每一个时代,如果有"时代"的话,都在于如何回应前一个时代。所以我想所谓起源性的问题,关键在于我们能不能对它进行一种动态的描述。

罗岗:蔡老师说的"前三年",在我看来,还可以联系上一个更长的时间段落。我们姑且称之为"70年代中后期",因为新时期文学的"前三年",必然涉及"70年代中后期"中国的一系列变化,这是一个极富戏剧性的历史时段,可以从尼克松访华开始说起,然后邓小平复出、经济文化和教育领域的治理整顿,接下来"四五事件"、反击"右倾翻案风",紧接着粉碎"四人帮",真理标准的讨论,各地的民间刊物风起云涌,然后是党的十一届三中全会的召开……所谓"前三年"就是在这个大背景下展开的。联系这个大背景,我们就不难发现,"前三年"最重要的特征就是它的"压缩性"。什么是"压缩性"?如果我们往后面看,随着党的十一届三中全会的召开,工作重点转移到经济工作上来,逐渐强化了"现代化叙述"，到了80年代，这种渐趋单一的现代化叙述已经成为主导型叙述，成为所谓"改革共识"，具有沟通朝野的功能。但在"前三年"，却不是"现代化叙述"独大，尽管它当时已经是一种影响力逐渐加大的叙述，可那个年代却不止有单一的现代化叙述，而是同时包含了各种相互矛盾、相互冲突的叙述，这些叙述被"压缩"在"前三年"这一特定的历史时空中，一方面限制了许多叙述，另一方面也收编了不少叙述，还有以各种扭曲的方式催生出新的叙述，显示出历史的多种可能性。

在"前三年"的"时空压缩"中，至少包含了来自三个方面的资源。第一方面来自社会主义阵营，既包括传统社会主义时期的许多看法、问题和争论在新的历史阶段中被重新激发，也注目于社会主义内部自我调整、自我改革的路向、经验和教训，譬如对苏联和东欧社会主义国家工业化模式的学习和借鉴，特别是以南斯拉夫为代表的改革经验以及理论的探索，引起了官方和知识分子的极大兴趣。当时内部出版了一套"国外政治学术著作选译"，基本上都是以苏联和东欧社会主义国家为研究对象的，更不用说像匈牙利经济学家科尔奈的《短缺经济学》所产生的影响了。第二方面则是随着中日邦交正常化、中美关系正常化特别是中美建交，西方视野迅速在中国人面前打开，邓小平乘坐日本新干线和他与卡特总统在白宫阳台上向人们挥手致意，成了某种极具象征意味的历史画面。我记得从70年代末期开始，有一本杂志影响很大，叫《世界知识》，重点介绍60年代西方就开始了的新科学技术革命，有些甚至以"未来学"的名义出现，如对《第三次浪潮》的译介。根据科学技术就是生产力的原则，这样引介西方的新科技，既避免了意识形态立场的争论，同时又把西方的知识传输进来。所谓信息论、系统论和控制论以及相应的西方先进科学技术，就这样越来越被中国人所注意和重视。第三方面是被压缩的资源，恐怕是最容易被忽略、最不愿意被提起的，那就是"文革"的遗产，无论是当时的人们，还是后来的研究者几乎不怎么提起，如果提到，也是把它作为负面的、需要否定的对象来处理。其实在"前三年"，还是能够很清晰地感受到"文革"的影响甚至"文革"的某种延续。当时很多活跃的作者后来成了著名作家，都不太愿意承认自己是在"文革"后期发表作品，登上文坛的。最近，"作为过来人"之一的刘心武在一篇重新讨论《班主任》的文章中，就特别提出："'文革'后期，从1973年到1976年三年里，从出版数量上来说，文学应该是相当'繁荣'的。那时候我所在的出版社文艺编辑室发稿量就很大，每个月都会有新书出版，而且印量都不小，人民文学出版社出版的长篇小说就很多，题材也多种多样。所谓'八个样板戏一个作家'的说法之所以有人不服，就是因为那只是'文革'前期的情况，到了'文革'后期，由于《磐石湾》《沂蒙颂》等剧目的加入，'样板戏'的数目有所增加，并且还有各省剧目进京汇报演出的'盛况'，当时活跃起来的业余作者，也可开列出不短的名单。当时不仅《人民文学》、《诗刊》恢复出版，上海更有定期的月刊和丛刊出版。那几年也拍出了不少新电影，如《难忘的战斗》等艺术水准也未必低。现在有的人要么对这几年的文化状况讳莫如深，要么用'他们生产了一些符合当时要求的东西'一语论定。作为一个过来人，我建议现在有研究者来对'文革'后期的这些'文化产品'作严肃、客观、理性的研究。"（刘心武：《〈班主任〉里的书名》，《文汇报·笔会》，2009年1月8日）

"前三年"压缩了这三方面的资源，再加上当时中国内部政治、经济和文化上的一系列调整，包括农村包产到户；工厂强调技术、专家和物质鼓励的作用；批判"读书无用论"，恢复高考制度……所有这一切，在这3年里互相碰撞、激荡和冲突，在某种意义上，可以说"前三年"既把前几十年的历史，又把后几十年的问题，还有跨越东西方的视野都压缩到一段特殊的时空中，所以这段时空的丰富性和复杂性还有待进一步展开。然而，我们对于这一段历史的理解，特别是作为所谓"新时期文学"的开端，很关键的一点是依赖于"新时期文学十年"的论述建立起来的，也即1986年的文学批评界对这10年文学的总结，当时产生了一批长篇大论来讨论"十年文学的主潮"，有人说是文明与愚昧的冲突，又有人说是重铸民族灵魂，还有人高呼新时期文学面临危机……言路各异、众说纷纭，却又差不多拥有共同的元叙述：既和"八五新潮"有关，又与启蒙话语相连，建立起了一个较为完整的关于新时期文学的叙述。这个叙述也和我上面提到的"路线图"可以勾连起来，政治性的解读转化为启蒙主义的叙述，而在艺术方面，因为"八五新潮"的兴起，某种现代主义的倾向得到了更大的加强。这就使得由"前十年"的文学回顾所建立起来的叙述，对"前三年"的丰富性和复杂性构成了某种压制。

倪文尖：这里有个现成的例子，1986年的时候，刘再复描画了一个"从刘心武的《班主任》到巴金的《随想录》"的文学大脉络，而他对《班主任》的解读，完全成了启蒙话语的注脚：小说主要控诉"文革"对青年人造成的伤害，特别是精神上的愚昧，而小说结尾"救救孩子"的呼吁也正好接上了现代文学的开山之作鲁迅的《狂人日记》。刘再复对这部小说的定位是"伤痕文学"和"反思文学"的结合，即《班主任》既有伤痕文学的特征，但最终走向了反思，而"反思"显然比"伤痕"更深刻。然而，现在有研究者重读"伤痕文学"，就发现"伤痕文学"中包含的很多具有针对性的政治性内容，却在后来的"反思文学"中慢慢被抽空了。政治上的针对性在"反思文学"中的消失，这不能够说是一种进步吧？譬如郑义的《枫》当时发表在《文汇报》上，反响特别大，它直接面对"文革"中的"武斗"问题，这样的内容在后来的"反思文学"就再也找不到了。所以，罗岗指出"前三年"的"时空压缩"的特性，确实很重要。因为"压缩"，所以丰富；可是，后来建立起来的叙述压制了这种丰富性。我们今天则有必要把压缩的时空重新打开，放放慢镜头，就像刚才蔡老师所说，"前三年"与80年代、90年代之间的关系，可能包含了很多的秘密。

像我们这些80年代中期开始进入大学中文系的人，在比较明白地阅读"前三年"的代表性作品的时候，事实上已经得同时面临有关"前三年"的历史叙述和文学史叙述了。这样，一方面，黄子平老师以前有次聊天时所讲起的"伤痕文学"因其伤感而有的那种巨大的宣泄作用，我们就无法在"前三年"的时空下感同身受了；另一方面，我们站在一个80年代中期开始成型的纯文学的艺术自主性立场上，就很容易发现，"前三年"的文学和主流意识形态之间好像有过于亲密的关系，因此，"伤痕文学"之类就还没走到文学本身，价值自然不高，从而就很难体味到"前三年"文学的潜能。我想，这样理解把"前三年"作为一个时段来予以重读的必要性，应该不错吧。

三、"共同的美"

蔡翔：关于这个"前三年"，现在有很多回忆录，比如张光年的《文坛回春纪事》、陈为人的《唐达成文坛风雨五十年》，尤其是刘锡诚的《在文坛边缘上》，等等。我同意罗岗刚才说的，这个问题要放在中美建交的大背景下。在"前三年"中，我觉得有一篇很重要的文章，就是何其芳晚年的回忆录《毛泽东之歌》(《人民文学》1977年第9期)曾经选刊过其中的第十二、十三节。里面最为重要的就是提到了毛泽东对于"共同的美"的肯定。我觉得这不仅是我们理解"前三年"，也是理解80年代的一个很重要的征候。它首先是在美学上打开一个缺口，然后延伸出后来一系列重要的叙事主题，比如说人性、知识，等等。我觉得这里面不仅往前涉及中美建交，往后也会涉及党的十一届三中全会有关阶级斗争结束的政治宣言。可以说，它是这个"现代"故事的最早的讲述。

何其芳的这篇文章处在两个时代的中间，我想他提出了一个极为重要的话题，或者命题。一直到今天，这个命题仍然隐含在历史和现实的极其复杂的运作和叙事之中。而围绕这个命题的辩论，也许，我们可以借用台湾地区学者陈光兴的那篇论文题目：《去冷战：大和解为什么不／可能》。因为中美建交，意味着中国将被纳入某个世界体系之中，而阶级斗争的结束，则意味着怎么样去看待社会内部的矛盾和冲突。如果说有起源性的话，我想这是一个最为重要的，既是文学史，也是政治史和思想史的命题。但是在"前三年"，这个命题还不是非常的显要，而是隐藏在各种叙事的无意识之中。更多的仍然以一种在社会主义内部寻找克服危机的方式来进行。也就是说，我们怎么来看待所谓的"拨乱反正"。"乱"是什么，"正"又是什么。在"前三年"，这个"正"指的就是所谓"十七年"，无论是《班主任》，还是《伤痕》，或者《乔厂长上任记》。当然，这个"十七年"是经过重新修订的，就是站在否定"文革"的政治立场上。

因此，在这些作品中，既包含了后来遭遇挑战和颠覆的因素，也预示了一些重大的叙述主题的出现。比如说，在《班主任》的各种复杂的叙事层面之下，还隐藏着"知识"的正当性，知识的重要性直接启动了80年代的现代化叙事。我觉得这个主题不仅仅是表现在对知识分子的正面的肯定上，包括后来徐迟的报告文学《哥德巴赫猜想》，这在"前三年"已经出现。它还预示了我们怎么去理解吉登斯"解放政治"这个概念，在吉登斯有关"解放政治"的论述中，他非常强调占有支配性位置的阶级利益起着怎样的主导作用,包括如何把它的意志、利益和其他的政治诉求推广到其他阶层身上。突出了知识的重要性,同时也就突出了知识分子的重要性。当然,在1980年代,这个问题尚不明显。因为知识分子和其他阶层形成了一个同盟,因此在利益上具有共通性。最后,这种共同的利益如何转化为一个或某几个特定阶层的利益(包括知识阶层),这是1990年代的事情。但是"知识"问题会是我们观察这个所谓"三十年"的一个重要视角。

至于《伤痕》,它所要追溯,或者重新肯定的,实际上也仍然是以"十七年"为象征的政治秩序。而把政治转换为家庭伦理悲剧,不仅是当时的"伤痕"文学,也是今天的通俗电视剧惯用的处理历史的叙事方法。但是,在《伤痕》里面,我们可以看到,一种或许可以称之为"漂离"或者"疏离"的观念开始出现,这一观念很可能是无意识的。比如,国家和个人的关系。这一关系在白桦的《苦恋》里面得到了非常激烈的表达。尽管这一表达后来被反复修正和修饰,但仍然是80年代最重要的叙事主题。而且这一主题通常又是以对历史的叙述得以再现的。而这个所谓历史的叙述,所要构造的是个人极端的生存困境。这非常重要,它把政治或者其他问题转化成伦理问题。在这样极端性的生存困境中,政治问题同时也就获得了伦理的支持,包括普遍性意义的支持。这样一些问题典型表现在1980年张一弓的《犯人李铜钟的故事》里。

蒋子龙的《乔厂长上任记》无意识中回应的,恰恰是60年代"鞍钢宪法"和"马钢宪法"的激烈辩论。"马钢宪法"强调的是专家控制,这也是一个很重要的"现代"故事。而要不要或者建立一个怎样的"专家社会"正是"十七年"的辩论内涵之一。吉登斯在《现代性的后果》中曾经反复讨论"信任"这个概念。而在吉登斯的论述里面,一个所谓的现代社会,同时也是一个高度抽象的社会，当然，也是一个高风险的社会。这个高度抽象性的社会体系需要"信任"的支持。而"信任"的背后则是所谓的技术和专家。

倪文尖：有意思！这样，不仅这30年是一个整体，而且共和国60年的历史感和整体感也出来了！正所谓：在历史连续性过于凸显的时候，我们要强调历史的断裂；反之，在历史的断裂性被说得过分之时，我们要强调历史的连续。这些年，关于共和国前后30年的断裂之说，我们听得够多了，而后来那种通过"没有……何来……"的简单逻辑所建立的叙说，似乎也难让人心服口服。看起来还是要进入具体的历史，深入到经典的文本——这里的"经典"，也许主要未必是出于文学性、艺术性，而首先是来自"影响史"，那些引起了当时读者巨大反响的作品，今天来看还总是有其内在深层次原因的，关键就在于你重新阅读的时候能不能发现了。

罗岗：关于"共同美"的问题，我还可以补充一点材料。朱光潜在1979年在《文艺研究》上也发表了一篇文章，讨论"共同美感"的问题。有趣的是，他也提到了何其芳的回忆录，提到了毛泽东也肯定共同美。就像蔡老师说的那样，朱光潜在这篇文章中，把"人性""人道主义""人情味"和"共同美"的问题相提并论，显示出用"人性论"替代"阶级论"的倾向，试图追求的当然是"大和解"的可能性。不过值得注意的是，朱光潜也引用马克思的《1844年经济学哲学手稿》和《资本论》中关于人类在劳动中发挥了肉体和精神的本质力量而感到乐趣的论述，认为这种由劳动带来的乐趣，就是美感。既然劳动是人类共同的职能，那么它产生的美感不就是人类的共同美感吗？不过，朱光潜当时可能没有意识到，马克思关于劳动的论述中蕴含的异化观点，也可能直接转化为对现实的批判。在什么样的条件下，劳动才必然和人的本质力量相联系呢？有什么力量阻碍这种联系呢？这是几年后"人道主义和异化问题"讨论中要涉及的问题,用周扬的话来说,社会主义社会也存在着异化,怎么办呢？改革所带来的利益分化,并不因为取消了"阶级论"就不存在了,"大和解"依然是摆在人们面前的一个难题。

蔡翔:这当然是一种事后的抽象性的讨论。但是我觉得整个的"三十年",一些重要的叙事主题已经包含在"前三年"之中。而这里面的核心,仍然是何其芳所谈到的"共同的美",也就是如何"现代"的问题。文艺理论上则涉及现实主义。所以"前三年"最激烈的争论,就是"真实性"的问题。这里面是有矛盾的。如果强调历史的"真实"是正当的,那么,如何看待现实中的"真实"呢？这就是当时为什么对《假如我是真的》等作品要作批判。不过,当时所有的讨论,基本仍然局限在社会主义(创作方法上则是现实主义)内部。也就是说克服危机的资源仍然是在传统社会主义内部寻找,这样一种寻找,必然注定了克服危机的方法是有限的,甚至也可以说非常无力的。因为这样一种关系,才可能使得80年代重新寻找写作或者思想的资源,包括你们前面说的现代主义的因素。

罗岗:关于"共同美",我认为还可以作进一步分析,就像大家刚刚谈到的,"共同美"相对应的是"阶级论",给人的感觉是,"共同美"是一种普遍性的诉求,而"阶级论"是斗争哲学,强调对立和分化。但是仔细追究,两者之间正好包含了某种相反的趋势。以"阶级斗争为纲"的社会确实是一个高度政治化的社会,但它也许也是一个更倾向于"整全性"的社会。什么叫"整全性社会"？就是任何一个领域问题都不是孤立的,都和其他领域密切联系在一起。譬如"文革"这个说法看起来有点奇怪,很显然它处理的不只是文化问题,但如果把握当时中国社会的"整

全性"，就知道"文化"问题绝对可以和政治、经济以及社会问题
沟通起来。所以说，以"阶级斗争为纲"的社会绝不可能"大和
解"，至少有敌我矛盾和人民内部矛盾，但它却是"整全性"的，由
高度的政治性来保证的"整全性"。而"前三年"提出"共同美"
或"共同美感"，对应着大规模疾风暴雨式的阶级斗争结束，工作
重点转移到经济建设上来，因此社会在新的历史条件下需要某种
"共同性"，而把原来渗透到日常生活层面的"斗争性"祛除掉。
然而有趣的是，正是社会建构"共同性"这一刻，催生了某些分化
的趋势。所谓"分化"，在这儿还没有达到类似于韦伯所描述的
现代性合理性分化的程度。但不能否认那时候已经有了那么一
种倾向，譬如强调每一个领域都有它的独立性，当时有一个很响
亮的口号，把某某的还给某某，譬如把思想的还给思想，或者换
一个说法，叫回到某某本身，譬如回到文学本身，都是我们耳熟能
详的口号。所以正如蔡老师解读的那样，无论《伤痕》将政治关
系转化为家庭伦理，还是《乔厂长上任记》突出专家的作用，以及
《班主任》对知识的高度重视，这些作品不是在写作题材的意义
上，而是透过题材分别处理了不同的问题，譬如人和国家关系的
问题、专家的问题和知识的问题……通过这些文学作品处理了当
时一些特定的热点问题，本来这些问题有可能是联系在一起的，
但现在通过文学的处理就生产出了某些特定的领域，这些问题原
来所具有的整全性，随着特定领域的确立在某种意义上消失了。
在这个意义上，我们可以说，"整全性"的消失正是和大规模阶级
斗争的结束以及工作重点的转移构成了一种对应关系。

因此，那时候文学的变化，特别是文学观念的变化，必须放在
这个分化的过程中来讨论。刚才讲"拨乱反正"，拨的是"文革"
的"乱"，返回到"十七年"的"正"，但"前三年"毕竟不可能回到
"十七年"，因为一个"整全性"的社会正在被一个"分化"的社会

所取代,虽然这个分化的过程是逐渐展开的。在文学的领域,不是一开始就提倡回到文学本身,而是先为文学正名,即强调文学不为阶级斗争服务。这是特别重要的一个起点,当把"文学"和"阶级斗争"分离开,就意味着告别了那个"整全性"的模式——当然,这个模式已经遭遇到巨大的危机,它的破产不是文学造成的,文学只是这个模式及其危机的一种征候——从"为文学正名"到"回到文学本身",无论在时间上还是理论上都还有一段距离,然而,当"文学"不为"阶级斗争"服务时,就已经埋下了"文学回到本身"的线索。就像"共同美"或"共同美感"倡导的是社会与人的"共同性"或"共通性",但是同时也包含了一种分化的逻辑。

四、20世纪80年代:一个"少数"的时代

蔡翔: 谈到这个问题,就涉及1979年第4期《上海文学》上那篇著名的评论员文章《为文艺正名——驳"文艺是阶级斗争的工具"论》。这是一篇非常重要的文献。它表达了一种拒绝政治的姿态。但是这个所谓的拒绝政治是有它的特指含义的,它要摆脱文学是政治从属者的身份,从而拒绝成为政治合法性的论证工具。但是在它拒绝政治的同时,应该还有创造政治的另外一面。它创造了什么样的政治,或者怎么样创造政治,这一面少有人讨论。当然这是一个很大的话题,今天也无法展开。但是按照我的理解,所谓创造政治,这个政治在当时来说已经无意识涉及一个很重要的领域,就是"个人"。我觉得这是"前三年"向80年代转折的非常重要的一个核心领域。但是所谓的"个人"究竟是什么?它还不完全等同于今天的消费性的"个人"。这个所谓的"个人",我认为仍然是前30年社会主义生产出来的。也就是

说普遍性如何生产出它的独特性，规范性如何生产出它的不规范性，集体性如何生产出它的个人性，等等。独特性、非规范性和个人性，等等，构成了一个挑战整个"前三十年"社会主义的很重要的力量。

罗岗：往前追溯，在"文革"中某种挑战性的因素已经产生了。

蔡翔：而且是"文革"的某种表现形态。我为什么谈到这一点呢？柏林在讨论德国浪漫主义运动的时候，曾经提到"虔敬派"，然后有一句话，意思是说，启蒙理性终结了虔敬派的信仰，但是保留了虔敬派的脾气，这个"脾气"直接影响了浪漫主义运动。我在这里借用这句话的意思是，"后三十年"终结了"前三十年"，也包括终结了"文革"，但是它却保留了"文革"的某种气质、性格或者脾气。这是一个非常隐性但可能也是一个很重要的问题。否则，我们无法理解这一批思想者或者写作者，也就是那个时代的"担纲者"，他们真正的"起源性"问题。我们实际上有很多证据可以论证这个话题，包括这些写作者的经历。"文革"所形成的那种强烈的怀疑精神、挑战、叛逆、反抗、独特性、与众不同，当然，关键是以天下为己任等，都相应构成了整整一代人的性格。这也是和今天的个人主义者根本不同的地方。但是，我们在80年代重新创造的个人政治中间却会看到它的痕迹，或者说，它是怎么样启动了1980年的个人政治的讨论。我想，这是一个可以深入讨论的话题。

但是，它的表现形态——主要是在小说中——却是从所谓的"独特性"开始，刘心武当时就有一篇小说《我爱每一片绿叶》，从对"文革"的叙述转向对现实的叙述，明确表示了一种对"独特性"的尊重和保护的要求，但是他隐含的正是一种所谓"个人政治"的主题，只是被压抑在文本的潜意识深处。

当我们从独特性进入个人政治的时候，马上就会发现，从"共同的美"开始走向"人"这个概念，从"人"这个概念开始走向具体化的"个人"的概念。一旦落实到"个人"，整个社会就开始动荡起来，潘晓的《人生的路呵，怎么越走越窄》正是这一动荡的表征形式之一。同时，我们也会发现对这一"个人"的叙述，西方给我们提供了更加丰富的思想和叙述资源。这就是《今天》的重要意义。尽管《今天》创刊于1978年，但是它的重要意义不在当时，而在于80年代，包括以后的被反复放大和反复叙述。这是因为，在"前三年"的文学中，所谓的"个人政治"是被压抑的，尽管已经隐藏在叙事主题中间。而《今天》的意义在于恰恰可以把这些被压抑的主题重新解放出来。事实上，"前三年"也不是铁板一块的，比如1979年，就有了宗璞的《我是谁》，等等。

罗岗：所以啊，"朦胧诗"讨论不可能发生在"前三年"。《今天》如果仅仅以"民间刊物"的形式出现，那么它的影响力是有限的。即使这种地下的文学形态，譬如通过"青春诗会"在《诗刊》上开始发表诗作，也没有可能引起那么大的争议。这与某个人或某个流派无关，而是当时不具备相应的条件。只有到了1980年代"个人"逐渐浮出地表，《今天》的影响才逐渐发挥出来。在这个意义上，我们是不是可以把"朦胧诗"讨论看作是对1980年代浮现出来的"个人政治"的某种呼应？正是通过"朦胧诗"讨论，才使得隐而不彰的以"今天派"为核心的诗歌创作呈现在人们面前，由于这些创作的个人化取向、"横的移植"的姿态以及现代主义风格，在社会上引起了极大的反响。而且我们都知道，引起"朦胧诗"讨论的诗歌实际上并不是"今天派"的作品，但为所谓"朦胧诗"辩护的人都明确地指向了"今天派"，特别是"崛起"论者把"新诗潮"的崛起称为新的美学原则的崛起。这种美学原则很显然与"共同美""个人政治"和"现代主义"都有密切的关系。

倪文尖：刚才所讲的这些，我是大处同意小处有疑义，抽象同意具体不怎么同意。比如《今天》创刊几年后才有那么大的反响，固然与"个人政治"走上前台很有关系，但是许多具体的甚至是偶然的因素也十分关键，一旦忽视了它们，就很容易落入规约化、目的论的路子。我举两个例子，一是当时大学里的诗歌社团及其相互间甚至是跨城市的联结可以说是那时候很重要的文学生产方式吧，对于北岛、舒婷们的传播就意义非凡；二是文学批评的作用问题。事实上，谈论这30年的文学，我们不仅要关注作家、作品，我们还一定要注重批评家和论争。在很大程度上，文学批评与文学论争通常是彰显文学这30年更耀眼的征候。比如，"前三年"的文学批评，不仅整合着创作的状况，在作品和主流意识形态之间作着勾连，而且还引领潮流、奖惩分明，做着文坛守门员。而更具体地说还有个问题，就是当时那些重要批评家大都对叙事文学比较敏感，小说方面更加在行，所以，小说界领导、代表乃至代替整个文学界许多年。虽然诗歌的创作一直很兴旺，但就我个人的感觉，是到了1984年、1985年的时候，新潮的实验的小说有些成气候了，回过头去追溯，才有了个基本共识：这类小说要说有源头的话，首先还是在诗歌里面，在"朦胧诗"，在"今天派"。当然话说回来，"朦胧诗"讨论和对"三个崛起"的批判，实在是已经普及推广了那些诗作。

蔡翔：你们知道我有一个关于80年代的讲稿，我用了一个比较文学化的概念，把80年代处理成一个"少数"的时代——我不是在褒义或贬义的层面上使用这个概念，只是进行一种抽象的讨论。这个"少数"在政治和经济上都有表现，比如"能力主义"，或者说对"能人"的肯定，"让一部分人先富起来"，等等，这是直接为改革开放服务的。但是，在思想和艺术领域上，表现出的是一种蓬勃的创造性和探索性的精神以及一种"独特性"对"陈规"

的挑战姿态,这些不同的层面呈现出非常复杂的关系和纠葛,但又有着某种隐秘的联系以及相互的转换。而这个"少数"也就是我刚才说的,是被"前三十年"生产出来的。在这个意义上,我们可以把"前三十年"处理成一个多数的时代。所以80年代有"多数的暴政"一说。当然,这个所谓"多数的暴政"只是历史的例外,历史上多的是"少数的暴政"。把例外处理成普遍,是为了保护"少数"的权力,包括异端的权力,这是80年代的一个叙事特征。但我还是高度肯定这样一种"少数"的重要意义,因为只有从"少数"的角度,我们才会看到主流政治,或者主流意识形态内在的缺陷是什么。我觉得任何一个时代都是这样,异端的意义也就在这个地方,尤其在思想史和艺术史的意义上。只有通过"少数"才能接触到非常重要的思想。当然我觉得"少数"如何转化成"少数人",尤其是"少数阶层"的利益,是90年代才开始出现的。

罗岗: 在90年代,"少数"变成"少数人的利益"的代名词了。

倪文尖: 我也插句话,我注意到,用类似"生产"这样的语词来强调历史的连续性已经出现不少次了,"前三十年"与"前三年","文革"与"后三十年",等等,我很受启发。同时我又觉着,更进一步的讨论和分殊是格外重大的:这一种"生产"是"顺"着来的呢?还是"倒"着去的?或者还是那句老话,是"前"面的"失败教训"逼出了"后"面的路径,还是"前"面的"成功经验"导引了"后"面的实践?或者应该还有更复杂的说法?——这个问题我们也可以先存而不论。

蔡翔: 的确,在90年代完成了转化之后,80年代"少数政治"的重要意义被阉割掉了。这也是我们后来之所以批评"纯文学"的一个关键地方。"少数"被利益化以后必然会走向保守。

但是,80年代的"少数",背后是有着个人性或者个人政治的支持的。我们刚才说的那种——和"个人"密切相关的性格特征，如反抗、叛逆、独特性，在"文革"中间强烈地表现在政治领域里面。可我们很快会发现，在80年代以后，这样一些性格特征被压缩了——就是刚才罗岗讲的压缩，它压缩到什么地方，被压缩到艺术领域里面。这里的原因很复杂，有政治的因素，这个我们都很清楚。所以在某种意义上，我们甚至可以把80年代看成浪漫主义运动在20世纪中国的最后的回响。因为在80年代可以涉及浪漫主义运动的许多附属主题。

倪文尖：我有个感觉不知道对不对，1982年前后的一些作品特别"浪漫主义"，《哦，香雪》《北方的河》《我那遥远的清平湾》，等等；也出了不少抒情性的作家，著名的像张承志、史铁生。话说得大一点：好像是随着知青一代作家的旺盛创造力的迸发，随着他们替代"归来的右派作家"成了文坛的最中坚力量，在1982年前后，文学与先前又有了某种断裂。

五、"创作自由"的多面性

罗岗：蔡老师说可以把80年代看作是"浪漫主义"在20世纪最后的回响，我想，也可以把它看成是所谓"革命"的最后回响。"文革"中所产生出来的抗争、叛逆、怀疑和独立的思考，直接影响到"文革"之后的时代氛围，最近《书城》上发表了李零回忆1970年代的文章，他表达得很清楚，那就是"文革"结束后的许多想法，都是在这"文革"中酝酿的，譬如农村改革的问题。但"酝酿"和"实践"之间还是有距离的，这种距离主要不是在内容的层面上，而是在思考方式上，在"文革"中的思考，可能还是在政治领域中的"整全性"思考，可在"文革"之后，马上遇到了"分化"的过程，这种思考的"整全性"维持不下去了，必须换一种方式来思考和实践了。之所以把80年代看作是"浪漫主义"或者"革命"的最后回响，是因为它原来在政治领域的"整全性"思考以及与这种思考相伴随的反抗、叛逆和独特性，在80年代很大程度上被压缩到文学和艺术领域中，而且它在文艺领域还未必找到一个合适的形式，更多表现为一种情绪、一种情感，或者是一种基调在其中盘旋、回荡，却还没有创造出自身的形式。创造形式的任务也许要几年以后才能完成，那就是"八五新潮"的故事了。

蔡翔：你们可能会注意到最近《今天》"七十年代专号"中有一篇文章《骊歌清酒忆旧时》，就是讲述了这个退守艺术领域的故事。这种退守或者压缩在70年代，在"文革"中间，就已经开始：对政治的厌倦和迷惘，当个人性无法通过政治的形式表述，就开始转向艺术领域，"艺术青年"开始出现。

罗岗：看一些回忆文章，就发现当时许多"逍遥派"都转到文学和艺术领域中了。

蔡翔：还不完全是逍遥派，包括当年的一些激进青年也开始转向这个领域。这里面是有问题的。转向艺术领域的个人表达的方式是什么？实际上仍然逃脱不出西方艺术的影响。我觉得还是要回到刚才提出的"少数"问题，因为这个"少数"的背后是个人政治的支持，所以80年代的一个问题，就是如何保护"少数"的自由。在文学上，就有"创作自由"这个概念的出现。因为"创作自由"必然是对异端的宽容，回到这样一个"少数"或者个人政治的时候，才出现了80年代和"前三年"的分裂，把"前三年"压抑和隐蔽的一些主题给明确化了。这个"创作自由"可以理解为一种免于压制的自由，非常接近后来的"消极自由"这个概念。但是，在80年代，这个"创作自由"很大程度上是在"形式"问题上被表征出来的。1980年《文艺报》6月25日和7月14日分别在北京和石家庄召开座谈会，着重讨论文学表现手法探索问题，李

陀在这次会上就明确提出"形式"的重要性，认为在艺术上"任何
变革和进步总是从少数人开始的"。可以说，后来的"现代派"辩
论已经包含在这次座谈会上，也预示了"怎么写"将成为"后三十
年"的主要问题。但是，李陀后面的一句话显然没有被重视（包
括他自己）："但最后群众总是要跟上来"。这就涉及"少数"和
"多数"的问题。当"少数"被压缩到艺术领域的时候，很容易把
这个世界其他领域的问题也进行一种私人化的处理，直至最后忘
记"多数"。这就是"形式"问题留下的隐患。

当然，这里面的原因是需要讨论的。比如说，在80年代，个人
和国家，通过"现代"这个故事被统一在一起，王蒙在他的《春之
声》中，"意识"从世界（也是西方）"流"到中国，再"流"到个人，
三者融合得非常"自然"，实际上是一个很宏大的叙事。但里面
还是有分裂的：就是谁能登上这列现代化的火车？当时，知识分
子对现代化是高度认同的，这个问题就被悬置起来了，成为一个
自明性的前提。通过把这个重大问题悬置起来的方式来讨论个
人问题，或者个人的创作问题，或者文学本身的问题。

我觉得张承志的意义在于，当这个"少数"开始逐渐成为主
流的时候，他重新明确自己"异端"的身份，重回西海固，他对四
次"作代会"的形容是"他们跳舞，我们上街"。张承志实际上已
经对"创作自由"下面掩盖的叙述是什么，表达了一种疑问。所
以他要回到族群，回到他的"穷人"政治中间来寻找他的叙述内
容，或者说要解决他说什么的问题。如果说，"创作自由"首先解
决了"怎么写"的合法性，当然，也包括"个人"（首先是知识者）
叙事的合法性；那么，张承志已经在思考"写什么"（国家、历史、
族群、穷人，等等）的问题。而这应该是"创作自由"更重要的思
想内涵。

倪文尖：李陀后面的那句话，的确很有意思，我觉得有多种

阐释的可能：一是为了当时的"政治正确"的某种补充，出于"修辞"需要；二是表达对"怎么写"问题的重要性和可能性的确信，总是这条路，现在是少数先行，最终多数群众也必将跟着走、学得会，等等。——我这样说并不是要否认蔡老师刚才的说法，相反，对于80年代作家及知识分子群体无意识的精英主义、"形式"主义隐患的追认与反思，我都是非常认同的。今天来看，张承志在这个意义上实在很具有预见性与超前性，但是当时整个的文坛，包括对张承志的人和文的理解，也都还是在原有的那个意义圈里进行，概括地讲，就是罗岗所说的"分化"、蔡老师所说的"个人政治"，我想从整体"大势所趋"的角度来说，还不妨加上个"走向世界"——事实上是越来越明确、也越来越大胆表达的"走向西方"的现代化叙事。像"人"和"个人"的问题，作家们就越来越直言不讳地从西方寻找各种各样的资源，像尼采的学说、萨特为代表的存在主义，以及弗洛伊德的精神分析。

蔡翔：当然还有卡西尔的"人论"。

倪文尖：卡西尔要来得晚一些，那是到了1985年、1986年了。我的基本意思是，整个文学创作和人文社会科学的资源到80年代中，就调整变化得十分显著了，和70年代末很不一样了。

罗岗：卡西尔对于80年代思想与文化来说，有着特别重要的意义，因为他的思想构成了一个桥梁，一方面他作为一个新康德主义者，往前接续了经由李泽厚"批判哲学的批判"，从康德那儿阐发出来的"人"与"主体性"，这是他的《人论》的功能；另一方面，卡西尔作为一个文化哲学家，关于"人是符号的动物"的论述，借用《人论》译者甘阳的话来说，就是打开了从"理性批判"到"文化批判"的通道，1980年代的"文化热"和"寻根文学"都可以从这儿找到某种端倪。

蔡翔：当时所有"个人"的概念都隐蔽在"人"这个概念下

面。或者说"个人"是通过"人"这个概念获得了它的普遍性。

罗岗：蔡老师讲张承志的思考，按我理解，这里面隐含着某种"颠倒"。绝大多数作家还在呼唤创作自由的时候，张承志却已经认识到，如果拥有了一定程度的自由——因为世界上很难说有绝对的"创作自由"——之后，作家应该怎么办？叙述什么应该是问题的关键。可当时文坛的主流选择，关注的不是叙述什么，而是怎么叙述。因此，透过张承志的思考，我们看到了用"怎么叙述"来取代"叙述什么"这样一种"颠倒"。不过这种"颠倒"也有它自身的逻辑，就是前面我们一直在强调的"分化"的逻辑，"文学回到自身"的逻辑。

六、"八五新潮"，不如说是"八五主潮"

蔡翔："创作自由"一方面含有消极自由的意思，但也不完全是消极的，因为80年代在讨论个人政治的时候有一种强烈的积极自由的倾向，也就是参与公共领域的愿望。现在我们讨论80年的时候，都会提到两个非常重要的作品，一个是王蒙的《春之声》，一个是汪曾祺的《受戒》。这是被文学史简略化的表述。1980—1984年这一段时间，其他作品已经很少被谈论了。原因之一，即是所谓"八五新潮"成为一个主流性的说法，"八五新潮"实际上确立了一种类似比格尔意义上的艺术制度，以及相应的文学史评价标准。但是如果我们回过头去看，实际上1980年到1984年这段时间，创作题材、方法、主题、思想等等的多样性，是要远远超过1985年以后的。

倪文尖：在这个意义上，"八五新潮"，不如说是"八五主潮"。

罗岗：对，这个判断很重要。在70年代酝酿的那种情绪，由于没有完全被"形式化"——也可以说，"叙述什么"的动力还没有完全被"怎么叙述"所压倒——各种可能性在试着用那些可能很不成熟的方式表达着、展开着。

倪文尖：问题是，前面也已经说到的，1986年回顾新时期文学10年的时候，除了刘再复当时的准官方和文学史的官方总结之外，那种从形式主义"纯文学"出发的历史叙述也越来越有市场，仿佛70年代末以来的文学就是一个奔向"八五新潮"的历史，"文学1985"被赋予了特别的划时代的价值，所以啊，80年代前半期的文学就被窄化得单一了。

蔡翔：比如说在1985年以前，它所涉及的题材极其丰富，包括思想的丰富性和复杂性。这个丰富性我可以把它简略分成两个部分。一个是个人故事的确立，另外一个是对个人故事的质疑。这两个故事有时包含在同一个故事，同一个文本里面的。无论是现实主义，还是现代主义，都内涵着非常强烈的现实性，也就是说，他要回答的已经不是"文革"时候的问题，而是"个人"被确立以后，"现代"的故事该怎么来讲述。那时非常地茫然。

罗岗：同时，讲述"现代"故事的现实性却异常迫切。

蔡翔：非常迫切，比如我们今天怎么来看待路遥，路遥讲述的故事核心，或者可以借用巴尔扎克那个"外省人"概念来讨论——如果我们把乡村、边远、下层等都解释为外省的话，那么，这个"外省人"面临的正是如何进入现代"中心"的问题。在《人生》中，路遥实际上分裂成三个形象，即高加林、刘巧珍和德顺爷爷，然后来讲述这样一个"外省人"的故事，包括对叙述的制约和质疑，但故事的核心是这样的。我们会看到80年代有一种非常强烈的行动性。

罗岗：路遥的《人生》，还可以用巴尔扎克小说中另一种因素来解读，就是所谓"成长小说"。"成长小说"模式与主人公"个人意识"的觉醒有关，同时通过个人"主体性"的确立，对应着现代资本主义社会的产生。所以，"成长小说"的"成长"所包含的秘密是，它既在生活史的层面上展示出个人的觉醒和发展，同时又在意识层面上对应着一个新的现代社会的确立。正是在这样一种关系中，我们看到，巴尔扎克式的"外省人"故事，经过"成长小说"的模式，怎么样被位移到20世纪80年代初期的中国。《人生》讲述的高加林的故事，并不仅仅属于他个人，高加林最后还是回到了这块土地上，但是，一代人的自我意识却再也回不到黄土地了。在这个意义上，自我意识的觉醒所对应的是80年代中国改革社会的确立。

倪文尖：《人生》小说和电影当时有那么大反响，就是因为触及了中国农村社会的一系列萌动。

蔡翔：路遥后来创作了《平凡的世界》。这部小说让我很惊讶，我参加的所有的研究生面试，考生几乎都会提到《平凡的世界》，而它对我没有很大的影响。我现在想，路遥的"外省人"的故事，在这个"后30年"中，实际上有着不同的叙述变体。之所以会这样，一个可能是大批的"外省"作家进入了写作中心，所以他们也在不断复制这个"外省人"故事。另外一个是教育的普及化，同时使得"外省人"的故事普及化、现实化。所以路遥的意义是被这个"后30年"反复生产出来的。

但是可以讨论一下，无论在80年代，还是后来，这个"外省人"的故事都没有完全演化成巴尔扎克式的叙述，或者司汤达的《红与黑》式的故事。是什么力量阻止了这一巴尔扎克式的发展，实际上也牵涉到中国的"个人政治"。我并不完全同意把共和国的这个"后30年"完全处理成资本化的时代，没有这样简单的，实际上一直存在着各种思想的冲突，包括各种力量的博弈。而在文学领域，80年代早期，个人的故事大多在社会或者现实层面上展开。因为在现实层面展开从而导致了各种挑战、质疑、怀疑，包括自我怀疑,各种力量都介入这样一个讨论中,传统道德的力量、现代思想的力量和中国革命的社会主义力量,比如王润滋的《鲁班的子孙》,等等。

罗岗: 对能力主义的质疑在贾平凹的《鸡窝洼人家》——后来这部小说改编成电影《野山》,也大获成功——中也有所体现,两个家庭的重组中隐含着对两种生活方式正当性的确立:两个能人可以生活在一起去,但两个老实人同样可以生活在一起,而且生活得还不坏。

蔡翔: 80年代前期文学的丰富性里面,也还包含了后来一些很重要的叙述主题,比如王安忆的《庸常之辈》,提出的是一个平淡的生活还是平庸的生活,或者说一个平淡的正当性的问题,这个问题直到今天都在给我们提出挑战:你怎么看待这个凡俗性?

倪文尖: 阿城的《棋王》在这个脉络里是非提不可的,我跟学生早就开玩笑说"阿城是王朔他爸爸",尤其是《中篇小说选刊》转载《棋王》时阿城的那番"创作谈",说他自己之所以写《棋王》是要多挣点香烟钱。——虽然我们重读《棋王》很容易发现,那时的阿城事实上又不同于后来的王朔,即便阿城有意矫枉过正地强调世俗乃至平庸的重要性,《棋王》里还是设置了"吃"和"棋","棋"与"馋"里面"世俗功名"与"老庄境界"的张力结构。

蔡翔: 怎么看待平庸和平淡?平庸和平淡,一字之差,包含了一些什么东西?比如说孔捷生的《普通女工》,涉及的是一个普通工人的尊严问题,但是这个尊严问题后来怎么就有些被切断了,有些被延续了?所以,我说我们应该看到,1985年以前,题材也好,叙事方法也好,思想也好,朦胧的观念也好,都包含了很多的丰富性。

在这个意义上，说"八五新潮"还是"八五主潮"，是要讨论艺术制度如何被确立起来的大问题。这是一种内化的制度，或者说制度的内在化。现在讨论艺术的生产，过多地集中在物质性层面，比如出版，等等。但我想更重要的，可能还是这样一种内化的制度模式。所以我强调"八五新潮"确立的是一个制度化的也是内在化的写作模式。当然，这是需要深入讨论的：为什么会有这样一个转折的过程，并由此确立了一个关于文学的标准？我上课的时候也尝试过打破这样一个模式化的叙述，但最后还是回到这样一种讲法。的确，最优秀的作家和作品，1985年以后都被纳入这一生产过程，这是怎么样的一个力量？这可能不完全是一个艺术的问题。

罗岗：80年代前期的许多文学作品，都曾引起过社会性的讨论，但"八五主潮"之后就有人检讨说，那是文学的负担太重了，很多社会功能怎么能够让文学来承担呢？应该是新闻、法律或舆论来发挥作用的，文学最好回到它自己的位置，譬如艺术性、文学性之类。我们又很清楚地看到了那个"分化"的逻辑如何发挥作用啦，建立了制度化同时也是内在化的文学体制，并且回溯性地建构了评价文学的标准，这一标准意味着对文学那时特有的公共性的规避。

但"规避"也就表示那种文学"公共性"的存在。从"公共性"的角度来看，蔡老师描述的从少数政治到个人叙事确立这一过程，很有启发性，80年代前期文学的个人叙事没有简单地演变成一个拉斯蒂涅式的或于连式的叙事，没有演化成早期资本主义中特别盛行的丛林法则叙事：即个人与社会之间的对抗关系。作为外省人的拉斯蒂涅，看到巴黎说：我要征服你！作为平民的于连，面对上层社会心中发誓：不惜通过一切手段也要跻身其中……80年代文学中的个人叙事没有也不需要用这样极端的方式呈现出来。原因在于，一方面20世纪中国文学的传统中，似乎还没有出现过一种孤零零意义上的个人，譬如说强悍的内在意识和外在世界的对立，再譬如说"个人"与整个世界无关……这些状况在现代中国文学中都显得不太具有现实性，套用一句老话来说，现代中国文学总是"涕泪飘零"与"感时忧国"交织在一起；另一方面更重要的是，当80年代开始生产出"少数政治"时，这种政治其实是在一个所谓——与"少数政治"相对应的，可能有点像生造出来的——"多数政治"的基调下面展开的，也就是"少数政治"和"多数诉求"之间存在着某种辩证法的关系。当某些议题以"少数政治"方式出现的时候，虽然没有直接呈现"多数"，但讨论者却有着某种共同的默契。就拿关于"创作自由"问题的讨论来说吧，这是一个典型的"少数"命题，可是不能否认它实际上是由某些未曾言说、却又似乎在场的理念和情感共同支撑环绕，这些理念和情感，并不都是与"少数"有关，也和"多数"相连，譬如整个社会对于禁锢的厌恶，对于自由的渴求。由此体现出了一种"共同性"，如果不是"共同美"，那么可以借用一个说法是，对某些"共同记忆"的维护和坚持，使得80年代文学的个人叙事不可能生产出"原子式的个人"。

倪文尖：这一点从当时一些现代主义风格的作品中也可以观察出来。比如刘索拉的《你别无选择》，一方面试图高度肯定那样一种独特性、创造性的个人，另一方面其重心还是在于批判，批判以"贾教授"为象征的传统体制之虚伪及其对于个人的压抑。而且《你别无选择》之后，确乎有一个强大的个人诞生了，但貌似强悍的个人又几乎是个失败者的形象，因为他马上面临的是一个自我分裂的局面，自己跟自己打起架来，而不是去跟外界的人与事作战，去更进一步地发挥个体自我的能量，这就是刘索拉在后来的《寻找歌王》里所讲的故事。概括地说，中国式的主体诞生之后，没有走向尼采式的独异个人，更没有"超人"化，这的确很值得探究。再比如说我对余华有一个说法，他的一大主题是"人性恶"嘛，个人的那种侵略性的暴力倾向。然而非常有意味的是，余华在写作中又无意识地转换为从"受虐者"的角度来展开了，而事实上要凸显"暴力"，是从强者的"施虐"角度来写更能充分表现吧。当年，我就这个问题也曾直接请教过作家本人。

罗岗：是啊，假如要产生这样的"个人"，其前提就是要抛弃那种对"共同记忆"的坚持。所以只有到了王朔的笔下，才出现拉斯蒂涅式或于连式的个人意识对应物。那些"顽主"们需要躲避的就是以"崇高"为特征的"共同记忆"，但是他们作为拉斯蒂涅或于连的对应物，却完全丧失了前辈的英雄气概，王朔在塑造他们时，往往将其处理为既是这个社会的对抗者，又是这个社会的逃避者，还是这个社会的嘲讽者。

蔡翔：最后更重要的一点，又是社会规则的认同者。

罗岗：对，最终还是认同。但因为有了前面这些过程，他们的认同不是那么简单直接：认同这个社会的规则，然后就照着规则来干事，最终获得成功。某种意义上，他们的认同更加曲折。就像王朔小说中描写深圳，在那时深圳是商品社会的象征，充满机遇、诱惑和危险，相对要躲避的"崇高"，王朔确实对此表现出某种认同的倾向。不过，这种认同并没有使王朔把他的主人公打扮成一个成功者。我觉得这对于理解王朔小说是很关键的。为什么"顽主"不能成功呢？是不是就像"高加林"最终无法离开黄土高原？"共同记忆"发挥了怎样的作用？"英雄"如何转化为"反英雄"？按照蔡老师对个人叙事的描述，《人生》可能成了一个"元叙事"，高加林的故事至少演变为两个不同的故事：一个是高加林的故事如何变成孙少平的故事；另一个则是高加林的故事怎么又变成顽主的故事。这两个故事实际上展示了当代中国文学个人叙事的一个发展轨迹，它们既前后相继，又互相冲突，还彼此沟通，对应于个人意识的觉醒和成长，显示了80年代文学母题的丰富性。

蔡翔：我觉得这里面是不是有这样一个问题，就个人而谈个人，这个"个人"反而变得越来越抽象，在归属中讨论个人，有时候会显示出"个人"更多的丰富性。通过现代主义的争论，已经使我们看到，现代派或者现代主义这一类的写作中，"个人"流露出了他的抽象性和稀薄性，这个稀薄性引起了"寻根文学"的反抗。所以在"寻根文学"里面，尤其是韩少功的《文学的根》中，我们看到文化这个概念开始出现。文化这个概念同时涉及族群、地方，等等，涉及个人的归属关系。但是在"寻根文学"里面，国家是被悬置的。

"寻根文学"中的"地方"有两面性：一方面，在某种意义上也可以说是被"全球化"解放出来的，用"地方"的正当性抵消国家（或国家意识形态）的统治；但是另外一方面，这个"地方"又在对抗"全球化"，包括它的西方性特征，比如现代主义，对抗抽象的个人。因此"寻根文学"的"文化"在其一开始就很暧昧，和当时学界的文化热还不完全一样，更丰富也更复杂一些。

我觉得"寻根文学"要比那时的文化热（比如"文化：中国与世界"丛书）更复杂，它的暧昧性形成了文学上的丰富性。"文化"一方面解放了写作者的想象力，包括他对人的归属关系的想象；但另一方面，在中国，如果把国家悬置起来，同时也就是把政治悬置起来，把社会悬置起来，把现实悬置起来，因此这里面又产生一个问题，文化和政治是什么关系？这就涉及文化认同和政治认同的关系了。

罗岗：确实如你所说，在"寻根文学"中，"全球化"把"地方"解放出来，来抵消国家的统治，但另一方面，因为"地方"的解放，使得"寻根文学"又具有一个新的特征，即它同时还对抗那种稀薄的以"全球化"为表征、以抽象个人为宗旨的"现代主义"。不过，从一种更后设的眼光来看，"寻根文学"只是用一种现代主义去反对另一种现代主义。寻根文学所依靠的"现代主义"指的是什么呢？可以说是"原始主义"的一种，它的特征是回到所谓"原始文化""地方文化"或"地方特色"去寻找灵感，在艺术史上比较著名的就是毕加索向非洲艺术的学习，然而这种向"地方文化"学习，是一种抽象式、征用式的学习，还是站在现代主义的立场上，把"地方性"转化成为"我"所用的元素。尽管这种现代主义对"地方性"的重视，确实出自对另一种局限在抽象个人、孤独个体的现代主义的不满，但它并没有跳脱出"现代主义"的基本构架。

譬如我们都愿意强调"寻根文学"在某种程度上受到"拉美文学爆炸"的影响，但对"拉美文学爆炸"的理解还是简单地将其解读为现代主义的一个新阶段，却忽略了这种解读本身即体现出西方对于"拉美文学爆炸"的征用。因为"拉美文学爆炸"本身是高度政治性的，它对本土文化的发掘和利用是与拉丁美洲的政治，特别是和拉丁美洲革命的历史紧密纠缠在一起的。1982年哥伦比亚作家马尔克斯获诺贝尔文学奖，从这一刻开始，"拉美文学爆炸"更是被主流文学界解释为现代主义全球旅行的最新产物。而中国对"拉美文学爆炸"的接受也是在现代主义全球旅行的背景下进行的。所以是不是可以这样说，"寻根文学"从它的起点上看，也是用一种被征用的、具有地方特色的现代主义来反对那种以抽象个人为归宿、体现出个人的孤独感和绝望感的现代主义，或者换个说法，某种意义上是用非西方的——譬如来自拉美的——现代主义来对抗西方的——譬如来自欧洲的——现代主义。需要强调的是，这两种现代主义当然有差异甚至对抗，但既

然它们都属于现代主义,那么就有共同的特征,无论其出发点是
"个人"还是"地方",都具有去国家、去现实和去政治的特征,也
就是说这两种"现代主义"的创作——或者被读解为"现代主义"
的创作——往往把所涉及的政治、社会和现实的问题加以掏空。
这就是"寻根文学"的丰富性和单调性包含在一起的原因:在艺
术上的创新和文化上的丰富,与在政治上的暧昧和社会上的贫
乏,两者形成了鲜明的对比;同时,这也是使得所谓"八五新潮"
有可能变成"八五主潮"的一个很重要因素吧。

七、暧昧的"寻根文学"

倪文尖: 对于"怎么写"和"写什么"被分得太过清楚,我还
是不免心存疑虑——一旦充分讨论开了,你们的态度也跟我差不
多吧。共同体中的个人更有力量,有归属感的文学也才更有力
量,20世纪70年代与80年代之交的文学,因为驳杂、因为自觉的
公共性,所以更为丰富,更有阐释的空间,等等,这些我都非常同
意。但是,当时也有那么一种靠一部作品提出并想象性解决一
个社会问题,以及比谁胆子大、比谁底线和平衡把握得好的说小
也不小的气候啊,那还是有重回"题材决定论"乃至"庸俗社会
学",使文学沦为"走钢丝"的艺术的危险。在这个意义上,80年
代中期在文学界开始确立的"专业态度""形式意识"之类,虽然
确有被压抑而升华之嫌疑,但其正面价值,我认为直到今天仍然
不可低估。前几天偶然看到苏童2005年写的一篇短文,蛮有意
思。一面他说24年前自己"还很年轻,无端地蔑视传统,对于当
时最新的翻译小说的阅读更像是一次次的技术解密工作",语带
微讽和反省;另一面他还是强调,"或许小说没有写什么的问题,
只有怎么写的问题,而怎么写对于作家来说是一个宽阔到无边无

际的天问，对于读者来说是一个永远的诱惑。所有来自阅读的惊喜，终将回到不知名的阅读者身体内部或者心灵深处"。实话讲，我颇为愿意认同。当然，在内容与形式的一元统一论也该成为文学常识的当下，之所以特别提出"写什么"的重要性，很显然是别有根由。悲观地说，这是语言给人类设下的逃不脱的陷阱；乐观地说，历史就是这样曲折地前行。

话说回到"寻根文学"，罗岗刚才挑明的"只是用一种现代主义去反对另外一种现代主义"，我觉得不算是后设的眼光，反而我以为蔡老师所讲的多少有些后见之明的味道。因为我个人的记忆，"寻根文学"是在风靡一时的"文学的自觉"、所谓"怎么写"终于从"写什么"中脱颖而出的氛围里，被知识界和批评圈肯定、追捧的，而且"文学走向世界"的冲动，乃至于"诺贝尔情结"（想想当年漓江出版社的那套"诺贝尔文学奖获奖作家丛书"该有多火），也确乎是"寻根文学"当时被意识到的历史内容。固然，蔡老师属于当事人至少是见证人之一（1984年著名的"杭州会议"；《棋王》首发于《上海文学》，等等），想必权威得多，而且"寻根文学"在"个人""国家""地方""全球化"诸关系中的微妙性，即便该当是"寻根文学"的"历史无意识"被揭示出来了，还是格外启人心智。

蔡翔：我同意两位的说法。寻根文学的挑战对象，一个是"改革文学"，一个是"现代派"。挑战"改革文学"的意义在于不能把文学简单地变成社会问题的论争，挑战现代派是认为文学不能"横移"西方主题，也就是个人被稀薄化，然后强调它的丰富性。这里面会涉及一个问题，中国所谓的"现代派"，到底有些什么内容，我们一直没有好好谈。我个人粗粗归纳一下，现代派作品大概有三种倾向：一种是以宗璞的《我是谁》等为代表，借鉴的是卡夫卡，涉及了"异化"问题；还有一种是王蒙、高行健等，在某种意义上可以说是"改革文学"（现代化）的现代派变体，《车站》和《等待戈多》的差异性很明显；比较接近西方现代派的，倒是李陀的《自由落体》，还有谭甫仁，等等。但是现代主义的政治性是很明显的，当然，涉及创造什么样的政治的时候，当时已经产生很大的争论了。比如当年李子云在与王蒙的通信中，就"少共精神"展开的辩论，这是很重要的文献，已经体现出在创造政治上面形成了分歧。尽管我自己对"寻根文学"的评价很高，但你们把"寻根文学"纳入现代主义的谱系里进行考察，对我的启发还是很大的。把政治悬置起来，以文化认同替代政治认同，这使"寻根文学"的号召力，或者它的召唤力量大大减弱。

倪文尖：如果联系"八五新潮"的另外一路——这一路现在已经少有人谈起了，我自己倒是一直给它有个命名——"寻我文学"来谈，可能问题会清楚一点。所谓"寻我文学"，主要受美国"黑色幽默""垮掉的一代"《麦田守望者》《第二十二条军规》等今天更多被看作是"后现代"路数的影响，在主题内容和语言形式上相互统一地都是如此，突出自我与个性，夸张而煞有介事，"反社会"，甚至有些"颓废"。代表作品除了前面提到的刘索拉《你别无选择》，当时反响很大的还有徐星的《无主题变奏》等。或许是"寻我文学"的认同感比较直白吧，很快就受到了来自知识分子阵营的出于意识形态的批评（"多余人"等等），而后1988年更在"伪现代派"的论争中被树为靶子。虽然"现代派"真伪之争不了了之，但是这一路文学也丧失了与"寻根文学"比肩的文学史机会。

依我来看，反观文学的这30年，"寻我文学"还是需要谈的，从效果史的角度讲大概有三方面的理由：一是它开启了后来的"都市文学"的浪潮，像刘毅然的小说和同名电影《摇滚青年》，刘西鸿的小说《你不可改变我》尤其是孙周以此改编的电影《给咖啡加点糖》，当时都是非常轰动的，而"王朔热"及"王朔电影年"也还是后来的事；二是同样地，今天轰轰烈烈的"70后""80后"的"青春文学"，也该是以"寻我文学"为滥觞的吧；三是这一路文学最受人诟病的模仿西方而少原创、"翻译体"的语言之类毛病，事实上，后起的先锋文学，可是一个也不少。不同的是，他们改换了新的师傅，像我就总觉得，1986年法国新小说家克罗德·西蒙获得诺贝尔文学奖，简直就是一个中国当代文学史事件，当时一部《佛兰德公路》可是洛阳纸贵啊！而且也连带出了更重要的罗伯·格里耶。"新潮小说""先锋文学"，这些命名就不难想见某种源于进化论的兴奋程度。

蔡翔：终结"寻根文学"的并不完全是先锋文学，某种意义上《河殇》是一个象征，政治认同最终打败了文化认同。对当时的中国现实来说，已经生产出政治认同的需要，但是"寻根文学"没有提供。寻根文学在这方面显得非常飘浮不定，"文化"往往成为一个"飘忽的能指"。

但另一方面，我非常看重"寻根文学"，在所谓"后30年"的文学中，"寻根文学"是最具生产性也是最具创造性的一个文学运动。比如，"寻根文学"已经努力尝试在世界中思考人的存在。在归属中考虑个人的问题……表面上和知青运动有关，实则涉及中国社会主义的思想传统，等等。所以才会导致这批作家中相当一部分人后来转向批判知识分子立场。这里面仍然涉及一个问题，所谓的创造性究竟来自哪里？政治还是审美。

罗岗：在这儿遇到的实际上是一个理论问题，那就是文学艺术的创造力究竟来自审美领域还是来自政治领域？按照一般的理解，很多人会认为这种创造力来自审美。但继续追问下去，"审美"究竟意味着什么呢？它怎么能够成为创造力的来源。问题恐怕就没有那么简单了。

用特里·伊格尔顿的说法，他把"审美"称为"审美意识形态"，就是因为他发现，从康德到席勒对审美自主性问题的讨论都具有两面性：一方面无功利审美的目的是造就完整的人，但这个完整的人并不是抽象的人；相反，它具有相当具体的历史内容和政治内容，对应着现代资本主义在德国的确立。德国作为一个"后发国家"，现代资本主义的确立首先必须在意识层面得以完成，而意识上得以完成的对应物就是完整的人，所以，伊格尔顿认为，康德和席勒的"无功利审美"成了资产阶级意识形态的重要组成部分，这种"审美意识形态"作用于资本主义的确立和资产阶级主体性的构建。另一方面则是当审美在意识层面生产出来完整的人的构想时，本来是去回应现代资本主义的确立，却发现资本主义现实本身并未完成对完整的人的承诺，反而成了对这一构想的压制。在资本主义社会中，不仅无法实现完整的人的理想，而且是前所未有的人的异化与解体。由此体现出审美的辩证法，那就是在意识层面上确立的完整的人的构想或审美意识形态，又必然包含了对现实资本主义的批判。审美的意识形态性和批判性就这样纠缠在一起。甚至可以更进一步指出，审美意识形态作为现代资本主义的意识对应物，它的活力恰恰在于这种矛盾之间，在于既是现实的对应物，又是现实的批判者。

从这个意义上讲，我们当然知道审美的活力不是来源于所谓纯粹的审美领域，纯粹的审美只是一个结果。譬如席勒讨论审美的游戏性，这种游戏的态度似乎带来的是一种纯粹的创造性，但实际上这种纯粹游戏的态度或者创造性的态度，是审美的结果，它的动力不是源于审美本身，而是来自审美所对应的、所从属的更大的领域，也就是我们通常讲的政治领域。所以，对于所谓艺术自主性和无功利审美的解读，绝对不能庸俗化。康德的"判断力的批判"，实际上构成了对前面两个批判的批判，也即对实践理性和纯粹理性的批判。因为只有在判断力的层面上，才有可能对前两者展开批判，实践理性和纯粹理性无法对自身进行批判，唯独对自身具有批判能力的，是来自审美领域的"判断力"，来自审美所带来不可克服的矛盾，也就是康德喜欢讲的"二律背反"。

回到80年代的中国，因为没有一种对于"审美"与"政治"之间关系的复杂把握，从"寻根文学"到"先锋文学"是否可以理解为一个逐渐建立起"去政治化"的"审美领域"的过程？同时也是"审美"逐渐丧失活力、逐渐空洞化的过程？

倪文尖：我在想，蔡老师如此推重"寻根文学"，大概同我很为"寻我文学"说话一样，都有所谓"代际偏好"的因素。实际上"代际"问题，是讨论文学的这30年，尤其是这30年的文学批评对于历史写作的重要性所绕开不了的。在"知青"作家的诸多幸运中可能应该算上这一个：这一代作家始终有作为同龄人、同路人的一代评论家相陪伴，相互砥砺、打气、壮大，长盛不衰。我的看法是，"寻根文学"催生了不少留得下来的好作品，甚至不妨说是80年代最好的一批小说。我就听一个"沈从文迷"说《棋王》比得过《边城》；其他如韩少功的《爸爸爸》，尤其是《归去来》，王安忆的《小鲍庄》，郑万隆的《老棒子酒馆》，李杭育的《最后一个渔佬儿》，还有贾平凹的"商州系列"、莫言的"高密乡系列"——好像莫言很少被看作"寻根"作家。但是，如果要看作是一场有组织、有纲领的文学运动的话，"寻根文学"究竟要什么、究竟要干什么，等等，却不知是因为暧昧而显得混杂，还是因为混杂而显得暧昧。

八、先锋文学：形式的狂欢

蔡翔：不仅是"寻根文学"，包括当时的整个社会，克服的危机到底是什么？显得非常暧昧，到底是资本主义还是社会主义，集体还是个人？专制还是自由？什么都有。挑战的对象非常暧昧。或者说他要挑战的对象都包含在他的叙事中间。但我觉得"寻根文学"最重要的一个话题，仍然是独特性的问题。但是这个独特性逐渐被空洞化，空洞化造成寻根文学叙事上的"飘浮性"。

在"飘浮性"这一点上，寻根文学和先锋文学恰恰又是高度一致的。所以我们很难说"寻根文学"和"先锋文学"是截然对立的。当然有差异，"先锋文学"比"寻根文学"走得更远，试图从"寻根文学"所努力寻找的地方性，或者独特性里面，挣脱出来，然后还原成彻底独立的个人，但是这个个人又完全丧失了征服世界的欲望，或者创造世界的勇气，所以这个个人也是非常飘浮的。"寻根文学"的飘浮感是因为地方或者归属的不确定性；"先锋文学"的飘浮感是要求退出历史，退出地方，以便还原出某种自然状态。但是当它企图还原出这种自然状态的时候，突然又有各种力量的介入，因此他们的叙述永远是被中断的。

罗岗：即使他们当时有意识地借用历史叙述的外壳，但最终酝酿出的还是某种恍惚感。譬如格非的《迷舟》。这里面的问题在于，80年代中期的社会状态，是不是特别需要用"先锋文学"这样一种文学形态来表达，或者说"先锋文学"所对应的现实性是什么？它可以体现为某种恍惚感，但按照重要的不是话语讲述的时代，而是讲述话语的时代的说法，那么这种"恍惚感"诞生、出现的现实前提是什么？与"寻根文学"相比，我们发现"寻根文学"的指向性很清楚，就是把稀薄化的个人重新放到个人的从属关系中——包括地方和地方性的概念——来讨论，而且地方性概念本身体现出某种批判性，这种批判性既有针对传统社会主义一面，又有迎接即将到来的全球化的一面，它对应的现实是非常清楚的。但到了"先锋文学"，无论是它想挑战或是它所对应的，都变得模糊起来。流行的同时未免有些简单化的解释是,认为"先锋文学"是象征性地挑战既定秩序,因为在现实的领域中不可能直接挑战某些秩序,那么就把这种能量转移到象征领域,转移到艺术、审美、形式和语言中。"先锋文学"在象征领域的挑战性,对应了变革现实秩序的某种意志和意识。因此,对"先锋文学"的讨论,总是强调它的两面性,一方面"先锋文学"由于转向"形式"而具有了"纯文学"的倾向,但另一方面这种"纯文学"倾向往往被"先锋文学"的辩护者当作一种"政治性"来解读。

不过,这种"政治性"也应该被理解为"去政治化的政治性"吧。我重读80年代文学,发现最容易跳过去的就是"先锋文学"这一段,这一段既不像80年代早期的文学——包括70年代后3年的文学——包含了许多问题、危机和克服危机的多种可能性,也不像"寻根文学",与80年代前期文学相比,虽然"寻根文学"露出了"寓言化"的苗头,但它毕竟和"文化"问题建立了密切的联系,"寻根文学"对应的是"文化大讨论"以及相关的各种现代化方案。今天假设需要重读马原等人的小说,除了重复以前80年代和90年代先锋批评的那些话语之外,我们找不到更多、更新的方式和话语来讨论"先锋文学",这恐怕也是一个值得深究的问题吧。

倪文尖:"先锋文学"的批评论文中,张旭东的那篇讨论格非的《自我意识的童话》,我迄今还觉得是一个比较好的读法,可惜其方法论的影响不够大,没有被贯彻和承继下去。张旭东作为先锋作家的同代人,是相当程度地读出了格非乃至先锋一代的经验的。不同于"右派作家"和"知青作家"——这两代作家有地方的底层的生活经验,有比较丰厚的个人情感记忆,这批基本上都生于60年代前半期的先锋作家在经验和记忆的层面上是比较匮乏的,他们的优势是相对完整而规范的学习经历,尤其是80年代前期大学时代的广泛的阅读。不妨说书本的间接知识构成了他们经验的主要源泉，而在那样一个时代氛围里，显然又是来自西方的文化观念、文学思潮尤其当时风起云涌的现代主义流派，构成了他们创作的起点和潜文本。特别是他们还赶上了一个好时候：我们反复说到的80年代中期开始，已经有一个比较独立的"文学"领域被创造出来了，而且这个新兴的文学领地也正期待着自己的创新成果；同时，形式主义也方兴未艾，技术和创新正被当作写作的核心竞争力。因而，先锋作家的长处大派了用处，以至于短处也被看成长处。另外我还觉得，先锋作家的明智之处更在于，他们对于自己的长短是了然于心的，他们意识到个人经验本身是有一些稀薄，也意识到自己擅长叙述的繁复和氛围的营造。所以，他们的作品几乎无一例外地是叙述与语言的圈套、花招或曰"盛宴"，叫人目乱神迷，为语词的迷幛所倾倒，欣欣然地跟着绕圈子，钻在大泡沫里不出来，陶醉得大喝其彩。

事实上，这也就是影响甚巨的先锋评论的主要批评要点和话语方式。本来，虽然先锋的创作神乎其神，但是先锋的脚却还是踩着大地，先锋们的代际经验虽然稀薄，却还不失真切甚至犀利，是完全有可能捕捉到先锋以"神话""传说""童话"之类所包装的内里真身的——然而，先锋评论家们把重心放在先锋作家所讲的"故事"上了，却几乎没有触碰那些讲故事的"人"，更不必说"人"背后的"事""势"和社会历史。

当然换个角度说，陈晓明、张颐武他们也有自己的充分理由，他们从西方理论武库里"盗"来的最新火种，最新式的"解构主义""后现代主义"之类的快刀正等着削铁如泥呢，遇到了如此上手的"肥肉"，岂有不大快朵颐之理！

所以，既然先锋文学和先锋批评同种同源，那么它们应该加在一起一同考虑，这也意味着在我看来，"先锋"现象还是不无其现实对应物的，这就是80年代中后期国门打开更多之后的中国社会特别是文化的状况、年轻人的心理状态，尤其是他们对于历史与未来的记忆或憧憬。

蔡翔：20世纪80年代的批评家和陈晓明他们后来对"先锋文学"的解读不太一样，这个不一样很有意思，当时好像更个人主义一些，更接近启蒙现代性。像王蒙当年把刘索拉等人纳入现代派的谱系，说这些作家的个人性很明显，不深刻，但有决断，毫不含糊。挑战和反抗的对象非常明确，尽管没有很大创造力。这和"先锋文学"是有点不一样。"先锋文学"表达的是既对世界也对个人的一种绝望，它有一种绝望感，深刻性也在这里。事实上这个绝望，在"寻根文学"中也存在，只是更隐蔽，张承志当年有"深刻的悲观"一说。"伤痕文学"的价值在于，它提供了一个隐蔽的主题，这个主题我曾经借用过"离散"，但好像不确切。或者就叫"漂离"，原来的东西都已经毁灭掉了，"漂离"中又要抓住些什么。在"先锋文学"这一代人，还有一种知识的"漂离"。80年代中期，集体政治和个人政治，双重失望的一种茫然，当时对年轻人的感召力很大，既是对集体政治的失望，又是对个人政治的失望。集中表现在艺术领域里面，也就是我们所说的文学青年，主要在文学青年中间得到传播和生产，尤其是他们进入大学之后。

叙事学里面有两个概念：一个是透视叙事，也就是怎么看(或看什么)，还有一个声口叙事，是怎么说(或说什么)。这两种叙事，在先锋文学里面都是被质疑的。王蒙可以看到法兰克福的飞机，这个看的后面是现代化。通过这个概念来进行透视。而声口叙事再现的是口头讲述的语境，涉及对集体性存在的再现。先锋作家都努力在看，结果他看不到；先锋作家也努力在听，结果也听不到。无法再现透视的关系也无法再现声口的关系。马原写传说，但是他并没有听到。背后是一种困境。

罗岗：形式上的困境同样也是内容上的困境。在"先锋文学"中，认同的问题基本上是处于缺席状态。大到民族、国家，小到家庭，"先锋文学"把所有超越于"个人"之上的集体性概念和结合性概念，都视之为体制性的压迫力量，然后再去挑战这个体制，却从来不继续追问，在反抗了所有集体性归宿之后，个人还需不需要共同体？那时候，"先锋文学"只满足于表现出一种挑战性的姿态。

蔡翔：而且也看不到个人真实的存在。

罗岗：对，因为把个人界定在一种挑战性的关系中，实际上它只是展示出了个人某种单一的面向。只有把个人放到归属和认同的关系中，才可能把它各种各样复杂的面向呈现出来，把它各种各样的内在联系性呈现出来。离开了归属和认同，孤立的个体就失去了多样的内在联系性。

蔡翔：另外一个角度是主客体的关系，刘再复当年谈主体性，仍然表示了80年代早期的某种创造性的欲望，主体产生在对客体的克服的过程中。从这个角度来说，在先锋文学里面，任何一个闯入者只是起到了中断或者割断历史关系的作用，但是并没有调动主体对客体的克服欲望。然后我们会看到，主体和客体永远处在一种分裂的状态。而且客体变成了一个不可知的东西，加深了主体和客体的疏离。在先锋文学里我们的确很少看到一种强大的创造性。但是它的思考是深刻的，是对启蒙理性甚至浪漫主义的很好的质疑。我甚至认为它不是反思，而是一种沉思。

罗岗：换一个角度来看，"先锋文学"对于当代文学自有其重要的贡献。这里需要一种辩证思考，先锋文学的缺陷恰恰造就了它的优势：因为先锋文学切断了个体或主体与外部世界的密切联系，这使得它有可能专心致志地在语言和形式的层面上做各种各样的实验与探索。也许这些形式探索和语言实验放在一个更广大的文学与历史、文学与社会的联系中来看，它的价值没有想象的那么大。但就现代中国文学的演进而言，确实需要经过一个专注于语言和形式上探索的阶段。大约从20世纪40年代开始，现代中国文学逐渐确立所谓"为中国老百姓喜闻乐见的中国作风和中国气派"，由此生产出以现实主义为主导的创作方法。这一套创作方法的确立有其历史必然性，特别是在反对洋八股、土八股和学生腔方面起了非常重要的作用，使中国文学开始学会了一套生动活泼的话语。但这样一套话语也有两面性：一方面来自民间，和现实联系密切，保留了鲜活的特性；另一方面又与现实政治纠缠，使得它逐渐固化。到了80年代，有了将这套话语重新解放的必要，其中起了重要作用的作家有汪曾祺、张承志、阿城和莫言等，就拿汪曾祺来说吧，在他一个人的身上，就凝聚了来自不同时代的文学话语：既与所谓中国作风、中国气派有关，又能联系上中国现代文学所做的形式探索，再加上古典文学的修养……汪曾祺仅凭一人之力，就把复杂的语言记忆带入1980年代，同时又在不同的方向上熔铸、发展出新的语言风格。

但这些在"先锋文学"之前的语言和形式上的探索，没有直接转化为当代文学的自觉意识，而是被看作是不同作家各自的探索或是风格的追求，没有意识到这是文学本身必须完成的一个转化过程。而对这个转化过程的自觉，是靠"先锋文学"来完成的。这种自觉性体现在一个切断了个体与外部世界关系的"理想环境"中，如何在一个语言和形式的实验室中进行探索、尝试和试验，在这一点上，马原、余华、格非和孙甘露他们都做了重要的工作，带来了一种语言的炼金术。不过这只是文学转化所必须经过的阶段，经过语言和形式的淘洗后，文学需要再回到与历史、与现实的关系中，在这个过程中才能反衬出"先锋文学"的作用，它的作用也许不像"寻根文学"那样完全在自身中显现出来的，而是作为一个过程表现出来。今天回头来看，中国文学尤其是小说的叙述语言、技巧和手法，只有在经过"先锋文学"之后，才开始变得娴熟自如。

九、当代文学揭开了新的一页？

倪文尖：实际上往小处说，我们自己当时也沉迷在先锋文学里好久。后来怎么不满足的呢？是发现它的内容自我重复得厉害，或者说概念化太强。先锋文学从马原发端，这个偶然里面在我看来还是有某种必然，因为汉人马原去了西藏，他无法透彻地了解西藏的文化，尤其是那许多风俗习惯，可是他又很有向其他人叙述在西藏所见所闻的冲动。怎么办呢？马原就在博尔赫斯等小说的启迪下，把写作的注意力放在故事的讲述行为上。这样，即使对故事的来龙去脉所知不多，他也敢于硬着头皮往下讲，因为小说的主体已经不是那个故事本身，而是叙述者兴冲冲的讲述姿态了。显然，这已经迥异于传统的小说创作，一般的作家也讲究选材和省略，但那是在对自己的故事有通盘了解基础上的故意的扭扭捏捏、躲躲藏藏。而马原不同，马原是真的就"胸无全牛"，所以，马原成功地开发了一路中国小说的写法，也因此，当马原离开了西藏，他就再也写不出他的小说了。在这个意义上，马原的创作是很有其特殊内容和追求的，其作品的形式的确也就是内容的一部分，如果不是内容本身的话。

概括地说，马原式小说的关键是：叙述者不知道的要远比知道的多，在叙述上下的功夫要远比在故事上的多，不能讲的要远比能够讲的多。

尤其是最后一条，"不能讲的要远比能够讲的多"，被马原的后继者们真是学到家、派上大用处了，因为从内容层面上讲，许多先锋小说事实上是在云里雾里地对历史特别是革命历史进行再叙述。而区别于马原的"真无知"，先锋文学在处理这一题材时，之所以要用马原的叙述策略，则更多的是出于"不敢言""不能言""不便言"。如此这般，策略用多了，套路也就出来了：总是那偶然性的本能改变了事件运行的轨迹，辉煌事业的成败端系于"性"之类的非理性因子。历史再叙述的结果是什么，是对革命叙事的削减；拿什么东西来削减呢，欲望。看得多了，还不是不大有劲？

罗岗：这种欲望的书写，有它的合理性，甚至有某种冲击力，但也不能回避它的虚幻性。

倪文尖：是的，"先锋文学"所标举的"欲望"和后来兴起的"新写实"小说里的世俗欲望又很不一样。这是一种颇为抽象的欲望，与弗洛伊德主义的关联更大。所以，当年大概是钱谷融先生有个妙语，说先锋作家，他们也有他们的宗教。先锋们自以为彻底挣脱了意识形态，殊不知另外一套概念化的东西正彻底罩着他们呢。

蔡翔：我们也可以把它理解为一种"去乌托邦化"的叙事。这个乌托邦既可以指向资本主义乌托邦，个人政治，也可以指向社会主义乌托邦，集体政治。用汪晖的话来说，就是"去政治化"。

倪文尖：有句老话说，象征的力量只有靠象征去抵抗，我想，同样的，只有一种政治才可能抵抗另外一种政治，"去政治化"其实一定也是政治化的。

蔡翔：我想提出什么问题呢，这种个人，或者这种人，存在于文学中间，而且存在他们的叙事中间，或者用马原的话说就是一个"虚构"，这个虚构甚至有可能是"错误"，在"错误"的"虚构"中的存在。我在上课的时候跟学生讲到，假设一下，如果让"先锋文学"中的人物走进现实的时候,他们的表现会是什么?都切断了。他们会面临如何被历史或现实"征用",也就是重新政治化的问题。重新政治化我觉得有三种可能,第一种可能是重新确立批判思想的姿态,比如余华、格非等人的写作,有一种重新进入历史或者现实的叙事愿望;还有一种是在边缘处徘徊,像韩东、朱文等人,孤独的行走,甚至包括身体的厌倦,但并没有歌颂现实,尽管批判性是有限的;当然,还有一种是进入现实以后,迅速被社会已经形成的规则所征用。所谓"新写实"就是强调如何适应社会,而不是改造社会。

倪文尖:"新写实"和1987年经济大潮的涌动密切关联,"新写实"的作品里纵然有万般的无可奈何,但是,适应终归最后还只能就是适应而已。

蔡翔:这就是中国"后30年"逐渐展开的演化过程。"外省人"的故事在刘震云那里就变成小林去适应女老乔,适应官场,适应人生,适应烦恼。这就是"去政治化"的结果。经过这样一种叙事的转化,同时完成的是思想的转化。我们只能适应对象,所谓平淡也因此转化成平庸。在平淡里面仍然包含了对威胁平淡的某种力量的抗争。平淡要考虑的问题是这个平淡的生活怎么获得,那么他必须有一个抗争。所以我觉得"先锋文学"的意义恰恰在于,经过这样一种去乌托邦或者去政治化以后,倒使得它有可能被各种力量所征用,甚至再政治化的可能。它的确是把原来许多不好的东西,无论是资本主义的还是其他的,都给破坏掉了。或者这样说,他们"去政治化"的最大贡献是提供了一种再政治化的可能。因为我们所说的再政治化,就是哪怕是在讨论中国革命,讨论马克思主义也不可能使你简单地回到过去,也不可能再回到"十七年",那是"左派幼稚病"。面对过去,是要重新创造未来。

罗岗：也就是说在30年的文学历程中，"先锋文学"也许有这样那样的毛病，但作为一个发展的中介却是不可让渡的。

蔡翔：特别是他们语言上的贡献，语言上就切断了你回到过去"老八股"的那个情况。语言上切断了，这是它最大的贡献。也就是"去政治化"提供了一种"再政治化"的可能。当然，这个问题是可以讨论的。

罗岗：问题在于，从80年代末至今的这个20年，"再政治化"的可能性有没有得到充分的展开，或是那种"去政治化"的力量得到进一步加强？"去政治化"是一种政治，"再政治化"也是一种政治，应该把它理解为一个不同政治取向争夺的空间和领域。

倪文尖：而且有意味的是，恰恰是在90年代初所形成的历史叙述中，把"八五新潮"界定固化为"八五主潮"了，相关的论述也倾向于认为，文学由此终于走上了"自主性"的正道。问题还在于想不到的，"自主性"的专业化之路还行之不远，差不多就马上被商业和市场所挟持了。

罗岗：这个争夺首先在文学史领域展开，80年代中期李泽厚讨论"20世纪中国文艺"，最后从"朦胧诗"谈到刘索拉，他仍然从"感时忧国"传统出发，把这些明显带有变革因素的"文学"视为"一代人的心声"。这一观点其实在他80年代初发表的《画廊谈美》中就已经形成："所采取的那种不同于古典的写实形象、抒情表现、和谐形式的手段，在那些变形、扭曲或'看不懂'的造型中，不也正好是经历了十年动乱，看遍了社会上下层的各种悲惨和阴暗，尝过了造反、夺权、派仗、武斗、插队、待业种种酸甜苦辣的破碎的心灵的对应物么？"（《文艺报》1981年第2期）不过，80年代初李泽厚的观点被当作对"朦胧诗"和"星星画展"的有力支撑，但到了80年代中期，李泽厚同样的看法却被认为是保守的表现,因为"八五新潮"的兴起标志着"感时忧国"传统的中国现代文学的终结,从这一历史时刻开始,文学回到了自身,当代文学揭开了新的一页。某种程度上,"八五新潮"变成"八五主潮",和越来越多人赞同这样的文学史叙述密切相关。

十、20世纪90年代以后:"多数"的缺席

蔡翔:个人政治最后完成的是怎样被社会所征用,也就是说尽管有挑战、有颠覆、有调侃,但最后还是怎么样——最充分地利用这些社会规则,这就是王朔的意义,他也调侃、有不满、有怨恨,最后落实到怎么样最大地利用社会游戏规则,所以我觉得王朔的意义很大,他把所有原来那些隐蔽在眼花缭乱的叙事最核心的部分,全部挑明。所以他的挑战性和颠覆性我觉得远远超过"先锋文学"。

因此,在90年代以后,在所有的叙述过程中我们会看到,不仅仅是中国革命、也是被五四运动所建构起来的"多数"的概念——这个"多数"包括民族国家,也包括底层大众——逐渐退场。

在所有的争论背后,这个"多数"是缺席的,是没有发声的。包括"人文精神"讨论,在"多数"缺席的情况下讨论商业化,讨论人文理想,"多数"是不在的。在"多数"不在场的情况下,来讨论资本主义的压抑性,我觉得这是90年代文学的一个特征。因为"多数"不在场,资本主义的压抑性必然造成个人的分散化,所以甚至连80年代那种挑战和颠覆的勇气或者力量都已经不存在了。90年代显示出一种非常窘迫的困境,甚至是一种无力感。

罗岗:最明显的标志,就是所谓"私人化"写作,重新回到对个体、性别等问题狭窄化的理解上,特别是孤独个体与女性意识

的结合，完全抛弃了"社会性别"的取向，变成一种带有展示性的吃语。

蔡翔：那也是一种无力感。因为"多数"的女性是缺席的。

罗岗：讨论"多数"缺席的问题必须回到80年代，80年代的文学或文化最重要的成果是生产出来一整套知识分子话语——从"科学的春天"到"尊重知识、尊重人才"——这套和"工农"话语、"群众话语"相区别的"知识分子话语"，虽然以"少数"为特征，却具有明显抗争性，更重要的是这种话语有它对应的现实力量，当然这种现实力量是与中国社会的变革紧密联系在一起的。这种知识分子话语虽然在80年代末遭受了严重的挫败，但这种挫败只是使它丧失了对应的现实力量，作为一种特定的话语体制和话语生产方式，在90年代随着进一步的科层化、学院化和专业化，知识分子已经转化成一个特定的利益阶层。

在这个背景下，我们就能够比较清楚地理解蔡老师所说的"多数"的缺席。这种"多数缺席"的状态对应的是知识分子仍然在各个层面不断地进行着话语的繁殖，可是因为知识分子话语的现实力量已经丧失，所以这种话语繁殖往往以挫败、无力或者绝望作为表征。从"人文精神"大讨论一直到所谓"晚生代""私人化"写作，你会发现90年代文学的一个重要特点，就是在现实面前无可挽回的溃败。文学上的这种溃败不仅指题材上着力描写这方面的内容，而是它在整体上面对现实的溃败感。如果说80年代文学的"向内转"确立了某种个人的主体性，甚至最终出现了"先锋文学"那种切断所有社会关系的形式探索，却依然推动了文学的发展；那么90年代文学面对现实的溃败，除了确证知识分子自身话语的生产和繁殖，并没有带来更多的反思性因素。

知识分子话语的溃败，除了带来了文学在现实面前的溃败，还造就了90年代文学的另一种特征，那就是狂欢。90年代文学的狂欢性表现在看似相反实则相通的两类奇观上，一类是以"70后""80后"相标榜的拥抱市场、迎合消费的文学，另一类则是重返"工农话语"和"群众话语"的"泪水叙述"。

蔡翔： 90年代基本上是权力和资本所构成的压抑性，但是这个压抑性的力量会伪装成各种传统的社会主义的问题。

罗岗： 或者说这种压抑性的力量在话语的层面上转化为传统社会主义的问题。

蔡翔： 这种新的现实被伪装成或者转化成传统社会主义问题时，我们会看到想象力的枯竭。想象力的枯竭同时导致了叙事上的贫乏，即使是反映现实问题的"三驾马车"，也提不出更加富有挑战性、更加具有政治智慧或者叙事智慧的作品。想象力是和创造力连接在一起的，想象力枯竭了，创造力自然也就枯竭了。90年代需要解决的问题，是如何再一次通过"少数"政治进入"多数"的问题。"少数"政治再一次被提了出来，需不需要有另外一种"少数"政治。这个"少数"政治是什么，可以有各种各样的说法，但是这个门是一定要打开的，一条通向"多数"的道路。我觉得这大概是90年代新自由主义和新"左"派论战的一个核心了。

倪文尖： 任何全称判断都是可疑的，而话题关涉到90年代的时候，尤其是如此。90年代走得太过匆忙，以至于还没怎么弄明白那一系列的变化，我们已经生活在一个"后90"的世代里了。是的，我们如今是生活在一个被90年代而不是80年代的变迁所深刻制约的社会中。在这样一个迅疾的时代，文学如何来为之作倒影？不容易。对此可能需要有必要的了解与同情。

罗岗： 正如姚大力指出的，《心灵史》独特的历史品格在于它通过哲合忍耶，完成了从"少数"向"多数"的转向；但和姚大力的判断略有不同的是，我认为这部著作之所以具备重新讲述历史力量和视角，离不开文学的滋养，甚至为文学提供了新的动力。

对于作为作家的张承志来说，他深受80年代"少数话语"的影响，可进入哲合忍耶的世界，使他在"少数话语"逐渐失效的情况下重新找到了观照世界、判断世界和批判世界的资源。这就是张承志为什么至今仍然能够对当代世界各种层面的问题——从文化到政治，从思想到社会——展开富有想象力批判的原因了。

这里特别需要强调的是批判的想象力。张承志批判的想象力取决于他背后精神资源的强大，但强大的精神资源不是一套空洞的知识分子话语，而是一种完整理解世界的方式。张承志因为找到了这种不同于主流价值的世界观，所以他的观察往往出人意表，却又切中核心，譬如他到西班牙的安达卢西亚旅行，对西班牙文化的考察是与他考虑的中国问题密切联系在一起的。他读到梅里美的《嘉尔曼》(也即"卡门")，就发现了傅雷翻译的问题，张承志认为傅雷译本不该将小说结尾部分关于罗马尼(俗称吉卜赛)的知识删除，因为这一段里有一些关于吉卜赛语言学的例句，而现在很难找到一个能判断这些语言学资料的学者，"求全责备是不好的。只是，对梅里美的罗马尼知识的删节，使中国读者未得完璧。"他又指出："类似的粗糙也流露在翻译阿拉伯语词时，如译阿卜杜·拉赫曼为阿勃拉·埃尔·拉芒。与其说这是一个失误，还不如说是一个标志，即中国知识分子缺乏对特殊资料的敏感，也缺乏对自己视野的警觉。"由此引发了翻译专家对张承志的批评，认为他吹毛求疵，而且过分意识形态化。这场争论似乎没有引起太多的关注，但在我看来，却充分暴露出那种专业化、学院化的知识分子话语的狭隘、武断和短视，他们根本无法理解张承志批判的视野和格局。

和张承志形成鲜明对比的是，许多80年代成名的作家在今天却完全丧失了批判力和想象力。我们不妨拿张承志和张炜做一个比较。90年代初他俩"以笔为旗"，并称为"道德理想主义"，张炜至今仍然还保持一个高调批判现实的态度。但他的批判为什么不像张承志那么有力呢？关键在于张炜的整体立场是认同主导性的现代化，所以他背后的精神资源与主流价值是同质，既然是同质化的，那么再激烈的批判顶多只能变成道德义愤，而不能让人们感觉、体会到在道德义愤后面，还拥有一个与现在不同的世界。就像批判资本主义，最有力的批判一定是和资本主义的替代性方案结合在一起的。对于一个作家来说，也许不可能在现实层面上提供替代性方案，但至少在想象的层面上，要有一个不同于主流价值的乌托邦诉求。如果连追求乌托邦的勇气都没有，那怎么可能去描绘另类的世界和高远的理想呢？当代文学的价值在于，还有一些类似于张承志的作家，力图突破主导性、控制性的意识形态，从更广阔的精神资源中寻找到写作的力量，贡献出了经得起时间考验的作品。

也许张承志是一个极端的例子，也有许多特殊性，但他在《心灵史》中奔向"广大穷苦民众"的姿态却是一个醒目的征候，揭示出如何处理"少数"与"多数"的关系，依然是摆在当代文学面前的一个严峻的问题。

十一、怎么重述"现代"的故事？

蔡翔：我觉得通过刚才所说的，已经回到了我们一开始讨论问题的起点。80年代的"少数"在今天已经逐渐成为主流，无论是话语，还是利益……因此，我觉得应该重新建构一个新的"少数"。但是这个"少数"政治的任务在今天来说——无论是文学，还是其他领域——应该努力重新讲述关于"多数"的故事。这个"多数"可以表现为不同的形态：国家问题、民族问题、底层的问题，等等。也就是说我们如何让曾经被一度搁置的"多数"，重新进入我们的叙述视野。今天的"少数"应该重述这样一个"多数"的故事。但是这里面可能涉及三个层面的问题：第一，怎么来看待苦难。因为新时期文学30年，恰恰是从苦难，从诉苦开始的。苦难进入书写具有了重构历史的可能性，因此，关键是让什么样的苦难进入书写，当然这就涉及对历史、对现实、对未来的不同看法。在这上面的确存在非常激烈的冲突，就是让什么样的苦难进入书写。第二，它还会对我们的文学观念提出挑战，包括到底是一种个人观念的文学，还是一种集体观念的文学，或者在集体性命运视野下的文学叙事，的确存在文学观念上的差异性。第三个问题也是我最关心的一个问题，我们只有进入底层，才可能真正认识到现代性和本土性的冲突。记得罗岗曾经把安德森的"印刷资本主义"分解成三个要素——城市、知识分子和大众媒体，既是传播途径，也是传播的边界。我们只有进入这样一个底层中国，才会真正感觉到什么是本土性，现代性进入本土性的可能 / 不可能性，以及新的创造可能。对我们进一步思考中国的问题，包括文学，都提供了更为丰富的资源。但是，首先是如何让底层发声，如何倾听底层的声音。强调底层发声是要求我们重新讨论一百多年来，知识分子和民众的关系问题。在反思过程中间，肯定涉及怎样重新叙述历史，不仅是社会主义，包括近代以来的共和理想，20世纪给我们提供了哪些政治经验和文学经验，都要求我们重新面向历史来讨论的问题。当然，面向历史可能会带来一种压抑。80年代基本上是背对历史，想象力倒是完全被解放出来。

倪文尖：具体到文学史的角度，也涉及"前30年"和"后30年"的关系问题。我们可以把"后30年"理解为少数政治得以确立，并且遭遇危机，最后丧失与现实应对能力的过程。回过头来我们也可以有这样一个说法："前30年"，所看到的是一个多数政治确立，并遭遇危机，逐渐丧失和现实对话能力的过程。那么，今天我们是否有一个可能性，"前30年"的历史，"后30年"的历史，把它结合起来讲，一个"共和国文学60年"。我们是不是需要有一个重新出发，这个重新出发刚才也讲到，就是如果说要重新确立少数政治的话，那么少数政治是必须内在包含了对多数政治的言说和克服的。但同时我们也可以说，我们是要重新确立多数政治，比如说今天中国最现实的问题，实际上是一个多数的问题，怎么样让更多的人进入现代化过程里，并且确保他们在这个过程中获益，所以是重新确立多数政治，而这个多数政治又必须内在包含对少数政治的包容和克服。那么有没有一个可能性，建立起一个新的，对"共和国文学60年"的叙述，甚至是对20世纪中国这100年文学的重新叙述？如果从1919年"五四"运动算到今天，明年"2009"也是一个整日子。如此，共和国的60年，"五四"的90年，这里面一系列的连续性、断裂性问题，可能还值得重新审视。

蔡翔：在这个意义上，现在面临的又是怎么样重新讲述"现代"这个故事。重新讲述"现代"这个故事，首先是我们有没有一种重新创造政治的能力。90年代以后，比如说我们的想象力，或者挑战这个世界的理由，最后仅仅变成了"言论自由"这4个字。当然，言论自由非常重要，谁也不会对此怀疑，但是如果我们不考虑说什么的问题，就会把言论自由的重要意义阉割掉。

重新讲述"现代"，需要我们重新考虑"多数"这个问题，但是这给我们的叙事技艺提出了很大的挑战，你要转述首先是倾听，声音、声口叙事这些概念再一次变得重要起来。

罗岗：这个我要补充一点，我们当然不能要求一个文学从业者，马上就是近距离的表现。但是它的确对我们的观念提出了挑战，包括我们怎么样面对一个活生生的现实世界。我也不会对现在的文学提出这样或那样的要求，我们的兴趣不在这里。所有对文学的讨论,只是旨在一种理想的文学,或者在于原来主流叙事的压抑下面能不能解放出一部分的想象力,只能是这样。

倪文尖: 我还是愿意重复蔡老师前面所讲的技艺、叙述这两个概念。我们要在今天重新叙述现代,其实更意味着必须正面叙述我们当下。而它背后,则从一开始就有一个对未来的想象问题。但问题是这可能会造成一个误解,或者也不妨说我愿意强调技艺、强调叙述,恰恰也是为了抵抗这个误解。什么意思? 因为技艺和叙述的问题,应该是文学的一个核心问题,对于文学而言,再好的思想和内容,关键还是要创造出一种新的形式来啊,一切都得形式化。你如果没有办法形式化,那么,你就既不能算是好的文学,也很难让别人承认你背后的对于理想和未来的充沛想象力。

罗岗: 我同意你的看法,但还想强调一点,形式化的探索也可能以失败而告终,但失败的形式中也许包含了比成功的形式更多的历史内容。

倪文尖: 这肯定很重要。所谓形式的成败依你怎么看,取决于你评判的价值标准。因而问题甚至就转化为,你叙述的动力有没有,其实也就是你想象力的冲动有没有。我个人是既悲观又乐观的,我还是愿意相信并期待文学的力量,当然,这种力量会比较特别,应该属于像崔健所谓的那种"无能的力量"吧。所以,通过叙述一个世界来创造一个世界,这既是技艺的问题,又是一个胆量和魄力的问题。如果你只把文学放在一个过于专业化而狭隘的视野里,那你就放弃了文学的活的精灵,那就什么也没法谈了。

图书在版编目（CIP）数据

英雄与丑角：重探当代中国文学 / 罗岗著 . — 上海：东方出版中心, 2020.12
ISBN 978-7-5473-1612-2

Ⅰ . ①英… Ⅱ . ①罗… Ⅲ . ①中国文学 – 当代文学 – 文学评论 – 文集 Ⅳ . ① I206.7-53

中国版本图书馆 CIP 数据核字（2020）第 227410 号

英雄与丑角——重探当代中国文学

著　　者	罗　岗
封面题字	孙恺吉
策划编辑	郑纳新
责任编辑	杨　帆
封面设计	陈绿竞

出版发行	东方出版中心
地　　址	上海市仙霞路 345 号
邮政编码	200336
电　　话	021-62417400
印　刷　者	昆山市亭林印刷有限责任公司

开　　本	700mm×1000mm　1/16
印　　张	19.75
字　　数	237 千字
版　　次	2020 年 12 月第 1 版
印　　次	2020 年 12 月第 1 次印刷
定　　价	68.00 元